2024
올해의 문제소설

한국현대소설학회 엮음

2024
올해의 문제소설

초판 1쇄 발행 · 2024년 2월 19일
초판 5쇄 발행 · 2024년 11월 5일

엮은이 · 한국현대소설학회
펴낸이 · 한봉숙
펴낸곳 · 푸른사상사

주간 · 맹문재 | 편집 · 지순이 | 교정 · 김수란, 노현정 | 마케팅 · 한정규
등록 · 1999년 7월 8일 제2-2876호
주소 · 경기도 파주시 회동길 337-16 푸른사상사
대표전화 · 031) 955-9111(2) | 팩시밀리 · 031) 955-9114
이메일 · prun21c@hanmail.net / prunsasang@naver.com
홈페이지 · http://www.prun21c.com

ISBN 979-11-308-2136-8   03810

값 19,000원

현대문학 교수 350명이 뽑은

2o24
올해의 문제소설

한국현대소설학회 엮음

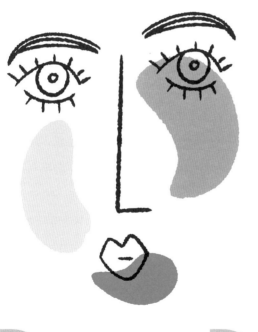

푸른사상
PRUNSASANG

2o24

『2024 올해의 문제소설』을 발간하며

　유난스럽게 눈이 많은 입춘 무렵이다. 절기는 봄의 시작을 알리고 있지만, 여전히 한기는 가시지 않고 세계의 정치 경제 상황 역시 냉랭하기 그지없다. 저마다 밥과 땅을 놓고, 혹은 자신의 위신을 얻으려거나 자신이 좇는 이념을 지켜내고자 검투사적 일전을 벼르고 있는 형국이다. 그런데 작가의 운명은 늘 고달파서 외려 그러한 세상이 되면 할 일이 더 많아지는 법이다. 작가는 원래 세상은 그런 것이라고 체념한 듯 세사와 거리를 두고 산곡에나 파묻혀 지낼 수 있는 운명을 타고난 존재는 아니다. 어떤 식으로든 세사에 얽힌 일과 그 속에서 허우적거리는 인간을 건져 올려내야 하는 것이다.

　2023년 한 해에도 우리 작가들은 어김없이 그들의 임무를 방기하지 않고 저마다 탁월한 성과들을 제출하였다. 그리하여 한국현대소설학회의 연구자들은 서울대학교 국어국문학과 대학원 '현장문학 읽기' 세미나팀과 더불어 2023년 한 해 동안 문예지에 발표된 작품들(총 323편)을 모아 매주 월요일 작품을 함께 읽고 토론하면서 추천 과정을 거쳤고, 총 20편의 작품을 예비 추천하였다. 이어 본심 과정을 통해 최종적으로 12편의 작품을 올해의 문제소설들로 세상에 다시 드러내는 바이다.

- 권여선, 「안반」, 『창작과비평』 2023년 겨울호
- 기준영, 「신세계에서」, 『문학동네』 2023년 봄호
- 김기태, 「롤링 선더 러브」, 『문학과사회』 2023년 봄호
- 김지연, 「반려빛」, 『문학과사회』 2023년 여름호
- 박민정, 「전교생의 사랑」, 『문학과사회』 2023년 여름호
- 박솔뫼, 「투오브어스」, 『창작과비평』 2023년 봄호
- 성해나, 「혼모노」, 『자음과모음』 2023년 가을호
- 이미상, 「자갈 선생의 상담일지」, 『릿터』 2023년 2/3월호
- 이주혜, 「이소 중입니다」, 『현대문학』 2023년 5월호
- 전하영, 「숙희가 만든 실험영화」, 『릿터』 2023년 6/7월호
- 정영수, 「미래의 조각」, 『문학동네』 2023년 가을호
- 최미래, 「항아리를 머리에 쓴 여인」, 『문장웹진』 2023년 11월호

2023년, 문예지에 발표된 작품들은 대체로 여성 서사가 큰 비중을 차지하고 있었다. 여성 서사는 최근 우리 소설의 큰 흐름이기도 하지만, 올해는 조금 더 다양한 여성의 문제에 주목하고 있었던 듯하다. 특히 중년이나 노년 여성의 문제를 다루는 작품들이 작년에 비해 많이 늘어났다는 점도 눈에 띄었고, 한국 사회의 현실(세태)을 날카롭게 그려낸 소설, 그리고 환상성을 바탕으로 한 실험적인 소설의 비중도 적지 않았다.

2023년, 문예지 게재 작품들을 톺아보면, '코로나 시대'에 다소 위축되었던 서사의 활기가 조금씩 회복되고 있는 듯하다. 게다가 최종 선정된 소설의 작가 대부분이 신인에 속한다는 사실은 한국문학의 미래가 마냥 비관

적이지만은 않은 듯도 하다. 그러나 초연결 시대에 접어든 오늘의 현실을 살펴보면, 창작의 현장은 그리 녹록하기만 한 것은 아니다. 생성형 인공지능(AI)의 가공할 발전으로 인해 문학 연구는 물론이거니와 문학작품의 창작 분야에서도 새로운 도전에 직면하게 되었다. 세계 경제를 주도하고 있는 기술 플랫폼 기업들은 바야흐로 세계 내에 존재하는 모든 것들의 연결 가능성을 거의 무한대로 확장하였고, 급기야 그러한 책무를 담당할 존재의 하나로 AI 작가를 탄생시켰다.

이제 존재의 은폐는 거의 불가능한 시대로 진입한 듯하다. 모든 것들은 실재 시장뿐만 아니라 가상 시장에 모조리 현출될 터이다. 가히 '어지러울' 뿐이다. 어느 문학상 수상자의 작품명처럼 '정신머리'가 없어지는 듯하다. 이미 기계(AI)와 협업하는 작품이 문학 시장 안에 깊숙이 들어와 있는 것이다.

그럼에도 불구하고 우리의 소설들은 시장의 시세와는 달리 되레 역진하고 있다. 그 돌올한 역진화를 우리 한국현대소설학회는 함께 달리며 응원하고자 한다. 부디 『2024 올해의 문제소설』이 우리의 소설을 사랑하는 독자들과도 즐겁게 만날 수 있기를 바란다.

2024년 2월
한국현대소설학회 『2024 올해의 문제소설』 기획위원회

안반

권여선

장편소설 『푸르른 틈새』로 작품 활동 시작.
소설집 『처녀치마』『분홍 리본의 시절』『내 정원의 붉은 열매』『비자나무숲』
『안녕 주정뱅이』『아직 멀었다는 말』『각각의 계절』,
장편소설 『레가토』『토우의 집』『레몬』, 산문집 『오늘 뭐 먹지』 등이 있음.

안반

혜영에게서 전화가 왔을 때 혜진은 그림을 그리고 있었다. 언제부턴가 혼자 술 마시며 그림 그리는 버릇이 들었다. 술을 먹고 할 수 있는 몇 안 되는 보람찬 일 중 하나였다. 손으로 스케치를 하고 색을 입히는 건 컴퓨터 프로그램으로 했다. 프로그램에 익숙하지 않아 도구나 색감을 다양하게 사용하지 못하고, 취기 탓인지 밑그림을 끼워 넣는 데 실패하거나 공들여 그린 밑그림을 몇 번 날려 먹기도 했다. 아직 제대로 완성한 그림은 없지만 이것저것 그리다 만 것들은 좀 있었다.

"엄마가 암일지 모른대."

혜영이 그렇게 말했을 때 혜진은 안주로 먹고 있던 미역줄기볶음을 그리던 손을 멈추었다.

"무슨 암?"

"위암. 위내시경을 찍었는데 암일지 모른다고 큰 병원에 가보라고 했대."

"엄마 작년에도 위내시경 찍지 않았어?"

"응. 그랬을 거야."

"일 년 만에 암이라고?"

그러게, 라며 혜영은 예약한 종합병원의 진료 날짜와 시간을 알려주었다.

"뭐?" 혜진이 놀라서 물었다. "아침 아홉 시 십오 분?"

"거기는 거의 다 오전 진료야. 엄마는 의사 만나고 바로 내시경을 찍어야 할지도 모르니까 더 일찍 잡힌 거고."

"그럼 도대체 몇 시에 출발해야 하는 거야? 출근길이라 또 얼마나 막힐 거고."

"엄마 모시고 가야 하니까, 엄마네까지 한 시간 잡고, 거기서 병원까지도 막힐 테니까 거의 한 시간, 수속하고 그러려면… 일곱 시에는 출발해야 한다고 봐야지."

혜진이 말이 없자 혜영이 그날은 나 혼자 엄마 모시고 갔다 올게, 둘이나 갈 거 뭐 있니, 했다. 그럴래? 혜진이 말했고 그러자, 하고 혜영이 전화를 끊었다.

전화가 끊긴 후 혜진은, 그래도 언니에게 같이 가자고 했어야 했나, 밤을 새우고라도 같이 가겠다고 할 걸 그랬나, 생각하며 그리다 만 미역줄기 그림을 바라보았다. 수채로 그린 투명한 연녹색 줄기와 진녹색 잎사귀의 어우러짐이 참 싱그럽기도 해서 혜진은, 징그럽게 싱그럽네, 싱그러워, 하고 중얼거렸다.

신숙의 조직검사 결과를 들으러 가는 날에는 혜진도 같이 병원에 갔다. 세 모녀가 진료실에 들어서자 의사는 좀 놀란 듯했다.

"두 분 다 보호자?"

혜영이 그렇다고, 딸들이라고 하자 의사는 굳이 나가라고는 하지 않았지만 보호자는 한 분만 들어오셔도 되는데, 했다. 혜진은 나갈까 하다 그냥 구석에 서 있었다. 의사는 이게 암이라고 단정할 수는 없지만 암으로 발전할 가능성이 있는 샘종이 다수 발견돼서 제거 수술을 해야 한다고, 내시경으로 하는 수술이라 간단하다고, 사흘 정도만 입원하면 될 거라고 했다. 혜진은 다행이라고 생각했고, 신숙을 내려주고 돌아오는 차 안에서 혜영에게도 그렇게 말했다.

"다행은 다행인데," 하고 한동안 전방만 주시하며 운전하던 혜영이 말을 이었다. "그래도 수술은 수술이잖니?"

무슨 말을 하려나 하고 혜진은 기다렸다.

"엄마 연세도 여든이 넘었고 수술하고 회복하는 동안 뭘 제대로 드시지도 못할 텐데."

"그건 그렇지."

"그래서 말인데," 다시 뜸을 들이던 혜영이 말했다. "내가 사흘 동안 병원 들어가서 엄마 병간호하려고."

혜진은 자신이 뭘 잘못 들은 줄 알았다. 코로나19 시국은 지나갔지만 병원은 여전히 엄격했다. 입원 안내문에는 입원병동은 간호 간병이 통합된 병동이라 따로 개인 간병인을 쓸 수 없고 가족 면회도 금지된다고 적혀 있었다. 다만 위중한 수술을 한 경우에 한해, 수술 후 삼 분에서 오 분가량, 가족 중 단 일인에게만 면회가 허락된다고 되어 있었다. 삼 분에서 오 분, 단 일인, 그런 대목에서 혜진은 참 인색도 하다 생각했던 기억이 났다.

"병간호? 그거 안 되는 일이잖아?"

"내가 아까 의사한테 얘기해서 다 허락을 받아놨지."

이렇게 말하며 운전대를 톡톡 치는 혜영의 목소리에 조용한 결단과 자부심이 흘렀다. 진료가 끝난 후 혜진이 신숙과 함께 진료실을 나올 때 혜영이 잠깐 남아서 의사와 무슨 얘기인가를 나누는 것 같았다. 신숙이 화장실에 가겠다고 해서 혜진이 같이 다녀와 보니 혜영이 접수대의 간호사와 또 무슨 얘기인가를 나누고 있었는데 그때 언뜻, 선생님이 허락하셨거든요, 하고 말하는 걸 들은 기억이 났다. 그게 그거였나 싶으면서 혜진은 오래된 우려와 의구심이 동시에 몰려오는 것을 느꼈다. 혜진은 안내문의 예외조항을 기억해내려 애쓰면서, 엄마는 그, 거동불능도 아니고 치매, 아니 그, 인지장애, 그런 것도 아닌데 어떻게 간병을 허락받았느냐고 물었다.

"엄마 무릎 아파서 잘 못 걸으시잖아? 그래서 의사한테 엄마가 거의 못 걸으신다고, 혼자 다니다 낙상하실 위험이 크다고 했지. 또 치매기도 약간 있으시다고 했어."

"왜?"

그런 거짓말을, 하는 뒷말을 혜진은 삼켰다.

"그래야 의사가 허락해줄 거 아냐?"

"거긴 간병인 침대도 없다던데?"

"그래서 통합병동 말고 특실이나 일인실로 배정해달라고 신청해놨어."

침대는 그렇다 쳐도, 언니나 나나 불면증에 낮밤이 바뀌어들 사는 주제에, 엄마가 뭐 그리 위중한 환자라고 사흘 동안 거기 들어가서 병간호를 하느냐는 말이 튀어나오려는 걸 혜진은 꾹 눌러 참았다. 아마 혜영은 혜진이 무슨 말을 해도 거기에 맞는 적절한 답변을 할 준비가 된 것 같았고 그래서 혜진은 더 아무 말도 하고 싶지 않았다. 잘못하다간 혜영이 기다리는 말 대신 다른 말들이 튀어나올 것 같았다. 참 가지가지, 사서 고생한다, 못 말리는 효도충동, 같은 말들.

집에 돌아와 혼자가 되어서야 혜진은 혜영에게 그런 나쁜 말들을 쏟아놓지 않은 게 얼마나 잘한 일인가 생각했다. 엄마 연세도 여든이 넘었고, 수술하고 회복하는 동안 뭘 제대로 드시지도 못할 텐데, 무릎 아파서 잘 못 걸으시는데, 혼자 다니다 낙상하실 위험도 큰데, 치매기는 없으시지만, 아니 인지장애는 없으시지만 평소에도 인지능력이 의심스러운 말과 행동을 잘 하시니까, 언니가 큰 결심 했다, 장하다, 효녀다, 그렇게 생각하기로.

참 가지가지, 사서 고생한다, 못 말리는 효도충동 같은, 차마 하지 못한 혜진의 말들은 비틀린 예언처럼 실현되었다.

일요일 오후에 입원한 신숙은 월요일에 수술을 받고 화요일에 퇴원할 예정이었지만 의외의 변수가 생겨 수술을 받지 못한 채 하루하루 입원을 연장해야 했다. 입원 전부터 신숙은 감기 기운이 있어 그런지 오슬오슬 춥고 열이 나서 해열진통제를 복용해왔는데, 입원한 후에도 열은 떨어지지 않았고 혈액검사 결과 염증 수치도 높았다. 의사는 열과 염증을 잡지 못하면 수술을 할 수 없다고 했고, 그때부터 원인을 찾는 검사가 진행되었다.

신숙이 입원한 날부터 혜영은 하루에 서너 번씩 혜진에게 전화를 걸어 상황을 알려주었는데, 수술이 하루씩 미뤄질 때마다 초조하고 불안한 기색이었다. 신숙이 만성 신우신염에 걸렸다는 진단이 나온 화요일에는 혜진과 통화하면서 짜증을 참지 못했다. 의사가 만성 신우신염은 위 샘종과는 비교도 할 수 없이 위험한 병이라고, 까딱 잘못하다가는 신부전으로 갈 수도 있다고, 그러면 투석까지 해야 하는 병이라고 했다는 것이다. 신숙이 그런 위험한 병에 걸려서 혜영이 짜증이 난 건 아니었고, 앞으로 신숙이 이 주일 동안 매일 항생제 주사를 맞아야 하는데 이 주일이 지나도 증상이 나아지지 않으면 삼 주일, 그래도 깨끗이 낫지 않으면 한 달까지 맞아야 할 수도 있다고 했기 때문이었다. 그럼 도대체 언제까지 입원해 있어야 하느냐고 혜영이 묻자 의사는 일단 일주일은 더 입원해서 오전 오후 각각 한 시간씩 두 번 주사를 맞고 일주일 후부터는 매일 통원으로 다니며 한 시간씩 주사를 맞으라고 했다는 것이다.

"일주일이래!" 혜영이 한숨을 쉬었다. "원래대로라면 오늘 퇴원했어야 하는데, 오늘부터 일주일을 더 입원해 있어야 한대. 혜진아, 나는 그렇게는 못 있는다!"

"못 있지." 혜진은 동의했다.

"내가 여기서 정말… 혜진아, 우리 엄마 있잖니," 하고 혜영이 긴 이야기를 할 듯 운을 떼었고 혜진은 응, 하고 대답했다.

"그 잘나고 똑똑한 우리 엄마께서 병원에서는 아주 애기 짓을 한다."

안 봐도 눈에 선했지만 혜진은 어떻게? 하고 물었다.

"누가 오면 나만 쳐다 봐. 의사가 와도 간호사가 와도 나만 쳐다보고 있어. 의사가 엄마한테 오늘은 어떠시냐 괜찮으시냐 물어보지? 그래도 나만 쳐다봐. 한국말 못 알아듣는 사람처럼. 내가 엄마 오늘은 어떠시내 괜찮으시내 그렇게 통역을 해줘야 얘기를 해. 그것도 의사한테가 아니고 나한테. 엄마가 어젯밤에 잠을 못 잤잖아 혜영아, 계속 열이 나서 잠을 못 자서 뭐 그렇게 나한테 얘기를 하면 의사가 듣고 아 잠을 못 주무셨어요 열이 나셨어요 하는 식이야."

혜진은 혜영의 얘기를 들으면서, 그때 언니가 통역하지 말고 가만히 있어보지, 그럼 엄마가 어떻게 하나, 하는 생각을 했다. 혜영도 그런 혜진의 생각을 알아챈 듯 이렇게 말했다.

"그래서 나도 안 되겠다 싶어가지고 누구 있을 때 그러기는 망신스럽고 엄마랑 둘이 있을 때 어디 해보자 했지. 엄마가 혜영아 엄마 수액 다 맞아간다 하기에 엄마 거기 빨간 버튼 있지 그거 눌러서 간호사한테 수액 다 맞아간다고 얘기해 했지. 근데 우리 엄마 아예 못 들은 척하고 가만히 있는다. 그 전에도 내가 간호사 부를 땐 빨간 버튼 누르고 말만 하면 된다고 수십 번 얘기했거든. 근데 한 번도 안 해. 빨간 버튼 거기 엄마 침대 바로 위에 있네 그거 눌러 해도 가만히 있어. 내가 어이가 없어서 엄마 그건 할 수 있잖아 그건 좀 엄마가 제발 해봐 해도 안 해. 그래서 나도 안 했지. 내가 하나 봐라 모른 척 책만 봤어. 좀 있다 슬쩍 보니까 엄마가 수액 봉지를 쳐다보고 한숨을 푹 쉬더니 나더러 들으라는 듯이 뭐라는지 아니? 아휴 뭐 다 맞고 그냥 있어도 별일은 없겠지 그런다. 다 맞고 그냥 있으면 어떡하느냐고? 혈관에 공기 들어가면 큰일 나는데? 내가 책을 탁 덮고 일어나서 엄마 대신 빨간 버튼을 누르는데 손이 다 부들부들 떨리더라. 여기 수액 다 맞아간다고 간호사한테 얘기하는데 목소리도 부들부들 떨리는 거 있지. 근데 엄마가, 세상에, 우리 엄마가 그걸 보고 슬그머니 웃고 있더라. 내가 똑똑히 봤어. 웃고 있더라고. 니가 나를 무슨 수로 이기니, 무슨 수로 이겨, 그거지."

혜영에게 보이지 않을 텐데도 혜진은 열심히 고개를 끄덕였다. 맞아, 우리는 엄마 못 이겨. 엄마를 무슨 수로 이겨?

"그렇게 애기처럼 나한테 기대면서도 내가 하는 말은 또 안 믿고 이상하게 우긴다. 내가 무슨 말만 하면 의심부터 하면서 언제 의사가 그랬냐고 자기는 기억이 안 난다고 그래. 내가 의사가 분명히 그렇게 얘기했다고 엄마 그럼 그때 우리가 의사를 왜 만났는데 그거 물어보려고 만난 건데 그걸 안 물어봤을 리가 없잖아 그래서 의사가 이런 얘기를 했잖아 해도 계속 고개만 쌀쌀 흔들면서 자기는 기억이 안 난대. 만약 엄마가 정 의심스러우면 다음에 의사 만났을 때 물어보라고 하잖아? 그럼 자기가 물어보겠다는 말은 죽어도 안 하고 새초롬해가지고 아니 언제 의사가 그런 말을 했다는 거니 난 들어본 적도 없는데 이러고 있어."

엄마가 기억이 안 난다고 우기면 그쯤에서 그런가 보다 하고 말면 될 일을, 엄마가 우기는 걸 얼마나 잘하는 사람인데 거기에다 대고 언니도 저렇게 끝까지 우길 일인가 싶지만 혜진은 열심히 고개를 끄덕였다. 우리는 평생 엄마를 못 이기고 앞으로도 절대 못 이길 텐데, 그걸 알면서도 때로는 마음이 뒤틀려서 어떻게든 작은 일 하나에서라도 한번 이겨보려고 맞서지만 그래봤자 결국 또 못 이기고 더 만신창이가 될 뿐이라는 걸, 언니는 번번이 당하면서도 왜 모를까. 엄마가 언니에게 하는 짓이 어쩌면 딱 할머니가 엄마에게 하던 짓일까 싶어 혜진은 자기도 모르게 버럭 소리를 질렀다.

"아, 진짜 사람 울화통 터지게 하네."

잠시 조용하던 혜영이 아, 나 정말 왜 이러냐, 내가 원래, 아, 내가 아픈 엄마 두고 이게 뭐 하는, 하더니 갑자기 전화를 끊어버렸다. 휴대전화를 들고 가만히 앉아 있던 혜진은 문득 혜영이 왜 허둥지둥 전화를 끊어버렸는지 알 것 같았다. 자신이 버럭 내지른 말이 할머니가 늘 입에 달고 살던 말이었기 때문이다. 내가 할머니의 말을 했네, 할머니 말을 했어, 혜진은 그렇게 오래 중얼거렸다.

다음 날 오후에 전화를 걸어온 혜영은 신숙이 금요일에 퇴원하기로 했다고 말했다.

"어제부터 일주일은 더 입원해 있어야 한다며? 그럼 다음 주 화요일 아니야?"

"내가 의사한테 얘기해서 다 허락을 받았지. 어차피 엄마가 하루 종일 병원에서 하는 일이라고는 주사 맞는 거 말고는 아무것도 없는데 차라리 빨리 퇴원해서 통원으로 주사 맞으러 다니겠다고 했어."

"그래도 된대? 일주일 동안은 하루 두 번씩 맞아야 한다며?"

"그러니까 지금 바로 퇴원 못 하고 금요일까지는 하루 두 번씩 맞고 나가겠다는 거 아니야? 병원비도 그렇고 너무 오래 입원해 있는 게 우리 입장에선 경제적으로 힘들다고 했어."

혜진은 어리둥절했다. 병원비는 자기가 낼 테니 걱정하지 말라고 장담했던 혜영이었다. 하지만 생각해보니 특실이라 보험도 안 되고 입원비가 만만치 않을 터였다.

"언니, 내가 좀 보탤까?"

"아니, 혜진아, 언니 얘기가 지금 그런 얘기가 아니잖아. 그래야 의사가 허락을 해줄 거 아니니? 여기 특실이라고 해봤자 병실이 얼마나 좁은지 엄마 침대 옆에 간이침대 하나 놓고 내가 거기 하루 종일 앉고 눕고 한다. 밤새 못 자고 새벽에 겨우 잠들만 하면 간호사가 와서 엄마 체온 재고 뭐 하고 하느라 잠이 다 달아나. 여기 들어와서 내가 낮이고 밤이고 잠을 한숨도 못 잤어."

그러게 내가 뭐랬어, 왜 거짓말로 엄마를 거동도 못 하는 중환자를 만들어 억지 간병을 들어가 그 개고생을, 하는 말을 혜진은 하지 않았다.

"금요일까지 버틸 수 있겠어?"

"그럼 어떡해? 버텨야지 다른 수가 있니?"

그 말 속엔, 내가 못 버티면 네가 들어올 거야? 하는 뜻이 숨어 있었다.

그러니 언니만 나오라고, 어차피 엄마가 병원에서 하루 종일 하는 일이라고는 주사 맞는 거밖에 없다며, 엄마 혼자 일주일 더 입원해 있으면서 하루에 주사 두 번씩 맞고 의사 말에도 혼자 대답하고 빨간 버튼도 혼자 누르고 하게, 언니 너만 그냥 나오면 되는 거라고, 하는 말을 혜진은 하지 않았다.

결국 사흘 간병하러 들어갔던 혜영의 일정은 딱 두 배인 엿새로 연장되었다.

신숙이 퇴원하는 날 혜진이 병원에 가보니 평소에 그렇게 다정한 척하던 모녀가 거의 원수지간이 되어 서로를 제대로 쳐다보려고 하지도 않고 있었다. 차 트렁크에 짐을 싣고 혜영은 운전석에, 혜진은 조수석에, 신숙은 뒷자리에 탔다. 신숙의 집까지 가는 동안 차 안에는 내비게이션의 안내 음성만 들렸다. 신숙의 집 앞에 차가 섰을 때 신숙이 준비된 말을 읊조리는 배우처럼 말했다.

"우리 맏딸, 혜영이, 우리 효녀 딸, 엄마 때문에 그동안 고생 많았다."

혜영이 마지못해 고개를 조금 돌리고 억지웃음을 짓자, 그걸 본 신숙의 인상이 구겨졌다.

"짐은 내가 들어다 드리고 올게."

혜진이 짐을 들어 신숙의 집에 가져다 놓고 돌아왔을 때 혜영은 헤드레스트에 머리를 기대고 눈을 감고 있었다. 차에 탄 혜진이 벨트를 매며 장난스럽게 말했다.

"출소를 축하해."

"축하는 무슨." 혜영이 신경질적으로 눈을 비비며 말했다. "어느 세월에 또 엄마 주사를 다 맞히러 다니니?"

"언제까지 맞아야 된다는 말 없어?"

"없어. 보름이 될지 한 달이 될지 모른대."

"어쩌냐?"

"그거 다 맞고 또 정작 위 수술받을 때는 어쩔 거냐고? 그땐 내가 죽어도 병간호 못 해."

"당연하지. 언니 하지 마."

"그럼 혜진이 네가 할래?"

"내가 왜?" 혜진은 깜짝 놀랐다. "난 안 해. 병원에서 통합으로 간호 간병 해주는데 왜?"

"아, 그래. 그렇지. 병원에서 다 해주는데 내가 미쳤지."

그걸 이제 알았니 언니야, 그런 말을 혜진은 하지 않았다. 다만 혜영과 얼른 헤어지고 싶은 생각을 떨치기 위해 어제 사놓은 시금치로 무얼 만들어 먹을까 하는 생각에 골몰했다. 보랏빛 그러데이션이 아름다운 겨울 섬초 뿌리를 다듬어 절반은 나물을 무쳐 김밥을 말고 절반은 된장국을 끓여 곁들여 먹자, 아무도 안 주고 나 혼자 먹자, 그런 생각을 하며 혜진은 혜영과 차를 타고 오는 시간을 버텼다. 혜영이 혜진의 집 근처에 차를 세워주었고 혜진은 내렸다. 골목에서 조심조심 우회전하는 혜영의 차 뒷모습을 바라보다 혜진은 갑자기 울 뻔했다. 안도해서도 미안해서도 한심해서도 아니었고, 왜 그런지 모르지만 그저 눈에 눈물이 고였다 말라가며 눈 주변이 뻑뻑해졌다. 언니도 환갑이 다 돼가는데, 그런 생각도 들었다.

신숙이 퇴원한 다음 날부터 혜영은 매일 신숙을 데리고 병원에 다니며 주사를 맞혔다. 혜진은 그 동선에 따른 시간을 계산해보았다. 차가 별로 안 막힌다고 가정하고, 언니 집에서 엄마 집까지 사십 분, 엄마 집에서 병원까지 삼십 분, 접수하고 수납하고 주사실에 가서 대기하는 시간 이십 분, 엄마가 주사 맞는 시간 육십 분, 다시 병원에서 엄마 집까지, 엄마 집에서 언니 집까지 돌아오는 데 칠십 분. 총 이백이십 분, 세 시간 사십 분이 걸리는 일이었다.

닷새째쯤 되는 날 신숙이 혜진에게 전화를 걸어 혜영을 한껏 원망하는 소리를 했다. 주사 맞고 신숙의 집에 도착하면 그때가 딱 점심때라 신숙이 같이 밥을 먹자고, 밥을 먹고 가라고 해도 혜영이 번번이 거절한다는 것이다.

"어떻게 한번을 안 먹고 간다?"

"같이 먹으려면 언니가 밥 차려야 하니까 그런 거 아냐?"

혜진의 말에 신숙이 펄쩍 뛰며 모르는 소리 말라고 했다.

"엄마가 아침에 병원 가기 전에 미리 다 준비해놓고 가지. 냉장고에서 반찬만 꺼내고 찌개만 데우면 된다는데도 먹자고 하면 안 먹고 그냥 간다. 저 좋아하는 김치찌개 끓여놨다고 해도 두 말을 못 하게 하고 차에서 내리지도 않고 가버려. 혜영이 걔가 사람이 아주 차졌다. 찬 사람이 됐어. 예전에는 안 그랬는데."

그리고 며칠이 지난 후 혜영이 혜진에게 전화해서 주사실이 일요일에도 쉬지 않는다고 하소연을 했다.

"어떻게 하루를 안 쉬니?"

"하루도 안 빼놓고 주사를 맞아야 하는 사람들이 있어서 그렇겠지. 엄마도 그렇다며?"

"이제 열흘도 안 됐는데 지친다 벌써."

"지치지? 내일 하루만이라도 내가 엄마 모시고 갈까?"

"넌 차도 없는 애가 무슨 말도 안 되는 소리야?"

"아직도 언제까지 맞으란 말 없어?"

"일단 두 주까지는 맞고 보자는 식이야. 의사도 아니고 주사실 간호사 말이 그래. 거기에 주사 맞으러 오는 사람들 중에 어떤 할머니는 지금 한 달 넘게 주사를 맞으러 다니고 있대."

"무슨 병인데?"

"그건 안 물어봤어. 무서워서 물어보지도 못하겠더라고."

"근데," 하고 혜진은 은근히 떠보았다. "엄마가 언니 밥 안 먹고 간다고

서운해하시더라."

"하, 참!" 혜영이 어이가 없다는 듯 말했다. "내가 그것까지는 못 하지. 할 필요도 없고. 엄마는 바랄 걸 바라야지."

오, 그렇지, 하는 말이 튀어나오려는 걸 삼키며 혜진은 힘차게 고개를 끄덕였다. 언니도 제법인데.

혜영과의 통화를 끝내고 멍하니 앉아 있던 혜진은 언젠가 이런 비슷한 말을 들은 적이 있는데 싶어 가만히 기억을 더듬어 보았다. 아마 십여 년 전쯤 할머니가 돌아가시기 직전이었던 것 같은데… 그때 유재가 입원해 있던 지방의 요양원에서 신숙에게 연락이 왔다. 심유재 환자분이 식음을 전폐하고 눈 딱 감고 누워만 계시니 얼른 보호자가 와보셔야겠다고. 신숙이 부랴부랴 혜영의 차를 타고 혜진을 대동해 요양원에 내려갔다. 신숙이 유재를 붙들고 엄니, 엄니, 숙이 왔어요, 하며 뭐라고 얘기를 하는데도 유재는 자는지 못 듣는지 눈을 감고 미동도 하지 않았다. 그러다 저녁 무렵 혜진이 어디 나갔다 병실로 들어서는 중에, 둘의 모습은 보이지 않는 상태에서 신숙이 유재에게 뭔가를 격렬히 호소하는 듯한 목소리가 들려왔다.

엄니, 바랄 걸 바라셔야지. 내가 그것까지는 못 해요. 아무리 치매에 걸리셨어도 엄니, 그 얘기는 꺼내지 마셨어야지. 그 얘기는 나한테 안 하셨어야지.

앞도 뒤도 없이 그 부분만 엿듣고도 혜진은 오싹 무서워져서 얼른 다른 데로 몸을 피했던 기억이 있다.

하, 참! 내가 그것까지는 못 하지. 엄마는 바랄 걸 바라야지.

혜진은 혜영이 한 말을 천천히 곱씹으며, 그때 엄마 나이 일흔쯤이었는데 언니는 환갑도 안 되어 이런 말을 하니 이건 발전이다 했다가, 아 그때 엄마는 할머니 면전에서 했는데 언니는 엄마 면전에서는 못 하니 아직 발전은 아니다 했다.

혜진의 몸속에는 '안반'이라는 말이 깊숙이 박혀 있다. 유재에게서 처음 그 말을 들었을 때 혜진은 '암반'으로 잘못 알아들었다. 혜진이 중학생이고 혜영은 고등학생일 때였다. 방학이었는지 휴일이었는지 그날 혜영과 혜진은 대낮에 학교도 가지 않고 건넌방에 나란히 엎드려 책을 보고 있었다. 그때 유재가 건넌방 문을 열고 들어오려다 무엇 때문인지 엎드려 있는 그들을 보고 기분이 잡친 듯했다.

니들은 기집애들이 안반만 한 궁뎅이를 내놓고 뭐 하고 있는 짓이냐.

유재는 이렇게 말하고 혀를 쯧쯧 차며 문을 쾅 닫았다. 그 말을 듣고 혜진은 당연히 기분이 안 좋았는데 혜영도 그런 것 같았다. 왜 또 저러셔? 혜영이 조그맣게 말했다. 그때 유재가 왜 그렇게 부아가 나 있었는지 몰라도, 혼자만 부아가 난 게 분해 그랬던지 손녀들 꼴이 뭔가 마음에 안 들어 그랬던지 옜다 너희 기분까지 더러워져라 하고 아무 잘못도 하지 않은 자신들에게 분풀이를 했다는 걸 자매는 분명히 알았다. 그런 분풀이는 신숙도 딸들에게 자주 하는 일이었다. 혜진은 자신의 엉덩이가 정말 암반만 한가, 암석 덩어리만큼이나 커 보이는가 생각하고 조금 부끄러워졌다. 그때 언니는 안반이 무슨 뜻인지 알고 있었을까. 혜진은 지금껏 그걸 혜영에게 물어본 적이 없다. 언니가 그때 그 뜻을 알고 있었다면 자신보다 훨씬 더 기분이 나빴을 것이라고 생각한다. 나중에야 혜진은 안반의 뜻을 알고 처음 그 말을 들었을 때보다 더욱 기분이 나빠졌다. 떡을 치는 넓적하고 두꺼운 판. 중학생 고등학생 손녀의 엉덩이를 보고 할머니가 그게 할 소리인가, 떡을 치는…

신숙은 그런 말을 서슴없이 내뱉는 유재 밑에서 외동딸로 자랐다. 그러니 엄마의 몸속에는 안반 같은 말들이 수십, 수백 개쯤 박혀 있을지 모르겠다고 혜진은 생각한다. 당신 몸속에 깊이 박힌 그런 말들이 얼마나 흉하고 독한 줄 모르고 엄마는 그걸 또 언니와 내 몸속에 그대로 박아 넣었을 것이고 그 곁에서 할머니는 틈틈이 그 일을 돕고 부추겼을 것이다. 유재는 늘 신숙에게 딸년들 너무 오냐오냐 키워봤자 소용없다, 시집가면 그뿐이다, 사근사근 간 쓸개 다 빼줄 듯 굴다 간 쓸개 다 빼가는 도둑년들이 딸년들이다, 딸 많은 집 어미는 속곳도 벗고 산단다, 오죽하면 아들 밥은 앉아 받아 먹고 딸 밥은 서서 얻어먹는다니, 그런 말들을 자주 했다. 그러면서 정작 할머니는 시집간 엄마 옆에 찰싹 달라붙어 평생 떨어지려 하지 않았다.

유재에게서 안반이라는 말을 들은 후부터, 정확히는 그 뜻을 알게 된 후부터, 혜진은 자신의 엉덩이에 민감하게 되었을 뿐만 아니라 다른 여자들의 엉덩이에도 민감하게 되었다. 전철이나 버스에 앉아 있다 옆자리가 비었을 때 엉덩이부터 들이미는 여자들을 보면 혜진은 여지없이 안반을 떠올렸다. 아니, 떠올리는 게 아니라 저절로 튀어나왔다. 짧은 윗도리 아래 레깅스를 입은 여자가 앞서 걸어갈 때, 골프나 당구 채널에서 공을 줍거나 치기 위해 깊숙이 허리를 구부린 여자 선수의 엉덩이를 카메라가 당겨 잡을 때, 혜진의 몸 깊은 곳에서는 안반이라는 말과 '떡을 치는' 이미지가 피에 젖은 탐폰처럼 한 끈에 묶여 불끈 튀어나온다. 제어하려고 노력한들 제어되지 않는 말이다. 생각이고 나발이고 하기도 전에 이미 두둥실 현전해 있는 무엇이다. 살 속에 박힌 쇠붙이를 빼내지 않고 그대로 두었을 때 그 언저리가 건드려지면 기어코 느껴지는 이물의 고통처럼.

혜진은 죽기 전에 이 말을 온전히 자신의 몸에서 빼내고 죽을 수 있을지 확신할 수 없다. 아마 그럴 수 없을 거라고 생각한다. 자신이 할 수 있는 건 이 말을 그대로 몸속에 묻고 죽는 것, 아무에게도 박아 넣지 않고 전수하지도 말고 자기 안에서 고요히 소멸시키는 것뿐이라고 생각한다.

일주일에 두어 번은 가서 백반을 시켜 먹는 단골 식당에서 혜진은 오늘 백반이 아닌 회덮밥을 시켰다. 식당 주인이 마침 회가 딱 일 인분밖에 남지 않았는데 혼자인 손님이 오셔서 다행이라고 했다. 회덮밥이 나왔고 혜진은 양념장을 뿌리기 전에 광어 한 조각을 들어 가만히 들여다보았다. 이런 불투명한 투명, 싱그러운 반투명의 질감이 요즘 혜진의 마음을 사로잡고 있다. 미역줄기볶음을 수채로 그린 후부터 그 비슷한 느낌을 찾아내 열광적으로 그리고 있는 중이다. 화채 그릇에 담긴 동치미라든가 놋그릇에 막 깨트려놓은 달걀 같은 것. 혜진은 유리 접시에 놓인 얇은 회를 상상한다. 그 질감을 살리기 위해서는 아주 연한 크림빛을 섞어야 할 것이다.

잠시 뒤 한 여자 손님이 들어와 벽에 걸린 메뉴판을 한참 들여다보더니 저는요, 음, 회덮밥, 아니, 회덮밥 말고, 음, 했다. 주인의 눈썹이 불길하게 치솟았다 내려앉는데 여자가 마침내 회덮밥, 회덮밥 주세요, 했다. 주인이 회가 다 떨어져서 회덮밥이 안 된다고 하자 여자는 회덮밥이 안 된다고요, 그럼 뭐가 돼요, 하고 물었다. 주인이 메뉴판을 가리키며 회덮밥만 빼고 다 된다고 하자 여자는 음, 음, 하며 주저하더니 저 백반이라는 건 뭐예요, 하고 물었다. 주인이 백반이 백반이죠, 하며 반찬 여섯 가지에 국과 밥이 나온다고 하자 여자는 아, 제가 회사에 들어가기 전에 점심을 먹고 들어가긴 해야 하거든요, 밥을 먹고 들어가긴 해야 하는데 어쩌나, 했다. 주인은 말없이 여자를 보았고 여자는 한숨을 폭 쉬더니 그럼 백반이라도 주세요, 했다.

저 여자는 회사에 점심을 먹고 들어가야 하는구나, 밥을 먹고 들어가긴 해야 하는데 마지막 남은 회덮밥을 내가 먼저 채 먹었구나, 그래서 어쩌나, 마지못해 백반이라도 달라고 하는구나, 그런 생각을 하며 혜진은 회덮밥을 먹었다. 여자는 백반이 나올 때까지 휴대전화를 들여다보며 혼자 뭐라 뭐라 중얼거렸다.

식당에서 계산을 마치고 나올 때 휴대전화가 울렸다. 드디어 오늘로 엄마 주사 맞는 일이 다 끝났다고 혜영이 힘없이 말했다. 오, 하고 혜진이 뭐라고 축하의 말을 하려는데 혜영이 나 너무 허기진다, 이만 끊자, 하더니 전화를 끊었다. 혜영이 걔가 사람이 아주 차졌다, 찬 사람이 됐어, 하던 신숙의 말이 떠올랐고 혜진은 그 말이 맞긴 맞다고 생각했다. 언제부턴가 혜영은 차졌다. 그게 냉철하다는 뜻은 절대 아니고, 오히려 냉철하지 못해서 그랬다. 혜진이 보기에 혜영은 해야 할 일과 안 해도 될 일을 냉철하게 구분하지 못해서 안 해도 될 일을 공연히 떠안고 그 일 때문에 지치고 울화가 쌓여 상대방에게 싸늘해지는 상황으로 자신을 몰아넣는 식이었다. 혜진은 자신이 할 수 없는 일은 되도록 하지 않으려 노력한다. 할 수 있는 일도 종종 하지 않으려 노력한다. 혜진은 언니가 효도충동을 조절하지 못해서 자꾸 엄마를 미워하고 자신을 비난한다고 믿는다. 혜진은 그런 언니를 도저히 이해할 수 없다. 하지만 달리 생각하면 언니가 언니이기 때문에, 자신처럼 동생이 아니기 때문에 그럴 수밖에 없는지 모른다는 생각도 가끔 한다.

집에 돌아오는 내내 혜진은, 엄마가 외동딸이 아니고 언니도 맏딸이 아니었으면, 나도 둘째 딸이 아니었으면, 외동딸 맏딸 둘째 딸, 그 딸들은 다 어떻게 다른가, 할머니는 몇째 딸이었나, 할머니도 몇째 딸이긴 했겠지, 그 몇째 딸이 아니었으면, 그랬다면, 그런 뜨문뜨문한 혼잣말을 중얼거렸다. 그렇게 중얼거리다 보니 식당에서 본 백반 여자가 떠올랐다. 물이 가득한 항아리를 품고 있는 것처럼 누가 살짝 건드리기만 해도 생각과 말을 찔끔찔끔 쏟는 사람들이 있다. 때로는 확 엎지르기도 한다. 스쳐 지나가는 사람의 팔을 붙들 듯 스쳐 지나가는 말을 붙잡아 자기 말을 주렁주렁 얽고야 마는 사람들. 그 말들은 언제나 조금씩 어긋나고 위태롭다.

혜진은 요즘 낯선 이들에게서 무서운 것을 자꾸 발견하는데, 그건 어쩌면 자신이 무서운 존재로 변해가는 증상이 아닐까 싶기도 하다. 자신이 그들에게서 환상적 유사성을 보는 것만 같다. 기회만 되면 좋지 못한 생각과 혼잣말을 쏟아놓고 상대가 듣지 못하니 괜찮다고 자위하는 자신이나, 상대가 듣든 말든 상관없이 자기 사정만 쏟아놓는 백반 여자나, 그 오연함은 얼마나 닮아 있는가. 얼마나 깊은 단절과 고립에서 다져진 것일까. 어쩌면 나의 정신적 자매는 그 여자가 아닐까, 혜진은 그런 생각을 하고 그런 혼잣말을 하며 걷고 또 걸었다.

한동안 연락이 없던 혜영이 전화를 해서 혜진더러 근처 술집으로 오라고 했다. 예전에는 두 자매가 그곳에서 제법 자주 만나 술을 마셨던 것 같은데 요즘엔 그런 일이 드물었다. 혜영이 택시비 줄 테니 택시 타고 오라고 했지만 혜진은 전철을 타고 갔다. 언니와 술 마실 때 엄마 얘기를 먼저 꺼내지 않도록 하자고, 언니가 엄마 얘기를 해도 제발 토 달지 말고 그저 듣기만 하자고, 정 대꾸를 해야 되는 경우라면 가급적 긍정적인 답변과 반응만 보이도록 하자고, 혜진은 집에서부터 단단히 결심을 하고 전철을 타고 가는 내내 그 결심을 다졌다.

혜영은 미리 와 앉아 있다가 혜진을 보자 웃으려고 했다.

"오랜만이네."

혜진도 오랜만이라고, 잘 지냈느냐고 물었다.

"언니가 우울증이 왔었어. 이명도 오고."

"그럴 만도 해. 지금은 좀 괜찮아졌어?"

"괜찮지는 않고 좀 나아졌다면 나아졌지."

처음엔 안주를 뭘 시킬까 하는 얘기를 했고 분위기는 화기애애했다. 우선 그 집 최고 메뉴인 두부김치를 시키기로 하고 한 가지 더 뭐 시킬까 하다 혜영이 혜진에게 너는 국물 있어야지, 하면서 어묵탕을 시키자고 했다. 안주와 술이 나왔다. 혜영은 맥주를, 혜진은 소주를 마셨다. 두부김치는 여전히 맛있었고 어묵탕은 칼칼하고 시원했다.

"내가 정말 엄마 퇴원하고 당분간은 엄마 안 보고 살고 싶은 마음이 굴뚝같았는데, 그 신우신염 주사인지 뭔지 안 맞으면 큰일 난대고, 매일 엄마 얼굴을 안 볼 수도 없고. 그때 보름 동안 내가 미치는 줄 알았다."

일요일도 안 빼고 다니느라 정말 고생했다고 혜진이 말했다.

"흐음, 근데 혜진아. 일요일의 병원은 이상하게 좀 쓸쓸하더라. 일요일이라고 병원에 사람이 없지도 않거든. 근데 이상하게 휑하고 쓸쓸해. 거기 주사실에도 예약된 환자들이 다 주사 맞으러 와. 근데도 평일하고 다르게 어딘가 고적하고."

혜영은 얘기하고 혜진은 들었다.

"근데 참, 무슨 일이 있었는지 아니? 두 번째 일요일인가에 엄마 주사 맞는 옆 침상에, 커튼이 쳐져 있어서 얼굴은 안 보이는데, 거기 주사실이 조용하거든, 일요일이라 더 조용한데 옆 침상 남자가 너무너무 큰 소리로 자기 엄마한테 계속 뭐라고 소리를 지르는 거야. 처음엔 저 엄마가 귀가 잘 안 들려서 그러나 했는데 들을수록 거슬리더라고. 완전 반말에 윽박지르는 말투에 막 나중엔 분노가 배어 있는 고성으로, 됐다고오오오! 됐다고 했잖아 이 노인네야! 왜 사람 말을 못 알아먹어어! 막 이렇게 소리를 질러. 그러다 어느 순간 갑자기 조용해지더니 존댓말로 간절히 사과하는 말이 들리는 거야. 죄송합니다 제가 잘못했습니다 정말 죄송해요 용서해주십시오. 뭐야 왜 저래 했는데 그게 자기 엄마한테 하는 말이 아니라 조용히 해달라고 온 간호사한테 하는 말이더라고. 자기 엄마한테 하던 목소리랑 영 딴판이야, 딴 사람이야 아주. 그러고 엄마 주사 다 맞고 일층 로비에서 다음 날치 미리 수납하는데 어디선가 됐다고오오 이 노인네야 하는 들어본 목소리가 들려오는 거야. 커튼 너머 그 남자다 싶어서 돌아봤지. 아주 키가 작은 오십대 중반 남자더라고. 남자는 서서 소리를 지르고 그 앞에는 늙은 부모가 야단맞는 애들처럼 앉아 있어. 누가 주사를 맞았는지는 모르겠는데 둘 다 완전 늙은 부모야."

혜진은 그 장면을 상상해보았다. 일요일의 병원, 이상하게 고적한 느낌이 드는 로비에서 참지 못하고 소리를 질러대는 중년의 작은 남자와 다소곳이 앉아 견디고 있는 늙은 부모를. 그 장면을 그려보고 싶다는 생각이 들었다.

"엄마 주사 맞히는 일을 끝내고 한동안 엄마에게서 걸려오는 전화를 안 받았어. 누가 뭐라고 욕을 해도 그때 내 마음이 도저히 안 받아지더라고."

혜진이 잘했다고, 나는 평소에도 엄마 전화 안 받는데 뭐, 하자 혜영이 알지, 너 전화 안 받는 건, 했다.

"내 몸도 마음도 다 지쳤나 봐. 왜 그런지 모르겠는데 집에 와서도 거의 잠을 못 잤어. 자려고 누우면 생각이 꼬리에 꼬리를 물고 이어져서 팽팽 돌아. 이를테면 갑자기 그런 생각이 난다. 검사받으러 가서 기다리고 있는데 엄마가 자꾸 접수대에 가보라고 해. 아직 순서 안 됐다고 엄마 이름 부르지도 않았는데 왜 그러느냐고 해도 불렀는데 못 들었을 수도 있지 않느냐고 십 분마다 가서 확인하고 오라는 거야. 그런 생각의 실마리가 뇌의 어느 지점에 심기잖아? 그러면 거기서 수십 갈래 생각의 실뿌리들이 뻗어 나가면서 미미한 두통이 시작돼. 아 그만하자 생각하지 말자, 하는데 어느새 나도 모르게 또 다른 생각을 하고 있어. 뇌의 다른 지점에 또 다른 생각이 뿌리를 내려. 저번에 엄마가 내가 점심 안 먹고 간다고 이거라도 가져가서 먹으라고 귤을 한 보따리 차에 싣더라고. 나 귤 잘 안 먹는다고 이렇게 많이 필요 없으니까 도로 가져가라고 해도 너랑 나눠 먹으래. 내가 혜진이를 언제 만나서 귤을 주느냐고 매일 엄마 병원 모시고 가는 것도 힘에 부치는데 하니까 너더러 가지러 오라고 하래. 혜진이가 와서 가져가면 되지, 천연덕스럽게 그런다."

"내가? 잘도 가져가겠다."

"그러니까! 이건 정말 주고 싶어서 주는 게 아닌 거야. 먹이고 싶어서 그런 것도 아닌 거야. 자기가 주려고 작정했으니까 주는 거고 주면 무조건 받아야 하는 거야. 안 받아? 그럼 아주 굴복시키려고 갖은 수를 써서 떠안겨. 그런 생각이 들기 시작하지? 그럼 그게 뇌에 꽂혀서 또 뿌리를 내린다. 그렇게 나중에는 뇌 속에 온갖 생각의 뿌리들이 얽히고설켜서 엉망진창이 되어버려. 내가 생각들에 포획돼서 서서히 갉아 먹힌다는 느낌이 와. 열이 올랐다 내렸다 하고 가슴이 답답해지고 가려움증이 도지고 이명이 들려. 어떤 자세도 어떤 호흡도 오래 유지할 수가 없어. 그럼 결국 일어나자, 차라리 일어나 앉아야겠다, 생각하지. 근데 일어나려고 하잖아? 안 일어나져.

왜 그런지는 모르겠는데 안 움직여져. 그러면 속수무책으로 누워서 이대로 죽었으면 싶은 마음이 드는 거야."

혜진은 어둠 속에 꼼짝 못 하고 누워 안반 같은 생각들에 갇혀 있는 혜영을 상상해보았다. 언니는 왜 저렇게까지 자기를 궁지에 몰아대나, 가엾으면서도 화가 났다. 혜영이 조용히 맥주를 마시고 먼 데를 바라보았다.

"언니!"

혜영이 혜진을 보았다.

"언니도 화를 내. 그 남자처럼. 됐다고오오오! 됐다고 했잖아 이 노인네야! 왜 사람 말을 못 알아먹어어! 막 이렇게 소리를 질러."

혜영이 헉 하고 웃었다.

"혜진아, 내가 그렇게까지는 못 해도 나도 엄마한테 짜증도 내고 화도 내고 했어. 내가 정말 엄마를 가엾게 여기자고 골백번이나 다짐하면서도 그게 잘 안 되더라. 감정이 폭발하고 엄마를 미워하게 되고 피하고 싶고 자꾸 그렇게 되더라고."

"그러지 마, 언니."

혜영이 의아한 얼굴로 혜진을 보았다.

"그러지 말라고. 짜증 내고 폭발하고 엄마를 미워하고 피하는 걸 하지 말라는 게 아니라, 애초에 엄마를 가엾게 여기자고 골백번 다짐하는 걸, 그걸 하지 말라고. 그러면 나머지도 자연히 하지 않게 된다고."

이렇게 말하고 혜진은 혜영의 눈치를 살폈다. 혜영은 목이 탄 듯 맥주를 마셨다.

"혜진이 너도 참," 혜영은 잠시 침묵하더니 싸늘하게 말했다. "엄마 딸 아니랄까 봐 옳은 말만 한다."

혜진은 벌떡 일어나 집으로 가버릴까 하다 그냥 앉아 있기로 했다. 빈 소주병을 물끄러미 보며, 언니 말이 맞는 말이다, 언니도 엄마 딸 아니랄까 봐 옳은 말만 한다, 생각했다. 우리 세 모녀는 어쩌면 이렇게 닮았을까. 서로가 싫어하는 말과 짓을 어떻게 그렇게 잘 알고 어떻게 그렇게 잘 해낼까. 나도 언니도 그렇게 골백번 다짐하고도 왜 그 다짐을 지키지 못해 머리를 쥐어뜯는 지경에 이르고 말까. 나는 왜 언니에게 그런 말을 했나. 왜 또 토를 달았나. 어떤 결심도 다 깨버리는 현실은 어찌 이리 다채롭게 잔인한가. 혜영이 남은 맥주를 다 마시고 잔을 내려놓으며 감정이 휘발된 사무적인 말투로 말했다.

"오늘 만나자고 한 건, 엄마 위 샘종, 그거 제거하는 수술 날짜가 잡혀서야."

"언젠데?"

"다음 주 화수목."

"얼마 안 남았네."

"그래서 말인데, 이번에도 내가 들어가서 병간호하려고 해."

그래서 말이라니? 뭐가 그래서 말이야? 응? 왜? 이번엔 또 왜? 유난도 유난도… 혜진은 그런 말들을 묵묵히 삼키며 가방을 챙겼다. 이번엔 진짜 삼 일 만에 퇴원할 수 있으려나, 하는 말도 당연히 하지 않았다. 그리고 돌아오는 내내, 오늘은 뭘 해서 혼자 먹을까, 아무도 주지 않고 나 혼자 맛있는 거 뭐 해 먹을까, 그런 혼잣말을 중얼거렸다. 그런 야박한 혼잣말을 하면 마음이 덩달아 야박해져 눈물이 덜 났다. 혜진은 이제 누구 앞에서도 울고 싶지 않았다.

봉지를 열어 시장에서 사 온 데친 나물을 찬물에 담갔다. 나물을 파는 여자가 가져가서 바로 무치기만 하면 된다고 했지만 혜진은 그 말을 믿지 않는다. 채반에 담가 두 번 정도 헹구다 보니 딱딱한 뿌리와 억센 줄기가 손에 걸렸다. 혜진은 채반에 양재기를 받쳐 놓고 방석을 깔고 앉아 나물을 다듬기 시작했다. 언제부터인지 시간이 좀 걸리는 일은 바닥에 앉아서 하는 게 편했다.

신숙은 환갑이 다 되어가는 혜영과 혜진에게 지금 니들 나이가 한창때라고, 어디 엄마 앞에서 아프다는 소리 하지 말라고 나무라지만 신숙이 그들 나이였을 때엔 딸들 앞에서 온갖 노인네 행세를 다 했다. 그러면서 온갖 군데가 다 아프긴 하지만 그래도 언제 죽을지 모르니 지금 온갖 군데로다 여행을 다니지 않으면 안 된다고 주장했다. 그런 말과 논리들은 유재에게서 전수받은 것이어서 이십여 년의 세월을 격해 되풀이되는 돌림노래 같았다.

나물은 한 가지가 아니라 여러 종류가 섞여 있었다. 혜진이 아는 것만 해도 참나물, 취, 유채, 두릅 순, 엄나무 순, 연한 호박잎에 고사리도 서너 줄기 들어 있다. 혜진이 잘 알지 못하는, 거친 쓴맛이 날 것 같은 나물도 있다. 혜진은 말들이 내는 지독히 쓰고 아린 맛은 좋아하지 않지만 나물들이 내는 쌉싸름한 맛은 좋아했다. 잘 다듬어 꼭 짜서 국간장에 고추장 기운을 조금 더해 무쳐놓으면 언니도 엄마도 좋아할 맛일 거라고 혜진은 생각한다. 돌아가신 할머니도.

"혼자 먹을 거야, 아무도 안 주고 나 혼자 다 먹을 거야."

혜진은 소리 내어 혼잣말을 했다. 나중에 그들이 미워져 힘이 들 때 이 순간을 기억하면 기운이 날 것이다.

요즘엔 그러지 않지만 예전엔 혜영도 혜진에게 쓰디쓴 말들을 많이 했다. 유재와 신숙이 하는 말보다는 덜 아리지만 쓰기는 써서 삼키기 힘든 말들을. 혜진이 넌 아주 내 속을 홀딱 뒤집어놓아, 하고 혜영은 말했다. 그 말이 '전복적'이라는 의미가 아닌 건 분명했다. 혜진이 넌 아주 내 속을 호벼 파놓는다, 고도 했으니까. 그 말 또한 '예리하다'는 뜻은 아니었듯이. 유재와 신숙에게서 들은 말을 혜영은 아무 생각 없이 따라 했을 뿐이겠지만, 그러나 언니에게서 그런 말을 들으면 혜진은 할머니나 엄마에게서 들을 때보다 더 서럽고 서운했다. 그때마다 혜진은 혼잣말을 했다.

"그건 엄마 닮아서 그래."

서럽고 서운할 때마다 혜진은 주문처럼 혼잣말을 했다.

"엄마는 할머니를 닮고 언니랑 나는 엄마를 닮고, 그래서 그런 거라고. 그런 걸 어쩌라고."

몸을 작게 웅크리고 앉아 웅얼웅얼 못되고 독한 혼잣말을 하면 기운이 났다. 몇 년 있으면 환갑이 될 나이에도 이렇게 꽁한 여자애처럼 앉아 있으니, 죽을 때도 꽁한 여자애로 죽게 되겠구나 싶지만, '안반'이란 말도 꽁하니 품고 죽어야지, 혜진은 다짐한다.

그건 그렇고, 혜진은 중얼거린다, 내가 언젠가 실제 '안반'을 그릴 수 있는 날이 올까. 여자 엉덩이를 생각하지 않고, 실물 그대로의 '안반'을, 떡을 만들 때 사용되는 하나의 도구로서의 '안반'을.

그건 그렇고, 혜진은 또 중얼거린다. 할머니는 어떤 엄마와 할머니 밑에서 자랐기에 안반 도둑년 어미 속곳 같은 말을 그렇게 술술 염불 외듯 외며 살게 되었을까. 얼마나 자기 삶에 지독한 증오를 품었기에, 자신의 딸에게도, 그 딸의 딸들에게도 시시각각 경계하듯 그런 말들을 전염시키며 살았을까. 자신이 딸인 게, 자신이 딸을 낳은 게, 그 딸이 또 딸들을 낳은 게 그렇게 부끄럽고 두려웠던 것일까. 그 수치와 공포가 너무 크고 무거워서 딸과 그 딸들에게 나눠 지게 해야만 간신히 버텨낼 수 있었던 걸까.

신숙이 위 샘종 제거 수술을 받기 위해 다시 입원했다. 혜영이 전화를 걸어, 지난번처럼 특실이나 일인실이 없어 간호 간병 통합병동에 입원할 수밖에 없었다고, 다인실이라 공간이 좁고 시끄럽다고 했다. 환자인 신숙에겐 소음이 괴롭고 보호자인 혜영에겐 좁은 공간이 문제였다. 쪽잠이나 잘 수 있을까 싶은 좁고 딱딱한 장의자에 침구류도 특실 때와 달리 거칠고 낡았다고 했다.

"담요를 깔아놔도 얼마나 배기는지 몰라."

"응, 그렇구나." 혜진이 말했다.

"새벽에 간호사가 올 때마다 내가 번번이 일어나서 의자를 빼야 해."

"아, 그렇구나, 번번이."

"식대는 똑같이 내는데 특실 때보다 식사 질도 떨어지는 것 같아."

그건 정말 언니의 기분 탓인 것 같았지만 혜진은 그런 말은 하지 않았다.

혜영의 전화를 받기 전에 혜진은 휴대전화를 바라보며 심호흡을 했다. 똑 부러지는 말은 말 그대로 똑 부러지고 만다. 곧고 단단한 말이 아닌, 부드럽게 휘는 말, 바람에 살랑대는 가볍고 유연한 말을 하자. 꼬챙이 같은 말을 아무 데나 박아 넣고, 그래도 내 말이 맞지, 봐, 내 말이 맞잖아, 맞았잖아, 그렇게 모질게 독야청청하지 말자, 골백번은 다짐했다.

혜진만 그런 게 아니라 혜영도 무슨 큰 결심을 했는지 몇 번 불평불만을 말하더니 이후로는 꿋꿋이 버티는 모양새를 보였다. 아니, 모양새는 그랬지만 실제로는 그렇지 않았는지 병원에 들어간 첫날부터 방광염에 걸려 근처 병원에서 약을 지어 먹었는데 이틀째까지 증세가 낫지 않다가 사흘째에야 겨우 약이 듣기 시작했다고 했다. 방광염이든 장염이든, 혜영이 무언가로 아플 것 같기는 했다. 신숙도 그런 걱정이 있었던지 혜영이 방광염에 걸렸다고 하자 대번에, 혜영이 니가 그럴 줄 알았다, 안 그래도 엄마 힘든데 더 힘들게 니가 하필 아프고 말 줄 알았다고 했다고 한다.

이번에도 신숙의 입원은 사흘로 끝나지 않고 이틀 더 늘어났는데, 한 번의 수술로 샘종이 깨끗이 제거되지 않아 재수술을 받아야 했기 때문이다. 혜영은 샘종을 한 번에 제거하지 못한 게 의사의 과실이라고 확신했지만 감히 의사에게 그런 말을 꺼내지는 못했다고 했다.

그래도 내일이면 퇴원이네 싶어 혜진이 안심하고 있던 나흘째 오후에 혜영이 전화를 걸어 울먹이는 목소리로 말했다.

"혜진아, 내가 정말 이런 무서운 말 하기 그런데, 할머니도 말년에 치매 왔었잖아? 우리 엄마도 이제 그게 오는 것 같아."

"그게 무슨 소리야?" 혜진이 놀라 소리쳤다.

"몇 번 이상하긴 했는데, 내가 너무 무서워서 모른 척했어. 근데 오늘 점심에 엄마가 뜬금없이 그런다. 새벽에 대신동 고모가 왔다 갔지? 처음에 나는 무슨 말인가 했어. 대신동 고모가 언제 적 대신동 고모니?"

"대신동 고모라면 부산 살 때 그 대신동 고모 말이야?"

"응."

그 고모는 돌아가신 지 오래되었다. 삼십 년도 더 전인데, 하고 생각하다 혜진은 갑자기 퍼뜩 깨달아지는 게 있었다.

"언니! 엄마 그거 섬망이야!"

"섬망?"

"나도 작년에 수술받고 섬망 왔었어. 마취 깨고 나서 한동안 현실하고 꿈하고 상상하고 막 뒤섞여서 이상하게 생생한, 그런 망상증 같은 게 와. 난 엄마처럼은 아니고 그보단 약했던 것 같은데, 잠자는 내내 계속 옆에서 누가 떠들고 왔다 갔다 하고 그랬어."

"맞아! 엄마가 그렇대. 밤새 의사랑 간호사들이 발밑으로 지나다닌다고 계속 문으로 들어와서 창문으로 나간다고 그래서 시끄러워서 잠을 못 자겠다고. 그래서 내가 그게 말이 되냐고 막 뭐라 했지."

"응, 그래. 그거 섬망이야. 나이 든 사람은 섬망이 더 세게 온다고 했어."

"어머, 이게 웬일이니? 혜진아, 이제 언니 마음이 좀 놓인다. 근데 마음이 너무 아프다. 엄마가 섬망이었구나. 혜진이 너도 작년에 수술받고 섬망 왔었구나."

"응, 그거 별거 아니야. 시간 지나면 나아져. 엄마한테도 섬망이라고 얘기해주면 엄마가 더 잘 극복할 수 있을 거야."

"알았어. 난 괜히… 그래, 알았다. 고마워, 혜진아."

전화를 끊고 혜진은 갑자기 환기된 대신동 고모와 오래전 부산에 살았던 시절을 생각했다. 그때 유재는 경기도에 살아서 부산에 자주 오지 못했다. 말년에 치매로 요양원에 입원하기 전까지 아마 그때가 유일하게 유재가 자신의 딸과 떨어져 산 시기였을 것이다. 그래서인지 그 시절의 신숙은 사납지 않고 부지런하고 상냥했던 것으로 혜진의 기억에 남아 있다. 그 당시에 신숙은 가까이 사는 손위 시누인 영선과 친하게 지냈는데 영선에게도 딸만 둘이었다. 그 집 딸들은 늘 공주처럼 하고 다녔고 집에서 피아노를 치고 개 인과외를 받기도 했다. 신숙은 형편상 딸들을 공주처럼 꾸며주거나 피아노 를 사주지는 못했지만 딸들이 아프면 연탄불에 소고기도 구워주고 납세미 라 부르는 말린 가자미도 조려주었다.

그들 세 모녀가 살던 집 부엌은 비가 오면 아궁이 옆 좁은 홈통에 빗물이 고였다. 고인 물이 아궁이로 흘러 들어가 연탄불이 잘 꺼졌으므로 비가 온 뒤엔 그 물을 국자로 퍼내야 했다. 홈통이 아궁이만큼 깊어서 바닥의 물을 퍼내기 위해서는 엎드린 자세로 홈통 구멍에 작은 쇠국자를 쥔 손을 똑바 로 집어넣어 한 국자씩 곧게 들어 올려 퍼내야 했다. 어느 날 혼자 집에 있 던 혜진은 무슨 착한 마음을 먹었던지 아궁이 옆에 엎드려 그 물을 다 퍼냈 고, 집에 돌아온 신숙은 혜진을 칭찬하며 시장에 데려가 뭔가 달콤한 주전 부리를 사주기도 했다. 그 시절을 생각하자 혜진은 세상에, 우리 세 모녀도 한때는 최선을 다해 귀엽게 살기도 했었구나, 하는 낯선 마음이 들었다.

그때 혜진은 초등학교도 들어가기 전이었으니 예닐곱 살 정도였을 것이 고 혜영은 여덟아홉 살 정도였을 것이다. 신숙은 서른이 좀 넘었고 영선은 신숙보다 열 살 정도 많았으니 마흔 좀 넘었을 것이다. 혜진이 듣기로 고모 집에는 자가용도 있긴 하지만 고모가 차멀미가 심해 자가용이고 버스고 타 지를 못한다고 했다. 그래서 신숙과 영선은 어디든 걸어 다녔다고 했다. 둘 이 팔짱을 끼고 걸어 다니면 사람들은 둘의 관계가 아리송해 무슨 사이냐 고 자주 물었다고 했다. 전혀 닮지 않았으니 자매도 아니고 친구라기엔 나 이 차가 많고. 신숙이 뽐내듯이 시누 올케 사이라고 말하면 사람들은 아 하 고 납득을 하는 동시에 앗 하고 놀라기도 했다고. 아니 세상에 이렇게 정다 운 시누 올케 사이가 어디 있느냐며.

그건 그렇고, 혜진은 생각에 잠겨 중얼거렸다. 그 이후에 우리가 서울로 이사를 오지 않고 계속 부산에 살았더라면 엄마는 할머니 대신 고모의 영향을 받아 우리를 딸이어도 귀애하며 키웠을까. 고모도 공주 같은 딸들을 외국으로 조기 유학 보내고 외로움에 시달리다 자살하는 일이 없었을까. 너무 오래전이고 미처 살아보지 않은 날들인데도 혜진은 그날들이 그리웠다.

저녁 무렵에 혜영이 톡을 보냈다. 낙엽 색깔 원피스 사진과 함께 '이거 어때? 사줄까?' 묻는 내용이었다. 혜진이 어이가 없어 '이 와중에 쇼핑을?' 하고 보내자 '그러게 이 와중에 쇼핑을. 네가 그림 그릴 때 입으면 좋을 것 같아서'라는 답이 왔다. 그걸 읽고 혜진은 어리둥절했다. 내가 언제 언니에게 그림 그린다는 말을 했던가. 모르겠다. 혜진은 충동적으로 '그래 그거나 사줘라' 했고 혜영이 '오케이' 했다.

혜진은 그 낙엽색 원피스를 입고 '안반'이나 그려볼까 하고 '안반'의 실물을 검색했다. 당연히 둥근 모양일 줄 알았는데 예상과 달리 '안반'은 도마처럼 길쭉한 직사각형의 나무판이었다. 네모난 '안반'은 아무리 봐도 여성의 엉덩이와 닮은 면이 없었다. 그려놓으면 관 같겠다 싶었다. 혹시 할머니가 살던 시절에는 '안반'이 둥글넓적했던가.

그건 그렇고, 혜진은 궁금했다. 할머니는 돌아가시기 전에 정신이 오락가락하는 와중에 엄마에게 무슨 말을 했기에 엄마가, 아무리 치매에 걸리셨어도 엄니, 그 얘기는 꺼내지 마셨어야지, 그 얘기는 나한테 안 하셨어야지, 하며 격하게 원망하도록 만들었던 걸까. 언제나 아이고, 우리 엄닐 내가 어떻게 이겨, 무슨 수로 이겨, 하며 할머니 말을 따르던 엄만데 도대체 할머니가 무엇을 바랐기에, 바랄 걸 바라셔야지, 내가 그것까지는 못 해요, 하며 엄마 평생에 드물게 할머니의 뜻을 거절했던 걸까.

그 방문 이후 열흘인가 보름쯤 지나 심유재는 아흔한 살의 나이로 죽었다. 요양원에서도 쉬쉬했고 신숙도 결코 인정하지 않았지만 사인은 아사였다. 무언가를 강력히 고집하며 시위하듯 시작한 단식 때문에 식도가 협착해 음식물을 넘기지 못하는 지경에 이르렀고 주사만으로 버티다 기진한 것이었다. 과연 할머니다운 죽음이라고 혜진은 생각했다. 장례가 끝나고 신숙은 며칠 앓아누웠지만 얼굴은 더없이 평온하고 행복해 보였다. 그런 엄마에게서 할머니 생전의 어떤 바람을 들어드리지 못했다는 자책은 전혀 찾아볼 수 없어, 혜진은 자신이 그때 무엇을 잘못 들은 걸까, 꿈속에서 들은 말인가, 생각할 정도였다. 이제 혜진은 어렴풋이 알 것 같았다. 어떤 딸에게는 평생 처음 맞이하는 엄마 없는 날들이 그리 나쁘지만은 않다는 것을. 때로는 평온하고 행복할 수도 있다는 것을.

작품 해설

닮은 사람들

노태훈 문학평론가

지난 몇 년간 한국문학에서 얼마나 많은 여성 서사가 출현했는지 떠올려본다. 장·단편 가리지 않고, 또 독자들의 상당한 주목을 받았던 작품만 얼추 헤아려도 적지 않은 숫자가 되는 듯하다. 한국문학장의 페미니즘 리부트 이후 다양한 형태로 가시화된 여성들의 이야기는 그간의 소설이 얼마나 '기울어져' 있었는지 증명했고 시대의 흐름, 독자의 요구와 결합해 폭발력을 보여주기도 했다. 하지만 동시에 반복되는 구도와 관계, 대동소이한 전개와 갈등 등은 여성 서사가 어느새 한계에 다다른 것처럼 보이게도 했다. 엄마나 할머니의 서사, 딸들의 이야기, 출산과 육아, 질병과 돌봄, 여성의 사회적 현실 등 여성의 이야기는 때로는 매우 익숙한 방식으로, 또 때로는 조금 특별한 방식으로 서사화되어왔다. 만약 누군가가 이제 한국문학이 그려내는 여성 서사는 다소 뻔하지 않느냐고 물을 때 옹색한 답변밖에 떠오르지 않는다면 그냥 권여선의 「안반」을 내밀어도 좋겠다. 앞서 언급한 그 익숙한 '여성소(素)'가 잔뜩 들어 있으면서도 특별한 이야기가 되었기 때문이다.

여든이 넘은 엄마(신숙)와 환갑을 앞둔 두 딸(혜영, 혜진)이 있다. 신숙은 자신의 엄마(유재)가 아흔하나에 세상을 떠나기까지 함께 부대끼며 살았고, 이제 자신이 입원과 치료가 필요해진 '신숙'은 첫째 '혜영'의 간호를 받는다. 그리고 엄마든 언니든 결코 엮이고 싶지 않은 둘째 '혜진'이 있다. 이 세 모녀의 지긋지긋한 세월들, 울화통이 터지는 순간들, 아무 쓸모없는 신경전의 끝없는 지속 같은 것들만 소설에서 그려졌다면 작품은 평범해졌을지도 모른다. 하지만 작가는 '지독하게' 모녀의 내면을 파고든다.

'혜진'으로서는 이해할 수 없지만 엄마의 간병을 스스로 자처한 언니 '혜영'은 예기치 않게 길어진 입원과 통원에 스트레스를 받는다. 특히 그것은 돌봄을 '받는' 엄마의 신경질과 괴롭힘으로부터 기인한다. 엄마를 이기려는 딸과 딸을 이기려는 엄마 사이에서 "우리는 평생 엄마를 못 이기고 앞으로도 절대 못 이길"(16쪽) 것이라 생각하는 '혜영'은 언니의 끝없는 하소연을 듣고 "아, 진짜 사람 울화통 터지게 하네"(16쪽)라고 말하고 허둥지둥 전화를 끊어버린다. 그 말이 "할머니가 늘 입에 달고 살던 말이었기 때문"(16쪽)이다. 자신도 모르게 인이 박혀버리고 급기야 입에서 튀어 나와버린 그 할머니의 말에 '혜진'은 할머니이자 엄마의 엄마인 '유재'의 기억을 소환하게 된다.

"딸년들 너무 오냐오냐 키워봤자 소용없다, 시집가면 그뿐이다"(23쪽) 같은 말들을 들어가며 두 딸을 같이 키웠던 '신숙'은 '유재'의 외동딸이었다. 그렇게 딸들을 타박하면서도 정작 "시집간 엄마 옆에 찰싹 달라붙어 평생 떨어지려 하지 않았"(23쪽)던 할머니는 아흔을 넘겨 일흔의 딸 곁에서 곡기를 끊고 '굶어' 죽어갔다. 왜 어떤 관계는 이렇게 징그럽게 반복되는 것일까. 속절없이 늙고 나이를 먹어 몸이 병들게 되는 인간의 자연스러운 단계에 이르면 그런 인간은 "무서운 존재"가 될 수밖에 없는 것일까. 이제 '신숙'에게서 두 딸들은 그런 무서운 모습을 발견한다.

엄마를, 언니를, 할머니를 도저히 이해할 수 없는 '혜진'은 고민한다. "엄마가 외동딸이 아니고 언니도 맏딸이 아니었으면, 나도 둘째 딸이 아니었으면"(25쪽) 달랐을까, 하고. 그러나 '혜진'에게 더 무서운 것은 "깊은 단절과 고립에서 다져진" 어떤 "오연함"(25쪽)이다. 권여선의 소설이 특별해지는 것은 바로 이 지점인데, 이 징그럽고 지긋지긋한 모녀의 세계에서 '혜진'이 떠올리는 것은 식당에서 일인분이 남은 회덮밥을 운 좋게 주문한 자신과 그래서 그것을 먹지 못하게 되고 그냥 백반을 먹게 된 한 여자의 모습이다. "아, 제가 회사에 들어가기 전에 점심을 먹고 들어가긴 해야 하거든요, 밥을 먹고 들어가긴 해야 하는데 어쩌나" 하고 한숨을 쉬더니 "그럼 백반이라도 주세요"(24쪽) 했던 그 여자 말이다.

홀로 자주 술을 마셔대며 그나마 보람찬 일이라고 생각되는 그림을 그리고, 맛있고 싱싱한 요리 재료를 구입해 "아무도 안 주고 나 혼자 먹자"(19쪽)고 꿋꿋이 다짐하는 '혜진'에게는 백반을 먹은 그 여자야말로 "정신적 자매"(25쪽)처럼 느껴지는 것이다. 자신을 힘들게 하는 관계들을 끊고 혼잣말의 세계로 침잠하다가 조금씩 어긋나고 위태로워지는 사람들, 급기야 상대방의 입장 따윈 고려하지 않고 자기 사정만 쏟아놓으면서 점점 무서워지는 존재에 '혜진'은 가까워지고 있다고 생각한다.

자신을 위태로운 곳으로 몰아넣고 충동에 시달리며 미움과 비난을 속으로 삼켜 무서운 존재가 되는 것은 비단 '혜진'만이 아니다. 언니 '혜영'과 엄마 '신숙' 모두 스스로를 소모하고 닮은 상대를 갉아먹으며 마치 그것이 삶의 동력이 되는 양 살아가고 있는 것이다. 엄마 얼굴을 보기도 싫었지만 주사를 맞혀야 하니 미칠 것 같으면서도 끝내 엄마를 모시고 다니는 '혜영', 그런 언니의 온갖 스트레스와 우울을 지켜보면서도 결코 자신이 나서지는 않고 "야박한 혼잣말"만 하는 '혜진', 이토록 냉정하고 지독한 방식으로 서로를 몰아붙이는 모녀의 마음은 어떤 것일까.

그건 그렇고, 혜진은 또 중얼거린다. 할머니는 어떤 엄마와 할머니 밑에서 자랐기에 안반 도둑년 어미 속곳 같은 말을 그렇게 술술 염불 외듯 외며 살게 되었을까. 얼마나 자기 삶에 지독한 증오를 품었기에, 자신의 딸에게도, 그 딸의 딸들에게도 시시각각 경계하듯 그런 말들을 전염시키며 살았을까. 자신이 딸인 게, 자신이 딸을 낳은 게, 그 딸이 또 딸들을 낳은 게 그렇게 부끄럽고 두려웠던 것일까. 그 수치와 공포가 너무 크고 무거워서 딸과 그 딸들에게 나눠 지게 해야만 간신히 버텨낼 수 있었던 걸까. (32쪽)

그렇게 해서 소설이 자주 떠올리는 장면은 엄마의 엄마였던 할머니의 모습이다. 딸들을 저주하고 내몰아야만 자신이 견딜 수 있는 삶은 어떤 것일까. 왜 여성들은 결국 서로를 돌볼 수밖에 없는 것일까. 돌보면서도 서로를 증오하고 수치스러워 하는 것은 왜일까. 이때 '혜진'은 할머니가 아니라 부산의 '고모'와 이웃처럼 살았던 시절을 떠올린다. 그 집의 딸들은 '귀애'를 받으며 자랐지만 그 "공주 같은 딸들을 외국으로 조기 유학 보내고 외로움에 시달리다 자살"(36쪽)한 고모의 생을 돌이켜보면 우아하고 고상한 여성의 삶도 정답은 아닌 것이다.

이 소설은 "어떤 딸에게는 평생 처음 맞이하는 엄마 없는 날들이 그리 나쁘지만은 않다는 것" "때로는 평온하고 행복할 수도 있다는 것"(37쪽)을 말하며 끝나지만 하나의 이야기가 남아 골똘히 곱씹게 만든다. 할머니가 임종 전, 온전치 않은 정신에서 엄마에게 건넨 말은 무엇이었을까. 무엇이었길래 엄마는 아무리 그래도 "그 얘기는 꺼내지 마셨어야지" "내가 그것까지는 못 해요"(21쪽) 하고 손사래를 쳤던 것일까.

아마도 의도한 것이겠지만 이 소설에는 가족 구성원으로서의 남성이 전혀 등장하지 않는다. 모녀들은 모두 할머니, 엄마, 딸이 아니라 정확한 '이름'을 부여받으며 서술되고 남성은 오직 병원에서 늙은 부모를 앞에 두고 소리를 고래고래 지르는 오십 대 중반의 인물로만 단 한 번 제시될 뿐이다.

작가의 능수능란함이 그 '부재'를 전혀 의식하지 못하게 하지만 할머니가 건넨 말은 아무래도 '남성'과 관련되었으리라는 추측을 떨쳐내기가 어렵다. 그 말들은 남편이든, 사위든, 아들이든 끝내 채워지지 못했던 어떤 관습적 결핍에 관한, 혹은 욕망에 관한 것은 아니었을까. 그렇게 보면 이 소설은 정말로 징그럽게 지독하며 무섭다.

신세계에서

기준영

2009년 문학동네 신인상을 받으며 작품 활동 시작.
소설집 『사치와 고요』 『이상한 정열』 『연애소설』,
장편소설 『우리가 통과한 밤』 『와일드 펀치』 등 있음.
창비장편소설상, 젊은작가상 등 수상.

신세계에서

1

종일 쾌청하리라는 예보와는 달리 아침 하늘빛은 비를 머금은 연회색이었다. 이원은 바람막이 점퍼를 목까지 잠그고서 조카 이열음과 함께 부산행 비행기에 올랐다. 중학생인 이열음은 그때껏 서울을 벗어나 하루 이상을 지내본 적이 없었다. 비행기 탑승도, 고모와 단둘이 떠나는 여행도 이번이 처음이었다.

좌석의 위치는 비행기의 허리 부분쯤이었다. 체구가 큰 이원이 창가 쪽을 택했다. 요사이 이열음이 좁은 공간을 답답해한다는 사실을 알고 있었기 때문이다. 또 '가까운 미래' '먼 미래' '오지 않을 세계' 같은 표현이나 관념에 '꽂혀' 있는 듯도 했는데, 일례로 휴일 한낮에 불쑥 그를 찾아와 이런 질문을 던진 것만 봐도 그랬다.

"엘리베이터가 없는 가까운 미래, 불가능할까?"

이원은 그때 좀 뜨악했으나 짐짓 "글쎄⋯⋯" 하며 생각에 잠긴 척했다.

"건물 밖에서 층수를 말하면 정확하게 딱 그리로 솟구쳤으면 좋겠어. 하지만 그런 건 나한텐 오지 않을 세계일걸. 옛날 사람들 머릿속에 비슷한 아이디어가 있었을 것도 같은데."

"하! 옛날 사람으로서 한마디 하자면, 난 허공으로 그냥 솟구치긴 싫다."

이원은 그렇게 대꾸하며 소리 내어 웃다가 주방으로 가 물을 한 잔 마셨다. 대화가 끊기고 둘 사이의 거리도 좀 벌어진 만큼, 이열음은 조금 전보다 목소리를 높였다.

"고모는 지옥에 대해서 한 번이라도 상상해본 적이 있어?"

이원은 어이가 없어서 눈을 크게 굴렸다. 이열음이 성큼 다가와 "없어?" 하고 고쳐 물었다.

"누군들 왜 없겠어. 책에서도 보고, 영화로도 보고."

"그치. 힘들면 '사는 게 지옥이다'라는 말도 하니깐. 만약에 '사는 게 지옥'이라는 빌딩이 있다 쳐봐. 그럼 난 일 층부터 팔십칠 층까지 한 층 한 층 걸어 올라가서 잠깐씩이라도 안을 보고 싶을 거 같아."

"……팔십칠 층이야? 네가 생각하는 그 빌딩이?"

"그쯤 돼."

"엘리베이터는 없고?"

"응. 그건 이미 겪었으니까. 지옥의 엘리베이터. 나 지난주에 학원 엘리베이터에서 끔찍했어! 한 발짝이라도 잘못 떼었다간 먹은 걸 다 토할 것 같아서 빨리 내리지도 못하고 겨우겨우 참았다."

"세상에! 그런 일이 있었어?"

이원이 걱정스러운 표정으로 어깨에 손을 올리자, 이열음은 몸을 살짝 비틀어 고모의 손을 자연스럽게 미끄러뜨리고는 "부산엔 혼자 가?" 하며 슬그머니 용건을 끄집어냈다. 이원은 하루 조용히 바닷바람이나 쐬고 오려던 계획을 변경해 이열음과 2박 3일 다녀오기로 했다. 그리 달가운 일만은 아니었다. 우선 남동생 이겸을 설득해 허락을 받아야 했는데, 그 생각만으로도 이미 마음이 애잔해지며 일상을 벗어난다는 홀가분함이 졸아들었다.

이겸은 젊어서는 체격이 다부지고 이목구비가 또렷해 어디서든 눈길을 끌었다. 승부욕이 강하고 냉정한 면도 있어 안팎으로 단단한 이미지였다. 그랬던 사람이 만난 지 겨우 삼 주 된 연인에게 청혼하며 행복에 겨워 쩔쩔매자, 이원은 이 눈먼 열정이 되도록 자연스레 퇴색하기를 빌어주어야 했다. 모든 게 변한다는 사실을 누가 모르는가. 그런데 그의 사랑은 별안간 영원 속에 봉인됐다. 이겸의 아내는 감 농장에 놀러 갔다가 벌에 쏘여 과민성 쇼크로 질식사하고 말았다. 결혼한 지 사 년 만의 일이었다.

이후 이겸은 말수와 행동반경이 대폭 줄었으며 눈에 띄게 늙어갔다. 이제 고작 사십 대인데도 곰삭은 나뭇가지처럼 생기가 없어 보였다. 무탈한 삶을 꾸리기 위한 선택들이 무엇인지 혼자만의 기준을 앞세워 고지식하게 굴었고, 그런 완고함이 점차 얼굴 근육에 자리 잡아 이전보다 차갑고 무뚝뚝한 인상으로 변했다. 새로운 연인들과는 반년을 채 넘기지 못하고 헤어졌다. 근간에는 제라늄, 애니시다, 칼랑코에 등의 식물을 사들여 싹이 트면 싹이 튼다고, 꽃이 피면 꽃이 핀다고 이원에게 사진과 함께 문자를 보내오는 등 전에 없던 행동을 보이기도 했다. 작고 연약한 식물의 생명력을 지키는 일만이 그의 세계에 화사한 기쁨을 몰고 오는 모양이었다. 그러니 변화무쌍한 사춘기의 딸에게는 얼마나 많은 보호색을 입히고 싶어지겠는가. 생각이 거기까지 미치자 이원은 더욱 가슴이 시려왔지만, 이내 자신의 빤한 한계를 수용하며 마음의 균형을 잡았다.

이열음은 기내에 착석하자마자 누군가와 메시지를 주고받기 시작했다. 이원은 그 모습을 흘깃 보고는 눈을 감았다. 온열 안대를 집에 두고 왔다는 사실이 그제야 떠올랐다. 뒷자리의 꼬맹이가 좌석 등받이를 발로 탁탁 건드리고 있었다.

비행기가 이륙하며 기체가 흔들리자 이원이 눈을 떴다. 이열음이 팔꿈치로 이원을 가볍게 툭 건드렸다.

"고모."

"응."

"나 오늘 나오면서 잔소리 한마디도 안 들었다. 진심 놀랐어. 고모가 아빠 약점이라도 잡은 건지 뭔지 난 잘은 모르겠지만."

"고맙단 얘기 길게 한 거냐?"

"응."

"그럼 이따 초콜릿 사. 다크 칠십 퍼센트로."

"응응. 칠십 퍼센트. 근데 있잖아, 내가 말 안 한 게 있어."

"뭔데? 해봐."

"친구가 지금 부산에 있어. 작년에 같은 학원 다녔어. 지금은 아니고."

"오호, 그래?"

"걔랑 잠깐 만나려고. 그때 나 좀 혼자 내버려 둬."

"으흠, 그때가 언젠데?"

"아마도, 이따 오후부터 밤까지."

"……."

"부탁이니깐 그냥 들어줘, 제발. 제발."

"남자친구?"

"아니."

"뭐 할 건데?"

"모르겠어."

"말할 수 있는 게 하나도 없어?"

이열음이 표정을 굳히더니 입을 다물었다. 그리고 가방을 뒤적여 손거울을 꺼내 들고 제 얼굴을 비춰보며 이렇게 중얼거렸다.

"고모가 보기에 난 엄마의 어디를 닮았어?"

이원은 그만 말문이 탁 막혀버렸다. 뒷자리에서 아이가 칭얼거리는 소리, 아이의 엄마가 "쉿! 쉿! 그만 뚝!" 하고 어르는 소리가 들려왔다. 이원은 "열음아" 하고 나직이 이름을 부르고는 '쉿!' 하는 입 모양을 하며 검지를 제 입가에 가져다 댔다. 다른 승객들을 배려하여 우리도 그만 조용히 하자는 의미만은 아니었다. 이열음이 부루퉁한 얼굴로 이원을 돌아보았다가 이내 고개를 떨구며 피식 웃었다.

이열음은 자신이 헌 베개를 끌어안고 고집스레 벽에 딱 달라붙어 서서 롤러스케이트를 사달라고 졸라댔던 유년의 어떤 밤에 이원이 바로 그런 동작을 해 보였던 게 떠올랐다. 그때도 가을이었다. 이원의 '쉿!' 소리에 입을 다물고 발끝을 내려다보고 있으려니 어디선가 귀뚜라미 우는 소리가 들려왔다. 둘이서 소리가 나는 쪽으로 살금살금 걸어나가다 식탁 밑에서 귀뚜라미 한 마리를 찾아냈다. 이열음은 귀뚜라미를 잡아 창밖으로 내보내며 신이 났다. 원하는 것을 당장 손에 쥘 수 없다는 그 슬프고 억눌린 감정이 '쉿!' 하는 순간 귀뚜라미 한 마리에게로 흘러간 게 좋았고, 그걸 창밖으로 내보낼 수 있었던 밤이 예뻤다. 울고 난 뒤라 물기 어린 눈으로 바라보아 더욱 그렇게 느껴졌던 것인지도 몰랐다. 막상 나중에 롤러스케이트를 선물 받게 되었을 때는 그만큼 기쁘지 않았다.

"나중에 말해줘."

이열음이 등받이에 몸을 묻고서 눈을 감았다. 이원은 표정이 사라진 이열음의 얼굴을 들여다보며 "너도" 하고 대꾸하고는 잠시 생각에 잠겼다.

'하늘로 솟구치고 싶대서 이보다는 신나 할 줄 알았는데, 난 널 참 모르겠네. 하긴 열네 살은 종잡을 수 없는 때긴 하지. 같이 바닷가를 천천히 걸어봐야겠다. 어떤 이야기라도 잘 들어주거나 골똘히 듣는 척이라도 해야 할 거야. 따뜻한 음식을 천천히 먹는 건 분명 도움이 되겠지. 심신이 이완될 테니까. 첫 식사는 깔끔한 복국이 좋겠어.'

한편 이열음은 나름대로 첫 비행을 음미하는 중이었다. 그는 감은 눈 안쪽에서 야광으로 빛나는 롤러스케이트를 타고 죽은 이들의 묘지 사이사이를 미끄러져 다니는 어떤 여자를 그리고 있었다. 처음에는 그게 자신의 모습인 듯했다. 그러다 점차 그 이미지가 현재가 아니라 먼 미래의 풍경이고, 여자는 자신의 딸이나 손녀라는 식으로 생각이 번져갔다. 그 연상 속에서 귀뚜라미가 울었다. 숲에서 떼로 울었다.

2

이원과 이열음이 탄 비행기가 김해공항에 착륙할 무렵, 다대포 해수욕장 근처의 한 호텔 객실에서는 김호경이 지인에게 전화를 걸고 있었다. 그는 전날 저녁 부산역에 도착해 마음 가는 대로 돌아다니다가 우연히 눈에 들어온 이 호텔에 들었다. 배정받은 객실은 실내장식이 볼품없었지만, 침구와 욕조가 모두 깨끗했다.

여섯 번째 통화 연결음이 울리는 것까지 듣고서 그는 전화를 끊었다. 옷걸이에 걸어 둔 반원형의 고동색 가죽가방에서 문고판 크기의 무선 노트를 꺼내와 테이블 위에 펼쳐놓고는 뱃속에서 나는 꼬르륵 소리를 들으며 볼펜으로 메모했다. '오전 열 시경, 홍찬진, 전화 연결 안 됨. 오아시스호텔 1123호. 옆방 소음이 좀 들리는 것 빼곤 좋음. 청결함.'

그는 단발머리를 쓸어올려 하나로 묶은 뒤 가방을 둘러메고 밖으로 나왔다. 길 건너편 카페로 가 샌드위치로 요기를 하며 블랙커피를 홀짝이고 있을 때, 홍찬진에게서 전화가 왔다.

"놀랄 노 자네요!"

홍찬진이 대뜸 우스갯소리를 던졌다.

"팔백 년 만이네요."

김호경도 너스레로 응수했다.

홍찬진은 오래전 김호경에게 신세를 진 적 있었는데, 언제든 도움이 필요하면 자기에게 꼭 알려달라고, 은혜를 갚을 기회를 달라며 강조했었다. 김호경은 무슨 대가를 바라며 그를 도운 것이 아니었기에 웃어넘겼다. 은혜라니. 못 말려. 손사래를 쳤었다. 이제는 자신이 무슨 호의를 어떻게 베풀었었는지조차 희미해졌다.

두 사람은 간간이 서로의 안부를 확인하며 깜짝 선물을 주고받기도 했다. 한번은 홍찬진이 김호경에게 생선 한 상자를 택배로 보내주었다. 김호경은 답례로 홍찬진과 그의 섬약한 아내를 위해 숙면을 돕는 향 주머니와 손수 만든 테이블보를 부쳤다. 테이블보에는 엉겅퀴 그림을 그려 넣었다. 한 송이 안에 수백 개의 작은 꽃들이 들어 있는 엉겅퀴의 특성을 염두에 두며 섬세한 자줏빛 꽃잎들을 예쁘게 살려내고자 정성을 들였다.

홍찬진은 몸 여기저기로 통증이 '돌아다닌다'며 볼멘소리를 했다. 코가 볼썽사납게 부어오른 채 병원에 와있는 중이라고, 엊저녁에 술을 진탕 마셨는데 시비가 붙어 몸싸움을 벌였다고, 술도 싸움도 다 너무 오랜만이었다고.

"누가 당신 아니랄까 봐."

김호경은 그를 웃게 하려고 애정을 담아 말했다. 그 말은 서로를 안아 다독이는 듯한 효과를 냈다. 세월이 무상해도 나는 지금 당신 모습이 훤히 잘 보인다는 의미가 담겨 있었다. 젊은 날 김호경이 '아기랑 엄마랑'이라는 이름의 유아복 매장에서 판매 사원으로 일하던 때, 홍찬진은 형네 집에 얹혀 살고 있었다. 그 형이 바로 '아기랑 엄마랑'의 주인이었다. 김호경과 홍찬진은 매장에서 자연스레 처음 마주쳤고, 예의를 차려 통성명을 했다. 좀 친해지자 홍찬진은 사람에게 살의를 느껴 거의 죽일 뻔했던 이야기를 들려주었다. 어머니가 사기꾼들에게 속아 고향 땅을 헐값에 넘기지 않았더라면 자기는 그들을 작살낼 엄두 따위 내지 못했을 테고, 그럼 아마도 얌전히 공부를 마치고서 제때 생물학 석사학위를 받았을 거라면서. 그는 진짜 직업을 찾게 될 때까지, 라는 단서를 붙이며 임시 잡역부로 일했다. 그는 실없이 잘 웃었고, 언제든 자판기를 이용할 수 있도록 동전 몇 개를 항상 주머니에 넣고 다녔다. 어느 날 김호경은 연극 한 편을 보고 와 재미있었던 대목들을 그에게 생생히 전해주었다. 그중에는 작은 행성에 사는 한 남자가 다른 먼 행성에 사는 남자를 특수 망원경으로 지켜보며 "누가 당신 아니랄까 봐!"

하고 중얼거리는 부분도 있었다. 홍찬진은 그 말을 한 인물이 게이일 거라 확신했다. 저를 노상 주시하던 남자에게 유혹당했던 일화를 입담 좋게 풀어놓으면서. 그가 말하길, 엄청난 미남하고 키스하려니 정신이 아득해져서 심장이 입 밖으로 튀어나오는 줄 알았다고 했다. '아! 다른 세상이 열리는가?' 했지만 거기까지였다고, 자기는 그렇지는 않았다고.

"도망치지도 않고 계속 얻어터지다니! 이렇게 한심할 수가! 새벽에 경찰서에 붙잡혀 있다가 나온 거 있죠."

"잘 쉬어요. 얼른 나아요."

그들은 다음을 기약하며 나긋이 인사말을 나누고 전화를 끊었다. 김호경은 방금 일어난 일에 관해서도 메모했다. '홍찬진 술 먹고 싸움 나서 코 다침, 못 봄, 빗나감.' 그가 거기까지 적고서 고개를 들었을 때 카페 주인이 출입문 앞에 쪼그리고 앉아 검은 개에게 무어라고 이야기하는 모습이 눈에 들어왔다. 그래서 '빗나감' 옆에는 곧 '검정 개'라는 말도 적혔다.

메모하는 습관이 기억력 증진에 도움이 되리라고 그에게 일러준 사람은 유명한 신경과 전문의였다. 김호경이 진료실 출입문에 들어서서 의사 앞으로 가 앉기까지는 보통 여덟 발자국을 걸어야 했다. 그 거리감은 전문가의 권위, 전문성, 데이터와 그것들이 속한 질서의 공고한 힘을 연상시켰다. 또 한편으로는 모든 확신, 확언, 확률에 순응하기를 일단 보류하는 김호경의 기질을, 경계심을 일깨웠다. 그는 의사의 조언대로 메모하는 습관을 들였다. 단 간단히 명사형으로 끼적여 스스로에게조차 힌트로 남기는 식이었다.

김호경은 밖으로 나서며 카페 주인에게 인사를 건넸다. 가까이서 보니 검정 개는 서너 살쯤 된 래브라도리트리버 같았다.

"얘는 이름이 뭐예요?"

"몰라요. 저희 개 아니에요. 며칠 전부터 이 시간쯤이면 여기로 와요."

카페 주인은 사촌이 기르던 포메라니안에게 윗입술을 깨물려 피를 줄줄 흘린 후로는 개든 고양이든 길러보겠다는 생각을 한 적이 없다고, 그렇대도 동물을 싫어하는 건 아니라고 덧붙였다. 주인이 그릇에 삶은 달걀을 담아 내주자 개가 뚝딱 먹어치웠다.

"이 녀석아, 너 운이 좋구나!"

김호경이 개와 눈을 맞추며 활짝 미소 지었다. 개는 그 말을 알아들은 것인지, 아니면 그 목소리에 실려 온 순수한 기쁨의 냄새를 맡은 것인지 꼬리를 치고 껑충거리며 그의 주위를 맴돌았다.

3

이원과 이열음은 해운대 바닷가가 내려다보이는 오래된 호텔 객실에 들어 사진을 몇 장 찍었다. 이열음이 이원을, 이원이 이열음을, 또 둘이서 둘의 모습을 한 프레임에 담았다. 이열음은 보라색 후디에 청바지로 갈아입고서 겨자색 비니를 썼고, 흰 운동화를 신었다. 거울 앞에서 매무새를 가다듬는 이열음을 향해 이원이 넌지시 말했다.

"걔는 지금 어디라니?"

"여기서 멀진 않아. 이삼십 분 걸리려나 봐."

이원은 초행길이니 서둘지 말라고 거듭 당부했다. 이열음은 이원의 잔소리를 띄엄띄엄 흘려들으며 속으로 다른 이미지들을 좇았다. 파도의 거품, 해변의 모래, 시티투어 버스의 2층 좌석과 난간, 흥정과 호객의 장소들, 기념품 가게 같은 것들을. 그리고 거짓말, 거짓 꿈, 돈놀이로 귀결된 작년 여름의 이상한 우정에 대해서도 떠올렸다. 나희진, 오경미, 전수정. 이제는 잘 부르지 않게 된 그 이름들도. 또 동시에 이원과 눈을 맞추며 피로 얽힌다는 것, 연결감, 예속과 약속을 감상적으로 받아들였다. 그는 매 순간 이런 식으로 자라났다. 태어나고 분열하는 세포들의 합. 피가 되고, 뼈가 되고, 벌어지고, 길어지고, 깊어지고, 짧아지고, 전기가 일며 자라는 중이었다.

"고모. 우린 걱정 가족이야. 아빠는 날 걱정하고 난 내 걱정하는 아빠를 걱정해. 아빠를 걱정하는 고모를 걱정하고."

"솔직히 말하면, 내가 좀 자신이 없어서 그래. 나 안심하려고 이러는 거라고. 길 묻는 사람한테 일러주듯이, 조금만 더 친절해져 봐. 왜 여기까지 와서 다른 것 말고 그 친구가 제일 먼저 보고 싶어?"

"지금이 지금뿐이라서. 걔도 걔 하나라서. 걔랑 갑자기 사이가 멀어졌거든. 싸워볼 새도 없었어. 근데 여기서 보면 다를지도 모르잖아. 뭐 나쁠 수도 있겠지만. 걔는 여기 잘 알 거야. 걔네 아빠가 경성대 근처에 사신대."

"그래?"

"응. 화해하면 다음엔 고모랑 같이 볼게."

"알겠다. 그럼 나랑 복국 먹고 가."

"응?"

"싸우려면 힘을 내야 하니까 먹어야 하고, 안 싸우려면 일단 배가 든든해야 돼."

"응응. 고마워."

두 사람은 호텔에서 나와 복국을 사 먹고 벡스코 앞에서 흩어졌다. 이원은 이열음에게 '중간에 문자 두 번 보내기, 일곱 시 전에는 돌아오기'를, 이열음은 이원에게 '아빠한테는 일단 비밀로 하기'를 부탁했다.

이열음은 지하철을 타고 서면역으로 갔다. 2번 출구로 나가 '서면역 2번 출구로 와'라고 보낸 전수정의 메시지를 재차 확인한 뒤 이십 분을 기다리고 서 있다가 새로운 메시지를 받았다.

'인증샷 보내'

그는 역 앞에 서 있는 자기 모습을 찍어 전송했다. 잠시 후 '똥색 비니 예쁘네'라는 답신이 왔다. 그는 '겨자색이야' 하고 정보를 바로잡는 문자를 보냈다. 십 분처럼 느껴지는 이 분이 흐른 뒤 새 메시지가 도착했다.

'겨자?ㅋㅋㅋㅋ 나 지금 시청인데 이리로 올래? 니가 오는 게 빠를 듯'

이열음은 지하철노선도를 확인하곤 도로 계단을 내려가며 시청역으로 가겠다는 답신을 보냈다.

이열음이 부전역과 양정역을 거쳐 시청역에 다다를 즈음 새로운 메시지가 왔다.

'취소'

이열음은 전수정에게 바로 전화를 걸었고, 그러느라 시청역에서 내리지 못했다. 전수정은 마침 사려고 했던 스피커가 중고 거래 사이트에 싸게 나와서 거래하러 덕포역 쪽으로 이동하는 중이라고 말했다.

"그리로 택시 타고 올래? 내가 택시비 줄게."

"나 있어, 돈."

"있어?"

"응."

"얼마나 있는데?"

"얼마 있으면 돼?"

"많으면 좋겠지. 나처럼 안 되고."

"야, 그러지 마."

"쫄리냐?"

"덕포역이라고 했어?"

"됐고, 그냥 보지 말자. 나 마음이 바뀌었어."

"네 마음이 뭐가 중요해. 네 마음은 아무런 힘이 없어서 바뀌고, 바뀌고, 바뀌고, 계속 또 바뀔 건데. 여기저기 나 오라 가라 하는 거 일부러 그러는 거지? 내 잘못인 것처럼. 내가 나쁜 것처럼. 이게 재미있니?"

전수정이 스피커를 사면 집에 두고 나와야 하니 아예 경성대 쪽으로 오라고 하고는 전화를 툭 끊었다. 이열음은 전철에서 내려 밖으로 나왔다. 비가 흩뿌리고 있었다. 그는 택시를 탔다. 경성대 앞에서 내려 우산을 사야 할까 두리번대다가 '고릴라 책가방'이라는 사다리꼴 입간판이 있는 북카페를 보았다. 그는 그곳으로 들어가 코코아를 한 잔 시켜놓고는 이원에게 약속한 첫 번째 문자 메시지를 보냈다.

'비 와서 카페야. 이야기 중'

이원은 자기도 비 때문에 일단 호텔로 들어와 씻는 중이라고, 다른 걱정은 하지 말고 친구와 좋은 시간 보내라고 답신했다.

이열음은 빈 코코아 잔을 내려놓고서 혼자 두 시간을 흘려보냈다. 그사이 비가 갰다. 전수정에게 문자를 보냈으나 더는 답이 없었다. 나타나지 않을 모양이었다.

이열음은 지난해 여름 전수정과 어울려 지내면서 전수정의 친구인 오경미와 나희진을 알게 됐다. 그들 넷은 모두 서로를 선망하여 상대의 미묘한 특성들을 잘 포착해냈고, 또 그걸 금세 흡수하고 흉내 냈다. 옷을 돌려 입기도 하고, 일 개월 남짓이긴 했지만 다 같이 댄스 학원에 다니기도 했다. 이열음과 전수정은 한동안 교환 일기를 썼다. 그들의 아버지는 신기하게도 주사가 비슷했다. 술을 마시면 화장실에서 울었다. '기도하는 사랑의 손길로'라는 가사로 시작되는 조용필의 노래가 취중 애창곡 중 하나였다. 전수정에게는 언니가 둘 있었다. 모두 집을 지긋지긋해했다. 불평이 많은 언니라도 언니가 있는 게 없는 것보다는 좋을 것 같아서 이열음은 전수정이 부러웠다. 그래서 부럽다고 말하면, 전수정은 이열음에게 "넌 잘 몰라서 그래"라고 핀잔을 주며 그를 귀여워했다. "그렇게 부러우면 날 언니라고 불러" 하고 깔깔대면서. 전수정에게는 개그맨이 되고 싶다는 꿈이 있었기 때문에 이열음은 그 앞에서 일부러 많이 크게 웃었다. 그러면 기분이 별로 좋지 않은 날에도 그럭저럭 하루가 잘 굴러가는 느낌이 들었다. 뭔가를 좋게 해내고 있다는 느낌.

여름방학이 끝나갈 때쯤 오경미가 할 말이 있다면서 학원 주차장으로 그를 불러냈다. 오경미는 전수정이 나희진과 자기에게 육십만 원을 빚졌는데, 아마도 전수정이 당장 갚지 못할 것 같다면서, 큰일이라 했다. 사실 그 돈은 다른 선배들에게 가야 할 돈인데, 그 선배들은 절대로 가만히 기다리고 있지만은 않을 것이라고. 그러니 이열음이 전수정을 위해 대신 돈을 내거나 보증을 서줄 수 있는지 물었다.

"그 돈으로 걔가 뭐 했는데?"

이열음이 물었고 오경미가 "별거 안 했어. 그냥 놀았어" 하고 대꾸했다.

이열음은 어리벙벙했다. 뭔가 잘못되었다는 느낌밖에는 없었다. 머뭇거리는 동안 닷새가 흘렀고 그사이 육십만 원은 그들의 셈에 따라 이자가 눈덩이처럼 불어 사백만 원에 이르게 되었다. 이열음이 모르는 다른 학생이 전수정의 보증을 서주었다. 오경미는 이런 것들을 '놀이'라고 불렀다. 대출 놀이. 못 갚으면 몸으로 때워야 하는데 어떻게 때울지는 그때그때 상황에 따라 선배들이 시키는 대로 따라야 한다고 했다. 전수정은 모두와 연락을 끊고 잠적했다. 해가 바뀌고 다시 여름을 맞았을 때 전수정이 부산에 있다는 소식이 돌았다. 이열음은 전수정이 보고 싶었다. 다시 보면 무엇이 더 보일지 알고 싶었다. 하지만 전수정은 또다시 숨었고, 뭔가가 잘못되고 있다는 느낌은 이제 이열음에게서 훅 빠져나가고 없었다. 그는 이원에게 두 번째 문자 메시지를 보냈다.

'끝나고 지금 가는 중'

4

이원과 김호경은 장림포구의 전망대 옥상에 함께 올랐다.

"친구랑 이리 온대요?"

김호경이 물었다.

"오는 중이래요. 혼자서."

이원이 대답했다.

이원과 김호경은 다대포 해변가를 거닐다가 우연히 두 번 마주쳤고, 이어 장림포구의 산책로를 따라 걷다가 또다시 두 번 마주쳤다. 그러니 장소를 옮겨가며 총 네 번을 본 것이었는데, 두 번째까지는 그냥 지나쳤지만 세 번째는 가볍게 고개 숙여 인사했고, 네 번째는 웃음이 새어 나와 마주 서서 몇 마디를 나누었다. 그리고 같이 이렇게 쉬어가기로 한 것이었다.

이원이 먼저 바다 쪽을 바라보며 빈 테이블에 앉았다. 김호경이 그 옆에 나란히 앉았다.

"얘예요."

이원이 핸드폰에 저장된 이열음의 사진을 보여주었다.

"예뻐라. 고모랑 닮은 것 같기도 하고……"

"사진으로는 몰라요. 잘 안 보이는 데가 닮아서. 손목 발목이 좀 가는 편이고, 얘 눈썹 안에 잘 보면 빨갛고 조그만 점이 있는데, 저도 똑같은 위치에 그게 있어요."

김호경은 그 말을 듣고는 미소 지었다. 그들의 저 뒤편에는 포구를 따라 늘어선 작은 배들과 알록달록하고 아기자기한 문화촌 건물들, 산책로, 어묵 공장들이 줄지어 있었다.

"여긴 오늘 별로 사람이 없네요."

"한적한 게 오늘 제 컨디션에는 더 맞고 좋은데요. 제가 2박 3일 동안 책한 권은 읽게 되겠지 싶어서 이걸 챙겨왔는데, 아마 한 줄도 못 읽고 가게 될 거 같아요. 남동생이 딸 바보라 자꾸 문자를 보내네요. 나보고 열음이잘 살피라고."

"조카가 여름에 태어났나 봐요?"

"아뇨. 기쁠 열, 소리 음, 기쁜 소리, 열음이에요."

"기쁜 소리. 좋네요. 책은 뭐 읽으시는 거예요?"

"미스터리 소설이에요. 단발머리 연쇄살인마가 나와요. 『아드리안과 몬드리안』."

"무기가 뭔데요? 무엇으로 죽여요?"

"잠깐만요. 안에 그림이 있는데, 철끈으로 뒤에서 목을 조르는 거 같아요."

"힘든 방법을 쓰네요. 저는 그렇게 힘들게는 안 해요."

"네?"

"전 저주해요. 그럼 죽더라고요. 제 저주가 정말, 정말 힘이 세요. 그래서 제가 조심하려고요. 헛갈리지 않고 조심하려고 가끔 이렇게 푹 쉬면서 충전하는 거예요. 좋은 곳들 돌아보면서."

"하하하!"

이원은 목젖이 드러날 만큼 입을 크게 벌리고 웃었다. 그러다 그들은 갑자기 말이 없어졌다. 어린아이 둘이 계단을 밟고 옥상으로 올라와 뒤처진 아빠를 채근했다. 김호경이 몸을 틀어 계단 쪽을 바라보았다. 둘 중 한 아이가 도로 계단을 내려갔다. 이원이 커피를 사러 아래층 카페로 갔다. 바다는 잔잔했다.

이열음이 택시에서 내려 전망대 건물로 들어섰다. 그는 "고고고!" 소리치며 아빠의 엉덩이를 양손으로 미는 아이와 그 앞에서 장난치며 버티고 선 아빠를 보았고, 그들을 스쳐지나 김호경이 앉아 있는 테이블 쪽으로 걸었다. 그는 두리번거렸다.

"안녕하세요? 이열음 맞죠?"

김호경이 알은체했다.

"저, 누구신지 잘 모르겠어요."

"고모는 잠깐 커피 사러 갔어요. 여기 이게 고모 책이잖아요."

김호경이 테이블 위에 놓인 『아드리안과 몬드리안』을 가리켰다. 이열음은 조금 전까지 이원이 앉아 있던 자리로 다가서서 김호경을 한 번, 책을 한 번 보고는 "이게요?" 하고 고개를 갸웃했다. 그때 그들의 뒤쪽에서 이원의 목소리가 들려왔다.

"열음아!"

두 사람이 뒤를 돌아봤다. 이원이 손짓하며 목소리를 높였다.

"들어가서 마시죠. 쌀쌀해지고 있어."

김호경이 고개를 크게 끄덕여 보였다.

"저, 이거 전에 연극으로 봤어요."

이열음이 이원의 책을 챙겨 들고는 김호경에게 말을 걸었다.

"오, 진짜?"

김호경이 반색했다.

"모니터로요. 온라인 극장. 반쯤 보다 껐어요. 별로 무섭지는 않던데."

그들은 계단을 내려가 아래층 카페로 들었다. 소파 자리는 창에서 먼 모서리 공간에 하나 남아 있었다. 그들은 거기 앉아 모두가 따뜻한 카푸치노를 마셨다. 이열음은 김호경과 이원의 대화를 흘려들으며 순간적으로 깜빡 잠이 들었다. 눈을 번쩍 뜨고 고개를 쳐들었을 때는 시간이 많이 흐른 줄로 착각해 갑자기 각성이 일며 가슴이 빠르게 뛰었다.

커피잔은 아직 뜨거웠다. 그는 옥상으로 올라가서 아빠에게 전화를 걸었다. 노을 맛집에 왔는데 장관을 놓친 것 같다고, 하지만 여행이 재밌고 내일이 기다려진다고 말한 뒤에 "칼랑코에가 예쁘게 꽃을 피웠다"라는 아빠의 목소리를 들었고, 잠시 후 그 꽃 사진을 카톡으로 받았다. 그는 먼바다를 배경으로 자기 사진을 찍은 뒤 그걸 아빠에게 보냈다.

이열음은 카페로 도로 들어와 소파에 앉으면서 갑자기 눈물이 흘러나올 것만 같았는데, 그 감정을 억제하며 점점 더 북받치는 기분을 느꼈다. 그래서 자기가 자주 들고 나는 지옥문으로 누군가를 데리고 들어가기로 했다.

"내일 뭐 하실 거예요?"

그는 김호경이 그 사람이면 어떨까 생각하며 물었다. 그 질문이 눈물을 흡수한 것인지 기분이 훨씬 나아졌다. 김호경은 체크아웃하고 서울로 돌아갈 거라고, 그렇지만 밤사이 마음이 바뀔 수도 있는 거니까 그전에 한 번

통화해보자고 했다. 김호경이 이열음에게 핸드폰 번호를 가르쳐주었다.

　　잠시 후 그들은 웃으며 헤어졌다.

5

　　김호경은 침대에 들기 전에 이열음이 아닌 이원으로부터 전화를 받았다. 이원은 이열음이 잠이 들었다고 했다. 김호경은 "네" 하고 대꾸하며 어쩐지 섭섭한 기분이 들었다. 그는 전망대에서 이열음과 함께 계단을 내려가다가 왼쪽 종아리에 쥐가 날 뻔했던 일을 떠올렸다. 이열음에게 자기도 예전에 연극을 좋아해서 종종 보러 다녔다고, 혹시 온라인 극장에서 반쯤 보았다는 〈아드리안과 몬드리안〉에서 인상적인 부분은 없었느냐고 묻고 난 직후였다. 김호경이 돌연 "아아" 하며 입을 벌리고서 상체를 수그렸고, 이열음이 순간적으로 그의 한쪽 팔을 꽉 붙들었다 놓았다. 그 악력이 굉장히 셌던 것에 둘 다 깜짝 놀랐다.

　　김호경은 내일 날씨를 확인해보기 위해 리모컨으로 뉴스 채널을 찾았다.

　　"내일 서울 가시나요?"

　　이원이 물었다.

　　"하루 더 있다 갈까 봐요."

　　김호경이 대답했다.

　　"열음이한테 좀 놀라운 이야기를 들었어요."

　　뉴스의 오프닝 장면에서 기상캐스터가 나무숲 사잇길을 걸어나왔다.

　　"뭐라던가요?"

　　"지금 전하고 싶지는 않아요. 어쨌든 감사해요."

　　"괜찮으면 내일 같이 좀 다닐까요? 저는 좋은데."

　　그러자 이원이 재빨리 그 말을 받았다.

　　"아! 그래 주실래요? 전 어떻게 해야 할지 통 모르겠네요."

"어어, 무슨 일일까……"

"'사는 게 지옥'이라는 이름의 빌딩이 있다고 쳐봐요. 일 층부터 팔십칠 층까지 있어요. 근데 거기 어딜 잠깐 보고 온 거죠, 열음이가."

"글쎄요. 뭐라 해야 할지. 우린 지금 바닷가에 있어요. 그리고 내일 봐요. 오늘은 주무세요. 곧 만나요."

내일은 화창해 나들이하기 좋은 가을날이 되리라는 예보가 흘러나왔다. 김호경은 이원과의 통화를 마친 뒤 노트를 꺼내 펼쳐 들고 늘 하던 일을 했다. 기억할 이름들과 내일을 위한 힌트들을 남겨두었다.

이열음, 이원.

지옥의 빌딩 팔십칠 층, 놀라움. 나들이, 약속, 맑음.

대화의 에스노메소돌로지

석형락 아주대학교 다산학부대학 강의교수

"당신이 듣고 있는 것은 당신이 듣고 싶은 것일 뿐 당신은 타자의 이야기를 조금도 듣고 있지 않다."[*] 자크 라캉은 기회가 있을 때마다 이 말을 반복했다고 한다. 『에크리』 서문에 있는, "발신자는 수신자로부터 자신이 발신한 메시지를 역으로 듣는다"[**]는 언급은 대화란 말을 주고받는 것이라는 우리의 상식에 균열을 낸다. 난 누구와 대화를 한 걸까. 대화하기는 한 걸까. 대화하지 않았음에도 불구하고 했다고 믿는 사람들과 함께 살아야 하는 곳이 있다면 아마 그곳이 지옥이지 않을까. 또한 자신이 지옥의 일부분이라는 사실 앞에서, 자신이 지옥을 만들어내고 있다는 사실 앞에서 우리가 느끼는 마음 역시 지옥이지 않을까. 답답함, 죄책감, 절망감 그리고 끝에는 자신의 무화(無化)가 있다. 나는 타자와의 대화를 통해 드러나는 존재이기에, 관계 맺음과 대화 없이는 나도 없기에. 하지만 이 과정은 필연적이

---

[*] 우치다 타츠루, 『소통하는 신체』, 오오쿠사 미노루 · 현병호 역, 민들레, 2019, 261쪽.
[**] 위의 책, 261쪽.

다. 자신의 무화와 맞닥뜨린 인간은 자신이 없음으로 있음을 느낀다. 대화는 비어 있는 존재가 다른 비어 있는 존재를 만나는 행위다. 때문에 대화는 없지만 있다. 대화는 당사자 사이의 관계, 시간과 장소, 사회적·문화적 질서의 억압과 구속을 받는다. 때문에 성공적인 대화는 억압과 구속의 질서를 재확인하고 지탱한다. 이러한 곤경 앞에서 우리는 대화하길 망설이거나 멈칫한다. 새로운 세계의 대화는 어떤 모습일까, 아니 대화를 통해 만들어갈 새로운 세계는 어떤 모습일까. 우리는 「신세계에서」가 보여주는 대화의 에스노메소돌로지를 참고할 수 있을 것이다.

이원과 이열음은 혈연관계다. 이들의 대화에는 알맹이는 없고 껍데기만 있다. 중요한 말은 오고 가지 않는다. 이열음은 이원에게 엘리베이터가 없는 미래의 불가능성에 대해서 왜 묻는지 말하지 않는다. 지옥에 대한 이원의 생각을 물어보면서도 자신이 생각하는 지옥에 대해서는 말하지 않는다. 말하지 않으므로 들을 수 없다. 하여 핵심은 말의 알맹이가 아니라 태도다. 이열음은 말을 통해 감정을 배설하지 않는다. 말하기 위한 말을 하지 않는다. 대신 질문한다. 질문은 듣기 위한 말하기다. 이열음의 질문에 이원은 짐짓 생각에 잠긴 척한다. 질문을 제대로 듣기 위해서다. 두 사람은 듣기 위해서 대화한다. 이원은 들은 것에 대해 자의적으로 판단하지 않는다. 듣지 못한 말을 하라고 채근하지도 않는다. 억압과 구속으로 기능하는 말하기를 거부한다. 나는 들을 자격이 있고, 네게 답을 요구할 수 있다는 혈연관계에서 비켜선다. 이원이 '그런 일이 있었'냐고 응답하며 대화는 끝난다. 둘 사이에 진짜 이야기는 오고 가지 않았다. 그럼에도 불구하고 두 사람은 대화했다. 이들이 주고받은 것은 대화하는 태도이자 과정이다. 여기에는 네가 하지 않은 말을 나는 들을 수 없다는 인정이, 네가 하지 않은 말을 내가 강요할 수 없다는 한계가, 그 말을 듣지 않아도 괜찮다는 신뢰가, 앞으로 그 말을 들을 날이 있을 거라는 기대가 있다. 두 사람은 이미 많은 것을 주고받았다.

　주의해야 할 점은 두 사람이 주고받은 것이 대화의 과정에서 역동적으로 생성된 것이라는 데 있다. 때문에 두 사람의 대화는 너무나 담백하지만 그만큼이나 격렬하다. 대화에서 전달의 목적인 정보, 즉 의도가 강조될수록 불가피하게 인격적인 것들은 억압당한다. 그래서 정말 중요한 것은 의도에서 항상 미끄러진다. 이열음은 이원에게서 부산에서 친구를 만나는 것을 허락받고 싶지만 정작 그 친구가 누구인지 그 친구를 왜 만나는지에 대해서는 말하지 않는다. 이에 이원은 침묵한다. 침묵 안에, 무엇을 물어야 하는지, 요청을 들어줘야 하는지, 요청을 들어주는 것이 딸을 맡긴 동생의 신뢰를 깨는 일은 아닌지, 요청을 들어줬을 때 고모인 자신은 어디까지 책임져야 하는지, 요청을 들어줄 만큼 조카를 신뢰하고 있는지 등의 유보된 말이 잠재되어 있다. '말할 수 있는 게 하나도 없'냐는 이원의 질문에 이열음은 입을 다물고 침묵한다. 이 침묵 안에, 이원의 질문에 답할 수 없는 마음, 난처한 입장의 이원을 배려하지 못하는 미안함, 그럼에도 불구하고 바라는 것을 요청해야 하는 불가피함이 잠재되어 있다. 두 사람은 묻지 않을 수 없어 묻고 답할 수 없기에 답하지 못한다. 대화는 알맹이를 비켜나고 말은 계속 미끄러진다. 정작 중요한 말은 마치 "어떤 여자"가 "야광으로 빛나는 롤러스케이트를 타고 죽은 이들의 묘지 사이사이를 미끄러져" 다니듯이 유보된다.

　김호경과 홍찬진은 호혜 관계다. 호혜는 타자에게 즉각적으로 돌려받을 기대 없이 주는 행위를 말한다. 대화 당사자들은 결과적으로 장기간에 걸쳐 선물을 주고받지만, 그들에게 중요한 것은 주는 행위 그 자체다. 인격과 선물이 철저히 분리되는 교환과는 달리 호혜에서는 선물과 인격이 분리되지 않는다.[*] 호혜 관계의 대화는 어떤 모습일까. 유아복 매장의 판매 사원

---

[*] 나카자와 신이치, 『사랑과 경제의 로고스』, 김옥희 역, 동아시아, 2012, 43~44쪽.

과 매장 사장의 동생으로 만난 김호경과 홍찬진은 간간이 서로의 안부를 확인하고 선물을 주고받는다. 김호경의 전화에 홍찬진은 "놀랄 노 자"라고 우스갯소리를 던지고 김호경은 "팔백 년 만"이라고 과장스레 응수한다. 홍찬진은 오랜만에 연락 온 지인에게 전날 술을 마시고 몸싸움을 했다는 소리나 하고, 김호경은 다음을 기약하고 전화를 끊는다. 김호경은 특별히 전달할 내용이 있어서 홍찬진에게 연락한 게 아니다. 정확히는 연락하려 했다는 사실 자체를 전달하려 연락했다. 두 사람은 용건이 아니라 서로에 대한 우애와 신뢰, 그리고 정성을 주고받았다. 두 사람이 주고받은 것은 대화의 전제라기보다는 대화라는 상호작용의 결과다. 김호경과 홍찬진의 대화는 이원과 이열음의 대화처럼 알맹이를 비껴가는 대화는 아니지만, 애초에 알맹이 자체가 없다는 면에서 내용 없는 형식, 형식이 내용인 대화다. 두 사람의 대화는 대화가 알맹이가 없어도 가능하다는 사실을, 대화는 그 자체로 자족적이라는 사실을, 교환으로서의 대화가 선험적인 것이 아니었다는 사실을 보여준다.

이열음과 전수정은 친구 관계다. 지난해 여름 두 사람은 학원을 함께 다니며 어울렸고 서로를 선망했다. 이열음이 전수정을 만나려는 것은 듣지 못한 말이 있기 때문이고, 전수정이 해야 할 말을 하지 않았기 때문이다. 이열음은 전수정이 왜 선배들에게 가야 할 돈을 중간에서 가로챘는지, 그 돈으로 무엇을 했는지, '대출 놀이'에 대해서 왜 자신에게 말하지 않았는지, 왜 연락을 끊고 잠적했는지, 둘 사이의 관계가 깨진 이유가 자신에게 있는지, 궁극적으로 전수정에게 자신이 무엇이었는지 듣지 못했다. 두 사람이 만나기로 한 약속은 전수정의 일방적인 통보로 계속 지연된다. 이열음은 전수정의 말을 듣기 위해 벡스코에서 서면역, 시청역, 경성대로 이동하지만 그 과정에서 '뭔가가 잘못되고 있다는 느낌'이 자신에게서 훅 빠져나갔음을 알아차린다. 만나러 가는 길이 헤어지러 가는 길이 되었다. 만나려 했기 때문에 헤어지는 것이 가능했다. 과거에 듣지 못한 말이 있어 그 말을 들어야만 미래를 향해 나아갈 수 있다고 생각할 수 있다. 하지만 듣지 못한 말을 꼭 들어야 하는 것은 아니다. 들으려 했다는 것이 중요하다. 우리가 삶의 비밀을 모르고도 사는 것과 다르지 않다. 우리에게 중요한 것은 그 비밀을 모름에도 불구하고 살려고 드는 것이다. 이열음이 듣고 싶었던 말이 전수정에게 있었음에도 불구하고 그가 말하지 않은 것일 수도 있고, 애초부터 그 말이 전수정에게 없었을 수도 있다. 중요한 것은 대화에서 그 말이 꼭 오고 가야 하는 것은 아니라는 사실을, 이열음이 들으려 노력하는 가운데 깨달았다는 것이다.

이원과 김호경은 처음 만나는 사이다. 이들에게는 어떤 연결고리도 없다. 두 사람은 우연히 다대포 해변가를 거닐다 마주쳤고, 마주침이 여러 번 반복되자 서로에게 말을 걸었다. 두 사람의 대화에는 관계가 제약하는 구속이 없기에, 있어야 할 내용 역시 없다. 그렇기에 이들은 쉽게 자신의 속내를 드러낼 수 있고, 주저 없이 크게 웃을 수 있으며, 이유 없이 대화를 중단해도 괜찮다. 굳이 누군가를 죽일 때 '저주한다'는 말을 할 필요는 없지만 동시에 그 말을 해선 안 될 이유도 없다. 귀담아듣지 않아도 되기에 이열음은 김호경과 이원의 대화를 흘려들으며 잠이 든다. 이런 관계에서는 질문에 대한 응답도 명확할 필요가 없다. '내일 뭐 하실 거냐'는 이열음의 질문에 김호경은 서울로 돌아갈 예정이지만 '마음이 바뀔 수도 있'다고 말한다. 이러한 변덕, 모호함이 타자의 자리를 마련한다. 아무런 관계가 없다는 것은 어떠한 관계를 만들 수 있는 가능성을 의미한다. 낯선 사람과 새로운 관계를 맺을 때는 용건을 앞세우기보다 태도를 드러내야 한다. 이원은 '감사'하다고 마음을 전하고, 김호경은 '내일 봐요'라고 응답한다. 이원은 이열음에게서 들은 '놀라운 이야기'에 대해 말하기를 그만두고, 김호경은 그 이야기가 무엇인지 묻기를 그만둔다. 두 사람의 그만 말하기가 대화를 닫으면서 연다. 말해지지 못한 말이 있고, 그 말은 내일의 대화를 예비한다.

역설적이게도 대화가 가능하려면 서로 말하려고 하지 않아야 한다. 한 사람이 말을 할 때 다른 한 사람은 겹쳐 말하지 않고 상대의 말을 들어줘야 한다. 그러니 대화를 가능하게 하는 것은 말하기가 아니라 듣기다. 물론 듣기만 해서도 대화가 이뤄질 수 없다. 말하는 사람은 말을 그만하고 듣는 사람의 위치에 서야 한다. 그렇다면 대화의 핵심은 말하기가 아니라 그만 말하기에 있다. 단편은 그만 말하기에 특화된 장르다. 말을 하다 만다. 다 말할 수 없기 때문이고, 계속 말할 수 없기 때문이다. 단편은 다 말하지 않는 방식으로 다하지 못한 말이 있다고 말한다. 「신세계에서」는 우리에게 그만 말하고, 타자의 말을 들으라고, 우리가 들어야 할 말의 자리를 타자와 더불어 만들어보라고 말한다. 타자의 말을 비약적으로 이해할 수 있는 '가까운 미래'가, 불가능할까. 그러한 미래의 (불)가능성보다 중요한 것은 타자의 마음으로 "그냥 솟구치기"를 거부하고, "한 층 한 층 걸어 올라가서 잠깐씩이라도 안을" 보려고 노력하는 태도일 것이다.

롤링 선더 러브

Rolling Thunder Love

김기태

2022년 『동아일보』 신춘문예로 작품 활동 시작.

롤링 선더 러브

그녀는 저녁 7시의 급행 전철에 실려 가는 사람들 중 하나였다. 대체로 선 채였는데 가끔 인파에 끼어 두 발이 떴다. 내리거나 타려고 맹렬히 움직이는 사람들 틈에서 그녀는 이리 밀리고 저리 밀리고 때때로 빙글빙글 돌았다. 작은 체구의 그녀가 키다리들 사이에 끼어 있는 그림은 조금 우스웠다. 덩치에 안 맞게 비굴한 하루를 보낸 사내 몇은 어깨 아래 쪼그라든 그녀의 정수리를 내려다보며 생각했다.

'저 여자 머리 위에 팔을 걸치면 편하겠어.'

집이 있는 역까지는 30분. 검은 모직코트 소매 끝에는 두 손 모아 든 토트백. 언제나 책 한 권이 들어있었지만 꺼내보긴 어려웠다. 휴대전화로 좋아하는 예능 프로그램이나 드라마를 보는 일도 쉽지 않았다. 앞사람이 멘 백팩에 붙은 와펜과 옆 사람이 두른 목도리의 보풀 사이에서 그녀의 시선은 초점을 자주 잃었다. 한두 개의 역을 지나는 동안이라도 그녀의 멍한 표정을 관찰했던 극소수의 승객들에게 그녀는 요즘 좀처럼 마주치기 어렵고 그래서 무섭게도 느껴지는 사람, 즉 '그냥 있는 사람'처럼 보이기도 했다. 다만 누구도 몰랐던 사실. 검고 풍성한 머리카락에 덮인 그녀의 귀에는 언제나 이어폰이 꽂혀 있었다.

"너는 무슨 노래를 좋아하니?"

그런 질문을 나누던 시절이 있었다. 대학가의 어둑한 호프집에서 눅눅한 강냉이를 씹던 날들. 그때는 주로 먼 대륙의 색다른 기후 속에서 태어난 아티스트들을 입에 담았지만 요즘은 통속적인 가요가 마음에 닿았다. 이소라가 부르길 *세상은 어제와 같고 시간은 흐르고 있고 나만 혼자 이렇게*…… 빅마마는 *널 미워해야만 하는 거니 아니면 내 탓을 해야만 하는 거니*…… 천상지희 다나&선데이는 *나 좀 봐줘 나 좀 봐줘*…… 어떤 노래는 마음을 쓰다듬기는커녕 할퀴고 갔다. 번잡한 감정들이 눈을 감아도 침전되지 않았다. 맑은 마음이 간절해지면 바흐나 쇼팽 같은 이름을 되는대로 검색했다. 바흐는 Bach. 쇼팽은 Chopin. 사람들이 클래식을 듣는 데에는 이유가 있었다. 마음을 증류해서 색과 맛과 향을 없애기. 드뷔시의 〈아라베스크 1번〉에 '좋아요'를 눌렀다.

오락가락하는 날들 중 하루. 퇴근 후 가까운 호텔 커피숍으로 갔다. 성급한 크리스마스 장식이 보기에 나쁘지 않았다. 상대는 직장에서의 견고한 입지와 좋은 때 매입한 부동산을 교양 있는 방식으로 자랑했다. 안정적인 직업과 자산은 장점이었지만 그것만을 말할 수 있는 남자는 별로였다. 어쩌면 그에게도 흥미로운 구석이 숨어 있고 그걸 밝혀내기 위해 내가 노력해야 할까. 그가 최근 방문한 골프장의 경치에 대해 떠드는 사이 그녀는 남자의 갈라진 입술을 봤고 엊그제 로드숍에서 구입한 4500원짜리 립밤을 떠올렸다. 하지만 보답 받지 못하는 마음을 세상에 얼마나 더 줘야 할까. 이것은 투자와 수익의 문제일까. 창가 테이블의 저 두 사람도 재화와 서비스를 거래하며 사적 이익을 추구하는 시장 활동 중일까. 누군가를 소개해주겠다는 사람들은 꼭 오지랖을 덧붙였다.

"자기, 아직 안 늦었어. 이제 얼굴 볼 때 아니잖아. 그 남자, 마곡에 아파트도 있대."

그녀는 '누가 그런 게 궁금하대?'라고 쏘아붙이며 들고 있던 텀블러로 그들의 입을 망치질하고 싶었다. 그러나 하찮은 안도감. 적어도 오지랖쟁이들은 그녀를 아직 애정 시장의 자원으로 인정해주고 있었다. 아무도 소개 제안을 하지 않을 때가 오겠지. 연애나 결혼, 육아 같은 화두가 테이블에 오르면 쉬쉬하면서 내 눈치를 보거나 아니면 눈치조차도 보지 않고 나는 원래 상관없는 존재라는 듯, 무슨 신선처럼 취급하면서. 그때가 오면 더 행복할까. 자원이냐 신선이냐. 다 싫은데.

한 시간 뒤 그녀는 집으로 가는 전철을 탔다. 동네에 도착하니 눈이 포슬포슬 내리고 있었다. 매너 문자 정도는 할 수도 있을 텐데 그 남자 참 깔끔하네. 그녀는 건즈 앤 로지스를 들으며 골목을 걸었다. *오오오 오우오, 스위트 차일드 오 마인.* 누가 록이 죽었다고 말했지. 록은 안 죽었어. 죽은 건 세상 아닐까. 전자 기타 멜로디가 뇌리를 파고들었고 그녀는 어린 시절을 돌아봤다. 그때 세상은 더 따뜻하고 친절했으며 나도 세상에 대해 그러했지. 아니, 미화하지 말자. 세상은 고약했어. 그녀는 모순적인 기억들을 뭉쳐 눈밭에 굴렸다. 전자 기타를 배운다면 멋질 거야, 하고 오래된 생각을 했다. 기타를 잡은 자신을 그리다가 온몸이 날카롭게 빛나는 전자음이 되어 밤하늘을 쪼개는 상상에 닿았다. 발이 시려웠고 오르막은 가팔랐다. 따뜻한 연말 보내세요. 구청에서 건 현수막이 펄럭거렸다. 골목 좌우의 작은 커피숍이며 술집의 뽀얀 유리창에서 노란 불빛이 흘러나왔다. 고만고만한 다세대 주택의 창가에 사람들의 그림자가 어른거렸다. 그녀는 중얼거렸다.

"나 조맹희. 37세 독신. 한 손에는 총, 한 손에는 장미를 들고……"

매일 걷는 골목에서 공포와 동경을 저울질하다 길을 잃은 기분. 누군가 집 앞에서 자신을 기다리고 있다면 총으로 쏴버릴지 장미를 건넬지 생각하며 모퉁이를 돌았을 때 맹희는 호랑이 인형을 발견했다. 아무도 없는 골목 한가운데에서 맹희를 기다리고 있던 것처럼. 가만히 웅크린 채 노랗고 검은 줄무늬 털 위로 하얀 눈송이를 맞으면서. 메이드 인 방글라데시. 뜨거운 나라에서 왔구나.

"너도 춥지?"

맹희는 주변을 둘러봤다. 그리고 호랑이를 데리고 집에 갔다.

맹이의 대모험.

블로그에 그런 이름을 붙인 건 스물한 살 때였다. '맹희'를 '맹이'라고 부르는 사람이 많았다. 맹아. 어디야. 맹아. 나 좀 도와줘. 맹아. 너 좀 귀엽다. 그녀 스스로 3색 볼펜이나 수정 테이프 따위에 '맹이꺼♡' 같은 라벨을 붙이기도 했다. 맹이는 사람들과 웃고 떠들고 건배하는 시간을 좋아했고 학과 MT 기획단 같은 자잘한 역할을 기쁘게 수행했다. 가슴팍에 커다란 하트가 프린트된 핑크색 맨투맨을 입고 초콜릿과 털장갑을, 캔 커피와 수입 음반을, 자물쇠와 숙취해소제를 선물했다. 굳이 '대모험'이 붙은 이유는 그 시절 어느 밤, 맹희의 기분에게 물어봐야 했다. 서른일곱의 맹희는 기억을 못 했지만 블로그 이름 같은 건 상관없었다. 십수 년 동안 맹희는 간헐적으로 포스팅을 했다. 보도를 덮은 은행잎, 멋을 부려 만든 파스타, 깊은 밤의 신호등을 괜히 찍은 사진들. 그리고 고유명사를 빼버린 일기 혹은 노래 가사. 22분 간격으로 두 개의 글을 올린 적이 있었지만 1년 반 만에 새 글을 올리기도 했다. 제이슨 므라즈의 〈I'm Yours〉와 김윤아의 〈봄날은 간다〉 사이, 다케우치 마리야의 〈Plastic Love〉와 씨스타의 〈나 혼자〉 사이에서 맹희는 졸업을 하고 취업을 하고 물건을 버리면서 더 많은 물건을 사들였다. 비공개도 검색 방지도 걸지 않았지만 이십 대 후반쯤부터 일일 방문자는 0명 아니면 1명으로 떨어졌다. 그 한 명은 살아있는 사람일 수도 광고봇일 수도 있었다. 사람이라 해도 맥락 없이 늘어놓은 이런 문장들을 오래 들여다보지는 않았을 것이다.

'여름, 재즈, 당신. 그리고 아이스크림. 달다아아아아아!'

그런가 하면 어떤 포스팅은 이런 식이었다.

'크리스마스가 싫다. 오늘부터 1225번 버스도 안 탈 거다.'

이를테면 그 블로그는 섣불리 사버린 선물과 수신인을 잃어버린 편지, 고장 난 장난감과 짝을 잃은 액세서리의 수납함, 고대의 맹희가 건축하고 현대의 맹희가 낙서하는 사적인 유적지였다. 행간에 무슨 사건이 있었는지 스스로도 완전히는 기억하지 못했다. 다만 맹희의 절친이라 자부하는 한 명. 고교 동창인 그녀 스스로가 원하는 대로 부르자면 리아. 리아는 맹희 자신을 제외하면 맹희가 저지른 일과 당한 일에 대해 가장 잘 아는 사람이었고 몇 번은 이렇게 말했다.

"맹아. 또 빠져들었냐."

리아는 바이럴 마케팅 대행사에 다니며 북튜브를 운영했는데 구독자는 삼백 명 수준이었다. 얼굴을 노출한다면 구독자가 늘어날지를 고민했다. 리아는 3년 전에 가족을 포함한 가까운 이들에게 비연애, 비혼을 선언했다. 모두가 원만히 수긍한 것은 아니었다. 맹희와 리아는 '선언'이라는 단어의 의미를, 그것이 '표명' 또는 '서약'과 무엇이 다른지를 두 시간 넘게 논의한 적이 있다. 누구를 위해 결론을 내야 하는 건지 의아해져서 그냥 결론을 내지 않았다. 맹희의 황망한 연애사를 들을 때마다 리아는 혀를 찼고 고개를 저었고 저렴함을 무기로 성공한 프랜차이즈 와인 주점에서 1만 9천 원짜리 와인을 한 병 더 주문해서 자기가 다 마셨다.

"맹아, 그만 좀 퍼줘라."

혼자서 행복하지 않은 사람이 둘이서 행복할 수는 없다는 전언에 맹희도 동의했다. 혼자를 두려워하지도 부끄러워하지도 말 것. 적극적으로 혼자 됨을 실천할 것. 연애는 옵션이거나 그조차도 못 되므로 질척거리지 말고 단독자로서 산뜻한 연대의 가능성을 모색할 것.

"하지만 나 조맹희. 혼자가 아닌 적이 있었나."

혼자가 되기 위해 특별한 노력을 기울여야 하는지는 알 수 없었다. 아무리 멀리 떠났다가도 돌아와 몸을 눕히게 되는 침대처럼, 있는 힘껏 뛰어올라도 바닥으로 끌어 내리고야 마는 중력처럼 혼자 됨이란 자동적으로 이루어지지 않나. 이미 혼자인데 어떻게 더 혼자가 될 수 있을까. 어떤 혼자는 다른 혼자보다 더 완성된 것일까. 맹희는 스무 살에 상경한 이래 혼자 잘 살았다. 두부를 데쳤고 욕실 세정제를 뿌렸고 3단 빨래 건조대를 조립했다. 지방세를 납부했으며 플라스틱 용기와 유리병의 라벨을 드라이어로 녹여 떼서 수요일과 금요일에 내놓았다. 동네 순댓국집은 혼자 가도 물론 맛있었다. 리아는 마음이 넉넉하고 편견이 없는 친구들을 사귈 수 있을 거라며 독립서점에서 운영하는 모임에 맹희를 데려갔다. 부모의 집에 살아도 자기 방 인테리어는 자기 취향을 고수한다는 스물두 살짜리 애가 말했다.

"나이가 들어도 나다움을 지켜야죠. 삶이란 어차피 흘러가는 거잖아요."

그런 생각을 할 수도 있고 틀린 말도 아니지만 걔랑 친구가 될 순 없었다. 그 취향. 너다움. 도무지 못생긴 빨래 건조대를 방 바깥에 둘 수 있어서 유지되는 거 아닐까. 이런, 내가 마음이 좁고 편견이 있네. 온화한 피아노곡을 틀어놓고 코튼 향 인센스를 피운다고 6인용 테이블에 둘러앉은 낯선 사람들에게 마음을 열 수 있는 건 아니었다. 내가 언제부터 이렇게 됐지. 적당히 마모시킨 자기 고백을 주고받다 집에 들어가 혼자가 되면 맹희는 양배추즙을 마시고 샤워를 하고 맥주 캔을 땄다. '늦은 밤 혼자……' 어쩌구로 제목을 붙인 플레이리스트를 유튜브에서 골라 틀고 몇 곡을 스킵하다가 꺼버렸다. 요새 노래들은 매가리가 없어. 아니, 매가리가 없는 건 나인가.

"너 조맹희. 네가 원하는 게 뭐니."

앞으로 15년 정도는 업계에 근근이 붙어 있을 것이다. 은퇴할 즈음에는 혼자 지낼 만한 집, 외곽이지만 산책로가 가깝고 구급차가 10분 내에 도착할 수 있는 작은 빌라쯤은 매입이 가능하리라 기대했다. 국민연금이 나올 때까지 버티려면 마트든 공장이든 황혼 알바를 기웃거려야겠지만 살기 위해 까짓것 하면 하는 거였다. 취미로 따둔 두 종류의 자격증 중에서 하나쯤은 노년의 소일거리로 약간의 수입을 만들어줄지도 몰랐다. 병약해 보인다고 모르는 이들은 종종 혀를 찼지만 알고 보면 맹희는 잔병치레도 없었다. 누빔 조끼를 입고 비 오는 날 리아와 부침개를 구우며 알밤막걸리를 걸친다면 충분히 만족할 만한 인생일 것이다.

맹희는 식탁 위에 엎드린 호랑이의 머리를 쓰다듬었다.

"아 근데. 나는 사랑이 좀 하고 싶다."

엘. 오. 브이. 이. 그게 뭔데. 나는 사랑이 뭔지도 모르면서 하고 싶다고 말하네. 웃겨. 아주 웃겨. 리아는 사랑이란 우리가 관성적으로 생각하는 것보다 훨씬 크고 넓고 깊다며, 눈을 뜬 자에게는 도처에 존재하는 것이라 했다. 왜 사랑을 성애(性愛)에서만 구하려고 하니. 우리는 신을 사랑할 수도, 계절을 사랑할 수도 있지. 조카의 해맑은 웃음에서, 동네 빵집에 진열된 갓 구운 빵에서, 뜻밖에 가뿐하게 눈 뜬 아침에 이불 속에서 듣는 새들의 지저귐에서 사랑을 발견할 수 있는 사람이 행복한 사람이야. 그게 성숙이라고. 리아가 와인을 콸콸 마시며 지론을 펼칠 때 맹희는 "그거 3만 5천 원짜리다"라고 타박하면서도 친구의 존재에 소중함을 느꼈고, 그 소중함 역시 사랑의 일종이라는 데에 고개를 주억거렸다. 다만 혼자 등산을 가려다 모든 게 귀찮아져서 김밥만 먹었던 날에 맹희는 이렇게 중얼거린 적도 있었다.

"새들의 지저귐 좋지. 근데 그런 거 말고……."

뒤에 무엇이 이어져야 할지는 맹희도 몰랐다. 어쩌면 새들의 지저귐보다 시끄럽고 갓 구운 빵보다 뜨거우며 조카의 해맑은 웃음보다 슬픈 무엇. 스크린도어도 없던 시절에 플랫폼으로 들어오는 1호선의 굉음. 열차를 일부러 떠나보내며 나누는 입술. 한강을 건너는 택시와 차창 밖의 쏜살같은 불빛들. 까맣게 닫힌 휴대전화 액정과 한 모금 마셨을 뿐인데 식어버린 찻잔. 여지없이 비가 쏟아지면 뛰다가 걷다가 고가도로 아래에 서서 젖은 몸으로 스스로를 비웃기. 바보 같지만 가끔 되풀이하고 싶은 모든 소란에 사랑이라는 이름을 붙여야 할까. 37세의 삶에 신파를 그리워하다니 이것은 미성

숙일까. 어쩌면 사랑은 새들보다 가깝고 빵보다 단단하며 조카보다 듬직한 무엇일지도. 퇴근하고 나니 비워져 있는 휴지통. 소화제를 먹을 때 옆에서 따라주는 더운물 한 컵. 늙은 부모의 터무니없는 세계관을 함께 끄덕이며 흘려듣다가 주차장에 내려와 시동을 걸기 전 누가 먼저랄 것 없이 뱉는 안도의 한숨. 물티슈와 수세미, 파스와 보행기. 암보험과 노령연금과 장례 토털케어 서비스 카탈로그를 함께 뒤적거리기.

사랑은 걷잡을 수 없는 정열일까. 견고한 파트너십일까. 둘 다일 수도, 둘 다 아닐 수도. 왜 사람은 정체를 알 수 없는 것에 대해서도 부재를 느낄 수 있는지. 개였는지 재였는지 이름과 얼굴은 지워졌어도 촉감과 온도와 음향, 아득한 형체로 남은 것들. 지나간 애인들은 대체로 얼간이거나 양아치였고 그때는 괜찮은 놈이라 믿었는데 돌아보면 영 아니었다. 한두 명쯤은 제법 괜찮은 놈이었는데 그때는 몰랐다. 함께 사랑을 밝혀낼 수도 있었을까. 만약 가장 좋은 인연이 이미 지나갔다면, 바보처럼 내가 알아보지 못했고 이제 열화판을 반복할 수 있을 뿐이라 생각하면 울적했다. 하지만 그럴 리가. 새로운 사랑을 위해서는 새로운 사람이 되어야 할 수도. 맹희는 맥주 캔을 구겼다.

"나 조맹희. 시원하게 굴러보고 싶다."

37년 동안 그럭저럭 살았고 지금 만족스럽냐고 묻는다면 만족했다. 하지만 '만족'이라는 단어 자체가 불만족스러웠다. 갱신을 원한다면 모험을 받아들여야 할지도 몰랐다. 사랑이 뭔데. 수련회 장기자랑 무대에 처음 올라갔던 학창 시절처럼, 앞구르기든 뒤구르기든 몸을 던지기. 기리보이는 *나는 가볼래 내가 알던 곳부터 낯선 곳도 내가 바보래도 나는 가볼래 WHAT 나는 호랑이 소굴로 들어가.* 애는 좀 매가리가 있네.

그날 밤 맹희는 식탁에서 노트북을 열어 메일 한 통을 썼다. 몇 번 만지작거렸던 메일 주소를 수신인에 붙여넣기 했다. 안녕하세요. 평소 방송을 즐겨 보다가 용기 내어 메일 드립니다……. 발송 버튼을 누르기 전에 호랑이의 빛나는 플라스틱 눈알을 봤다.

"너도 이게 바보짓이라고 생각해?"

호랑이가 대답했다.

"어흥!"

"사랑을 찾는 솔로들의 흙 맛 나는 고군분투!"

기운찬 캐치프레이즈로 시작하는 〈솔로농장〉은 일반인들이 출연하는 짝 짓기 예능 프로그램이었다. 밭이나 과수원이 딸린 펜션에 남녀 열두 명을 모아 놓고 5박 6일 동안 관찰함을 얼개로 했다. 이러한 포맷이 〈솔로농장〉만의 것은 아니었다. 데이팅 예능이 범람하고 있었고 평론가들은 '결핍된 것이 유행한다'는 오래된 말을 주워섬겼다. 다만 〈솔로농장〉은 누리꾼들로부터 '리얼리즘이 살아있는' 부동의 원조 맛집으로 여겨졌다. 맛집 중에서도 청국장같이 냄새나고 소대창만큼 기름을 튀기는데 등뼈찜처럼 손가락을 빨게 만드는, 우아하지도 산뜻하지도 않지만 그래서 늘어난 티셔츠를 입고 봐도 부끄럽지 않은 프로그램. 출연자들의 외모도 신상도 '나 저런 사람 알아' 할 정도로 친근했다. 아류 프로그램 중에는 〈핑크 아일랜드〉처럼 눈 돌아가는 미남미녀를 섭외해 로맨틱한 대사를 읊게 하거나, 〈나는 아직 사랑을 믿는다〉처럼 이혼 경험이 있는 이들만 출연시켜 자리 잡은 것들도 있었다. 그러나 대부분은 차별화에 실패하였으며 〈하트 파이트〉처럼 데이트와 격투기를 결합하는 무리수를 둬서 언론과 대중의 비난 속에 조기종영하는 프로그램도 있었다.

솔로농장 19기 녹화 첫날. 미풍을 맞으며 맹희는 펜션 앞마당으로 입장했다. 마당을 둘러싼 나무들에 하얀 꽃이 가득했다.

"남쪽이라 목련이 빨리 피었나 보다."

카메라가 많았다. 방송국 미팅룸에서 진행된 사전 인터뷰에서 이미 카메라 앞에 앉았었기 때문인지 의외로 신경이 쓰이진 않았다. 멀리 마당 반대편, 먼저 입장해서 꽃나무 아래 앉아 있는 여섯 명의 남자들이 보였다. 다들 허우대는 나쁘지 않아 보이는데. 앞으로 다섯 밤이 지나면 저들 중 누군가와 무엇이라도 되려나.

맹희는 마당 중앙으로 가서 땅에 꽂힌 삽자루를 잡았다. 나 조맹희. 이제부터는 조맹희가 아니다. 〈솔로농장〉의 출연자들은 5박 6일 동안 실명이 아니라 야채의 이름으로 불렸다. 삽날에는 맹희 몫의 야채 이름이 각인되어 있을 것이었다. 명치께까지 오는 삽자루는 두 손으로 힘을 써도 쉽게 뽑히지 않았다. 시작부터 질 수 없지. 맹희는 심호흡을 하고 힘을 다해 삽을 당겼다. 삽이 뽑히며 뒤로 넘어질 뻔했지만 겨우 균형을 잡았다. 아무 일도 없었다는 듯 카메라를 향해 삽날을 보여줬다.

"완두는 처음 나오는 거 아녜요?"

맹희보다 앞서 입장해 옆자리에 앉게 된 감자가 말했다. 감자는 보통 나이가 가장 많고 마음도 넓어서 큰언니 역할을 하는 출연자에게 붙는 이름이었다. 그런 사람에게 그런 이름이 붙는 건지, 그런 이름이 붙어서 그런 사람이 되는 건지는 몰랐다. 제작진은 나에게 왜 완두라는 이름을 줬을까. 콩알처럼 작아서인가. 감자가 아닌 건 다행이었지만 맹희는 내심 양파나 토마토를 바랐다. 다른 여성 출연자들이 입장했다. 배추. 담백한 분위기로 이번에도 소란 없이 한 명의 마음쯤은 얻을 수 있어 보였다. 양파. 또 남자를 울리려나. 토마토. 자기는 야채가 아니라는 듯 의뭉스러운 매력으로 판을 흔들겠지. 브로콜리. 브로콜리……?

규칙상 첫날에는 직업이나 학력, 거주지, 나이 등의 신상을 물을 수도 밝힐 수도 없었다. 배경을 보기 전에 사람을 먼저 보라는 프로그램의 핵심 장치 중의 하나였다. 맹희도 익히 아는 설정이었지만 안에 들어가 있으니 새삼 생각이 많아졌다. 배경을 제거한 사람이란 무엇일까? 말투? 표정? 서 있는 자세? 결국 들리고 보이는 것들인데 그것들이 직업이나 학력에 비해 믿을 만한 자질일까? 출연자들은 자체적으로 당번을 정했고 첫 밤의 파티를 위해 장을 보고 요리를 하고 식기를 차렸다. 조거 팬츠를 입은 가지가 자기 허벅지를 퉁퉁 치며 "이런 건 남자가 들어야 한다 아입니꺼"라고 너스레를 떨었다. 당근은 고기 굽기를 자처했는데 마야르 반응을 일으키고 육즙을 가두기 위한 최적의 조건에 대해 떠들었다. 나도 이런 식으로 관찰되고 있겠지. 팔다리가 뚝딱거리다 못해 얼어붙네. 〈솔로농장〉에 출연하기로 했다는 소식을 듣고 리아가 한 말을 떠올렸다.

"이번엔 제대로 미쳤구나."

출연 신청 메일을 보내고 녹화장에 오기까지 내야 했던 용기를 되새겼다. 여기까지 와서 아무것도 하지 않는다면 나는 아무것도 아니야. 나는 원하는 게 있어. 나는 내가 원하는 게 있다는 걸 알고 있어. 자자는 버스 안에서 노래했지. *넌 너무 이상적이야, 네 눈빛만 보고, 네게 먼저 말 걸어 줄 그런……*. 너무 오래전인데. 아무튼 고무줄은 팽팽히 당겨졌고 새총을 떠나면 콩알도 총알이 되는 법. 나 조맹…… 아니 완두. 마음 가는 대로 날아가기.

20여 대의 카메라와 대형 조명으로 둘러싸인 출연자들은 야외 테이블에서 첫 만남을 기념하는 건배를 했다.

"솔로농장, 풍년을, 위하여!"

90분가량 이어진 첫 회식에서 맹희는 맥주 한 캔 반을 마셨고 완두라는 이름으로 여섯 번 정도 불렸다. 양파와 대파 사이에 앉았다가 버섯과 배추 사이에도 잠시 앉았다. 맞은편의 오이와 맥주 캔을 부딪혔고 쌈장을 입에 묻힌 고구마에게 냅킨을 건네줬다. 작은 키 때문에 받았던 오해, 그리고 학창 시절 급식에서 콩밥이 나왔던 날을 소재로 한 유머로 좌중을 두 번 웃겼다. 밤바람이 차가워졌고 출연자들은 야외 자리를 정리하고 실내로 이동해 여흥을 이어가기로 했다. 쓰레기를 모아 담으며 맹희는 술자리를 복기했다. 나쁘지 않았어. 적극적이었어. 제법 날았어. 그렇긴 그런데…… 날아가서 맞혀야 할 과녁을 모르겠네. 천천히 봐야겠지. 저 여섯이 세상 마지막이라고 친다면. 맹희는 왠지 그렇게 가정해야 할 필요를 느꼈지만 그런 자신이 썩 마음에 들지는 않았다.

펜션 거실에서 자유로운 분위기로 헤쳐 모이며 회식이 이어졌다. 긴장감이 확연히 누그러지자 PD들이 하나둘 각자가 담당하는 출연자를 데리고 속마음 인터뷰를 따기 시작했다. 저녁까지는 출연자들이 다 모여 있었고 카메라가 워낙 많아서 맹희는 담당 PD를 인지하지 못했다. 야외 테이블을 정리할 때가 돼서야 자신을 따라다니는 카메라를 누가 들고 있는지 봤다. 그는 맹희의 또래 같았는데 현장에서는 비교적 연차가 낮은 듯했다. 다른 PD나 작가로부터 몇 번 귓속말을 들었고 그때마다 당황스러운 표정을 지었다. 맹희는 다른 제작진이 그를 '우영 PD'라고 부르는 것을 들었다.

우영 PD는 펜션 뒷마당의 풍성한 목련나무 아래로 맹희를 안내했다.

"저기 앉으시겠어요?"

그가 나무 아래 벤치를 가리키고 삼각대에 카메라를 거치했다. 맹희는 흥성거리면서도 서로 눈치를 보는 출연자들 사이를 떠나서인지 오히려 긴장이 풀렸다. 공기가 맑았다. 벤치에 등을 기대고 까만 밤하늘과 하얀 목련을 올려다보니 가슴이 트였다. 긴장한 쪽은 우영 PD 같았다.

"카메라 말고 저를 보면서 대답해주시면 돼요."

그는 첫 질문 몇 개를 더듬었는데 원래 말솜씨가 없는 사람은 아닌지 곧 차분해졌다. 어떤 질문은 방송을 봤던 사람이라면 으레 예상할 수 있는 것이었고 어떤 질문은 이걸 왜 물어보지 싶었다. "잠깐만요." 우영 PD가 자리에서 일어나 맹희의 어깨에 내려앉은 작은 목련 꽃잎을 떼어냈다. "계속 말씀 나눠 볼까요." 맹희가 얘기할 때 그는 온화한 표정으로 고개를 끄덕였다. '현장' 같은 단어와는 어울리지 않는 얼굴과 말투였고 그게 맹희의 마음을 편하게 했다. 이상하네. 고도의 인터뷰 스킬인가. 인터뷰가 끝나고 우영 PD가 장비를 정리했다. 맹희는 벤치에서 일어나 그의 뒤통수에 대고 물었다.

"아니 근데요. 제 이름이 왜 완두예요?"

우영 PD는 "글쎄요, 작가님들이 정하시는 거라……" 하며 턱을 몇 번 긁적이다가 말했다.

"완두가 단맛이 있잖아요? 완두로 만든 앙금, 저는 좋아해요."

휘휘휘. PD님 좀 치시네. 우영 PD가 베이지색 옥스포드 셔츠 소매를 걷어붙이고 다시 카메라를 어깨에 걸쳤다. 접힌 소매 아래로 은은하지만 질겨 보이는, 나무뿌리 같은 잔근육이 눈에 들어왔다.

우엉. 이제부터 당신은 우엉이다.

우엉이 말했다.

"들어갈까요. 가서 좋은 분 알아보셔야죠."

그래야지. 그런데 당신 혹시 따뜻하고 향긋한 데다가 장 건강과 피부 미용에도 좋다는 우엉차 같은 남자니. 따뜻한 흰 쌀밥과 언제나 어울리는, 자기주장은 약하지만 씹으면 씹을수록 감칠맛이 나는 우엉조림 같은 남자냐고.

맹희는 혼란 속에서 사흘을 보냈다. 이틀째 오전에 직업과 나이 등을 밝히는 자기소개 시간이 있었다. 대파와는 커피를 내려서 아침 산책을 했고 오이와는 밤의 파라솔에서 스파클링 와인을 마셨다. 첫 외식 데이트에서 고구마가 프로그램의 고정 멘트인 "나랑 밥 먹자"를 맹희 앞에서 외쳤다. 인근에 있는 가든형 황태구이 전문점에 갔는데 양념이 매콤했다. 두 번째 회식에 공용 거실의 노래방 기계로 이런저런 노래를 불렀다. 핑클과 버즈, 러브홀릭과 렉시가 출동했고 맹희도 분위기에 젖어 이은미의 〈애인 있어요〉를 불러버렸다. *그 사람 나만 볼 수 있어요. 내 눈에만 보여요.* 브로콜리가 "다 칙칙해" 하면서 마이크를 쥐었고 아무도 모르는 랩송을 불렀는데 감탄할 만한 실력이었다. 토마토에게 사실상 차인 가지는 술을 마셨고 맹희는 얼굴이 보랏빛이 된 가지의 산책 제안을 거절했다. 버섯과 당근의 애정 공세를 동시에 받던 양파가 "언니, 진짜 어떡하죠."라며 눈물을 흘렸고 맹희가 등을 토닥여줬다. 그 모든 순간에 맹희의 곁에는 카메라를 든 우엉이 있었다. 그는 네 번쯤 조심스럽게 맹희에게 말했다.

"저 완두님. 그…… 카메라를 보시면 안 돼요."

그 사람 나만 볼 수 있어요. 내 눈에만 보여요오오오오. 카메라를 보는 게 아니었다. 자꾸 우엉에게 눈이 갔다. 우엉은 반지를 비롯한 어떤 액세서리도 착용하지 않았고 베이지와 카키, 올리브 계열의 의복을 즐겨 착용하였으며 할 말이 있으면 "그……"라고 운을 떼면서 입술을 달싹거리는 버릇이 있었다. 맹희는 그런 것들을 알게 되는 자신을 멈출 수 없었다. 사흘째에서 나흘째로 넘어가는 심야. 화장실 거울 앞에서 감자와 나란히 서서 클렌징크림을 발랐다. 카메라가 들어오지 못하는 곳이었고 마이크도 뗀 채였다.

"에휴, 이게 다 뭔 지랄이야."

감자는 오이를 포기한 후 끌리는 상대도 없고 다가오는 상대도 없어서 녹화 종료까지 남은 시간을 교양으로 채우려는 듯했다. 감자가 맹희에게 물었다.

"완두 씨는 여기 와서 뭐가 제일 재밌어?"

맹희는 즉시 대답이 떠올랐으나 적절한지를 잠깐 고민했다. 굳이 거짓말을 할 필요는 없었다.

"저는 인터뷰가 제일 재밌던데요?"

나흘째까지 맹희는 우엉과 아홉 번의 인터뷰를 했다. 우엉과 마주 앉아 이야기하는 게 대파와 커피를 마시고 고구마와 황태를 뜯는 것보다 재미있었다. 맹희는 솔로농장에서 자신을 제일 잘 이해하는 사람이 우엉이라고 느꼈다. 그런 말까지 기억한다고? 내가 설거지할 때 고무장갑 안 끼는 걸 봤다고? 원래 PD들은 관찰력이 좋은가. 불쑥불쑥 맹희가 우엉에게 건네는 질문이 늘었다. PD님은 어디 사세요? 쉴 때 뭐 하세요? 애인 있어요? 무례한 질문인 듯도 했지만 '우엉 당신도 카메라 들이대고 나한테 별거 다 물어보잖아'라고 생각하며 당당해졌다. 우엉이 "아니 인터뷰는 제가······"라며 당황하면 맹희는 "에이 어차피 편집 다 할 건데"라며 우엉에게 손가락 총을 빵빵 쐈다.

촬영 종료 전날. 자유롭게 데이트를 설계해 상대를 지목할 수 있는 스페셜 데이트권을 두고 경쟁 미션을 수행할 차례였다. 〈솔로농장〉의 미션은 흙 맛 센스로 유명했다. 감귤 빠르게 많이 따기, 짚으로 길게 새끼 꼬기, 정확한 무게의 감자 담기 등. 젓가락으로 지렁이 옮기기도 있었는데 해당 회차는 방송심의위원회로부터 주의 처분을 받았다. 마당에 모이라는 호출이 나자 양파가 "뭐 나올지 무서운데"라고 볼을 감쌌다. 맹희는 결연히 트레이닝복을 입고 운동화를 신었다. 남성 출연자들이 먼저 쌀 포대를 어깨에 지고 누가 스쿼트를 많이 하는지를 겨뤘다. 대파가 의외로 분투했지만 결국 가지가 이겼다. 여기까지는 평범한 흙 맛이었다. 훗날 시청자들에게 회자될 쪽은 여성 출연자들의 미션이었다. 제작진의 안내에 따라 인근의 임야로 이동하였다. 미니버스에서 내리자 분변 냄새가 코를 찔렀다. 짝짓기 예능만 10년째 만든다는 총감독이 메가폰을 들었다.

"사랑도 야채도, 잘 자라기 위해서는 거름이 필요합니다."

임야 한가운데에 거름이 산더미처럼 쌓여 있었다. 각 여성 출연자들 앞에 삽 한 자루와 외발 수레 한 대가 준비되었다. 시간 내에 최대한 많은 거름을 밭으로 옮길 것. 토마토가 코를 쥐었다. "아, 냄새." 감자가 한숨을 쉬었다. "솔로농장 독하다 독해." 브로콜리는 의외로 담담했다. "저 사우스캐롤라이나 있을 때 좀 해봤거든요." 맹희는 삽을 잡았다.

'이게 삽질이라 해도······.'

거름에 삽을 찔러 넣었다. 한 삽 한 삽 거름을 수레로 퍼 담다 보니 활력이 돌았다. 수북하게 차오르는 거름과 함께 마음도 괜히 충만해졌다. 왜 재밌지. 육체노동의 기쁨 뭐 그런 건가. 대단치 않은 말과 행동을 간 보고 따지고 해석하고, 나 또한 읽히길 기대하면서도 감추고 꾸미고 짐짓 모른 체하고……. 수레에 거름을 채워 밭에 뿌리듯 그저 열성으로 증명할 수 있다면, 그렇게 이룰 수 있다면 쉬울 텐데. 수레는 어느새 거름으로 그득해졌고 맹희는 손잡이를 잡고 으차차 힘을 줬다. 그리고 자신이 외발 수레 같은 건 전혀 사용해본 적이 없음을, 얼마만큼의 무게를 밀고 당길 수 있는지 모른다는 것을 깨달았다. 수레가 좌우로 요동치며 엉뚱한 방향으로 맹희를 끌어당겼다. 지켜보던 브로콜리가 외쳤다.

"어, 어어……!"

거름 위에 엎어진 맹희에게 배추가 달려와 "완두님 안 다쳤어요?"라고 물었다. 맹희는 "괜찮아요, 괜찮아"하며 툭툭 털고 일어났다. 수레를 바로 세우고 쏟아진 거름을 다시 담기 시작했다. 삽을 쓰다가 곧 손으로 쓸어 담았다. 나 조맹희…… 또 조맹희……. 몸을 일으켜 수레를 다시 잡은 맹희는 여성 출연자들도 남성 출연자들도 제작진들도 모두 자신을 보고 있다는 걸 깨달았다. 우엉은 카메라를 든 채였지만 그의 눈은 뷰파인더가 아니라 맹희를 향해 있었다. 턱이며 팔뚝이며 무릎에 거름을 묻히고 맹희는 모두에게 말했다.

"왜요? 안 해요? 왜 안 해요?"

스페셜 데이트권은 맹희의 차지였다. 샤워를 마치고 정오가 막 지났을 때 맹희는 제작진에게 농장과 마주 보고 있는 산 정상을 가리켰다. 잔뼈가 굵어 보이는 작가가 "아아, 등산 데이트구나"라고 말했다. 옆에 서 있던 스페셜 데이트 촬영팀이 표정을 구기며 수군거렸다. "저기가 저래 보여도 정상까지 왕복 네 시간은 걸릴 텐데……." 작가가 "또 그러신다" 타박하며 촬영팀의 말을 자르고 맹희에게 남성 출연자 중에 누구를 데려갈 거냐고 물었다. 맹희가 대답했다.

"혼자 갈래요."

총감독이 쓰읍, 하며 팔짱을 꼈다. 캠핑 의자에 몸을 묻고 잠시 허공을 보던 그가 몸을 일으키며 말했다.

"혼자 등산도 재밌겠네. 그렇게 해요."

이상한 짓은 이상할수록 화제가 되는 프로그램이었다. 남성 미션 승리자인 가지가 제작진이 기대하던 브로콜리를 지목한 상태였고, 서사는 그쪽에서 충분히 건질 수 있었다. 총감독이 씹고 있던 껌을 종이컵에 뱉으면서 덧붙였다.

"그림적으로는 별거 없을 테니까 우영 PD만 갔다 와."

맹희가 우영을 보며 씨익 웃었다.

골짜기에는 아직 산산한 겨울 기운이 남은 듯했지만 양지바른 곳에 핀 봄꽃 향기가 바람에 실려 있었다. 대개 포장되지 않은 완만한 등산로였고 이따금 통나무를 쌓은 계단이나 시냇물 위 징검돌이 나타났다. 산보 중이던 마을 어르신마다 "뭘 찍능가?" 하고 물었다. 우영은 분주했다. 이 사람 어디 갔어, 하고 보면 한참을 뒤떨어져 뷰파인더를 들여다보고 있었고, 어느새 후다닥 맹희를 앞질러 이런저런 각도로 맹희의 산행을 담았다.

"다 똑같은 그림인데 그만 좀 찍어요."

우영이 머쓱한 표정으로 카메라를 내렸다. 둘은 잠시 말없이 걸었다. 나뭇잎들이 스치는 소리. 새들이 서로를 부르는 소리. 두 사람의 발소리. 그리고 맹희 안에서 데굴데굴하며 커지는 것.

"PD님. 산꼭대기로 바위를 밀어 올리는, 그 벌 받는 사람 이름 뭐였죠?"

"바위를 밀어요?"

우영이 카메라를 들지 않은 손으로 턱을 긁적했다. 맹희는 기억을 더듬었다. 아틀라스. 바위를 그냥 들고 있지. 프로메테우스. 얘는 불씨 훔친 놈이고. 인디아나 존스. 아니 얘는 굴러오는 바위를 피하잖아. 무슨 바보 같은…… 우영이 입술을 달싹거리다 말했다.

"시시포스?"

"맞다. 시시포스. 역시 배우신 분이네."

정상은 표지석도 없이 심심한 공터였지만 상쾌했다. 같은 색깔 등산복을 입은 노부부가 카메라를 가뿐히 무시하고 맹희와 우엉에게 보온병에 담긴 커피를 나눠줬다. 맹희는 기지개를 폈고 파란 하늘과 흰 구름, 먼 아래에 봄꽃처럼 색색으로 흩어져 있는 지붕들을 봤다. 우엉이 맹희와 풍경을 카메라에 담았다. 맹희는 이 장면이 어떻게 방송될지를 그렸다. 굳이 짝짓기 프로그램에 출연해서, 굳이 흙투성이로 데이트권을 땄는데, 결국 산에 혼자 올라간 여자. 그동안 프로그램에 등장했던 이상한 사람들을 떠올렸다. 설거지를 하다 갑자기 울음을 터뜨리거나, 네잎 클로버를 찾겠다고 네 시간 동안 풀밭을 뒤진 출연자들.

"여기 오니 사람이 이상해져요."

출연자들이 공통적으로 하는 말이었다. 나도 이상해졌네. 이상해지지 않을 도리가 없네.

"눈물이라도 흘릴까요? 그래야 그림 나오나?"

"감독님이 완두님 울면 잘 찍어 오라고 했는데, 저는 안 울 줄 알았어요."

"……그럼 야호라도 외칠까요?"

"완두님 하고 싶은 대로 하시면 돼요."

정상은 사방이 허공이라 발 내디딜 곳이 없었다. 그래서 모든 방향으로 열린 세계처럼 보이기도 했다.

"하고 싶은 대로 하게 카메라 좀 치워 봐요."

그 뒤 정상에서 보낸 15분은 어떤 카메라에도 기록되지 않았다. 맹희는 "저는 조맹희인데요."로 시작해서 "저는 여기 와서 제일 관심 가는 사람이……"로 말을 이어갔다. 우엉은 진지하게 들어줬지만 물론 그에게도 그의 이유가 있었다. 상투적이지만 정중해. 우엉 당신, 거절도 마음에 들게 하네. 다만 이제 산 아래로 바위가 굴러떨어질 차례.

맹희는 엉덩이를 툭툭 털며 이렇게 대화를 맺었다.

"그래도 전 삽질 한 거 후회 안 해요."

〈솔로농장〉 19기는 80분씩 5회 분량으로 편집되어 한여름에 방송되었다. 시청자 반응이 달아오르는 건 보통 2화 자기소개부터였다. '반전 매력'부터 '그럴 줄 알았다'까지. 시청자들은 각종 커뮤니티와 오픈 채팅방에서 출연자들의 신상을 비교하고 평가했다. 가지는 피트니스센터 두 곳을 운영하는 사업가였고 당근은 IT 기업의 개발자였다. 누군가 집요한 검색으로 가지의 피트니스센터를 찾아냈고 소재지와 규모를 따진 뒤 거품이라는 결론을 내렸다. 당근이 결혼 준비가 되어 있다며 언급한 하남시의 아파트가 최근 2억 이상 급락했다는 사실도 지적됐다. 오이에 대하여 '아무리 피부과 의사여도 저 키는 남자로 안 보임'이라는 의견이 꽤 있었다. 자기소개 직후 인터뷰에서 토마토가 오이의 자신감이 매력적이었다고 말하자, 많은 이가 필라테스 강사가 의사 사모가 되려 한다며 양심을 물었다. 여가 시간을 강아지와 보낸다는 배추는 '애인보다 개 먼저 챙길 타입'이라고 평가되었다. 감자는 '눈만 높은 흔한 여자 공무원', 브로콜리는 '금수저 물고 유학 다녀와 예술계 기웃거리는 애'가 되었다. 화면 속 맹희는 자신을 수입 음반사의 마케팅 담당자라고 소개했다. 자막으로는 '완두(37세), 글로벌 레코드 세일즈 마케터'라고 표시되었다. 시청자들은 '중소기업 다니네'로 받아들였고 일부는 '서른일곱에 하트 박힌 핑크색 스웨터, 쎄하다 쎄해.'라는 댓글을 남겼다.

주요 서사는 양파를 사이에 둔 버섯과 당근의 경쟁이었고 배추와 대파의 알콩달콩이 반찬처럼 곁들여졌다. 아침 식사로 계란말이를 만들고 케첩으로 하트 그리기. 꽃다발과 레터링 케이크를 공수해 플라스틱 잔에 와인 마시기. 창문 아래에서 블루투스 마이크로 임재범 노래 부르기. *내 거친 생각과 불안한 눈빛. 그건 아마도 전쟁 같은 사랑.* 시청자들은 손발을 스트레칭하며 공감성 수치를 호소했지만 화면 속 야채들은 웃거나 울었다. 브로콜리가 휴가라도 온 듯한 엉뚱한 언행으로 소소히 욕을 먹었지만 19기의 '빌런'으로는 가지가 회자되었다. 가지는 "전 머리가 나빠서 사랑을 가슴으로 합니다"라는 '명언'을 남겼는데 여론은 '가슴이 뜨겁다기보다는 머리가 나쁘다는 것만을 증명했다'로 모아졌다.

완두의 분량은 미미했다. 고구마와의 황태구이 데이트는 편집되었다. 다음 날의 드라이브 데이트에서 누구에게도 선택받지 못했을 때 숙소에서 감자와 함께 제작진으로부터 제공된 산채비빔밥을 먹는 장면이 나왔다. 고추장을 듬뿍 넣고 쓱싹쓱싹 밥을 비며 한 숟가락을 욱여넣고 완두는 말했다.

"왜 맛있고 난리지."

조금 유쾌하다는 차이가 있었으나 시청자들은 완두를 전에 등장했던 부추나 쑥갓, 미나리 같은 캐릭터들과 비슷하게 받아들였다. 애써 웃지만 외롭고 서툴고 결국 풀이 죽는 출연자. 거실 소파에 앉아 과일을 깎아 먹으며 텔레비전을 보는 아줌마 아저씨 들로 하여금 "저 여자는 저 나이에 왜 저러고 있냐"는 말을 한번은 하게끔 만드는 출연자. 프로그램에 현실성을 부여하되 짝을 얻어 가지는 못하는 출연자.

완두가 재발견된 건 4화 스페셜 데이트권 미션이었다. 외발 수레를 밀다가 거름 위로 와장창 넘어지는 장면은 서로 다른 각도와 사이즈로 네 번 재생되었다. 모 커뮤니티에서 실시간으로 중계를 달리던 시청자들은 '늙고 직업도 별로면 노력이라도 해야지'라며 칭찬했는데 동시에 다른 커뮤니티에서는 '저렇게까지 해서 만날 놈이 있나, 자존감 어디'라며 혀를 찼다. 승리한 완두가 산에 혼자 가겠다고 밝히자, 앞서 칭찬하던 쪽은 '주제도 모르고 허세야'라고 비난했고, 혀를 차던 쪽은 '엿 먹이려는 큰 그림이었네'라고 응원했다.

최종 선택을 담은 마지막 에피소드에서 작은 화분에 담긴 모종을 서로 교환한 출연자들이 있었다. 선택을 포기한 사람들은 자신의 모종을 땅에 묻었다. 쪼그려 앉아 토닥토닥 땅을 두드리는 맹희의 등이 몇 초간 보였다. 각자의 삽을 든 출연자들이 마당에 모여 카메라를 향해 다 함께 손을 흔들었다. 시청자들은 최종 커플로 성사된 배추와 대파, 양파와 버섯이 실제로 사귀고 있는지 소셜 미디어를 검색했고 이별의 가능성을 전망했다.

방송을 보며 맹희는 생각했다. 저게 나인가. 아니지. 저것도 나인가. 그건 맞지. 완두는 맹희의 전부는 아니었지만 일부이긴 했다. 나 생각보다 관종이었을지도. 맹희는 갖가지 조합의 검색어를 입력하여 시청자들의 반응을 찾아 읽었다. 각오는 했지만 어떤 말들은 너무 부당했다. 사람들은 나이와 직업과 외모를 초월한 사랑이 더 진실하다 여기면서도 정말 그것들을 초월하려고 시도하면 자격을 물었다. 인생을 반도 안 산 사람에게 어떻게 '도태'되었다는 표현을 할 수 있는지, 596명이나 거기에 추천을 누르는 세상은 어떤 세상인지 의아했다. 맹희 자신도, 감자도 토마토도 양파도 그들이 비난하는 만큼의 잘못을 한 건 아니었다. 어째서 이렇게나 많은 남자가 '좋은 사람 만나서 행복해지고 싶다'는 말을, 무엇을 속이거나 팔아넘기겠다는 말로 번역해서 들을까. 맹희는 집요하고도 악랄한 댓글 228개 아래에 익명으로 슬쩍 썼다.

'너네는 어쩌다 이렇게 좆 같아졌어?'

나쁜 놈들에게는 욕을 하면 속이 풀렸지만 '언니 제발 혼자 살아요' 같은 반응을 보면 미안해졌다. '여기 나오는 여자들 다 별로. 시대가 시대인데 남미새 짓 그만'이라는 댓글을 보고 '남미새'가 뭔지 찾아봤는데 '남자에 미친 새끼'라는 뜻이었다. 자신이 독신 여성에 대한 편견을 이 세상에 보태버렸다고 생각하면 괴로웠다. 내가 무슨 〈내 이름은 김삼순〉이나 〈브리짓 존스의 일기〉를 찍겠다고 출연을 했을까. 그런데 삼순이는 고작 서른, 브리짓은 서른둘이었다고. 다 오래전 이야기네. 오래전 이야기야. 자신이 철 지난 생각밖에 못 하는 철 지난 사람이라는 의심 속에서 맹희는 움츠러들었다.

퇴근 후에 청계천 끄트머리에서 리아를 기다렸다. 약속 시간보다 10분 늦게 나타난 리아는 슬랩스틱 코미디언처럼 우당탕 넘어지는 척을 하더니 말했다.

"안 해요? 왜 안 해요? 와아 조맹희 개멋있어."

언제나의 프랜차이즈 와인 주점에서 와인을 두 병 비웠다. 리아가 말했다. "와인은 사랑이지." 형광등 쨍쨍한 디저트숍에서 생크림을 수북이 올린 파르페를 한 개씩 해치웠다. "파르페는 사랑이지." 다시 민속주점에서 김치전에 막걸리 한 항아리를 마셨다. "막걸리는 사랑이지." 파이팅 넘치는 데이트 후에 두 사람은 시청 앞을 걸었다. 분수대 옆의 아이와 부모. 서로 부채질을 해주며 걷는 연인들. 음, 좋아 좋아, 흥얼거리던 리아가 커다란 십자가와 현수막을 내세운 한 무리의 사람들을 보고 고개를 저었다. "저건 사랑 아닌데." 그들이 든 피켓에는 '가정을 파괴하고 국가를 무너뜨리는 동성애'라거나 '미국 〈사이언스〉도 말했다, 인간에게 동성애 유전자 없어' 등이 써 있었다. 리아가 말했다.

"사랑도 못 하게 하냐. 하나님 메롱."

확성기를 들고 있던 우람한 남자가 두 사람을 째려봤다. 리아가 맹희의 팔짱을 끼며 "야, 도망쳐 도망쳐" 하며 종종 걸음을 옮겼다. 두 사람은 지하철역을 구르듯 뛰어 내려가며 숨 가쁘게 킥킥거렸다. 맹희는 자신의 따뜻하고 웃긴 친구에게 작은 선물을 사줘야겠다고 마음먹었다.

마지막 회 방송 후 광화문의 한 맥줏집에서 〈솔로농장〉 19기 동기들의 뒤풀이가 있었다. 브로콜리와 버섯, 가지는 오지 못했지만 나머지는 기쁜 얼굴로 둘러앉아 소식을 나눴다. 배추의 강아지와 대파의 고양이는 다행히 조금씩 친해지는 중이었다. 양파는 마지막 녹화에서 버섯을 택했지만 현재는 당근과 사귀고 있었는데 두 사람은 만날 시간이 부족해서 같이 살까 고민 중이었다. 출연료 백만 원과 기념품으로 받은 삽을 어떻게 처리했는지 떠들다가 샌프란시스코에 있는 예리, 즉 브로콜리에게 화상 통화를 걸었다. 그녀는 눈을 비비며 말했다.

"여기 새벽 3시야. 오 마이 크레이지 피플……."

경진, 누리, 준수, 은혜, 형석, 소영, 문용, 필재, 그리고 맹희는 때때로 서로를 야채로 부르며 〈솔로농장〉을 추억했고 악플을 비웃으며 맥주잔을 부딪쳤다. 소영은 눈물을 찔끔, 형석과 문용은 포옹을 했다. 옆 테이블에 있던 불량배들이 이쪽을 빤히 쳐다보며 킥킥거렸다. 한 녀석이 백지영과 옥택연의 〈내 귀에 캔디〉를 우스꽝스럽게 불렀다. *내 귀에 캔디 꿈처럼 달콤했뉘예뉘예*. 방송을 본 사람이라면 알겠지만 명백히 누리와 필재에 대한 조롱이었다.

맹희가 맥주잔을 내리치며 불량배들에게 일갈했다.

"사랑할 용기도 없는 놈들!"

땅콩에 맥주 한 잔을 나누던 할머니 둘이 "옳소!" 하며 일어났다. 넥타이를 풀어헤친 회사원들, 앞치마를 두른 종업원들이 일제히 박수를 쳤다. 불량배들이 도망친 뒤 맥줏집 사장이 맹희 일행에게 말했다.

"당신들 잘못 없어. 오늘 꼭지 열어!"

종업원들이 공짜 술을 모두에게 날랐다. 웃음과 건배, 악수와 박수. 구석에서 홀로 샴페인을 들이켜던 외국인이 테이블 위로 올라섰다. 부리부리한 눈과 코. 멋진 콧수염. 하얀 러닝셔츠에 청바지를 입은 사내였다. 그가 "에-오" 하고 외치자 모두가 잔을 들며 "에-오" 하고 화답했다. 그는 우뚝 서서 주먹 하나를 하늘로 치켜올렸다. 그리고 노래를 시작했다.

"Don't stop me now…… Don't Stop me……!"

딴 딴단단 딴딴. 딴 딴단단 딴딴. 사장이 가게 한편의 피아노를 연주했고 모두가 어깨동무를 하고 합창했다. *돈 스탑 미 나우 (커즈 아임 해빙 어 굿타임) 돈 스탑 미 나우 (예스 아임 해빙 어 굿타임) 아 돈 워너 스톱 앳 올.* 다 함께 거리로 뛰쳐나갔고 노랫소리를 들은 이들이 찜닭 집과 스터디 카페, 스크린 골프장에서 쏟아져 뒤를 따랐다. 세종대로 좌우로 도열한 고층 빌딩 창문이 열렸고 환호성 속에서 장미 꽃잎이 휘날렸다. 맹희는 군중에 섞여 행진했다. 신호등에 매달려 나팔을 부는 우영과 경찰차 지붕 위에서 탭댄스를 추는 리아를 봤다. 나이도 성별도 하는 일도 제각각인 연인들이 거리에서 입을 맞추고 팔짱을 끼고 춤을 췄다. 온갖 야채들이 자라난 광화문 광장 한복판, 맹희는 자신을 기다리고 있던 사람을 한눈에 알아봤고 뜨겁게 포옹하며 입을 맞췄다. 폭죽이 밤하늘 가득 터졌다. 세종대왕이 기립박수를 쳤고 비둘기와 주한 미국 대사와 중국인 단체 관광객을 포함하여 온 세상이 하이파이브를 했다.

어디서부터 꿈인지 헷갈려 하며 맹희는 깨어났다. 속이 쓰렸고 왼쪽 무릎에 멍이 들어있었다. 시원한 물을 유리컵 가득 따랐고 꿀꺽꿀꺽 다 마셨다. 속을 보이면 어째서 가난함과 평안함이 함께 올까. 그날 '맹이의 대모험'이었던 블로그 제목이 '돌맹이의 대모험'으로 슬쩍 바뀌었고, 이런 글이 올라왔다.

'구르더라도 부서지진 않았지.'

〈솔로농장〉 20기에 나타난 이상한 출연자들의 이상한 짓이 화제가 되는 동안 맹희는 출근과 퇴근, 급행 전철의 관성 속에서 생활로 내려앉았다. 〈솔로농장〉 출연을 고민하는 직장 동료에게 "해볼 만해요, 강추"라며 엄지를 치켜들었다. 리아를 따라 독서 모임에 참석하다 열두 살 어린 동생이랑 네 살 많은 언니랑 셋이서 '오늘의 한 끼'라는 단톡방을 만들었다. 심심해서 '한양도성 함께 걷기' 그리고 '독신을 위한 보험 상품 스터디' 모임에 나가기도 했는데 가끔 "맞아요 맞아, 제가 완두입니다"라고 소개하여 작은 웃음을 줬다. 〈솔로농장〉 역대 출연자 모임을 두세 번 드나들다 14기 순무가 방송과 사뭇 다른 인간이라는 걸 알았다. 순무와 교제를 시작하고 어느 아침, 맹희는 자신과 순무의 12간지로, 별자리로, 혈액형으로, MBTI로 애정운을 검색했고 그중 가장 좋은 것을 골라 순무에게 보내줬다. 운명과 세상을 비웃는 기분에 맹희는 혼자 키득거렸다. 애인이라는 단어를 타이핑하며 휘성의 〈사랑은 맛있다〉를 들었다. 극장과 미술관. 저수지와 둘레길. 호캉스와 드라이브. 5개월이 지났고 맹희는 순무가 자신이 기대하던 만큼은 아니며, 맹희 자신도 자신이 기대하던 만큼의 사람은 아니라고 느꼈다. 커피숍에서의 이별은 담백했지만 집에 오는 길에는 15&의 〈사랑은 미친 짓〉을 들었다. 맹희는 외투를 옷걸이에 단정하게 건 뒤 호랑이의 머리를 쓰다듬으며 말했다.

"사랑하고 왔다."

전철에서는 여전히 음악을 들었다. 음악을 듣고 있다는 걸 종종 잊기도 했다. 정신을 차려보면 자동 재생 때문에 엉뚱한 곡에 닿아 있었는데 그게 또 나쁘지 않았다. *인생은 지금이야, 야, 야, 나이는 숫자, 마음이 진짜, 가슴이 뛰는 대로 가면 돼, 아, 아, 아모르 파티.* 알고리즘이 어떻게 인도했는지 모르겠지만 김연자 선생님 멋있네. 나 이제 아모르 파티를 알겠네. 전철역을 나서고도 집에 가지 않고 산책하는 날들. 노점에서 굽는 붕어빵 냄새. 담장 위를 걷는 고양이의 발걸음. 전동 킥보드에 올라탄 여중생들의 웃음소리. 모든 것이 은총처럼 빛나는 저녁이 많아졌다. 하지만 맹희는 그 무해하게 외로운 세상 앞에서 때때로 무례하게 다정해지고 싶은 충동을 느꼈다. 그런 마음이 어떤 날에는 짐 같았고 어떤 날에는 힘 같았다. 버리고 싶었지만 빼앗기기는 싫었다. 맹희는 앞으로도 맹신과 망신 사이에서 여러 번 길을 잃을 것임을 예감했다. 많은 노래에 기대며. 많은 노래에 속으며.

"나 조맹희. 나는……."

식탁 위의 호랑이. 솜으로 만든 맹수. 구르고 포효하고 플라스틱 이빨로 남과 나를 물어뜯고, 완두처럼 작지만 돌멩이처럼 단단하고 상대에 따라 콩알도 총알도 되지. 사랑이라면 삽질을 하다 내 발등을 찍지만 얕본다면 당신 정수리를 찍을 거야.

전신 거울 옆에 기념품인 삽이 있었다. 나무로 된 길쭉한 삽자루 끝에 빛나는 금속의 삽날. 꼭 그것처럼 생겼는걸. 맹희는 삽을 옆으로 들었다. 스타디움에 번개를 내리꽂는 록스타처럼, 왼손으로 자루를 받쳐 잡고 오른손

으로 삽날을 긁었다. 오늘은 호랑이에게만 들리는 기타 솔로. 제목을 붙인
다면 롤링, 롤링 선더……!

꞉ '솔로농장'은 〈나는 솔로〉(ENA, SBS Plus)를 모티프로 하였으나, 소설에 묘사된 인물과 사건,
　제작 방식 등은 모두 허구이다.
꞉ 이탤릭체 표기는 노래 가사를 인용한 것이며 순서대로 다음과 같다.
　이소라, 〈바람이 분다〉(작사 이소라, 2004)
　빅마마, 〈체념〉(작사 이영현, 2003)
　천상지희 다나&선데이, 〈나 좀 봐줘〉(작사 KENZIE, 2011)
　Guns N' Roses, 〈Sweet Child O'Mine〉(작사 Guns N' Roses, 1988)
　기리보이(Feat. Jvcki Wai), 〈호랑이 소굴〉(작사 기리보이 · Jvcki Wai, 2019)
　자자, 〈버스 안에서〉(작사 강원석, 1996)
　이은미, 〈애인 있어요〉(작사 최은하, 2005)
　임재범, 〈너를 위해〉(작사 채정은, 2000)
　백지영(Feat. 택연 of 2PM), 〈내 귀에 캔디〉(작사 방시혁, 2009)
　Queen, 〈Don't Stop Me Now〉(작사 Freddie Mercury, 1978)
　김연자, 〈아모르 파티〉(작사 이건우 · 신철, 2013)

연애 예능과 프랜차이즈 자아의 시대를 굴러가는 '나'의 이야기

김건형 문학평론가

1. 속물의 문학사

「롤링 선더 러브」를 포함해 「세상 모든 바다」 「보편 교양」 등 그간 김기태가 발표한 소설들을 떠올려보면, 그는 동시대 문화 현상의 중핵을 짚어내는 진단력과 그 안의 인간형에 대한 관찰력이 돋보이는 작가라는 점에서 채만식을 연상하게 한다. 어떤 전형적 속물을 만들되 그에 밀착하면서 유머러스한 애정을 놓치지 않고 있기에 사태를 단면적으로 보지 않는다. 그 역설을 오가는 위악적 스케치가 사태를 납작하게 보지 않는 작가 특유의 서사 원리라는 점에서도 그를 채만식의 계보에 놓아보게 한다. 물론 단순히 어떤 문학사적 전사(前史)에 배치하는 것만으로는 김기태 소설을 읽는 특유의 재미와 시대 감각을 충분히 설명할 수 없다.

2. 자기 응시라는 SNS의 감성 형식

맹희는 지하철 안의 퇴근길에서 멍한 표정으로 서서 음악을 듣는 모습으로 등장한다. 맹희가 듣고 있는 음악 자체는 사실 특별할 것 없다. 맹희는 "먼 대륙의 색다른 기후 속에서 태어난 아티스트들"을 통한 지적 유희나 세련된 감각을 자랑하는 힙스터 취향을 자랑하지도 않는다. 솔직하게 고백하듯이 잘 알려진 "통속적인 가요"와 "되는대로 검색"한 대중적인 클래식을 듣고 있다. 맹희의 감상평 역시 통속적이고 대중적이라 할 수 있다. 그러니 여기서 중요한 것은 속된 대중문화에 혀를 차며 자의식을 분리하는 지식인적 비판이 아니라 도리어 그 한복판으로 들어가는 감성의 운동성이다. 맹희는 대중문화의 언어와 감각을 기꺼이 향유하되, 나름대로 재활용해 지금의 자신에게 필요한 노래를 선곡하고 있다. 어쩌면 자기 멋대로 잘못 읽었을지 모르지만, 어떤 노래를 통해서는 "마음을 쓰다듬"으려 하고 어떤 선곡을 통해서는 "마음을 증류해서 색과 맛과 향을 없애"는 제 나름의 감정 기술을 분명 터득하고 있다. 노래 가사와 사진들을 활용해 썼던 "맹이의 대모험" 블로그 역시 맹희가 삶의 각 여정을 지날 때마다 자신의 감정과 감각을 스스로 응시하고 발견하는 자기 기술(記述/技術)의 일환이다. 물론 별다른 글재주나 특별한 경험이 없기에 인플루언서조차 되지 못한 SNS의 독백에 그쳤지만, 자신이 마주한 감정을 스스로 응시하고 있고 이를 스스로 언어화한다는 감각은 맹희에게 중요하다.

기실 무수한 SNS의 '나'에 대한 글쓰기도 그러하다. 자아 중심적이고 무비판적이라고 자주 비하되긴 하지만 SNS의 '나' 쓰기에는 과잉된 자기애와 자기혐오 속에서도, 대중 매체의 언어를 빌리고 모방하면서도 여전히 '나'의 언어를 계속해서 만들고 쓰려는 자기 응시의 노력이 있지 않던가. 초점 화자로서 맹희의 문체는 다소 유행이 지난 감이 없지 않고 감정이 과잉된 독백체이긴 하지만, 도리어 그렇기에 우리가 모두 새벽 2시에 지나간 시간을 회상할 때의 언어이기도 하다. 드물게 잰 체하지 않는 그 순간에 드러나는 가장 솔직한 자의식이 드러나는 문체이기도 할 것이다. 다시 말해, 신파

적 과잉 노출은 자기 응시를 위한, 자기 응시에 의한 감정인 셈이다. 1인칭 초점 화자의 서술과 서술자의 외부적 서술 어느 한쪽에 치우치지 않고 양자를 오가는 이 소설의 문체 자체도, 별달리 특별한 점 없는 평범한 사람 맹희가 자기를 스스로 응시하고 서술하게 하는 메타적 SNS 기술에 가깝다. 소설은 "나 조맹희 37세 독신"으로 시작하는 독백과 "너 조맹희. 네가 원하는 게 뭐니"라는 자문을 반복한다. "나이가 들어도 나다움을 지켜" 나가야 한다는데, 근데 그거 어떻게 하는 거니? 맹희가 묻고 맹희가 답한다. 소설은 "맹희의 대모험"을 통해 주어진 삶의 회로와 대중문화의 급류 속에서 '나'들의 위치와 욕망을 알리는 대중적 감성 원리와 언어 형식을 집약하고 있다. 외부로 초월하지도 내부에서 내파하지도 않지만, 주어진 언어를 반복하고 전유하면서 자기 의제를 형성해가는 이런 대중적 감성 형식이 맹희라는 우리 시대의 인물을 움직이는 핵심 동력이다.

3. 연애 예능의 자기 기술과 사랑 이야기의 재관찰

그러니 맹희가 우리 시대 최고의 서사 장르, 관찰 예능의 한복판으로 들어가는 것도 자연스러운 수순이다. '나'의 일상을 '리얼'하게 드러내면서도 그에 대한 타인(관찰 패널과 시청자)과 자신(과 주변인의 인터뷰)의 응시를 위에 겹쳐두고, 그 메타적 관찰까지도 사실은 가공물임을 모두가 알고 즐기는 겹겹의 메타성이 이 관찰 예능이라는 장르의 쾌락 형식이다. 어느 정도는 사전에 짜둔 작가의 각본을 이미 의식하면서도, 어느 정도는 여기에서 벗어나 '리얼'하게 움직이는 현장 사이의 연결/단락이 있다. 주어진 이야기와 벗어나는 이야기 사이의 상호 교차. "대단치 않은 말과 행동을 간 보고 따지고 해석하고, 나 또한 읽히길 기대하면서도 감추고 꾸미고 짐짓 모른 체하"며 자기를 재현하고 또 타인의 재현을 겹쳐 읽는 과정의 순환. 여기에서 삶과 예능 사이의 간극, 리얼리즘(혹은 사랑)의 진정성이 사라진 탈–진실 시대를 비판하는 것은 손쉽지만 다소 철 지난 한탄에 불과할 것이다. "하고 싶은 대로 하게 카메라 좀 치워"버리고 나서 "그저 열성으로 증명할 수 있다면, 그렇게 이룰 수 있다면 쉬울" 테지만 사태가 그렇지는 않다. 맹희 역시 자신의 경험을 그렇게 단순하게 바라보지 않는다.

출퇴근하며 "매일 걷는 골목에서 공포와 동경을 저울질하다 길을 잃은 기분"이 들던 맹희는 좀 더 만족할 만한 인생이 무엇일까 고민했다. 오지랖 넓은 사람들은 여성 청년의 재생산 '적령기'와 계급적 조건을 언급하며 이성 결혼이라는 "투자"를 종용하며 맹희를 조급하게 만든다. 가족을 일구어야 행복한 삶이라는 단언이 이성애중심주의적 정상 신화임을 맹희도 모르는 바는 아니다. 그래서 여성 청년의 결혼을 당연한 것으로 간주하는 이성애 규범·젠더 규범에도, 계급 상승을 위한 투자 수단으로 간주하는 생존 경쟁 서사에도 모두 거리감을 느낀다. 그러면서도 "아직 애정 시장의 자원으로 인정"받고 있다는 점이 "하찮은 안도감"을 준다는 자기 효능감을 솔직히 인정하기도 한다. 외부적 기준으로 자신을 판단하고 싶지는 않지만 동시에 그 익숙한 삶의 형식이 주는 안정감을 놓칠지도 모른다는 미묘한 불안도 작동하는 것이다. 맹희는 행복을 약속하는 여러 생애 서사들 가운데에서 유동하는 혼란을 그 자체로 온전히 보려 애쓰고 있다.

반대로, 단호하고 명쾌한 리아는 "연애는 옵션이거나 그조차도 못 되"는 것이라고 단언하며 맹희를 말린다. 타인이나 외부적 규범에 의존하지 말고 "단독자로서 산뜻한 연대의 가능성을 모색"하며 "적극적으로 혼자됨을 실천"하는 삶을 주장한다. 관성적인 사랑보다 더 크고 넓은 사랑을 해야 성숙하고 행복한 사람이 된다는 리아의 말에도 고개를 끄덕일 수밖에 없지만, 좀 더 구체적으로 와닿는 것은 없을까? 어쩌면 리아의 말도 자주 가던 "프랜차이즈 와인 주점"의 다소 비싼 추천 메뉴처럼 특별하고 기발한 것이 아니라 주어진 모델을 따라가는 삶일지도 모른다. 맹희는 낭만적 연애에 대한 규범을 따르는 것도 아니지만 자아의 독존이 완성된 삶임을 선언하는 영웅 서사도 섣불리 믿지 않는다. 그 모든 서사를 모르던 바는 아니지만 직접 확인해보러 그 한복판으로 용감하게 "삽질"하러 굴러간다. "사랑은 걷잡을 수 없는 정열일까. 견고한 파트너십일까." 근대적 개인의 완성이냐, 경제·정서적 운명 공동체냐. 맹희가 〈솔로농장〉에서 본 것은 그 모두가 아니었다.

4. 생애 각본 직접 고쳐 쓰는 용기

"굳이 짝짓기 프로그램에 출연해서, 굳이 흙투성이로 데이트권을 땄는데, 결국 산에 혼자 올라간 여자"인 맹희가 알게 되는 것은, 그 모든 사랑에 대한 서사가 생각보다 별것 아닐뿐더러 아예 거기서 이탈해버리더라도 잠시 카메라에 덜 보이고 말 뿐이라는 것이다. 별명으로 사회적 조건을 가리면 열정적 사랑이 생겨날 것이라는 기대도, 시청자들의 평가와 저울질을 거치면 엄정한 교환이 성사될 것이라는 기대도 소설은 모두 비켜난다. "사람들은 나이와 직업과 외모를 초월한 사랑이 더 진실하다 여기면서도 정말 그것들을 초월하려고 시도하면 자격을 물었다." 소설이 〈솔로농장〉에서 새롭게 보는 것은 사랑에 대한 그런 담론과 기준과 요구들을 대결시키는 현장의 (무지성적으로 경쟁에 몰입한다고 단언할 수 없는) 바로 그 사람들이었다. 성애와 투자의 대상으로 서로 경쟁시키는 미션과 끝내 사람을 이상하게 만들어버리는 악플과 조언들 속에서도, 나름의 관계성을 성실하게 형성해내고 도망가지 않는 사람들. 기존의 (이성애/경쟁) 서사가 요구하는 역할이 끝났더라도 서로를 위로해주고 등 두들겨주고 다시 만났다가 또 헤어지는 사람들. 상대가 "자신이 기대하던 만큼"일 수 없듯이 "맹희 자신도 자신이 기대하던 만큼의 사람은 아니라고 느"끼게 만들어주는 사람들. 연애 후보도 친구도 직업적 동료도 경쟁상대도 아닌, 혹은 그 모두라서 명명되지 않기에 일시적이고 유동적일지 모르지만 그럼에도 서로를 위해 화를 내주고 돌봐주고 돌봄을 받는 사람들. 그래서 사태를 조롱하고 비판하기보다는 그 안에서 서로 배우는 사람들. 맹희가 확인한 것은, 타인이 제공·요구하는 서사 형식에 의존하면서도 자기의 서사로 흡수하고 변형하고 함께 만드는 사람들이다. 그런 사람들이야말로 "사랑할 용기"가 있다.

　다시 사랑이 찾아오든 혹은 다른 종류의 사랑이 찾아오든 그렇지 않든 간에, 이제 맹희는 목적 없이 산책하며 자동 재생 리스트를 듣더라도 공허해지지 않을 것이다. 사랑이나 결혼을 하지 않으면, 혹은 성공적으로 독립하지 않으면 무용한 삶이라는 선험적 성과지표에서 벗어나 자신이 직접 체험하면서 자기 삶을 유지하는 기준을 만들기로 했기 때문이다. 비록 표면적으로는 성과 없이 헤어지더라도, 직접 확인해보지 않으면 알 수가 없다. "속을 보이면 어째서 가난함과 평안함이 함께" 오는 것은 그 때문일지도 모른다.

　맹희는 앞으로도 "맹신과 망신 사이에서 여러 번 길을 잃을 것임을 예감"하고 "많은 노래에 기대며, 많은 노래에 속으며" 살겠지만 괜찮을 것이다. 무작정 타인의 기준을 믿는 맹신도, 독단적으로 고집을 부리며 자기를 잃는 망신도 이제는 아닐 테니까. 이야기들과 이야기들을 견주며 자신에게 가장 적합한 이야기를 찾아서 "알던 곳부터 낯선 곳도", 바보처럼 보이더라도 직접 "호랑이 소굴로 들어가"보는 여정이니까. 삶 자체가 원래 앞선 이야기들로부터 받은 자원을 활용해 다른 이야기를 직접 만들어보고 또 다른 사람에게 내미는 수행적 연결이니까. 맹해서 용감한 맹희는 그렇게 먼저 있던 이야기의 복판으로 우선 굴러들어 가보고 자신에게 맞지 않으면 다시 나와 이를 고쳐 쓴다. 그러면 단단한 돌맹이처럼 "좀 매가리가 있"는 사람이 되어 조금 더 굴러간다. 그렇게 소설은 연애/관찰 예능의 문화인류학을 통해 동시대적 감성이 형성되는 형식과 주체의 수행성이 작동하는 서사 원리를 탐색했다.

맹희의 선곡이 겉보기에는 별 차이 없는 프랜차이즈와 프랜차이즈, 유행가와 유행가 사이의 선택지에 불과할지 모른다. 독창적이지 않고 평범해서 천편일률적으로 똑같아 보이는 일상, 성공한 투자 결과가 보이지 않아 실패한 삶으로 여겨질지 모른다. 하지만 우리가 서로의 삶을 모방하고 반복하며 견주면서도 살아가길 멈추지 않는 이유가 바로 여기에 있다. 그 무수한 교차 속에서 다른 선택들을 취합함으로써 각자가 체감하는 하루는 완전히 달라진다. 그 한복판으로 시원하게 굴러 들어갈 때 비로소 각자에게 드러나는 혼종적이고 고유한 존재론이 있다.

반려빛

김지연

2018년 단편소설 「작정기」로 문학동네 신인상 수상하며 작품 활동 시작.
소설집 『마음에 없는 소리』, 장편소설 『빨간 모자』,
중편소설 『태초의 냄새』 등 있음.
제12회, 제13회 젊은작가상 수상.

반려빚

"너는 강아지나 고양이 중 한 마리만 키워야 한다면 어느 쪽이야?"

"둘 다 별로. 난 동물 안 좋아하잖아."

마트의 반려동물 용품 코너 앞을 지나며 선주가 물었을 때 정현은 망설임 없이 그렇게 대답했다. 그 말에 선주는 입을 떡 벌리고 정현을 돌아보았다. 어떻게 인간 된 자로서 개나 고양이를 싫어할 수 있단 말인가! 하고 바라보는 듯했지만 곧 답을 알았다는 듯 고개를 끄덕이며 물었다.

"너 알레르기 있었지?"

정현은 차라리 심한 알레르기라도 있었으면 했다.

"집에 털 날리는 것도 싫고, 내 한 몸 건사하기도 힘든데 먹여주고 씻겨줘야 하는 것도 벅차고……."

아프기라도 하면 돈도 엄청 든다는 말은 속으로 삼켰다. 어쩌면 그게 가장 큰 이유인지도 몰랐지만 돈 얘기를 너무 많이 한다고 선주에게 잔소리를 들은 적이 있었다. 그건 맞는 말이어서 반박을 할 순 없었다.

정현은 거의 매 순간 돈에 대해 생각을 했다. 아침에 알람을 끄며 10분 더 자고 택시를 타고 출근할까 생각하는 순간부터, 점심 메뉴를 고를 때나 퇴근 후 마트에 들러 오렌지를 살까 싶은 때까지. 유튜브 중간광고를 건너

뛰며 프리미엄 구독을 할까 싶은 때에도. 정현은 나가야 할 돈과 들어올 돈에 대해 생각했다. 정현이 아주 많은 돈을 바라는 건 아니었다. 그저 맘 편히 레드콤보 한 마리를 시켜 먹을 수 있는 정도면 됐다. 물론 치킨을 먹으며 볼 왓챠를 정기구독할 수 있는 돈도 있어야 했다. 소파도 좀 편한 게 있으면 좋긴 하겠지. 그러려면 소파가 들어갈 만한 집도 있어야 하고 거기에 집이 자가면 더 바랄 게 없을 것이다.

"그럼 넌 결혼도 안 할 거고 개도 고양이도 안 키우면 무슨 낙으로 살아?"

"낙 없이 사는 사람도 있어……."

그 말을 듣고 선주가 정현의 등짝을 가볍게 찰싹 쳤다.

"아니, 무슨 정신 나간 소리야? 낙이 있어야 살지. 그리고 인간은 혼자 못 살아. 반려자가, 하물며 반려동물이라도 있어야 해. 서로 보듬어주고 보살필 그런 존재가! 죽고 싶다 생각했다가도 내가 저거 때문에 못 죽지 그런 생각이 들게 해주는 거. 우리 연어 사서 반씩 나눌까?"

정현은 연어도 싫었다. 그 기름지고 물컹거리는 살을 씹을 때면 욕지기가 솟았다. 그걸 선주에게도 몇 번씩이나 말했는데 선주는 기억을 못 했다. 중학교 때부터 벌써 20년째 알고 지냈지만 가까워진 건 둘 다 고향을 떠나 상경해 같은 동네에 살면서부터였다.

선주의 말대로 정현은 반려자도 반려동물도 없었지만 자신이 완전히 혼자라고 생각해본 적은 별로 없었다. 자신에게는 아직 사이가 틀어지지는 않은 친언니와 부모가 있었다. 선주 같은 동네 친구와 매일 카톡을 주고받는 친구도 있고 자주는 아니어도 두세 달에 한두 번씩 만나는 친구들도 있었다. 물론 선주의 말이 어떤 뜻인지 모르지도 않았다. 선주는 그보다 훨씬 더 친밀한 사이가 필요하다고 말하는 것일 테니까. 연어를 싫어한다는 것쯤은 까먹지 않을 사람. 자신의 치부도 다 내보일 수 있는 그런 사이. 서로에게 영순위가 될 수 있는 존재. 그야말로 인생의 동반자 같은 것. 정현이 마지막으로 연애를 한 것도 벌써 2년 전이었다.

긴 연애의 끝에 정현에겐 빚이 남았다. 1억 6천 정도…… 여자친구 서일과 동거를 할 집을 구할 때 정현의 이름으로 빌린 전세자금대출 8천을 포함한 금액이었다. 정현은 여전히 혼자서 그 집에 살고 있었다. 전세자금대출은 이자만 내고 있으니 별로 부담이 되지 않는다고 생각할 정도로 나머지 빚의 월 상환액이 높았다. 원금 일시상환으로 이자만 내고 있던 대출의 상환일이 돌아왔을 때는 원금을 갚을 형편이 되지 않아 갱신이 되지 않을까 봐 조마조마했다. 서일이 반년 안에 돌려주겠다고 말하고 빌렸던 돈이었다. 그게 벌써 3년 전이었다. 조금만 더, 몇 달만 더, 하다가 지금까지 왔고 서일이 떠나고 연락이 끊긴 다음에도 빚은 정현의 곁에 남았다.

정현은 다 때려치우고 싶다거나 죽고 싶다 생각했다가도 그래도 저건 다 갚고 죽어야지… 하는 생각을 했다. 죽으면 어차피 다 끝인데 그걸 왜 굳이 다 갚겠다는 걸까 싶기도 했지만 그래도 정현은 빚진 것 없이 깨끗하게 죽고 싶었다. 자신의 부채를 혈연들에게 떠넘기고 싶지도 않았다. 만약 그런 일이 벌어진다 해도 상속 포기를 하면 그만이겠지만 아무것도 모르고 있는 가족들이 정현의 속사정을 낱낱이 보게 되는 것이 싫었다. 늘 저거 어디 가서 사람 구실은 하고 살아나, 걱정하는 가족들에게 변변한 사람으로 보이고 싶어서 갖은 노력을 다했는데 빚이 1억 6천이나 있다는 것을 들켜서는 안 됐다. 다른 가족들보다 장수를 하든가 변변한 사람으로 죽기 위해 빚을 다 갚거나 둘 중 하나는 해야만 했다. 하지만 한국에서 태어난 죄로 과로하며 살고 있으니 장수는 이미 물 건너간 것 같았고 살아있는 동안 빚을 다 갚는 수밖에 없었다.

빚이야말로 정현이 잘 돌보고 보살펴 임종에 이르는 순간까지 지켜보아야 할 그 무엇이었다. 빚 역시 앞으로 수년간은 정현의 옆자리를 떠나지 않고서 머무를 것이고, 정현이 죽었나 살았나 그 누구보다도 계속 두 눈 부릅뜨고 지켜볼 것이다. 빚이야말로 정현의 반려였다.

"나는 그런 거 없어. 그리고 난 연어 안 좋아해."

정현은 선주의 말에 그렇게 대답하면서도 계속 빛을 떠올렸다. 연어를 좋아하지 않아서 다행이라고도 생각했다. 좋아했다면 당연히 사고 싶어졌을 텐데 동시에 자신의 통장 잔고를 헤아리지 않을 수도 없었을 것이다.

*

그날 밤 꿈에 정현은 반려빛과 함께 산책을 나갔다. 목줄을 쥔 쪽이 반려빛이었던 것이 좀 다르긴 했지만 개와 산책하는 것도 이와 비슷하리라 생각했다. 정현은 집으로 돌아가는 길에 목이 말라 시원한 아이스 아메리카노를 마시고 싶어져 반려빛에게 넌지시 말을 건넸다. 카페에 잠깐 들를까? 반려빛은 정현이 꽤 가엽다는 듯이, 그러나 목줄을 쥔 자로서 단호해야만 한다는 듯이 줄을 잡아당기며 말했다. 집에 믹스커피 있잖아. 정현은 카페 쪽으로 향하는 발걸음을 쉽사리 포기하지 못하고 꽤 오래 낑낑거렸지만 별 도리가 없었다. 정현은 낑낑대다 잠에서 깼고 깬 뒤에도 꿈속의 기분이 그대로 남아 좀 찝찝해졌다. 온몸이 뜨겁고 얼굴도 화끈거려 전기장판의 전원을 껐다. 꿈인데. 꿈에서만이라도 좀 맘대로 먹게 해주지.

왜 원하는 것을 주장하지도 못했을까. 정현은 돈 앞에서는 한없이 작아지고 말았다. 어떤 때는 그런 마음이 정현을 완전히 사로잡았다. 한없이 작아지고 싶다는 마음이……. 부피도 질량도 거의 없다시피 한 아주 작은 존재가 되고 싶다는. 반려빛의 가장 아름다운 형태 역시 점점 작아지다가 완전히 사라지고 마는 것이듯이 정현은 자신도 크게 다를 것이 없을 것이라고 꿈결에 생각했다.

*

"차용증은 왜 안 썼어?"

선주가 오늘까지 만료인 쿠폰을 써야겠다며 스타벅스로 정현을 부른 날이었다. 어쩌다 서일에 관한 이야기가 화제에 올랐는지는 알 수 없었다. 정현은 생크림 카스텔라를 아주 오래 씹으며 입안에 음식이 있어서 대답하지 못하는 척을 했다. 정현이 요새 동네 카페 케이크들은 왜 이렇게 비싸냐는 얘기를 한참이나 떠들어댔기 때문인지도 몰랐다. 돈 얘기는 늘 서일에 관한 이야기를 불러왔다.

정현은 선주에게 모든 이야기를 털어놓았던 것을 후회했다. 선주의 원룸에서 같이 술을 마시다가 언제나처럼 주량을 조절하지 못해 마구 퍼마시고는 결국 완전히 취해버려서 신세 한탄을 했던 것이다. 선주의 엄마는 정현의 엄마와 친분이 있었고 그래서 혹시라도 이야기가 새어 들어갈까 걱정이 되기도 했지만 선주는 입이 무거운 편이었다.

차용증을 썼다면 뭔가 달라졌을까? 그때 정현은 서일을 백 퍼센트 신뢰하고 있었기 때문에 그런 걸 쓸 생각도 하지 않았다. 얼마만큼 믿고 있는지를 서일에게 보여주고 싶었던 것 같기도 했다. 우리 사이에 이런 건 필요 없어.

"연락도 없지?"

정현은 고개만 끄덕였다.

"하여튼 걔는 돈에 미친 애야."

아니야, 그냥 돈이 필요했던 것뿐이야. 좀 많이……. 정현의 머릿속에는 반사적으로 서일을 변호할 말이 떠올랐다. 사실 서일도 잘못한 건 없었다. 서일도 전세 사기의 피해자였다. 정현과 동거를 하기 위해 서일이 살던 원룸을 빼려고 했을 때 집주인이 전세보증금을 돌려줄 돈이 없다고 했다. 그는 이미 상당한 빚이 있었고 세금 체납액도 한두 푼이 아니었다. 서일의 전세보증금은 고등학교를 졸업하자마자 취업한 서일이 20대 내내 번 돈이었다. 주말도 없이 일해서 돈을 모아 집을 탈출하듯 독립했었다. 그리고 또 보증금을 높여가며 반지하 원룸에서 지상으로 올라왔다. 서일은 정현과 동거를 결심한 후 원룸 보증금으로는 가계약을 해둔 네일숍의 잔금을 치르기로 한 상태였다. 서일은 그저 돈이 필요했다. 원래 자신의 몫인 그 돈이 있기만 하면 됐다. 집주인은 법대로 합시다,라는 말만 반복했고 법대로… 하자니 서일이 보장받을 수 있는 돈은 원금의 반의반도 안 됐다.

정현은 자신이 서일에게 줄 수 있는 최대치를 주고 싶었다. 그 당시에는 줄 수 있는 게 있어서 천만다행이라고 생각했다. 자신의 부채마저도 자신이 줄 수 있는 것이라고 착각했던 게 문제라면 문제였겠지만.

"너 지금 속으로 걔 편 들었지?"

정현은 아무 말도 못 했다.

"너야말로 진짜 미친년이야. 정신 좀 차려. 걘 결혼도 해서 잘 산다며."

정신을… 차리자. 정현이 자신에게 가장 자주 되뇌는 말이었다. 하지만 좀처럼… 정신이… 차려지지가 않았다.

사귀는 동안 정현은 서일에게 자주 부채감을 느꼈다. 왜 빚진 마음이 드는지 미안하다는 말을 입에 달고 사는지 알 수 없었다. 늘 자신이 훨씬 더 부족한 것만 같아서 서일의 기분이 어떤지를 자주 살폈다. 정현이 아무런 잘못을 하지 않았을 때도, 서일이 영 다른 일로 기분이 저조할 때에도 정현은 서일에게 미안했다. 자신이 부족해서 서일을 만족시키지 못하는 것만 같았다. 그 기분을 만회하고 싶어서 더 무리를 했는지도 모른다. 정현은 1금융권을 돌며 빌릴 수 있는 만큼 돈을 빌렸고 서일에게 이체했다. 당시 무직 상태나 다름없던 서일은 대출받을 수 있는 상황이 아니었다. 서일은 당연히 고마워했지만 그런데 이게 은행에서 빌릴 수 있는 전부냐고 조심스레 묻기도 했다. 정현의 연봉이나 신용으로는 그게 전부였다. 제2금융권이나 캐피탈로 간다면 사정이 다를지도 모르겠지만 그렇게 많이 빌리면 제대로 상환할 수 있을 리가 없었다. 서일은 곧 갚겠다고, 반년 내에는 자신의 이름으로 대출을 받아 돌려주겠다고 말했다. 정현은 서일의 빚이나 자신의 빚이나 함께 갚아나가야 할 돈이라고 생각해서 어떻든 상관이 없었다.

정현은 서일과 헤어진 것이 돈 문제가 전부는 아니었다고 생각했다. 하지만 제법 중요한 한 요소였던 것은 분명했다. 동거를 시작하면 안정적인 생활을 할 수 있을 거라 생각했는데 지날수록 삐그덕거리기만 했다. 서일의 네일숍은 생각만큼 잘되지 않아서 월세를 내기도 벅찼다. 서일은 시간이 지나면 지날수록 더 많은 돈이 필요해졌다. 사랑 같은 건 필요하지 않았을지도 모른다. 필요한 것을 찾아서 떠났을 것이다. 헤어질 때 서일은 자신이 빌린 돈에 대해서는 조금만 기다려달라고 말했다. 때문에 두 사람은 헤어진 뒤에도 종종 연락했다. 서일은 조금씩 돈을 갚았고 그때마다 얼마를 보냈다고 알려왔던 것이다. 하지만 언제부턴가 서일이 먼저 연락해오는 일이 뜸해졌고 정현의 연락도 피하기 시작했다. 얼마 지나자 전화번호도 바꾸어버렸다.

그리고 정현이 연락이 끊겼던 이유를 가장 비참한 방법으로 알게 되었을 때 정현은 절망했다. 머리끝까지 화가 치밀었고 내가 무얼 잘못했나 자책했으며 이제 앞으로 사람을 어떻게 믿나… 하고도 생각했다. 앞으로는 사람을 쉽게 믿을 수 없을 것만 같았다. 하지만 시간이 흐르면서 정현은 자신에게 그런 선택지가 남아 있지 않다는 것을 깨달았다. 정현이 누군가를 믿고 안 믿고는 정현이 향후 만들어갈 관계에서 전혀 문젯거리가 아니었다. 정현이야말로 그 누구보다도 신뢰 못 할 인간이었다. 정현은 자신의 신용점수가 또래보다 한참이나 낮다는 조회결과를 자주 들여다봤다. 열심히 빚을 갚았고 한 번도 연체를 한 적이 없는데도 여러 군데서 빌릴 수 있는 만큼 빌린 탓인지 신용점수는 쉽게 높아지지 않았다. 이 경제적인 신용도가 자신에 대해서 아주 많은 것을 설명해주는 것 같았다. 빚이 1억 6천 있는 사람과 만날 수 있어? 8천은 전세대출금이긴 한데. 누군가 정현에게 그렇게 말했어도 부담스럽다고 생각했을 것이다.

한때 정현에게 서일은 신용점수가 만점인 사람이었다. 정현은 자신이 매긴 그 점수에 확신이 있었다. 자신의 여생을 맡길 마음까지도 먹었던 사람이니까 당연했다.

"혹시라도 연락 오면 나한테 꼭 말해. 내가 같이 가서 1원 단위까지 탈탈 털어서 받아줄 테니까. 넌 왜 서일이를 못 잊어? 너 이렇게 망하게 한 사람 인데."

"나 망했어?"

"너 걔 때문에 빚만 1억 가까이라며."

정현은 고개를 끄덕였다. 가끔은 있는 힘 없는 힘 쥐어 짜내서 모든 걸 돌파해보려다가도 그런 말에 기가 죽었다. 나 망한 거구나.

"그니까 힘들면 혼자 울지 말고 나한테 말해. 내가 밥도 사주고 술도 사 주고 할 테니까."

정현은 또 고개를 끄덕였다. 말만 들어도 고마웠다.

＊

서일에게서 연락이 온 것은 여전히 빚이 많이많이 남아 있을 때였다. 정 현은 모르는 번호로 전화를 걸어온 상대가 "나야, 잘 지내?"라고 말하는 것 을 듣고는 멍해져 입을 아 벌릴 뿐 아무 말도 못 했다. 숨이 점점 거칠어졌 고 마스크를 쓰고 있었던 탓에 안경엔 김이 서렸다. 서일은 오랫동안 혼자 주절거렸다. 날씨가 너무 춥다느니 폰을 바꾸며 번호가 다 날아갔는데 네 번호는 딱 기억이 났다느니… 그리고 마침내 이렇게 말했다.

"너 돈 필요하지?"

정현은 머릿속으로는 '미친년…' 하고 생각했지만 혹시라도 돈을 전부 다 갚을 건가 싶어 순순히 그렇다고만 대답했다.

"그럼 내 부탁 하나만 좀 들어줘."

"니가, 양심이 있으면 나한테 사과부터 해야 되는 거 아냐?"

정현은 그 뒤로도 계속 소리를 지르다가 자신이 시내버스에 앉아 있다는 것을 가까스로 떠올리고 목소리를 줄였다. 정현은 공공장소에서 크게 소리를 질러대며 싸우느라 자신의 속사정을 동네방네 소문내버리는 사람들을 도무지 이해하지 못했었다. 하지만 그건 그저 여태껏 살면서 그만큼 화가 난 적이 없었기 때문일 뿐이었다. 서일은 만나서 이야기하자고 했다. 정현은 서일과 만나는 것이 왠지 내키지 않았지만 계속 이렇게 전화로만 화를 내고 있을 수도 없었고 어떤 결판이라도 내고 싶어 그러자고 했다. 한참 고민했지만 선주에게도 서일을 만나러 갈 거라는 사실을 알렸다. 장소와 날짜까지는 알려주지 않았다.

정현은 집 근처 스타벅스에서 서일을 마주하고 나서야 내키지 않았던 이유를 깨달았다. 자신이 좋아했던 모습 그대로 나타난 서일을 봤을 때 정현은 선주의 말대로 자신이야말로 미친년이라고 생각했다. 다시 서일과 함께 집으로 돌아가고 싶어졌으니까. 그냥 호구 잡힌 채로, 목줄 맨 채로 살고 싶어졌으니까.

"요즘은 뭐 하고 지내? 별일 없어?"

"일하지…… 일하고 빚 갚고……."

만났을 때 얼굴을 마주하고 머리채를 잡고 싶어지면 어떡하나 고민했었는데 별반 달라지지 않은 서일의 얼굴을 보니 어쩐지 좀 안심이 되기도 해서 정현은 꼬리를 내리고 편히 속내를 털어놓았다.

"용케 아직 회사를 다니고 있어. 다 네가 빚을 잔뜩 만들어준 덕분이지 뭐야."

그 말에 서일은 아무런 걱정이 없는 사람처럼 태평하게 웃었다. 가끔 정현은 서일이 아주 나쁜 길로 빠졌을지도 모른다고 생각했다. 큰돈을 한 번에 만질 수 있을 범죄의 길로 갔을지도 모른다고. 남을 등쳐먹고 사는 악인들이 넘쳐나는 대한민국에서 맘만 먹으면 아주 손쉽게 그런 부류의 인간이 될 수 있었을 것이다.

"내가 당장은 다 못 갚아."

"얼마나 더 기다려야 돼?"

"조금만 더 기다려주면 안 될까?"

"얼마나 더? 하도 오래돼서 요샌 빚이 내 반려자 같고 그래."

정현의 말에 서일은 정색을 했다.

"넌 진짜 뭘 아껴본 적이 없구나. 어떻게 반려자랑 빚을 비교해? 그건 반려라는 단어한테 모욕이야."

돈 애기를 더는 하고 싶지 않아서 말을 돌리려고 하는 소리인지도 몰랐다. 여하튼 정현에겐 그 말이 정말 모욕적이었다. 정현은 자신이 할 수 있는 열과 성을 다해서 서일을 아꼈다. 서일은 그건 몰랐을까? 그래서 다시 방어적인 마음이 됐다.

"당장 돈을 갚을 것도 아닌 것 같고, 왜 보자고 한 거야?"

"아직 거기 살지? 나 너희 집에서 좀 지낼게. 월세는 낼게."

정현은 고개를 숙이며 머리를 감싸 쥐었다. 그런 부탁이라면 자신이 할 수는 있는 일이라는 생각부터 든 자신이 이해가 가지 않았다. 왜 부탁을 들어주고 싶은 걸까? 어쩌면… 제대로 되는 일이 하나도 없기 때문인지도 몰랐다. 부정들만 가득한 날 속에서… 할 수 있어!를 발견했기 때문에…….

"나한테 왜 이러는 거야? 왜 나야?"

"너는 나를 이해해주잖아."

정현은 서일을 좋아했다. 그뿐이었다. 이해할 수 없는 점들이 훨씬 많았다. 그런데도 좋아했으니까 그냥 받아들인 것뿐이었다.

"누가 그래? 나 너 이해 못 해. 그냥 내가 만만해서 이러는 거지? 누울 자리 보고 다리 뻗는댔으니까."

미친년이… 낯짝도 두꺼워 가지고… 또 나타나서… 미안하다는 말도 없이… 다시 또 나를 벗겨 먹겠다는… 그런 뻔뻔한 말을… 잘도 내뱉네…….
정현은 고개를 숙인 채 머리를 감싸 쥐고 그런 생각들을 두서없이 했다. 또 넘어가면 안 된다는 결론도 내렸다. 그런데 또 한편으로는 서일이 돌아오기만 한다면 서일에게 간이고 쓸개고 다 빼주고 싶다는 그런 정신 나간 생각이 들어서 다시 멀쩡한 생각이 돌아올 때까지 한참이나 고개를 숙이고 있어야만 했다.

정현은 연애상담을 해주는 예능 프로그램에서 아무리 봐도 구제 불능인 애인과 헤어질까 말까를 고민하는 사연을 볼 때면 도대체 저걸 왜 고민하고 앉았냐고 당장 헤어져야지 이 덜떨어진 인간아! 하고 욕을 퍼부었었는데 자신에게 닥친 일에는 그런 합리적인 판단을 신속하게 내릴 수가 없었다. 합리적인 셈법을 위해서는 도무지 취합되지 않는 자료들이 정현의 마음에는 많이 남아 있었다. 그 자료들은 정현이 단호한 결정을 내리려 할 때마다 정현이 계산해놓은 결괏값들을 죄 뒤섞어놓았다.

"근데 나는 어떻게 지내는지 안 물어봐?"

정현은 고개를 숙인 채로 웅얼거리며 물었다.

"어떻게 지내는데?"

정현이 물은 뒤로도 한참이나 답이 없어서 정현은 고개를 들었다. 서일은 정현과 눈을 마주치고는 잠시 망설이더니 말했다.

"나, 이혼했어. 위자료도 많이 받았어."

그러고는 씩 웃어 보였다. 굉장하다. 그 미소를 보자 정현의 머릿속에는 그런 문장이 나타났다. 굉장해. 어쩌면 이런 뻔뻔함을 좋아했는지도 몰라. 저 뻔뻔하고 철이 하나도 안 든 애 같은 미소를. 도톰하고 붉은 입술 너머의 반듯하고 흰 치아를.

"그럼 나한테 돈부터 갚아."

"그게 당장 통장에 꽂힌 건 아니라서 말이야. 그니까 조금만 기다려."

그리고 그동안만 좀 자기를 지내게 해달라는 거였다.

"서일아, 내가 너를… 어떻게 믿어? 너는 나한테 한 약속도 안 지키고 연락을 끊었었는데 내가 너를 또 어떻게 믿어?"

"그건 사정이 좀 있었어. 정현아, 나 못 믿어? 좀만 기다리면 돈도 다 갚는다니까. 조금만 기다려줘. 아니면 내가 매달 조금씩이라도."

"씨발, 어떻게 믿냐고."

정현은 서일을 믿고 싶었다. 마지막이라 생각하고 한 번 더. 하지만 문제는 정현 자신이 믿을 만한 사람이 못 된다는 점이었다. 그간 자신이 선택했던 것들이 자신을 배반한 역사가 너무 길고 깊었기 때문에 거기서 조금이라도 배운 게 있었다면 정현은 더는 누구도 믿어서는 안 됐다. 특히 서일을. 그러니까 자신이 내리는 판단을, 그 근거가 될 만한 자신의 감정과 기분을 신뢰해서는 안 됐다. 정현은 서일을 너무나 믿고 싶어서 도저히 그럴 수가 없었다.

"서일아, 나는 너를 못 믿어."

*

어느 달엔가 정현은 나가야 할 돈이 13만 원 정도 부족했다. 사장이 직원들을 불러놓고 미안하다며 월급이 한 달 늦겠다고 고지한 달이었다. 그 말에 정현은 가슴이 철렁 내려앉았다. 퇴근하자마자 이직할 만한 곳을 찾아보았다. 이력서도 여기저기 넣었지만 당장 취직을 하기는 쉽지 않을 테니 한 달의 구멍이 생기는 건 어쩔 수가 없었다. 가지고 있던 현금을 아무리 긁어모아도 13만 원이 부족했다. 누군가에게 20만 원쯤은 빌릴 수도 있었다. 정현도 회사 동료에게 10만 원을 빌려준 적이 있었다. 그때 그 동료에게 부탁할 수 있었다. 하지만 그도 이번 달 월급을 받지 못할 테니 사정이 어떨지 알 수 없었다. 아니면 선주에게 부탁을 해도 됐다. 선주가 아니더라도 정현을 가엽게 여기는 친구들이 몇몇 있었다. 어쩌면 그 때문에… 자신을 가엽게 보는 시선을 견디는 게 너무 수치스러워서 부탁하지 못했다. 가족들에게 손을 벌릴 수도 없었다. 아들 둘을 키우며 아파트 대출금을 갚으면서 사는 언니는 늘 돈 나갈 데가 많아 종종 정현에게 돈을 꿀 수 없을지를 묻곤 했으니까. 부모에게는 자칫 잘못하면 채무 상황을 전부 들킬지도 모른다는 생각에 말을 꺼내기가 꺼려졌다. 그러느라 더 일을 키우게 되는지도 몰랐다. 호미로 막을 걸 가래로 막는다고 했나. 누구에게도 도무지 입이 떨어지지 않아서, 부탁을 해볼까 싶다가도 뭐라 운을 떼야 좋을지를 알 수 없어서 정현은 집에 있는 물건 중 돈 될 만한 것이 없나 뒤져보았다. 뭐든 팔아서 13만 원 정도는 만들어야 했다. 인터넷 중고서점에 책이라도 팔려고 했는데 정현이 가진 거의 모든 책은 중고서점에서도 취급하지 않는다고 했다. 정현은 자신이 좋아했던 것들은 죄다 이렇게 똥값이 된다는 사실을 받아들였다.

결국 팔 만한 것이라곤 애플워치와 만년필뿐이었다. 서일이 사준 거였다. 정현이 지나가는 말로 갖고 싶다고 말한 것을 기억하고 선물로 주었다. 그런데 막상 둘 다 잘 사용하지는 않았다. 살면서 손목시계를 차고 지낸 적이 한 번도 없는 정현에게는 그게 영 걸리적거리기만 했고 만년필도 오래 쓰지 않아 잉크가 말라 굳어버렸다. 헤어지고 나서도 어쩌지 못하고 보관해두었다. 어쩌면 이렇게 써먹으려고 그랬는지도 몰랐다. 벌써 연체 4일째였고 하루만 더 늦으면 다른 카드회사와 은행에 연체 이력이 공유될 것이고 그러면 신용점수가 하락할 것이고 신용카드 사용에도 제한이 생기거나 완전히 정지될 수도 있을 것이고……

혹시나 신용불량자가 되면 어떤 일이 생기는 것일까. 정현은 크게 나쁜 짓을 저질러본 적이 없었기 때문에 그런 상상만 해도 뒷골이 당겼다. 정현이 한 나쁜 짓이라고는 고등학교 때 학교에 가기 싫어서 일주일 정도 무단결석을 한 것뿐이었다. 성인이 된 뒤로는 아무것도 잘못하지 않았다. 길바닥에 담배꽁초 하나 버리지 않았다.

"진짜 거의 새거네요. 왜 파시는 거예요?"

지하철역에서 만나 애플워치를 받아든 구매자는 어딘가 숨겨진 하자가 없는지 요모조모 따지며 그렇게 물었다. 정현은 농담처럼 웃으며 대꾸했다.

"이번 달 카드값이 모자라서요."

구매자도 정현을 따라 헛웃음을 웃고는 더는 묻지 않고 정현의 계좌로 20만 원을 이체해주었다.

집으로 돌아가는 길에 정현은 집 근처 마트에 들렀다. 사과가 먹고 싶어서 한참 고민했지만 결국 사지 않았다. 반려빛은 꿈에서 한 번 나타난 이후로 종종 정현의 머릿속에 등장해 정현이 돈을 쓰려고 할 때마다 시비를 걸었다. 정현은 진라면과 계란 한 판, 양파 한 망을 사 들고 집으로 돌아가면서 어디서부터 잘못된 것인지를 생각했다.

*

"생각해보면 너는 언제나 나를 믿어줬는데, 그치? 그 많은 돈도 턱턱 빌려주고. 다 내 탓인 것만 같아. 우리가 이렇게 된 것도."

정현은 저도 모르게 천천히 고개를 끄덕였다. 맞아, 네 탓이야. 전부 다 네 탓이야. 서일과 헤어지기 전부터 헤어지는 순간부터 헤어지고 난 후로도 정현은 자주 서일을 탓했다. 그래야 좀 참고 견딜 만해졌다.

"너 때문에 내 인생은 다 망했어. 나는 이제 사람도 잘 못 믿고 의심부터 해. 뒤통수 치고 도망가지 않을까 하고."

돈은 어떻게든 갚을 수 있을 거라고 애써 믿을 수 있었다. 착실히 회사를 다니고 주말에는 배달 알바도 하면서 어떻게든, 얼마가 걸리든 갚을 수 있을 거라고 믿어야만 했다. 약속대로 서일이 갚아줄 거라는 기대도 완전히 버리진 못하고 있었다. 그런 걸 기대하지 않으면 살아갈 수가 없었다. 문제는 자신의 세계가 변해버린 것이다. 전에는 친구가 될 수 있을 사람들로 넘쳐나는 세상이었는데 이제는 도통 못 믿을 사람들로 가득해졌다. 정현은 자신의 세계관이 완전히 뒤바뀌어버렸다고 생각했다. 더 잘된 것일까? 이제 더는 뒤통수 맞는 역할에 빠지진 않을 테니까.

"나는 네가 망하지는 않았으면 좋겠어."

"이미 다 망했다니까 뭔 소리야."

"아니야. 너 하나도 안 망했어."

정현은 자신의 세계가 어떻게 바뀌어버렸는지를 이야기했다. 이제 아무도 믿지 못한다고. 말을 해나갈수록 정현의 목소리가 점점 높아져 옆 테이블에 앉아 있던 중년 여자가 힐끔힐끔 쳐다보았다. 정현은 어느 순간 그녀와 눈이 맞았고 흥분을 가라앉히려 애썼다. 누군가 자기를 알아볼까 봐 떨렸다. 이런 망한 이야기를 나누고 있는 것을 웬만하면 세상 사람들이 몰랐으면 했다. 아주 멍청한 일을 저질러버린 것만 같아서 자신의 멍청함을 들키고 싶지 않았다. 누가 그래, 네 잘못도 아닌데. 그런 건 여기저기 소문을 많이 낼수록 빨리 해결되는 거야. 선주라면 그렇게 얘기했을 것이다. 하지만 정현의 생각에 이 일을 해결할 수 있는 사람도 제도도 없었다. 그래도 모든 걸 다 말하고 나니 속이 후련했다. 정현은 자신이 망했다는 이야기를 이렇게 맘 편히 털어놓을 사람이 서일뿐이라는 점에 조금 서글퍼졌다. 서일은 정현이 겪는 모든 일에 책임이 있었고 그래서 다 이해해주는 것만 같았다.

사는 건 정말 쉽지 않아. 뜻대로 되는 게 하나도 없거든. 그냥 콱 죽어버릴까. 그게 가장 빠른 문제해결 방법이 아닐까? 하지만 누구 좋으라고… 씨발 누구 좋으라고 내가 죽어… 정현은 그런 말도 했고, 내가 좋지 않을까? 지금 가장 힘든 건 난데 내가 죽으면 내가 가장 좋지 않을까? 그런 말도 했다. 일도 사랑도 인간관계도 뭣도 제대로 되는 게 하나도 없고, 너는 왜 나를 떠났어? 빚은 갚아도 갚아도 줄어든 티도 안 나고 사는 낙도 하나 없는데 그냥 콱……. 술에 취한 사람처럼 거의 울 것 같은 목소리로 주절거리는 정현의 말을 멈추려는 듯 서일이 정현의 손을 끌어당겨 꼭 붙들고는 말했다.

"너 잘할 수 있을 거야. 나도 돈 빨리 갚을 수 있도록 할게."

"내가 잘할 수 있을 거라고?"

"그래, 넌 좋은 사람이니까."

"내가 좋은 사람이야?"

"너는 나를 못 믿는댔지만, 난 너 믿어."

"믿는다고?"

"응, 믿어."

정현에겐 그 말이 꽤 달콤하게 들렸다. 오랜만에 다시 맞잡은 서일의 손도 너무 부드럽고 따뜻했다. 이토록 변변찮은 자신을 믿는다는 서일의 말을, 정현도 믿고 싶었다. 돌고 돌아 마침내 귀의해야 할 종교를 만난 것처럼 정현은 다시 서일을 믿었다. 그 사실이 감격스러워 눈물이 왈칵 쏟아질 것만 같았다. 갑자기 나타난 선주가 서일의 머리채를 잡지만 않았다면 정현은 서일이 다시 자신의 집으로, 정확히 말하자면 전셋집으로 돌아오는 것을 허락했을 것이다.

*

정현이 빚을 다 갚는 그런 날이… 오기는 했다. 갑자기 통장으로 제법 큰 돈이 입금되었고 보낸 사람은 서일이었다. 아무래도 위자료를 다 받은 모양이려니 했다. 그렇다고는 해도 이자는 제대로 계산하지 않은 금액이어서 여전히 정현의 손해가 컸다. 서일의 결혼생활은 그리 길지 않았기에, 그 많은 돈을 받았다니 남편의 귀책사유가 정말 큰 모양이라고 정현은 생각했다. 혹시 위자료가 아닌 걸까. 물어볼걸 그랬나. 왜 이혼을 했는지 무슨 일이 있었던 건지 늦게라도 물어볼까. 정현은 혹시나 해서 기다렸지만 서일에게서 따로 연락은 없었다. 서일에게는 무슨 일이 있었을까. 무슨 일이 일어나고 있으며 또 일어나게 될까. 정현은 종종 서일을 염려하는 척하기도 했지만 한 번도 진심으로 안부를 묻지는 못했다. 그런 건 더는 궁금하지 않았으니까.

초여름이었다. 더위가 무척 빨리 찾아와 가만히 있어도 땀이 줄줄 흘렀다. 정현은 남은 빚을 다 갚기로 결심했다. 생활비는 신용카드로 해결할 생각이었다. 그렇게 계속 다음 달로 빚을 지게 될지도 몰랐지만… 당장은 좀 홀가분한 기분을 느끼고 싶었다. 정현은 사무실에서 슬그머니 빠져나와 비상계단으로 갔다. 반 층 내려가 창틀에 기대고 섰다. 근처의 초등학교 운동장이 내려다보이는 자리였다. 창은 오래 닦지 않아 뿌옜지만 운동장에 열을 맞춰 서 있는 아이들의 모습은 잘 보였다. 이 더운 날에 뭘 하고 있는 것일까. 에어컨 바람을 쐬지 않으니 금방 온몸이 끈적해지기 시작했다. 정현은 손부채를 부치며 상담원에게 전화를 걸었다. 대출을 해지하려고요. 잠깐의 본인 확인 절차를 거친 다음 상담원이 다시 상냥하게 물었다. 잔액을 모두 상환하신다는 말씀이시죠? 네네. 기존 이체 통장에 잔액 충분한 건 확인하셨고요. 네네. 금일 기준 이자와 중도상환수수료 포함해서… 네네.

전화를 끊고 얼마 지나지 않아 대출이 해지되었다는 문자가 왔다. 빚을 다 갚고 나자 그제야 사람이 된 것 같았다. 쑥과 마늘만 먹고 100일을 버텨낸 곰처럼 정현도 수십 개월을 버텨냈다. 그리고 마침내 사람으로… 아니 그렇게 생각하지는 않았다. 정현은 자신이 쑥이라고… 생각했다. 아니면 마늘이라고. 먹으면 사람이 되게 해준다고 소문이 나서 다들 잘근잘근 씹어 먹으려고 손을 뻗치는.

여전히 전세보증대출금은 남아 있긴 했지만 그건 진짜 반려처럼 잘 데리고 살아야 했다. 정현은 나머지 빚을 다 갚은 그날의 날짜와 그 순간 본 숫자들을 행운으로 삼기로 하고 그 번호들로 로또를 사기로 마음먹었다. 무엇보다도 돈과 숫자에 사로잡혀 있던 때였으므로 그런 쪽으로밖에 머리가 돌아가지 않았다. 7시에 회사를 나온 정현은 가장 가기 편한 복권방을 떠올렸다. 집 근처의 마트 옆에 있는 곳이었는데 그보다는 집에서 한 정거장 떨어진 곳에 있는 로또 명당으로 가기로 했다. 일등이 무려 열 번이나 나온 곳이었다. 운동도 할 겸 한 정거장은 걷기로 하고 그곳으로 갔다. 퇴근을 하고 집으로 돌아가는 직장인인 듯한 사람들이 이미 줄을 서 있었다. 잠깐 고민했지만 정현도 그 뒤에 가 서서 자신의 차례가 오기를 기다렸다.

3, 6, 14, 27, 44… 머릿속으로 번호를 고르며 정현은 남은 한 숫자를 뭘로 골라야 할지 고민했다. 고민 끝에 정현은 서일에게 전화를 걸기로 했다. 마지막으로 연락한 지 한참이 지났지만 보내준 돈을 잘 받았고 그걸로 빚도 다 갚았다는 것을 알려주고 싶었다. 그것이 서일에게 어떤 반응을 일으키는지를 보고 싶은 거였는지도 몰랐다. 그런 마음이 남아 있다는 것이 당황스러웠고 그런 마음을 진짜 실행에 옮길 수도 있다는 것에 어이가 없기도 했다. 그리고 마지막으로 번호 하나만 골라달라고 하려 했는데… 전화를 걸었더니 모르는 사람이 받았다.

"여보세요?"

"저기, 강서일 씨 폰 아닌가요?"

"아닌데요."

"아니에요?"

상대는 한숨을 푹 내쉬었다.

"제가요. 난생처음 폰이 생겼는데요. 강서일이라는 사람 찾는 전화가 진짜 많이 와서요. 궁금해서 그러는데요. 서일이가 누구예요?"

"그렇구나……."

전화를 받은 아직 변성기가 오지 않은 남자아이였다. 서일은 누구일까. 정현도 하고 싶은 말이 없었다.

"저기 있지, 미안한데 번호 하나만 불러줄래요?"

"네?"

"그냥 1부터 45까지 중에 하나만 골라주면 안 될까?"

"로또 하려고요?"

"로또가 뭔지 알아요?"

"네. 저희 삼촌이 맨날 저보고 번호 골라달라 해요. 제가 난생처음 골랐던 번호가 4등 된 적이 있거든요. 그 뒤로 저한테 번호 고르는 재주가 있다고 하면서 맨날 골라달라 해요. 당첨되면 반 준다면서요."

"그래 번호 하나만 골라줘."

"나머지 다섯 개는 다 골라났어요?"

"응 하나만 더 있으면 돼."

"반 줄 거예요?"

"뭐?"

"당첨되면 반 줄 거냐고요."

"그래, 줄게."

"그 말을 어떻게 믿어요? 그리고 번호 하나만 골랐는데 왜 반이나 줘요?"

서일의 번호를 가진 초등학생은 정현보다 한참이나 더 야무진 데가 있었다.

"그렇지… 네 말이 다 맞다."

정현이 미안하다고 말하고 끊으려는데 다시 야무진 목소리가 들려왔다.

"로또 번호 고르는 일 같은 건 혼자서 하세요. 난생처음 본 초등학생한테 물어보지 말고요. 그럼 안녕히 가세요."

전화는 저쪽에서 먼저 끊어졌다. 아마도 난생처음이라는 단어를 최근에 알게 된 것 같은 초등학생과의 통화를 마치고 나서 정현은 줄에서 빠져나왔다. 천천히 집으로 걸어가면서 로또 같은 요행은 바라지 말고 살자 마음 먹었는데… 아무래도 번호가 계속 아른거려서 집 근처 복권방에서 로또를 샀다. 남은 한 번호로는 그냥 1을 골랐다. 그 주 토요일이 되었을 때 정현은 번호를 맞춰보지 않았다. 그다음 주에도 또 그다음 주에도 매주 똑같은 번호로 로또를 사면서도 번호는 맞춰보지 않았다.

수개월이 지났을 때 이제 정현의 통장에는 28만 원이 있었다. 그간 아끼는 삶을 살았기에 한동안은 마구 써보자 다짐했고 그 다짐을 착실히 실천한 결과로 정현은 버는 족족 써버렸다. 미뤘던 여행도 갔다. 코로나 때문에 해외로 가지는 못했지만 국내의 산 좋고 물 맑은 곳에 있는 숙소를 골라 하루이틀씩 묵다가 왔다.

이만하면 됐다… 하는 생각이 든 것은 마구 써버리는 생활을 한 지도 일년이 넘었을 때였다. 정현은 다시 허리띠를 조이는 삶으로 돌아갔다. 인생이 진짜 견딜 수 없어질 때마다 그러니까 거의 매일 정현은 그간 샀던 로또를 한 장씩 꺼내 번호를 맞춰보았다. 번호를 일일이 대조할 것도 없이 휴대폰의 카메라 앱을 켜서 로또 종이의 큐알코드를 찍으면 자동으로 확인할 수 있는 페이지로 연결되었다. 대체로 꽝이었고 번호가 단 한 개도 맞지 않기도 했고 가끔 5등이 나왔다. 그건 다시 새 로또 한 장으로 교환했다. 매주 로또를 사도 좀처럼 4등은 되지 않았고 당연히 3등도 되지 않았다. 그러니 2등도 1등도 될 리가 없었다. 정현이 죽을 때까지 매주 로또를 사도 1등이나 2등 한 번 되지 않을 확률이 높다는 점을 정현은 잘 알았다. 그게 정현의 삶이었다. 또 어디 가서 사기나 안 당하면 다행이었다.

사실 정현은 로또 1등에 당첨되는 삶을 바라지는 않았다. 어쩌면 2등을 바라지도 않았다. 3등도. 만약 운이 좋다면 겨우 4등에 당첨될 수 있지 않을까? 서일의 전화번호를 가진 초등학생이 그랬던 것처럼. 정현은 자신의 몫으로 남아 있을지도 모를 행운을 그런 데 쏟아붓고 싶지도 않았다. 다만 사랑하는 사람을 만나서 그 사람에게 아낌없이 다 주고 싶었을 뿐이었다. 아무런 값을 따지지 않고 셈하지 않고. 그런 어리석은 사람을 만난다는 건 쉽지 않았다. 무엇보다도 이제는 정현이 그 누구보다도 열심히 셈하고 값을 따져보고 있었다. 서일 덕분이었다.

정현이 빚을 다 갚고 얼마 지나지 않아 꿈에 반려빛이 나왔다. 반려빛은 정현에게 할 말이 있으니 잠깐 거실로 나와보라고 했다. 거실 소파에 앉아 주말연속극을 보고 있던 반려빛은 정현이 방에서 나오자 티브이를 껐다. 정현은 우리 집에 소파나 티브이가 있었나? 잠시 의문에 빠졌다. 하지만 꿈이었으므로 없던 것이 있는 것도, 있던 것이 없는 것도 다 용인되었다. 반려빛처럼, 있어서는 안 되는 것도 태연하게 있을 수 있었으니까.

반려빛은 정현에게 헤어지자고 말했다. 정현은 등골이 오싹해졌다. 그 말이 가당치 않다고 생각했다. 아무리 있어서는 안 될 것이 있을 수 있는 꿈이라고 해도 그건 말이 안 됐다.

우린 진작 헤어졌잖아.

반려빛은 잠시 정현의 말을 곰곰 생각해보는 듯했다.

참, 그랬지.

반려빛은 짐을 싸기 시작했다. 코트 깃을 세우고 현관에 서서 정현과 작별인사를 했다. 반려빛은 망설임 없이 단호하게 정현을 떠났다. 정현 역시 현관에 오래 서 있지 않았다. 찬장에서 소금을 꺼내 와 현관 밖에 팍팍 뿌렸고 문이 닫히자마자 걸쇠를 단단히 걸어 잠갔다. 다시는 얼씬도 못 하도록. 꿈속에서 정현은 마냥 홀가분했고 깨어서도 그랬다. 마침내 0이 된 기분. 정현은 그 이상을 바라는 것도 이상하게 무섭기만 해서 그저 0인 채로 오래 있고 싶었다.

'호모 데비토르'가 된 청춘의 초상

연남경 이화여자대학교 국어국문학과 교수

　여기 빚을 반려로 삼고 살아가는 청춘이 있다. 국어사전에 등재된 '반려'의 의미는 '짝이 되는 동무'로 대개 사랑하는 대상과 어울려 반려자, 반려동물로 표현된다. 그러나 정현은 반려동물에 질색하고, 반려자에 대한 기대도 없다. 반려동물은 키우기에 돈이 너무 많이 들고, 긴 연애의 끝에는 빚만 남았기 때문이다.

　사실 '반려빚'은 일종의 모순 어법이다. 누가 빚과 짝을 지어 평생을 함께하고 싶겠는가. 친구 선주가 말하듯, "인간은 혼자 못 살아. 반려자가, 하물며 반려동물이라도 있어야 해. 서로 보듬어주고 보살필 그런 존재가! 죽고 싶다 생각했다가도 내가 저거 때문에 못 죽지 그런 생각이 들게 해주는 거"(105쪽)가 필요하다. 그런데 실제로 정현은 꼬박 3년간 죽고 싶다가도 빚은 갚고 죽어야지 하며 빚과 돈과 셈으로 점철된 삶을 살아간다. 그래서 이 말은 정현에게 닥친, 빚이 반려가 된 모순된 상황을 설명해주는 언어가 된다.

전기화의 지적대로, 김지연 소설에서 먹고사는 문제란 어느 소설에서건 괄호 처리되는 법이 없다.* 그리고 「반려빚」에는 매 순간 돈에 대해 생각하는 정현이 등장한다. 라자라토에 의하면, 빚을 진 부채(負債) 인간, '호모 데비토르(Homo debitor)'는 일상이 금융을 통해 운영되고 관리되는 사회에서 나타난 죄책감, 책임감에 찌든 채무자라는 새로운 계급적 형상이다.** 실로 빚을 진 다음부터 정현은 신용불량자가 될지 모른다는 공포와 부채감에 사로잡힌다. 꿈에서도 반려빚이 등장할 정도로 정현이 빚을 지면서 갖게 된 압박감은 커 보인다.

> 그날 밤 꿈에 정현은 반려빚과 함께 산책을 나갔다. 목줄을 쥔 쪽이 반려빚이었던 것이 좀 다르긴 했지만 개와 산책하는 것도 이와 비슷하리라 생각했다. 정현은 집으로 돌아가는 길에 목이 말라 시원한 아이스 아메리카노를 마시고 싶어져 반려빚에게 넌지시 말을 건넸다. 카페에 잠깐 들를까? 반려빚은 정현이 꽤 가엽다는 듯이, 그러나 목줄을 쥔 자로서 단호해야만 한다는 듯이 줄을 잡아당기며 말했다. 집에 믹스커피 있잖아. 정현은 카페 쪽으로 향하는 발걸음을 쉽사리 포기하지 못하고 꽤 오래 낑낑거렸지만 별 도리가 없었다. (107쪽)

'반려빚'이라는 표현에 걸맞게 꿈에서 정현은 반려빚과 산책을 나간다. 그런데 목줄을 쥔 쪽은 반려빚이고, 목줄이 달린 쪽은 정현이다. 정현의 목은 줄에 매인 채 반려빚이 이끄는 대로 따라갈 수밖에 없다. 카페의 아이스 아메리카노는 커피믹스보다 비싸므로, 욕구를 충족시키는 소비는 불가하다는 현실을 받아들여야 한다. 이 꿈의 형식은 반려빚이 주체의 자리를 차

---

* 전기화, 「미진한 마음으로 살아가기」, 『문학동네』 117, 2023, 56쪽.
** 마우리치오 라자라토, 『부채인간』, 허경·양진성 역, 메디치, 2012, 83쪽.

지하고 삶의 주도권이 전도된 상황을 암시할 뿐 아니라, 죄책감과 책임감에 찌들어 있는 호모 데비토르의 내면이 투사되어 있다.

전 지구적 자본주의화로 신자유주의 소비 사회로 진입한 인류는 계급적 양상에 따라 자신의 소비 수준으로 정체성을 구성하는 '호모 콘스무스(소비자)'와 카드빚과 대출로 일상을 이어가는 '호모 데비토르(채무자)'로 나뉜다. 「반려빚」에서도 아침에 눈을 뜨면서부터 택시비, 점심 메뉴, 유튜브 프리미엄 구독, 레드콤보 주문, 왓챠 정기 구독, 편한 소파, 그리고 집(자가)으로 이어지는 욕망의 연쇄 작용과 선택을 조장하는 소비 사회가 펼쳐져 있다. 김지연은 이렇게 우리에게 주어진 소비 사회의 조건을 제시하는 한편 우리 사회에서 소비 수준이나 계급 양상과 무관하게 누구나 '호모 데비토르'가 될 수 있음을 보여준다. 부모의 빚을 대물림한 것도 아니고, 매달 일정한 급여를 받는 직장인이며, 사행성 투기를 한 적도 없는 성실한 시민이었던 정현이 하루아침에 '호모 데비토르'가 된 것이 인생의 반려자와 함께 살 집을 마련하고, 사랑하는 사람에게 아낌없이 주고 싶은 마음에서 비롯되었음은 문제적이다.

정현은 여자 친구 서일과 동거할 집을 구하고 서일의 네일숍 운영에 들어갈 돈을 빌려주기 위해 최대한의 대출을 받는다. 당시 정현은 서일에게 뭐든 다 주고 싶었고, 자신의 사랑을 가치로 환산하지 않았다. 그러나 서일은 더 많은 돈이 필요해졌고, 결국 둘은 헤어진다. 정현은 돈 때문에 헤어진 것은 아니라 생각했으나, 그것이 중요한 요소였다는 것을 알게 된다. 서일이 떠난 후, 정현에게는 1억 6천 정도의 빚이 남았다. 서일의 연락이 끊긴 후에도 빚은 정현의 곁에 남은 것이다.

선주는 20년 지기 고향 친구지만 정현이 동물털 알레르기가 있는지 없는지, 연어를 좋아하는지 싫어하는지에는 관심이 없다. 다만, 합리적인 셈법에 능한 선주는 정현에게 세상 사는 지혜를 전수한다. 선주는 '차용증'은 왜 안 썼는지 묻고, 정현을 '망하게 한' 서일을 탓하고, 그런 서일을 못 잊는 정현에게 정신 차릴 것을 요구한다. 그리고 재회한 서일에게 다시 빠져들려는 정현을 끌고 나온다. 선주는 철저하게 계산적으로 행동하는 합리적 존재로서 이른바 푸코가 말한 '호모 에코노미쿠스'에 부합한다. 신자유주의 통치성의 언어를 발화하는 선주는 연인 관계를 '차용증'이라는 법적 관계로, 이별의 슬픔과 아쉬움을 '망했다'는 경제적 언어로 치환하며, 정현을 '정신 차리게' 만든다.

그런데 정말 이 모든 게 서일 때문일까? 호모 에코노미쿠스-선주의 언어를 동원한 호모 데비토르-정현의 입장에서 서술되고 전달되는 바에 따르면, 그렇다. 이들에 의하면, 서일은 정현의 연인이었고 그래서 함께 살기 위한 집을 정현이 구하게 만들었고, 네일숍 보증금을 충당하기 위해 정현이 은행에서 대출을 받게 만들었고, 헤어진 후 소소한 돈을 갚다가 연락을 끊은 나쁜 사람이었다. 사실 정현은 서일에게 돈을 빌려주고부터는 늘 서일을 탓했다. 헤어지기 전부터, 헤어지는 순간에도, 헤어지고 난 후로도. 그리고 2년 만에 서일이 나타났을 때도 "너 때문에 내 인생이 망했다"고, 자신의 세계가 변해버렸다고 서일을 탓했다. 그런데도 오롯이 서일에게만 모든 잘못을 돌릴 수 있을까? 서일은 정현을 믿어주는 유일한 사람이었고 그런 따뜻한 서일을 정현은 좋아했던 것이 아니었나? 그래서 서일이 다시 나타났을 때, 마음이 흔들리지 않았던가?

그러니 서일의 사정을 헤아려본다면, 이들이 헤어지고 정현이 채무자가 된 원인은 정확히는 서일 때문이라기보다 많은 돈이 필요했던 서일 때문이라 할 수 있다. 당시의 상황을 살펴보면, 서일이 정현과 동거하기 위해 원룸 보증금을 빼려 했을 때, 집주인은 돌려줄 돈이 없었고, "법대로" 하자는 집주인의 말에 따르니 돌려받은 돈은 원금의 반의반도 안 되었던 것이다. 원금은 서일이 고등학교를 졸업하자마자 취업해 20대 내내 번 돈이었다. 서일 역시 전세 사기의 피해자였다. 집값 급등의 영향으로 2022년부터 늘어난 전세 사기 피해자는 경찰 추산 2,996명, 피해 금액이 4,599억이라 한다. 문제는 피해자가 다세대주택에 주로 거주하는 20·30대 청년층에 집중되었다는 점이다. 2023년에 전세사기특별법이 시행되어 피해자 구제책이 마련되었다고는 하지만, 이미 돈 때문에 이별을 겪고, 사랑했던 사람에게 빚을 떠넘기고, 결과적으로 반려자 대신 반려빚만 남긴 관계의 파탄은 회복될 길이 요원하다.

어쨌든 정현은 빚을 다 갚는다. 직장을 다니며 꾸준히 갚았고, 서일이 보내온 큰돈을 보탰다. 서일은 그것을 위자료라 했는데, 2년 만의 재회 때도, 돈이 입금되었을 때도, 정현은 자기 삶의 무게 때문에 서일의 안부를 묻거나 이혼했다는 서일을 염려하지 않는다. 사랑하는 사람을 만나 아낌없이 다 주는 삶을 꿈꾸었던 정현은 이제 그 누구보다 열심히 셈하고 값을 따지는 사람이 되었다. 자신이 손해 볼까 봐 타인의 사정에 무관심하고, 철저하게 이해타산적으로 변모하였다. 그렇기에 채무자에서 벗어난 후에도, 정현의 삶은 여전히 반려빚의 영향에서 자유롭지 않은 듯하다. 꿈에서조차 수입과 지출의 평형 상태에서만 마음의 평화를 찾으며, '마구 써버리는 생활'과 '다시 허리띠를 조이는 삶'을 왕복운동하며 가까스로 0의 균형을 맞추는 것이 정현의 인생이고, 그런 인생이 견딜 수 없어질 때마다 매일 사 모은 로또 번호를 맞춰보고 있는 것 외에는 달리 허락된 것이 없어 보인다.

「반려빚」에 등장하는 오늘날 청춘은 '소비자'와 '채무자' 사이에 놓여 아슬아슬하게 0에 수렴하기 위해 안간힘을 쓰고 있다. 반려자와 함께 행복하고자 했으나, 전세 사기가 만연하고 피해자를 충분히 보호하지 못하는 법

앞에서 무력하다. 이렇게 한 번의 사랑과 이별 후에 호모 데비토르가 된 청춘의 초상을 그린 김지연은 연인 관계가 채무 관계로 변질되고, 사랑의 감정이 경제적인 합리성 앞에서 맥을 못 추는 삶의 조건을 폭로한다.

한 명의 독자로서 정현의 세계관이 변해버린 것이, 그래서 예전에는 친구 같던 사람들이 이제는 믿지 못할 사람들로 보이는 것이 안타깝다. 그래서 경제 논리로 감정을 압도하는 선주의 언어가 설득력을 갖는 것이 슬프다. 그렇게 되도록 연인에게 부채를 남기고 무책임하게 떠나버려야 했던 서일의 사정이 안쓰럽다. 그렇기에 이혼녀이자 호모 데비토르인 서일의 앞날이 안녕하기를, 철저하게 이해타산적인 선주가 무모한 사랑에 빠질 수 있기를, 목줄을 쥔 반려빛의 형상에 정현이 너무 오래 사로잡혀 있지 않기를 바란다. 그래서 언젠가는 반려자나 반려동물과 함께 나란히 걸을 청춘들이 외롭지 않기를 소망한다.

전교생의 사랑

박민정

2009년 『작가세계』로 작품 활동 시작.
소설집 『유령이 신체를 얻을 때』 『아내들의 학교』 『바비의 분위기』,
중편소설 『서독 이모』, 장편소설 『미스 플라이트』가 있음.

전교생의 사랑

신이 가끔 내게 나쁘지 않은 선물을 줄 때가 있었다. 그 시절 나는 주목받는 것을 좋아했다. 이모가 하라는 대로 했을 뿐인데 다들 나더러 천재라고 했다. 이모 말만 잘 들으면 뭐든 어렵지 않았다. 때론 이렇게 술술 풀려나가도 되나, 싶었다. 그 생각을 너무 어릴 때 했다는 게 문제였다. "이번 한 번만 세리에게 양보하자." 회사에서 내게 말했을 때 나는 중학생이었다. 합격 통보를 받은 사람은 애초에 세리가 아니라 나였다. 독식하면 안 되는 거라고 했다. 독식이라는 말도 그때 처음 배웠다. 누군가 지나가며 나는 지는 애고 세리가 뜨는 애라고 했다. 열다섯 살의 나는 그렇게 졌다. 공식 팬클럽 회원 수가 몇백만 명이라는 가수가 오 년 만에 컴백하는 곡의 뮤직비디오 주인공은 세리가 되었다. 나는 그때 그만두었다. 이번 한 번만, 이라고 했지만 다시는 내게 기회가 오지 않았다. 그때 어영부영 그만두었던 것 역시 신이 내게 준 선물이라고 이제는 생각한다.

*

학교에 돌아온 나는 국영수와 음미체에 적응해 나갔다. 내겐 국영수보다

음미체가 좀 더 어려웠다. '배우가 왜 이렇게 몸을 못 써?'라고 말하는 교사도 있었다. 나는 아주 오랫동안 그 말을 생각했다. 이젠 배우가 아닌데 여전히 나를 배우라고 부르는 사람들. 내가 한때 배우였으나, 되뇌다 보면 가장 많이 떠오르는 장면은 운전하던 이모의 뒷모습이었다. 이모가 몰고 다니던 소나타 뒷좌석을 나는 침대라고 불렀다. 쪽잠을 반복하다 보면 한낮인지 새벽인지 구분할 수 없었다. 이모가 시동을 걸고 사이드 브레이크를 내리는 순간에 대체로 나는 곯아떨어졌다. 그러다 코끝을 자극하는 탄내에 눈을 뜨면 이모가 시가잭으로 담뱃불을 붙이고 있었다. 그때마다 조금 열어놓은 창틈으로 바람이 미친 듯이 불어 들었다. 언제나 고속도로였다. 때론 이모가 좋아하는 엔카를 들었고 자주 뉴스를 들었다. 이모가 틀어놓은 라디오 뉴스에서 흘러나오는 말들이 로우 파이 배경음악처럼 귓가에 꽂혔고 나는 그 말들을 곱씹으며 잠에 빠져들었다. 하나회 척결, 노태우의 비자금 오천억 원, 한보그룹 정태수 회장, 성공한 쿠데타는 처벌할 수 없다, 개가 짖어도 기차는 달린다……

배우는 몸을 쓰는 사람이라는 걸 배우를 그만두고도 한참 후에야 조금 이해할 수 있었다. 대본을 읽고 연기지도에 충실히 따르는 일은 내게 몸을 쓰는 일과는 달리 여겨졌다. 현장에서는 누구든 내게 연기지도를 했다. 감독은 물론이고 수많은 선배 연기자들, 그리고 때론 이모도. 나는 학습을 잘했고 암기를 잘했다. 학교에 돌아와서도 대본을 읽듯 교과서를 읽었다. 그때처럼 밑줄을 긋고 포스트잇을 붙이고 필기를 했다. 시나리오를 이해하는 일보다 교과서를 이해하는 일이 훨씬 쉽다는 건 금방 깨달았다.

내가 학교로 돌아온 해 초임된 체육교사는 처음에는 열정이 넘쳤다. 막 군대를 전역한 그는 다른 체육교사와 달리 양복을 입었다. 젊고 만면에 미소를 띤 교사에게 학생들은 열광했다. 그러나 어느 날부터 학생들은 체육교사를 욕하기 시작했다. 운동장에서 보는 것보다 교실에서 보는 게 훨씬 낫다, 고 지껄여댔다. 잘생긴 남자인 줄 알았는데 막상 운동장에서 보니 키도 작고 왜소하다는 이유였다. 체육교사의 얼굴에서 미소가 점점 사라져갔다. 학생들이 인사하면 같이 묵례하며 다른 교사들과는 다르게 친절하고 깍듯한 태도를 갖췄던 그는 몇 개월 만에 그야말로 '흑화'해버렸다. 그가 서서히 미친개가 되어가는 과정을 나는 똑똑히 봤다. 군대식으로 열을 맞추고 누군가 작게 웃음을 터뜨리기만 해도 발작하듯 고함을 지르며 화를 냈다. 한 사람이 잘못하면 모두가 함께 벌을 받아야 한다며 단체 기합을 줬다. 그의 얼굴색마저 잿빛으로 변했다. 나는 잊지 말자고 생각했다. 그가 아직 미친개가 되기 전의 모습을. 양복을 입고 웃으며 아이들의 인사를 받아주던 모습도. 그리고 줄넘기를 하기 싫다고 칭얼거리는 나를 달래던 모습까지.

체육시간에 나는 아무것도 할 줄 몰랐다. 뜀틀을 가볍게 넘는 아이들, 평균대에서 중심을 똑바로 잡고 걸어가는 아이들, 오래달리기를 가볍게 몇 바퀴 도는 아이들, 신나게 피구 공을 던지는 아이들을 나는 멍하니 봤다. 나는 배우를 그만두고 너무 빨리 인생의 실패를 맛봤고 그 맛은 오히려 아주 짜릿한 구석이 있다고도 생각했다. 성년이 되기까지도 너무 멀어 보였고 그만큼 내게는 무엇이든 다시 시작할 수 있는 기회가 있을 줄로 알았다. 배우는 그만이지만 공부를 열심히 해서 변호사가 되거나 드라마 작가가 될 수도 있다고 믿었다. 어쩌면 내가 올림픽 챔피언이 될지도 모른다고 생각했다. 애국가가 울려 퍼지는 무대 가장 높은 곳에 올라 금메달을 치켜들지도 모른다고. 품새를 아름답게 선보이는 태권도 국가대표가 되거나, 땡볕에 완주하고 주경기장에서 세리머니를 하는 마라톤 국가대표가 될 수도 있다고. 안 될 게 뭐가 있어? 나는 국민 절반 이상이 생방송으로 지켜본 백호영화상의 주인공이 되어본 적도 있었는데. 그러나 체육 수업을 시작하자마자 그런 기대가 얼마나 지독하게 헛된 망상이었는지 알게 되었다. 좌향좌와 우향우라니, 왼쪽과 오른쪽을 구분하지 못하는 것도 아닌데 다른 아이들보다 반 박자 늦게 움직였다. 피구 경기를 할 때면 수비를 하게 해달라고 간절히 빌었고 공격수가 되면 가능한 빨리 공을 얻어맞고 수비로 비껴나기만을 바랐다. 주장을 맡은 여학생들이 팀원을 선택할 땐 당연히 누구도 나를 지목하려 들지 않았다. 학급에서 가장 체육을 못하는 애로 지정되기까지 오래 걸리지 않았다. 인생뿐만 아니라 내 몸마저 패배를 인정했다. 언젠가부터 나는 스탠드 세 번째 줄에 하염없이 앉아 있었다. 드넓은 운동장 한가운데에서 피어오르는 불볕더위 아지랑이처럼 슛 들어가던 순간이 불현듯 펼쳐지는 것 같았다. 나는 이렇게 아무것도 아닌데 한때는 천재아역이라고 불렸고 신문에서는 내 사진 밑에 미래가 가장 기대되는 청소년이라고 썼다. 아직 흑화하기 전의 체육교사가 내게 줄넘기를 내밀며 말했다.

"우리 민지, 오늘은 선생님이 반드시 성공시킨다."

나는 고개를 절레절레 저었다.

"줄넘기는 못해요."

"그러지 말고 해보자. 하면 다 할 수 있어."

"선생님, 하고 싶다고 다 할 수 있는 건 아니잖아요."

"민지는 뭐든 할 수 있잖아?"

나는 입을 다물어버렸다. 만약 줄넘기를 넘는 장면이 필요하다고 촬영장의 모든 어른들이 나를 설득하는 상황이었다면 할 수 있었을까. 구석에서 노려보는 이모를 생각하며 어떻게든 해냈을 수도 있었다. 그러나 체육교사의 말은 내게 전혀 설득력이 없었다.

"선생님, 줄넘기를 왜 해야 되는데요?"

"음. 일단 체력장 종목에도 있고."

"체력장 점수 0점 맞아도 괜찮아요."

"그러지 말고. 그러지 말고. 선생님이 이프로 사줄 테니 해보자."

그는 자주 '그러지 말고'라는 말로 나를 부드럽게 설득했다. 빈말인 줄 알았는데 그는 정말로 당시 가장 유행했던 니어 워터 캔을 사 들고 왔다. 패키지에 그려진 둥근 복숭아를 빤히 보며 미동도 하지 않자 체육교사가 내

팔을 잡아끌었다.

"자, 이제 줄넘기 해야지."

나는 이프로까지 받아먹고도 끝내 줄넘기를 하지 않았다. 그런 내게 조금도 화내지 않았던 체육교사를 누가 미친개로 만들었나, 오랜 시간이 흐른 후에도 나는 이프로를 내밀며 나를 설득하던 그를 종종 떠올렸다. 그로부터 이십 년쯤 흐른 후, 부임한 지 반년 만에 군대 조교처럼 굴던 그가 지금은 어떻게 되었을까, 낯빛은 더한 잿빛이 되어 운동장에서 아이들을 굴리고 있을까, 매년 새로운 아이들을 만나도 거듭 혐오하고 또 혐오하면서, 첫해에 만났던 괴물 같은 아이들을 아직도 저주하면서 살아갈까, 생각했다. 민지는 뭐든 할 수 있잖아, 그 말을 듣고 이 사람 역시 나를 과거의 천재 아역배우라고 생각하는구나, 싶어서 입을 다물어버리던 나를 기억했다. 까닭 모를 불편함에 사로잡혔던 이유는 간혹 사람들이 나를 알아본다는 것 자체가 내 실패를 증명하는 일 같다고 생각해서였다. 나는 아직도 줄넘기를 못한다.

*

그래도 신은 언제나 내게 한 번 더 기회를 준다. 연기보다 더 재미있는 일을 나는 금방 찾아냈다. 입시도 그다지 어렵지 않게 치렀다. 수능시험은 패턴을 정확하게 분석한 후 응용하면 그만이었다. 평범한 학생으로 빠르게 돌아갔던 만큼 인기의 각축장에서 멀어진 '일반인'의 삶으로 복귀할 수 있었다. 텔레비전에 나오는 세리를 보면 근심을 감추지 못하던 엄마도 점점 그 일을 잊어갔다. 시내 중심상가에서 실물만 한 세리의 등신대를 볼 때마다 어쩔 수 없이 머릿속이 어두컴컴해져 고개를 숙이고 말았던 나도 금세 지나갔다. 또래들이 열광했던 화장품 광고, 생리대 광고, 청바지 광고에 등장하던 세리는 마치 등신대처럼 영원히 그 모습 그대로 박제되었다. 정작 중심상가에 있었던 커다란 등신대는 화장품 가게가 폐업한 후에도 한동안 부주의하게 방치되어 빛바래져 갔다. 마치 생물이라도 되는 것처럼 쓸모를 다하자 빠르게 사진이 빛을 잃는 것 같았다.

이제 나를 기억하는 사람은 없다. 그러나 세리는 아직도 종종 인구에 회자되었다. 잊을 만 하면 한 번씩 기사화가 되기도 했다. 세리는 나보다 더 오래 성공했고 그만큼 더 늦게 실패했기 때문이었다. 세리는 그야말로 '실패한 아역의 가장 나쁜 예시'로 사람들 입에 오르내렸다. 세상에는 '잘 자란 아역'이 존재하는데, 가령 조디 포스터, 나탈리 포트먼, 커스틴 던스트가 그랬지만 '역변하고 타락한 아역'도 분명 존재했다. 대중은 아역의 얼굴이 조금만 변해도 '역변' 운운했다. 자신들이 만들어놓은 천재 아역의 이미지에서 조금만 삐끗해도 안타까워들 하곤 했다. 턱이 자란 것 같다, 가르마가 이상해졌다, 키가 저만큼 크니 예전 같지 않다. 역변이 아닌 정변이 되는 길은 정말로 험난해 보였다. 만약에 대중이 아직도 최민지를 기억한다면, 그들은 정말 놀랄 것이다. 지금 내 모습은 그들이 말하는 역변 중 역변일 테니까. 세리는 얼굴이 변한 쪽은 아니었다. 굳이 말하자면 타락한 쪽에 가까웠다. 대학에 들어가자마자 사고를 친 세리 소식은 연일 기사에 도배됐고, 기자들은 하필 화장기 없는 초췌한 얼굴에 플래시를 맞아 눈을 이상하게 뜬 사진을 올렸다. 사람이 가진 다양한 표정 중에 가장 '타락한 것 같은' 표정을 한 세리 사진이 인터넷에 돌아다녔다. 그럼에도 불구하고 세리가 연기에서 연출로 전공을 바꾸고 유학을 다녀오고 지금은 연출가로 활동하고 있다는 건 아무도 몰랐다. 대학로 무대가 비주류여서 그런 것도 있겠지만, 사람들이 아직 세리가 살아 있다는 데에 관심이 없다는 사실에 나는 때로 놀랐다. 그녀는 아역으로서는 실패했을지 몰라도 인간으로서는 실패하지 않았다. 그러나 인터넷에는 열다섯 살의 가장 빛났던 세리와 스무 살의 타락한 세리가 서로 상반된 모습으로 콜라주된 사진만 돌아다녔다. 이십 년 만에 대학로에서 세리와 우연히 마주친 후, 어색하게 웃으며 인사를 주고받은 우리는 누가 먼저랄 것도 없이 연락처를 건넸다. 무척 반갑기는 했지만 세리와 연락을 나누게 되리라고 생각하진 않았다.

'지난번에 아트센터 앞에서 만났을 때, 너무 반가워서 눈물이 났어. 사실은 가끔 영주 선배님께 네 근황을 듣곤 했었는데, 이렇게 우연히 마주칠 줄이야. 영주 선배님께도 드리지 못한 말이 있는데……'

세리는 나밖에는 말할 사람이 없을 것 같았다며 문자를 했다. 그 오랜 시간을 서로 모르고 살았는데 아직도 나밖에 없다는 말이 안쓰럽기도 했고 다소 난처하기도 했다.

세리가 알려준 대로 나무위키에 접속했다. 세리가 연극 공부를 계속하고 현재까지 극을 올렸다는 사실을 누군가 용케 알아냈다고 했다. 세리에 관한 첫 번째 서술부터 간담이 서늘해졌다. '타락한 아역배우의 상징이었으나 특기생으로 진학한 국립 예술대학에서 연극을 전공해 현재는 연출가로 활동 중인 인물'. 나무위키 인물정보란 뭐랄까, 사실과 주관이 아무렇게나 뒤섞여 있었고 특히 '사건사고 및 논란' 혹은 '사건사고'나 '논란' 항목은 익명의 다수가 작성한 연판장 같다는 느낌을 주었다. 세리가 도배되는 기사나 끔찍한 악플도 봤지만 일목요연하게 정리해놓은 걸 보자니 새삼스러웠다. 어느덧 세리는 그들이 서술해놓은 대로 바로 그 사람이 되어 있었다. 나무위키만 보자면 그랬다. 세리가 내게 연락한 이유, 바로 그 '사건사고 및 논란' 항목의 5-1번 내용을 목전에 두고 무심코 나는 단 한 번도 검색해보지 않은 내 이름을 나무위키에 검색해봤다. 내 이름과 생년, 출연작몇 개가 간단히 떴다. 내게는 '여담'이라는 항목이 있었다.

여담에는 세리와 내가 함께 출연했던 그 영화, 아직까지는 세리가 조연이고 내가 주연이었던 시절, 나를 백호영화상 최고의 아역으로 만들어주었던 작품, 〈전교생의 사랑〉과 관련한 짧은 서술이 있었다. 전교생의 사랑. 아주 오랫동안 나는 그 제목을 똑바로 보지 못했다. 찰나와 같은 반짝임과 오랜 절망을 안겨준 작품. '요즈음이라면 절대 나오기 어려운 작품이었을 것이다. 감독의 고집과 예술적 열망, 광기가 서려 있는 작품이다. 1975년 작 일본 영화 〈전교생〉(Exchange Students, 轉校生)의 리메이크작이다. 한국어 표현으로는 '전학생', 그러나 감독은 고집대로 일본식 표현을 제목에 그대로 인용했다. 주연이었던 최민지는 흥행과 상관없이 호연을 펼쳐 백호영화상 아역상을 수상하기도 했으나 이 작품을 마지막으로 배우 생활을 이어나가지 못했고 이후 근황은 알려져 있지 않다……' 나는 그 대목을 몇 번이나 곱씹으며 읽었다. 그 외에 정작 나에 대한 정보는 많지 않았고 눈여겨볼 부분도 딱히 없었으나, 요즈음이라면 절대 나오기 어려운 작품이라는 말에 눈길이 오래 머물렀다. 과연 무슨 뜻일까. 감독의 고집이라거나 열망이라거나 광기, 그게 무슨 말인지는 나도 잘 알고 세리도 익히 아는 바였다. 감독은 이미 십 년 전에 죽었다. 그는 오랫동안 알콜릭으로 살다가 고독사했다. 기사가 몇 줄 나왔으나 누구도 그 죽음에 그다지 주목하지 않았다. 영화에 출연했던 영주 선배님이나 나나 세리나 장례식장에 가지 않았다. 우리들뿐만 아니라 그와 작업했던 어떤 배우도 조문을 가지 않았다고 들었다. 놀라울 것도 없는 사실이었다.

나무위키란 이상한 하이퍼텍스트였다. 세리가 봐달라고 부탁한 5-1을 잠시 잊고 나는 감독을 소개하는 페이지에 접속했다가 그의 필모그래피를 눌러봤다가 어느덧 원작 영화 〈전교생〉 페이지에 도달했다. 이내 1975년 작 〈전교생〉의 주연이 누구였는지 알게 된 나는 잠시 당황했다. 당시 주연이었던 배우는 지금은 일본에서 존경받는 '국민 어머니'로 불리는 사람이었다. 그녀가 출연한 작품을 나도 꽤 많이 봤다. 그 사람이 그 사람이리라고 생각하긴 어려운 일이었다. 워낙 오래전인 데다 지금은 머리칼이 희끗한 그녀의 아역 시절이었고 무엇보다 〈전교생의 사랑〉도 그랬듯 원작 〈전교생〉도 청소년 관람 불가였다. 당시에는 '연소자 관람 불가'라는 말을 일반적으로 썼고 줄여서 '연불영화'라고 부르기도 했다. 나도 세리도 개봉 당시에는 우리가 출연한 작품을 보지 못했다. 아역배우는 흐름을 파악하기 위해 각본을 전부 검토할 수는 있으나, 자신이 출연한 장면만 모니터링을 할 수 있다는 규정이 있었다. 훗날 세리는 말했다. 사실상 은퇴하기 전 미성년자 시절 출연한 모든 영화를 볼 수 없었다고. 성인이 된 후에도 그 작품들을 보지 않았다고. 나와 같은 이유였다. 영화를 볼 수 있는 성인이 된 우리에게는 군이 그 작품들을 떠올리는 것조차 고역이었다.

1975년으로부터 너무 많은 시간이 흘렀고, 〈전교생〉의 아역은 더 이상 아역배우이기는커녕, 예쁜 접시에 요리를 담아내고 화단에 핀 풍성한 꽃에 물을 주는 어머니이거나 할머니였지만 놀랍게도 아역 때와 얼굴이 똑같았다. 어쩌면 그랬기에 그토록 오래 살아남았는지도 몰랐다. 얼굴이 변하지 않았을 뿐만 아니라 그녀는 아무 말도 하지 않았을 것이다. 발설하지 않았을 것이다. 고독사로 세상을 떠난 홍 감독이 나와 세리에게 요구했던 장면, 그 장면을 그녀는 촬영했다. 영화를 소개하는 스틸 컷 중에서도 대표 이미지였다. 우리는 그 장면을 찍는 대신 다른 장면을 찍었다. 홍 감독이 오마주하고 싶어 미쳐 날뛰었던 그 장면과, 타협하고 찍은 다른 장면 중에 뭐가 더 나았겠느냐고 묻는다면 대답하긴 어려울 것이다. 그러나 단언컨대 원작 〈전교생〉의 그 장면을 고작 열다섯 살 나이에 촬영한 사람이라면 어딘가 망가져 있을 터였다. 그런 장면을 찍고도 망가지지 않았다면 그 자체로 망가진 것이다. 나는 확신할 수 있었다.

세리가 내게 봐달라고 했던 5-1의 내용은 이랬다. 〈전교생의 사랑〉까지만 해도 주인공의 친구 역에 불과했던 이세리가 불현듯 극적으로 성장한 사실에 대해 당시 언론에서 자와자와한 까닭은 그녀가 아역 배우였음에도 불구하고 영화계에 큰 영향을 미치고 있었던 홍 감독과의 염문이 있었기 때문이다(라는 카더라가 있다).

대단한 사실을 아는 척하지만 사실은 아무것도 아는 게 없는 문장. 정보 값이라고는 없고 누더기처럼 이런저런 품사를 기워 붙인 조잡한 문장. 뭔가 일갈하는 척, 폭로하는 척하지만 괄호 안으로 숨어버리는 비겁한 문장.

나는 그 항목을 대면한 세리가 느꼈을 황당함과 분노에 전이되기 전 자신을 방어하듯 서술자의 글솜씨부터 평가했다. 연기보다 더 재미있는 일은 글을 쓰는 일이었다. 세리도 글을 쓰긴 했으나 자신을 글 쓰는 사람이라고 말하지는 않았다. 나는 글을 쓰는 사람이 되었다. 그런 내가 보기에 나무위키의 서술 따위는 내용을 떠나 문장부터 엉망이었다. 그러나 허접한 문장을 뜯어보는 와중에도 나는 내가 외면하는 것이 무엇인지 알았다. 나도, 세리도, 그때 당시 이미 30대의 어른이었던 영주 선배님도 영영 가는 순간까지 모른 척하고 싶었던 사람. 홍 감독.

세리는 내게 아역 시절의 모든 기록으로부터 자유로워지고 싶다고 말했다.

*

세리도 나도 우리가 다시 가까워질 수 있으리라고 생각하지 않았다. 어린 시절에도 우리는 어른들에 의해 라이벌이라고 불렸다. 내가 아주 어릴 적부터 매니저를 맡아주었던 이모는 내 앞에서 세리를 욕하곤 했다. 세리가 내게 못되게 군 적도 없는데 이모는 늘 세리를 두고 못된 애라고 했다. 세리는 착한 아이라고 말하면, 이모는 짜증 난다는 듯 미간을 좁히며 뇌까렸다.

"이세리, 걔는 얼굴에 욕심이 많잖니."

나보다 키가 몇 센티 더 크고 팔다리가 길쭉길쭉했던 세리. 주로 느와르 영화에 출연하며 피비린내가 난무하는 세상에서 버림받거나 구출 당해야만 하는 아이를 연기했지만, 광고에 출연할 때는 누구보다 빛났던 스타. 극장에선 내내 불쌍한 아이였지만 공중파 가요 프로그램에서는 반짝이는 마이크를 들고 아이돌 가수와 즐겁게 이야기를 나누는 연예인이었던 세리. 이모는 흠잡을 구석이 없어 세리를 얼굴에 욕심이 많은 애라고 흉봤다. 훗날 세리가 사고를 쳐서 대서특필되었을 때 이모는 그럴 줄 알았다고 말하며 혀를 찼다. 그게 내가 될 수도 있었다는 생각은 이모나 엄마나 그 누구에게도 없는 것 같았다.

다시 만난 세리와 나는 서로를 조금 경계했다. 이미 우리는 너무 많은 사람들을 잃어봤고 사람에게 속내를 진솔하게 털어놓았다가 그걸 약점 삼아 공격당하는 얄궂은 경험도 제법 해본 터였다. 나만 그런 줄 알았는데 세리도 그랬다고 했다. 언젠가부터 새로운 친구를 만드는 일은 고사하고 남아 있는 사람들이라도 지키고 싶은데 사소한 오해와 무심함, 이간질로 인해서 불화가 생겼다. 그런 경험들이 누적되다 보니 학창시절이 자주 떠올랐다. 나를 아역배우로 기억하는 사람들이 아직 많았던 시절에도 학교 집단에서 따돌림당했던 적은 없었다. 당연한 일이어야 했으나 도리어 기이한 일로 여겨졌다. 그래서 새로운 사람을 사귀는 일은 나이가 들어갈수록 두려웠다. 나나 세리나 호기심으로 다가오던 사람이 돌변하는 경험을 살면서 너무 많이 누적해왔다. 우리가 서로에게 그러지 않으리란 법도 없었다.

우리가 마지막으로 만났던 20세기로부터 이만큼 지나왔는데, 나는 작가가 되고 세리는 연출가가 되었는데, 홍 감독도 이미 죽고 그의 뼛가루조차 어디에도 없을 텐데, 그런데 우리는 아직 〈전교생의 사랑〉에 머물러 있었다. 더욱이 세리나 내가 유일하게 연락하는 그 시절 사람은 영주 선배님뿐이었다. 자연스럽게 영주 선배님과 함께 보자는 말이 절로 나왔다. 영주 선배님을 가끔 아침 드라마에서 봤지만 만나기는 쉽지 않았다. 예나 지금이나 그녀는 어른이었고 시간을 내달라고 하는 건 실례 같기만 했다. 영주 선배님은 가끔 문자로 언제나 응원한다는 말, 네가 괜찮다면 난 언제든 만날 수 있다는 말을 건네주었다. 세리와 나는 대학로의 오래된 카페 발코니에 나란히 앉아 레모네이드를 마셨다.

"여기에서 예전에 〈관객모독〉 배우에게 응원한다고 소리친 적 있어."

세리가 말했다.

"네가?"

"아니, 나는 그럴 용기까진 없었지. 같이 관람한 내 친구가 그랬어. 방금 전까지 무대에 있었던 사람인데 퇴근길은 너무나 쓸쓸해 보인다고. 저 길로 아르바이트하러 갈 것 같다면서."

"그럴 수도 있겠네."

"그런데 지금 생각하면 그래. 그는 그런 응원을 받고 기분이 어땠을까. 잘 나가는 사람에겐 굳이 응원 같은 거 하지 않잖아. 힘들어 보이는 사람에게 힘내라고 하는 거잖아."

세리는 한숨을 길게 한 번 내쉬었다.

"염문이라."

"세리야, 진짜 지독하지 않니? 어떻게 이날 입때까지 그따위 말들이."

"내가 그런 짓만 안 했어도 그따위 말은 안 나왔을지도 몰라. 워낙 미친 애니까 나는, 욕해도 되니까, 그런 말까지 나오는 거 아니겠어. 너는 나를 믿니?"

그날 세리는 뜬금없이 자신이 좋아하는 넷플릭스 시리즈에 관한 이야기를 했다. 어린 시절 학교에서 망신당하는 장면이 유튜브에 박제된 인물이 자신이 '잊힐 권리'에 대해 주장하는 에피소드를 두고 세리는 말했다. 그런 게 있다는 걸 처음 알았어. 잊힐 권리. 그런데 우리에겐 해당되지 않겠지. 우리는 그 장면을 돈 받고 판 배우였으니까.

나는 이모의 소나타를 타고 다녔고 세리는 아빠의 엘란트라를 타고 다녔다. 세리 아빠의 엘란트라가 내가 기억하는 마지막 차였다. 그 이야기를 하자 세리는 웃으며 아빠 차는 엘란트라 이후 포텐샤로, 그랜저로, 에쿠스로 바뀌었다가 돌연 아반떼에 정착한 지 오래라고 말했다.

"아빠가 자동차 욕심 좀 부려보려고 하다가 소심하게 포기했지. 워낙 여론도 안 좋고."

보호자이자 매니저로서 세리와 나보다 더한 긴장감으로 서로를 보던 이모와 세리 아빠의 모습이 언뜻 떠올랐다. 촬영장에서 세리가 칭찬을 받으면 이모는 얼굴에서 표정을 지우려 애썼고 내가 칭찬을 받으면 세리 아빠가 눈을 내리깔았다. 정작 우리들은 홍 감독이 화를 내는 것보다야 화기애애한 분위기가 훨씬 좋았기 때문에 누가 칭찬받든 상관없었다. 세리와 나는 서로의 조각난 기억을 맞춰보며 웃음을 터뜨리기도 했고 잠시 숙연해져 입을 다물어버리기도 했다. 나는 예술인복지재단에서 일했고 세리는 공연이나 강의 때문에 대학로에 상주해 있었으므로 우린 항상 대학로에서 만났다. 골목골목 오래된 카페와 식당이 많았다. 우리는 넓은 발코니가 있는 카페를 자주 찾았다. 천장에 잔뜩 매달린 아라베스크 오너먼트, 일본식 유럽풍의 카펫과 테이블보, 파르페와 레모네이드와 체리코크, 반숙 달걀이 올라간 나폴리탄 스파게티와 카레를 곁들인 함박스테이크, 그런 것들이 막연한 옛 시절에 대한 향수를 불러일으켰다. 오래전부터 변하지 않는 풍경, 무명 희극배우들이 보도에 늘어서 공연 홍보를 하는 모습이나 봄이 되면 곳곳에서 프리지아를 파는 모습들. 낮밤이 다르고 평일과 주말이 다른 마로니에 공원의 정경. 사람이 없으면 없는 대로 또 있으면 있는 대로 공원에 앉아 있는 게 좋았다. 공원에 앉아 있을 때 나는 카페에서 뽑아 온 아이스커피를 마셨고 세리는 주로 캔맥주를 마셨다. 술을 못하는 나는 끝도 없이 맥주를 마시는 세리를 가끔 신기한 듯 쳐다봤다. 세리는 금세 한 캔을 비우고 빈 캔을 손으로 우그러뜨리기를 반복했다. 캔을 우그러뜨릴 때 세리는 무척 신나 보였다. 세리는 살짝 불콰해진 얼굴로 내게 웃어 보였다.

"미안. 술 때문에 인생 조져놓고도 여전히 이런다."

그런 말을 한 적도 있었다.

인생을 조졌다는 건 단지 말버릇일 뿐이라고 했다. 세리는 배우를 더 이상 못 하게 되었다고 해서 인생이 망했다고 생각하지는 않는다고, 진심이라고 말했다. 배우를 그만두지 않았다면 지금의 삶은 못 살아봤을 텐데, 이번 생에 두 갈래 평행우주를 모두 체험한 셈이니 나쁘지 않다고. 그건 일본에서 유학할 때 몇십 년 동안이나 샤베쿠리 만자이(만담가)로 활동해온 배우가 해준 말이라고 했다. 워낙 오랫동안 어른의 삶을 대신 견뎌주지 않았느냐, 이제는 너의 인생을 살아라. '너의 인생을 살아라'는 다소 작위적인 말이기도 했지만 선배가 후배에게 해줄 수 있는 덕담으로서 그만한 말이 또 있을까 싶었다.

"그런데 그렇게 생각해보려고 노력해도."

스무 살의 세리가 수십 개 마이크 앞에 섰을 때. 그 자리에 불명예로 선 누구나 그렇듯 파리한 얼굴에 단색 정장을 입고 고개를 숙였을 때. 그동안 받아온 관심보다 더 많은 관심을 받는다는 걸 증명이라도 하는 듯한 베스트 댓글의 내용.

"세리야, 지금까지 네가 만든 모든 필모보다 이 영상 하나가 더 훌륭하구나."

그게 세리가 배우로서 받은 마지막 평가였다. 세리는 그 말이 가슴에 박혔다고 했다. 아직도 떠오르는 순간 바로 그날로 온전히 돌아가버린다고 했다.

"복수하고 싶은 사람이 너무 많아지니까 내 마음이 그야말로 방황하는 칼날이 되더라."

세리는 〈전교생의 사랑〉은 망령처럼 자신을 종종 붙들고 흔들어놓는다고 말했다. 주연은 세리가 아니라 나였다. 세리는 이후 뮤직비디오의 주인공이 되어 잠깐이지만 최고의 스타가 되었고 나는 그 작품을 마지막으로 필모그래피가 끊겼다. 〈전교생의 사랑〉 때문에 가장 불행해진 사람은 단연코 나 자신일 거라고 굳게 믿어왔다. 세리 역시 다름 아닌 그 작품 때문에 괴로울 거라고 생각하진 못했다.

"네가 아니라 내가 선택된 이유는 너보다 내가 훨씬 어두워 보여서였다는 거 기억하지."

사실 나도 기억하고 있었다. 세기말부터 유행했던 신비주의 소녀 이미지. 나는 그런 이미지에 맞지 않았다. 울상의 반대말을 '웃상'이라고 치자면 나야말로 '웃상'의 전형이어서 남들은 내게서 좀처럼 어두움을 읽어내지 못했다. 홍 감독이 내게 주연을 맡긴 이유도 1975년 작 주연배우처럼 한없이 해맑은 표정을 짓는 아이였기 때문이었다. 홍 감독의 말에 따르면 '그야말로 소년 같이 웃는 아이'였기 때문에. 원작 〈전교생〉도, 홍 감독의 〈전교생의 사랑〉도 모두 남자아이와 여자아이의 몸이 서로 바뀌는 내용이었다. 나는 돌연 여학생의 육체에 갇히게 된 남자아이를 연기했다. 세리가 맡은 역할은 갑자기 태도가 달라진 친구 때문에 어안이 벙벙한 나날을 보내는 아이였다. 나와는 정반대로 세리는 멍하니만 있어도 서늘한 분위기를 풍겼다. 뮤직비디오에서 세리는 긴 생머리에 흰 잠옷을 입고 초점 없는 눈으로 가만히 서 있는 소녀였다. 어떤 기사에서는 '한국식 호러의 오랜 표상이었던 처녀귀신의 21세기적 재해석'이라고 썼고 〈페노미나〉의 제니퍼 코넬리를 한국에서 다시 본다고도 평가했다. 당시의 세리를 상찬했던 말들 역시 나무위키에 정리되어 있었다.

"민지 네가 늘 웃고 싶은 기분이 아니었던 것처럼 나도 늘 우울하지는 않았어. 나도 한 번쯤 광고나 예능이 아닌 작품에서도 밝은 아이 역할을 해보고 싶었어."

내게 연락한 이유는 나무위키의 허위기록 때문이었지만, 세리는 한동안 그 일에 대해서는 말하지 않았다. 그런 기록을 어떻게 삭제할 수 있는지, 그런 것도 명예훼손으로 신고할 수 있는지 나나 세리나 아는 바가 없었다.

*

고전의 재해석.

뻔하디뻔한 말이었다. 사무실에 팸플릿이 돌았다. 영상자료원에서 개최하는 행사라고 했다. 제목을 왜 이렇게 지루하게 지었을까, 처음에는 그 생각만 했다. 가뜩이나 고전 영화라면 인기도 없을 텐데 제목마저 이렇다면 누가 가겠어, 생각하던 나는 팸플릿을 들춰보고 깜짝 놀랐다. 예의 '고전 영화' 목록에 〈전교생의 사랑〉이 있었다. 영상자료원에서 영화를 상영한 후 관객들과 함께 현대의 관점에서 이런저런 이야기를 나누는 시간을 갖는 행사라고 했다. 수많은 생각이 순식간에 머릿속을 지나갔다. 가장 처음 들었던 생각은 '벌써 고전이 되었구나'였다. 그런데 고전의 의미가 단순히 오래된 작품을 뜻하는 건지 오래도록 살아남을 만한 명작이라는 건지 알 수 없었다. 나는 세리에게 연락을 했다.

세리는 이런 행사가 추하게 늙어 죽은 홍 감독을 뒤늦게나마 올려쳐주려는 의도는 아닐까 의심했다. 행사를 진행하는 평론가에 대해 면밀히 조사한 세리는 내게 '조금 애매하다'고 말했다.

"정확히 어떤 스탠스인지는 모르겠어. 한 번 가보지 않을래?"

"우리가?"

"그래, 우리가. 최민지와 이세리가. 안 되나?"

안 될 것도 없지 않나, 세리는 자문자답했다. 오래전, 〈전교생의 사랑〉 개봉 직전 시사회에 주연배우인 나와 가장 비중이 큰 조역이었던 세리는 참석할 수 없었다. 무슨 의도였는지 홍 감독은 기자간담회에도 우리를 출연시키지 않았다. 제목에도 명시된 '전교생'인 나는 물론이거니와 가장 친한 친구 역할이었던 세리, 그리고 나와 몸이 바뀐 남학생 역할을 맡은 배우도 우리 영화를 볼 권한이 없었다. 담임교사 역할을 맡았던 영주 선배님은 시사회가 끝나고 며칠 후 나와 세리를 불러내 밥을 먹이며 말했다.

"기자들도 평론가들도 호평했단다. 너희 부모님들은 큰 박수를 받으셨어."

나나 세리나 이미 부모에게 들은 이야기였다. 우리들 대신 부모님이 박수를 받는다는 사실을 어떻게 받아들여야 하는지 당시 우리는 좀처럼 이해할 수 없었다. 그때가 떠올랐다. 단 한 번도 나는 내 마지막 작품을 처음부터 끝까지 본 적 없었다. 아마 세리를 만나지 않았다면 팸플릿을 보고도 그저 불편한 마음으로 지나쳤을 터였다. 게다가 이제 사람들에게 잊혔다고는 해도 나는 영원히 그 작품의 주연이었다. 관객 중 누군가가 배우의 연기에 대해 문제 삼으면 어떡하나, 나는 알고 있지만 그들은 모르는 사실들이 영화의 배면에 차고 넘치는데 표면만 보고 함부로 지껄이는 그 말들을 나는 어떻게 견뎌낼 수 있나. 그러나 세리는 내게 단호하게 말했다.

"내가 확인하고 싶은 건 두 개야. 홍 감독에 대해 어떻게 평가하는지. 저들이 말하는 현대의 관점이라는 게 대체 뭔지."

너도 알고 싶지 않아? 세리는 눈치를 내내 살피면서도 힘주어 말했다. 우리는 알지만 저들은 모르는 것들이 있듯 그때는 몰랐지만 지금은 알게 되는 게 분명히 있을 거야.

결국 우리는 〈전교생의 사랑〉이 상영되는 금요일 저녁에 영상자료원에 가기로 약속했고 그 날 퇴근 후 방송통신대 지하에 주차해놓은 세리 차에 함께 탔다. 세리는 사이드 브레이크를 내리다 말고 그대로 미동도 하지 않았다. 사이드 브레이크를 붙잡은 세리 손을 살짝 치며 공회전 그만하고 가야지, 어색하게 웃으며 말했다. 세리는 나를 돌아보며 똑같이 어색하게 웃었다.

"사실은 두렵다. 아직도 사람들이 나를 알아볼까."

확답할 수 없었다. 누구도 나를 알아보지 못할 거라고 장담할 수는 있었다. 그러나 세리는 아직도 인터넷에서 때로 회자되고 루머에 시달렸고 욕을 먹었다. 심지어 최신판 나무위키에도 세리를 음해하는 서술이 있었다. 아닐 거야, 라는 빈말조차 해줄 수 없었다. 참가 신청을 할 때 우리는 가명을 썼다. 최민지, 이세리가 아니라 홍현주, 홍지영이란 이름으로. 홍 감독의 알려지지 않은 딸들의 이름을 차용한 것이었다. 참가 신청을 하려면 몇 개의 질문에 답해야 했다.

1. 기존에 〈전교생의 사랑〉을 관람한 적이 있나요? '없습니다'

2. 〈전교생의 사랑〉에 관해 무슨 이야기를 나누고 싶나요?

우린 둘 다 2번 질문을 두고 한참 고민했다. 각자 노트북만 쳐다보고 있었지만 2번 질문에서 한참 망설인다는 걸 알 수 있었다. 우리는 그 질문에 대한 답도 합의했다. 세리는 '감독의 연출 방식이 아역 배우에게 미치는 영향에 대해서 이야기하고 싶습니다.'라고 적었고, 나는 '영화가 아역 배우에게 어떤 트라우마를 남길 수 있는지에 대해 논의하고 싶습니다.'라고 적었다. 사실 같은 말이었다. 이런 의견이 두 개나 있다면 진행자가 다루지 않기도 곤란할 것 같다는 판단에서였다.

"홍 감독도 죽어 없어진 마당에 누가 욕이라도 실컷 해줬으면 좋겠다."

세리는 가만히 뇌까리더니 액셀을 밟았다.

우리가 처음 관람하는 우리 영화, 〈전교생의 사랑〉이 상영되는 내내, 나는 입술을 잘근잘근 씹었다. 때론 누가 먼저랄 것도 없이 서로의 손을 잡았다. 머리카락을 칼단발로 자른 내가, 아니, 전교생 역할인 내 몸이 전신거울 앞에 선다. 바로 다음 이어질 장면이 무엇인지 알기에 세리와 나는 동시에 숨을 들이마셨다. 영화가 아니라 촬영장이 눈앞에 펼쳐지는 것 같았다. 난처해하는 내게 이모가 건넸던 말. 이런 건 배우에게는 아주 기본적인 연기일 뿐이야. 나중에는 더 심한 장면도 찍게 될 거야. 그런 걸 부끄러워하는 건 일반인들이지, 배우는 그 무엇도 부끄러워해선 안 돼.

도리어 영주 선배님이 홍 감독에게 쏘아붙였다. 왜 이런 장면이 들어가야만 하는 거냐고. 영주 선배님 촬영 날도 아닌데 그녀는 거기 있었다. 홍 감독은 감독 의자에 앉아 짤막하게 대답한다. 내 스승의 영화에도 들어있던 장면이야. 그 사람이 얼마나 대단한지 너희들 몰라서 그러냐. 영주 선배님은 결국 홍 감독에게 소리쳤다. 대단한 스승 감독이랍시고 여자애들 옷 벗기는 게 취미요? 홍 감독은 혓바닥에 힘을 주며 아니 이 씨팔년이, 뭘 믿고 까부는 거야? 너 많이 컸다? 유치하게 화답했다. 그리고 나는 나 때문에 어른들이 싸우는 것 같아서 몸 둘 바를 모르다가 결국 대본대로, 연출 지시를 수행했다. 음흉하게 웃으며 브래지어를 이리저리 들춰보는 소녀, 아니,

소년. 막 자라기 시작한 가슴을 보며 '이게 웬 떡이야!' 하고 낄낄거리는 장면. 나는 내 가슴을 타인의 시선으로 바라보고 조물조물 만지며 웃음을 흘리고 있었다. 오래전에는 보지 못한 장면이 이어졌다. 내가 출연하지 않은 씬이었다. 내 부모 역할을 하는 배우들이 침대에서 뒹굴고 있었다.

어른들이 시키는 대로 뭐든 했던 우리도 결코 찍지 않겠다고 홍 감독에게 맞서던 순간이 있었다.

원작 〈전교생〉의 대표 스틸 컷. 소녀의 몸에 갇힌 소년이 깨벗은 채 옥상에서 내달리는 장면이었다. 팬티만 입으라고 했다. 그때 나에겐 관객이 내 몸을 본다는 수치심은 없었다. 편집된 이후의 영화는 어차피 내가 볼 수 없었기 때문에 실감하지 못했다. 하지만 촬영장에는 너무 많은 사람들이 있었다. 무엇보다 액션을 외친 후 나를 뚫어질 듯 주시하는 홍 감독, 이모, 세리 아빠……세리가 내달리는 나를 쫓아다니며 말리는 씬이었다. 나는 발가벗고 폴짝폴짝 뛰면서도 해맑게 웃어야 했다. 그게 바로 해방감을 느끼는 소년 그 자체였기 때문에. 나는 홍 감독에게 벗을 순 있어도 웃을 순 없다고 말했고, 홍 감독은 웃지 않는다면 그 장면은 아예 의미가 없다고 말했다. 이모는 엄마에게 전화를 걸어 상황을 설명했다. 엄마나 이모나 내 편을 들어주지 않고 난감하다는 듯 굴고 있다는 게 화가 났다. 이 어른들 중에 누구도 나를 지켜주지 않는구나, 생각했다. 그날 영주 선배님이라도 함께 있었다면 조금 달랐을까. 나를 지켜준 건 어른들이 아니라 세리였다. 세리는 홍 감독에게 똑 부러지게 말했다.

"감독님, 이 장면은 필요 없어요. 차라리 저희 둘이 사랑하는 장면을 찍을게요."

사랑하는 장면?

세리가 나보다 좀 더 성숙했다는 사실을 부인할 수 없다. 나는 그때 '사랑하는 일'에 내포된 함의가 뭔지 조금도 알지 못했다. 옥상에서 내달리는 장면을 찍는 대신 우리는 그 장면을 찍었다. 소녀의 몸에 갇힌 소년은 단짝으로 붙어 다니는 친구—세리를 짝사랑하고 자기 몸이 여자라는 걸 이용해서 그녀를 손쉽게 훔쳐보고 만지며 욕심을 채운다. 그러므로 '사랑하는 장면'이 더 낫지 않느냐고 세리는 말한 것이었다. 자기 아빠가 보는 앞에서.

오랫동안 잊고 있었던 말.

"혼자 망신당하는 것보다는 같이 망신당하는 게 낫잖아."

그 장면이 지나가는데, 의외로 끔찍하다거나 부끄럽지 않았다. 세리가 내게 속삭이던 말이 떠오르는데, 왜 이제야 그 말이 기억나는지, 나는 수많은 말들을 기억하면서 왜 그 말만 잊고 있었는지 의아할 뿐이었다. 세리도 기억할지 궁금했지만 아마 극장을 나선 후에도 물어볼 수 없을 것 같다는 생각이 들었다.

극장이 밝아진 후부터 진행자인 평론가가 마이크를 잡고 이야기를 시작했다. 질문을 받기 전에 자신이 보는 〈전교생의 사랑〉에 대해서 짧게 발표하겠다고 했다. 그녀는 PPT를 띄웠다. 발표주제는 미처 생각하지 못한 것이었다. 〈전교생의 사랑〉이 말하는 사랑, 젠더리스의 새로운 가능성. 1975년 작 〈전교생〉 이후로 남녀의 몸이 바뀌는 설정은 오랜 시간을 걸쳐 클리쉐로 자리 잡았다. 1998년 작 〈전교생의 사랑〉은 그중에서도 기념비적이다. 단순히 성적 호기심이 충만한 남녀 청소년들이 서로의 몸을 바라보며 신기해하는 것을 넘어 (비록 겉과 속이 다르다고는 하지만) 여학생끼리 성적 긴장을 유지하고 있기 때문이다.

우리는 묵묵히 그녀의 발표를 끝까지 들었다. 나는 종종 세리의 표정을 살폈다. 세리는 표정을 없애려고 애쓰고 있었다. 예전에 이모가 그랬던 것처럼. 표정을 지우려는 표정.

진행자는 질문을 받겠다고 말했고 몇 사람이 우르르 손을 들었다.

"솔직히 홍 감독이 퀴어적인 마음가짐으로 연출했다고 보기는 어려운데요."

"홍 감독이야 그런 의도가 없었으리라는 건 우리 모두 알고도 남을 것 같습니다. 다만 연출 의도를 넘어서서 관객에게 어떤 현상으로 해석되는지는 조금 다른 문제인 것 같아요."

세리가 손을 들었다. 스텝이 마이크를 들고 걸어오는 동안, 나는 조금 당황스러웠다. 사람들이 알아볼까 무섭다고 했던 세리가 마이크를 잡겠다니 걱정부터 들었다. 마이크가 세리에게 건네지는 순간까지 나는 조마조마했다. 세리는 마이크를 잡자마자 자기소개부터 했다.

"안녕하세요, 저는 이세리라고 합니다."

진행자도, 관객도 모두 조용했다.

진행자는 말했다.

"네, 이세리님. 어떤 질문이실까요?"

세리도 나도 짐작하지 못했던 상황이었다. 누구도 세리를 알아보지 못했다.

"네, 저는 이 영화에 출연한 아역배우 중 한 사람, 이세리입니다."

그제야 곳곳에서 탄성이 쏟아졌다. 진행자는 눈이 휘둥그레져 몸을 앞으로 기울였다.

"아, 이세리님. 이세리님이 여기 오셨군요!"

"네, 제 친구 최민지도 같이 왔습니다."

세리는 문득 내 손을 잡았다. 최민지라는 이름 역시 누구도 단번에 알아듣지 못했다. 나는 일어서서 세리에게 마이크를 건네받아 말했다. 머릿속엔 그 말만 맴돌았다. 혼자 망신당하는 것보다는 같이 망신당하는 게 낫잖아. 그래, 그게 조금 더 낫잖아.

"저는 주연배우였던 최민지입니다."

진행자의 몸은 앞으로 너무 기울어 거의 쏟아질 것 같았다. 극장의 누군가 작게 박수를 치자 사람들이 일제히 박수를 따라 쳤다. 기립 박수만은 사양하고 싶다, 고 생각했다. 나는 다시 세리에게 마이크를 건넸다.

"저희는 오늘 이 영화 전체를 처음 봤습니다. 그래도 평론가님께서 말씀

하신 그 내용에는 동의하기 어렵습니다. 홍 감독의 모든 영화를 보신 분이 계십니까? 그 작품들을 감당할 수 있는 분이 계십니까? 저는 어렵습니다. 저희, 그, 사랑하는 장면은, 저희가 찍고 싶어서 찍은 게 아닙니다.”

사람들이 웅성거렸다. 나는 눈을 질끈 감았다. 어떤 배우도 자기가 찍고 싶은 장면을 골라 찍을 수는 없다. 그냥 홍 감독이 씨팔놈이라고 하자. 그냥 그렇게 말하고 나가버리자, 나는 세리에게 말하고 싶었다.

진행자는 그 말에 대답하지 않았다.

“오늘 이 자리에 작품의 주역이신 최민지, 이세리님이 와주셔서 영광이고요, 무척 신기합니다.”

그렇게 말할 뿐이었다.

그리 멀지 않은 옛날에 초로의 영주 선배님이 내게 장문의 메일을 보낸 적이 있었다. 민지가 공부를 잘하고 학교에 적응을 잘한다니 너무 기뻤단다, 오랫동안 그랬다, 로 시작하는 메일이었다. 그렇게 무엇이든 될 수 있다는 사실. 배역이 아니라 진짜 삶으로. 얼마나 다행이었는지 모른다. 그래도 나는 여태껏 배우 말고는 해본 것이 없고, 여전히 배우라는 직업을 사랑한다. 배우의 배(俳)라는 글자에는 광대라는 뜻도 있고 익살이라는 뜻도 있단다. 너무나 멋지지 않니. 내가 졸업한 학교 연극과의 마스코트도 광대였단다. 나는 광대가 숙명이라고 생각한다. 그러나 너희들은 선택할 겨를도 없이 배우의 삶을 살았고, 어른들의 욕심과 때론 광기에 마치 소품처럼 이용되기도 했다는 걸 안단다. 민지야, 요즈음엔 드라마나 영화에서 엔딩에 꼭 이런 문장을 붙인다. ‘아역배우의 안정을 위해 노력했고 심리치료를 병행했’고 말이야. 그 말에 값할 만큼 지켜나가는지는 내가 두 눈 똑바로 뜨고 지켜볼 심산이다. 나를 믿어다오. 그리고 〈전교생의 사랑〉이 어떤 작품이었는지에 대해서는 굳이 이해할 필요 없다. 사실 나는 그때도 지금도 너희들이 몰라도 되는 작품이었다고 생각한다.

나는 극장을 나와 세리에게 그 이야기를 해주었다.

세리는 자신도 영주 선배님께 비슷한 말을 들은 적이 있다고 했다. 〈전교생의 사랑〉이 아니라 다른 영화에 함께 출연할 때, 폭행을 당하고 길바닥에 피투성이로 버려져 있는 장면을 찍을 때, 올리고당에 빨간 식용색소를 넣어 만든 피를 혀로 깔짝깔짝할 때, 성범죄를 당했다는 것까지 보여주려면 옷을 찢어놓아야 하지 않겠느냐고 누군가 지껄일 때, 영주 선배님은 세리에게 다가와 말했다.

"이걸 왜 찍는지는 네가 굳이 이해하지 않아도 된단다."

한 번도 제대로 보지 못했던 〈전교생의 사랑〉 스텝 롤에 우리 이름이 어떻게 적혀 있는지를 우리는 봤다. 최민지, 이세리라는 이름. 극장에서 빠져나온 사람들이 우르르 세리와 나를 스쳐 지나갔지만 아무도 우리를 일별조차 하지 않았다. 세리는 이제야 비로소 알 것 같다고 했다. 아무도 나를 기억하지 않는 자유가 어떤 건지. 연극판에 있으면서도 누군가 나를 알면서 모르는 척하는 것 같았다고, 기자들 앞에 서서 죄송하다고 고개를 숙이는 그때 그 여자애로만 기억할지도 모른다고 생각했다고. 그러나 오늘에서야 정말 알겠다고 했다. 이제 사람들은 날 알아보지 못하고 내게 관심도 없다. 나무위키에 업데이트되는 서술이나, 유튜브에 잊을 만하면 한 번씩 올라오는 사이버 렉카 영상에 등장하는 자신은 지금의 이세리가 아니라 그저 대중의 허상에 있는 이세리일 뿐이라고. 오늘에서야 이세리를 떠나보내고, 자신은 끝내 돌아갈 수 없었던 중학교 스탠드에서부터 시작하겠다고 세리는 비장하게 말했다. 제 이름을 기억해 주세요, 저는 이세리입니다! 십 대 초반에 세리는 그 말을 어디에서나 외쳤다. 이제 세리는 자신을 잊어달라고 간곡하게 부탁하는 중이었다.

소설의 안과 밖에 걸쳐 있는 아이러니의 겹들
― 재현의 윤리, 매체 비판, '잊힐 권리' 등의 문제를 중심으로

손정수 문학평론가, 계명대 문예창작학과 교수

'전교생의 사랑'은 박민정 소설의 제목이면서 그 소설에 등장하는 영화의 제목이기도 하다. 이 허구의 영화 〈전교생의 사랑〉(1998)은 오바야시 노부히코(大林宣彦) 감독의 〈전교생(轉校生)〉(1982)을 원본으로 하여 제작된 것으로 설정되어 있는데, 이 영화는 실제로 한국에서 이진석 감독, 정준·김소연 주연의 〈체인지〉(1997)로 번안되어 상영된 바 있었다.(번안작의 제목이 잘 보여주듯 원작은 남녀 인물의 몸이 뒤바뀌는 설정의 모델이 된 영화이다.) 박민정의 소설을 읽어온 독자라면 실제 사실로부터 허구를 향해 도약하는 지점에서 모티프를 발견하는 이런 방식이, 작가의 대표작인 「행복의 과학」(2016)이나 「세실, 주희」(2017) 등에서도 잘 드러났듯, 어느 시기 이후 뚜렷한 궤적을 갖게 된 작가의 소설적 방법론이라는 사실을 이미 알고 있을 법하다. 이때 그 레퍼런스가 주로 일본과 관련되어 있다는 사실도 그 방식에 내포된 특징이라고 할 수 있다. 이 소설의 경우에도 '전교생'(우리의 전학생에 해당)이라는 낯선 느낌의 단어가 제목부터 그 점을 잘 보여주고 있다.

소설은 〈전교생의 사랑〉에 아역 배우로 출연했던 '나(민지)'와 세리가 성인이 되어 그 영화를 다시 보게 되기까지의 과정을 주된 내용으로 삼고 있다. 주연이었던 '나'는 열다섯에 유명 가수의 뮤직비디오 배역을 세리에게 양보하고 일찍 학교로 돌아와 '일반인'으로 자란 반면, 조연이었던 세리는 그 뮤직비디오를 계기로 배우로서 더 오래 성공했으나 모종의 사건(소설에는 이 사건이 구체적으로 서술되어 있지 않은 채, 술과 연관이 있다고 암시되어 있으며 세리가 그 사건에 대해 사과하는 형식의 기자회견을 했던 상황을 회상하는 장면이 나온다)으로 인해 더 극적으로 실패했다. 그런 힘든 시간을 딛고 일본 유학을 다녀와 연출가가 된 세리를 이제는 작가가 된 '나'가 20년 만에 대학로에서 만나게 되면서 이야기는 본격적으로 펼쳐진다.

우선 소설의 설정에서 눈에 띄는 것은 주요 인물이 배우라는 점이다. 물론 배우가 소설에 등장하는 일이 전혀 없었던 것은 아니지만 그렇다고 해도 그렇게 흔한 일도 아니다. 그런데 어느새 한국 소설 속의 등장인물은 예전과는 크게 달라진 모습을 드러내고 있다.* 박민정 소설의 경우에도 거슬러 올라가면 「아내들의 학교」(2014)에서 모델 선(과 그녀의 동성 커플인 선혜)을 볼 수 있었고, 비교적 최근에 발표된 「밤은 빨리 온다」(『현대문학』, 2022. 6)에는 영화를 전공하여 비평가와 감독이 된 수진과 수빈이 나오기도 한다. 그렇지만 이 계열에서 더 선명한 선례는 「나의 사촌 리사」(『창작과비평』, 2018 겨울) 연작에 등장하는 왕년의 아이돌 리사와 하루미라고 할 수 있다. 리사는

---

* 이런 맥락에서 2023년도의 한국 소설을 살피면 성해나의 「혼모노」(『자음과모음』, 2023 가을)에서는 새로 신 내림을 받은 신세대 무당을 한물간 박수(문수)가 질투와 시기의 시선으로 바라보고 있고, 예소연의 「아주 사소한 시절」(『현대문학』, 2023. 6)에서 초등학생이던 희조는 「우리는 계절마다」(『문학동네』, 2023 가을)에서는 중학생이 되어 일진이 된 미정을 다시 만나며, 안윤의 「담담」(『자음과모음』, 2023 겨울)에서는 바이섹슈얼 인물 혜재가 등장하는 등 소설 속 인물의 얼굴은 더 급진적으로 바뀌고 있다는 사실을 확인할 수 있다. 한편 김나현의 「모든 시간이 나에게 일어나」(『악스트』, 2024. 1/2)는 저명한 작가주의 감독의 영화에 캐스팅된 배우 나을의 이야기로 연재를 시작했다.

가수를 그만두고 삼십 대 중반의 프리터로 살아가고 있는 반면, 연예계에 남은 하루미는 사악한 계약에 의해 AV 배우로 전락한 채 지옥의 시간을 보내고 있다. 이렇게 보면 리사–하루미는 민지–세리의 원형처럼 보이기도 한다. 그런데 여기에서는 리사(와 하루미)가 그녀의 이야기를 쓰기 위해 찾아온 '나'(지연)에 의해 서술의 대상이 되고 있다. 그 과정에서 지연은 "소녀들의 워너비였으나 짜릿한 실패를 맛보고 소시민으로 겨우 살아가는 리사를 내 소설의 강렬한 인물로 등장시키고 싶을 뿐이었나"*라는 윤리적 자의식에 부딪치게 되는데, 이 단계에서 재현의 윤리는 소설 속 인물의 상황이라기보다 그 페로소나에 해당되는 인물에 투영된 작가 자신의 문제에 가까운 것으로서 제기되어 있다.**

재현의 윤리의 문제는 「신세이다이 가옥」(2019), 「백년해로외전」(『문학동네』, 2022 가을~2023 가을)에서 더욱 전면화된다. '신세이다이(新世代) 가옥'은 '나'와 부모가 경제적인 문제로 인해 한때 얹혀살았던 할머니의 집(후암동에 있던 적산가옥)을 지칭하는 것으로, 「신세이다이 가옥」은 한 가족의 역사에 드리워진 굴곡진 현대사의 그림자를 파헤친다. 그 가운데 가장 어두운 것이 바로 해외로 입양된 큰아버지의 딸 자매로, 소설의 중심에는 남동생을 찾아 프랑스로부터 한국에 온 사촌 언니(아엘)를 '나'가 만나는 사건이 있다. 작가의 산문 「타인의 역사, 나의 산문」(『문학동네』, 2018 가을)을 참조하여 읽으면 「신세이다이 가옥」에는 작가의 자전적 경험이 짙게 깔려 있는 것으로 보이는데, 장편 「백년해로외전」은 이 소설(장편에서는 이 단편이 「백년해로」로 치환되어 있다)로 인해 발생한 가족 관계 내부의 갈등이라는 메타소설적 상황 위

---

* 박민정, 「나의 사촌 리사」, 『창작과비평』, 2018 겨울, 128쪽.
** 「나의 사촌 리사」가 소설가인 '나'(지연)의 시점으로 되어 있다면, 「나는 지금 빛나고 있어요」(『현대문학』, 2019. 5)에서는 당사자인 리사의 시점으로 전환되며, 「하루미, 봄」(『황해문화』, 2020 여름)에서는 하루미를 초점에 두고 이야기가 확장된다.

에 구축되어 있다.* 이 독특한 구조로 조립되어 있는 두 소설에서 입양된 사촌 언니에 대해 작가가 가졌던 부채감은 그의 글쓰기를 추동시킨 진원으로 작용하고 있다. 그러면서 그 글쓰기 의식은 그 표현의 과정에서 재현의 윤리를 둘러싼 자의식을 동반하며 복합적이면서도 모순적인 층위를 내포하게 된다. 앞서 「나의 사촌 리사」 연작에서 확인할 수 있었던 글쓰기의 윤리를 둘러싼 자의식은 이 경우에도 "항상 더 잘 쓰고 싶다고만 생각했다. 내 작품이 누굴 기분 나쁘게 하거나 상처를 줄 수 있다는 생각은 해본 적 없었다. 원고를 시작하면 끝내야겠다는 생각밖엔 없었다. 그런 생각도 그저 순진한 창작자의 기만이었나"**라는 형태로 표현의 욕망과 뒤엉킨 채 복합적으로 나타나고 있다. 이 연속성의 맥락에서 보면 「나의 사촌 리사」 연작은 작가의 의식을 끌어당기고 있던 실제의 문제에 접근하기 위한 우회로가 아니었던가 생각되기도 한다. 「백년해로외전」에서 실제 삶의 사건과 정면으로 마주하면서 재현의 윤리 문제는 보다 심각한 아이러니의 상황을 야기하고 있다.

다시 「전교생의 사랑」으로 돌아가면, 민지와 세리는 한때 반짝이던 배우였음에도 불구하고 그 경력을 자랑스럽게 간직하지 못하고 있다. 〈전교생의 사랑〉은 원작인 〈전교생〉과 마찬가지로 청소년 관람 불가 등급이었기에 두 사람은 당시에 자신들이 직접 출연했던 그 영화를 볼 수 없었다. 성인이 된 이후에도 자신들이 성적으로 대상화된 그 장면들을 보고 싶지 않

---

* 작가는 앞서 「행복의 과학」과 그 프리퀄에 해당하는 「A코에게 보낸 유서」(2017)를 이어서 쓴 바 있었는데, 「신세이다이 가옥」과 「백년해로외전」은 그 연장선상에 있으면서도 그 상호텍스트적 구조를 보다 입체적으로 구축하고 있다고 하겠다.

** 박민정, 「백년해로외전」 2회, 『문학동네』, 2022 겨울, 422쪽. 「타인의 역사, 나의 산문」에서도 그 자의식은 "내가 오랫동안 그 사건을 마음에 품고 살았다 한들 내게 함부로 그것을 말할 자격이 있나"(『잊지 않음』, 작가정신, 2021, 74쪽)와 같이 직접적으로 드러나 있는 한편, "그것이 어째서 내 일이 아닌가"(같은 곳)라는 반대 방향의 의식과 교차되면서 중층화되어 있다.

다고 느낀다. 책임의 직접적인 당사자인 홍 감독은 알코올 중독자로 살다가 고독사해버렸고, 세리는 홍 감독과의 염문설에 시달리기까지 했다. 더구나 그 과거의 일은 한때의 좋지 않았던 기억으로 끝난 것이 아니라 '나무위키'와 같은 인터넷 매체에 왜곡된 채 '박제'되어 언제까지나 이들의 삶을 옥죄고 있다. 이 소설에서 재현의 윤리는 「나의 사촌 리사」나 「백년해로외전」과는 다르게 소설 속 인물들 사이에서 작용하는 작가 외부의 문제로 전환되어 있다. 여기에서도 화자인 민지가 작가로 설정되어 있기는 하지만, 그녀에게 글쓰기의 자의식은 뚜렷하지 않은 채 다만 세리와 함께 재현의 피해자로서의 측면만 부각되어 있다.[*]

한편 이 소설에 등장하는 나무위키와 같은 매체는 윤리적인 문제를 발생시키는 부정적인 것으로 제시되어 있지만, 박민정의 소설에서 뉴미디어는 그것이 추구해야 하는 방향에 더 가까웠던 것이 사실이다. 가령 작가의 전작 「바비의 분위기」(2017)에서 유미는 석사논문을 마무리하고 있는 중인데, '새로운 매체에 필요한 문해력'을 키워드로 하는 그 논문은 앞선 세대의 지도교수와 심사위원들의 반발에 부딪친다.[**] 새로운 세대에게 SNS는 일종의 새로운 상징계처럼 작용하고 있지만 기존의 체계를 고수하는 기성의 세대에게 그 영역은 공론장으로 인식되지 않는다. 이와 같은 학문 분야에서의 세대 갈등은 소설의 영역에도 대응되는 알레고리적 성격을 띠고 있

[*] 「미래의 윤리」(『문장 웹진』, 2022. 5)에서 대학 신입생 서아와 지도교수(황지우)의 관계 또한 이런 맥락에서 살펴볼 수 있다. 그 관계는 「백년해로외전」에서 비정년트랙 전임교수인 '나'(강주현)가 서정수를 비롯한 동료교수들 및 학생들과의 사이에서 겪는 갈등을 전도된 형태로 드러내는, 일종의 객관화의 시도로 이해해볼 수 있다.

[**] 소설 속에서 인물이 쓰고 있는 논문은 작가가 실제로 썼던 논문(「매체의 기술적 속성과 주체 구성에 관한 연구 ― 트위터(Twitter)에 드러난 기록체계와 주체화 양상을 중심으로」, 중앙대학교 석사학위논문, 2014)을 방불케 하는데, 이렇게 보면 「신세이다이 가옥」, 「백년해로외전」에서 급진화된 오토픽션적 성격은 박민정의 작품 세계에서 앞서 그 징후가 나타나고 있었던 듯하다.

다고 생각된다.

이런 관점에서 소설 속에서 서술된 "나무위키란 이상한 하이퍼텍스트였다. 세리가 봐달라고 부탁한 5-1을 잠시 잊고 나는 감독을 소개하는 페이지에 접속했다가 그의 필모그래피를 눌러봤다가 어느덧 원작 영화 〈전교생〉 페이지에 도달했다."(139쪽)는 텍스트 연결의 방식과 영화 〈전교생〉으로부터 소설 「전교생의 사랑」을 파생시키는 이 소설의 텍스트 발생의 원리를 연관시켜 바라볼 수 있다. 어떤 의미에서 나무위키와 같은 새로운 매체의 존재방식은 박민정 소설의 창작방법적 근거와 무관하지 않은 것이다. 한 비평가는 이런 특징에 대해 "박민정의 소설은 한 사람의 깊고 좁은 길이 아니라 사람들의 삶 위로 지나는 촘촘하게 연결된 도로를 우리에게 가시화하려 한다. 그래서 그녀의 소설은 작품 곳곳에 새겨진 다양한 정보에 더 눈이 가기도 한다"*고 기술한 바 있었으며, 어느 대담에서는 그와 같은 성향을 '고고학적 취미' 혹은 '흥신소적 취미'**로 지칭한 바도 있었다. 그렇지만 「전교생의 사랑」에서 매체의 문제는 자기 관련적 시선의 성찰 대상이 아니다. 앞서 재현의 윤리의 경우에도 상호텍스트적 측면에서는 그 문제가 단일한 형태도 존재하지 않았으며 그렇기 때문에 오히려 복합적인 폭과 깊이를 마련할 수 있었던 것처럼, 매체와 관련한 문제에서도 소설의 내용과 형식 사이에서, 그리고 상호텍스트의 맥락에서 어떤 아이러니를 엿볼 수 있다.

「전교생의 사랑」의 후반부에서 민지와 세리는 영상자료원에서 주최하는 '고전의 재해석' 프로그램에 참석하여 자신들이 출연했던 영화를 관람한다. 거기에는 소녀의 몸에 갇힌 소년이 벌거벗은 채 옥상을 뛰어다니는 원

---

* 송종원, 「괴물과 사실, 그리고 앎의 장치로서의 소설」, 『바비의 분위기』, 문학과지성사, 2020, 241쪽.
** 박민정·이경진, 「흥신소적 취미와 세대적 자의식」, 『문학과사회 하이픈』, 2017 겨울, 47쪽.

작의 장면을 대신하여 두 소녀가 사랑을 나누는 장면도 들어 있다. 그 장면은 민지가 놓인 곤란한 상황을 함께 감당하고자 했던 세리의 개입으로 이루어진 것이었다. 그런 내막이 새삼 환기되는 것을 계기로 민지와 세리는 다소 급하게 연대의 감정을 활성화하면서 대중의 시선과 마주할 용기를 얻는다. 영화 상영을 마친 후 이루어진 평론가의 해설과 관객의 반응에서 그들은 새로운 매체를 통해 떠다니던 대중들의 관심이 실은 자신들이 아닌 일종의 허상을 향하고 있었다는 사실을 깨닫기에 이른다.

이처럼 「전교생의 사랑」은 자의식으로 인해 복잡하게 교란된 시선과는 거리를 두고 있기에 어떤 의미에서는 더 안정된 방식으로 소설적 문제를 다루고 있는 듯하다. 그렇지만 또 다른 관점에서 바라보면 이 소설은 「나의 사촌 리사」 연작에 담겨 있던 재현의 윤리의 문제에서 작가의 자의식과 연관된 부분이 「신세이다이 가옥」과 「백년해로외전」을 쓰는 과정에서 증폭된 방식으로 처리되고 남은 상태처럼 보이기도 한다. 그렇기 때문에 이 소설은 가해자 남성(홍 감독)과 피해자 여성(민지와 세리)이라는 박민정의 초기 소설의 구도로 되돌아간 인상을 주기도 한다.

이런 상태는 다소 과열된 형태로 진행되었던 「백년해로외전」의 연재에서 그 원인을 찾아볼 수 있지 않을까 싶다. 두 회를 발표하고 한 회의 휴재를 거쳐 다시 두 회를 더 이어 마친 그 과정은 중간의 휴지기를 사이에 두고 텍스트의 성격에서 그 전후가 대조되는 측면이 있다. 곧 다소 흥분된 전반부와 그것을 진정시키면서 결말로 수습하는 후반부로 대비되고 있는 것이다. 대략 휴재의 시기에 발표된 단편 「아직 끝나지 않은 여름」(『웹진 비유』, 2023. 3)에는 이 기점이 소설 안에서 "나로 말할 것 같으면 옛 친구들이라는 대륙과 지금의 친구들이라는 대륙 사이에 어정쩡하게 발을 걸치고 있는 중이다. 어쩌면 그것도 내 착각인지 몰랐다. 나는 나라는 사람의 성분이나 소속을 제대로 모르고 있는지도 몰랐다"*라는 표현을 통해 간접적으로 언급되어 있기도 하고, '작가노트'와 같은 곁텍스트에서는 "요즈음 나의 참주제는 '제대로 잊어버리는 일'이다. 한때 나는 『잊지 않음』이라는 산문집을 내기도 했다. 그러나 인생의 중요한 전환 이후에 오히려 끝내 잊어야 할 일도 있다는 것을 깨달았다"**라는 직접적인 발언의 형태로 제시되어 있기도 하다. 이런 맥락을 들여다보면 「전교생의 사랑」은 매끄러운 표면과는 달리 자기를 대상으로 한 긴장된 글쓰기의 피로로 인해 위축된 주름을 내포하고 있는 텍스트라고도 할 수 있다. 그 주변의 다른 소설들과 맞물려 있는 부분을 상호텍스트적 시선으로 펼쳐보면, 그 텍스트의 심층에서는 표현의 충동과 망각의 욕망이 또 하나의 아이러니를 이루고 있다.*** 표면상으로는 서로 상충하는 모습으로 비칠 수도 있는 이 여러 겹의 아이러니가 작가가 이후의 이야기로 도약할 수 있는 스프링보드가 되기를 기대해본다.

* 박민정, 「아직 끝나지 않은 여름」, 『웹진 비유』, 2023. 3.

** 위의 글.

*** 「전교생의 사랑」 이후에 발표된 「헤일리 하우스」(『릿터』, 2023. 8/9)에서는 '잊힐 권리'라는 문제의식이 좀 더 진전된 형태로 나타나고 있는 듯하다. 「아직 끝나지 않은 여름」에 나오는 한 남동의 영어유치원에 이어져 있는 헤일리 하우스를 배경으로 문해력 입주 가정교사 '너'에 초점을 맞춘 이 소설의 시점 형식은 자기로부터 한층 더 멀어진 이야기를 향하고 있다고 생각되기 때문이다.

투오 브어스

박솔뫼

2009년 자음과모음 신인문학상으로 작품 활동 시작.
소설집 『그럼 무얼 부르지』『겨울의 눈빛』『사랑하는 개』
『우리의 사람들』『믿음의 개는 시간을 저버리지 않으며』,
장편소설 『을』『백 행을 쓰고 싶다』『도시의 시간』『머리부터 천천히』
『인터내셔널의 밤』『고요함 동물』『미래 산책 연습』 등이 있음.
문지문학상, 김승옥문학상, 김현문학패, 동리목월문학상 등 수상.

투오브어스

이건 강주가 움직임연구회에 다닐 때의 이야기이다. 작년 이맘때 강주는 움직임연구회에서 진행하는 움직임워크숍을 8주간 들었다. 움직임연구회는 움직임연구회 중부지구라는 간판을 달고 있었다. 그러니까 서울에 이런 곳이 몇 군데 더 있을 것이다 아마도. 중부시장 근처라고 해야 할까. 중부시장 안에 있다고 해도 될 것 같다. 중부시장 왼쪽 끝에서 동대문을 향하는 골목에 위치한 건물 3층에 연구회는 있었다. 시장 건물들이 전부 어디 하나 꼽을 수 없게 다 오래되었기 때문인지, 과장하지 않고 모두 최소 50년은 넘어 보이는 것들이었고, 그래선가 연구회가 있는 건물은 지은 지 20년이 넘어감에도 그 사이에서는 새 건물처럼 보였다. 움직임연구회는 개개인의 움직임을 스스로가 이해하고 각자 원하는 움직임을 찾아가도록 돕는 것을 목표로 분기별 워크숍을 중심으로 운영되는 공간이었다. 강주가 좀 더 다녔다면 개개인의 움직임을 이해한다는 것이 무슨 뜻인지 이곳 사람들이 하려는 것이 정확히 어떤 것인지 조금 더 깊이 이해할 수 있었겠지만 두어 달 워크숍에 참가한 것으로는 대략적인 분위기만 읽을 수 있을까 말까 한 정도였다.

워크숍 첫 시간에는 각자 자기소개를 했다. 워크숍에 처음 참가한 사람들이 절반쯤 되었고 이전에 워크숍에 참가했던 사람들이나 기존 연구회 멤버들이 절반쯤 되었다. 자기소개는 평범하게 이름과 이곳에 오게 된 계기나 이유 같은 것을 말했는데 진행자는 이야기를 하다가 평소 자신의 움직임을 보여줄 수 있으면 보여달라고 했다. 사람들은 어색해하면서도 걷거나 앉아서 뭔가를 하는 모습을 보여주었고 머뭇거리는 사람들 옆으로는 연구회 멤버들이 천천히 다가가 그 사람의 움직임과 연결된 보다 크고 분명한 움직임을 보여주었다. 그날 강주 옆으로는 보훈이 다가와 천천히 팔을 붙이고 팔을 천천히 흐르게 하였다. 강주와 보훈은 등과 등을 맞대고 팔을 움직였다. 강주는 자신의 움직임에 어색함을 느낄 때가 많았는데 그날 보훈과 함께 움직였을 때는 느껴본 적 없던 편안함과 부드러움을 느꼈고 보훈과 만든 이 움직임 경험은 오래도록 강주에게 남아 이를 반복하고 또 반복하게 하였다. 애리는 첫날에는 참석하지 않았고 두 번째 시간부터 나왔는데 두 번째 시간에 애리와 강주는 움직임 파트너가 되었다. 움직임연구회에서 만나게 된 애리와 강주는 그렇게 한동안 자주 만나고 함께 어울렸다.

첫날은 왜 안 나오셨어요?

첫날에는 뭐든 별거 안 하잖아요. (애리 웃음)

그렇기는 해요. (강주 웃음)

두 사람은 두 번째 시간에 함께 파트너가 되어 서로의 호흡을 지켜보며 어떻게 숨을 들이마시고 내쉬는지 서로에게 알려주었다. 강주는 그 시기 저녁 여덟 시에 동대문 상가 안 카페에 출근해서 동대문 여기저기에 커피를 배달한 뒤 아침에 퇴근하였다. 일주일에 5일을 그렇게 근무했고 수요일 오전에는 움직임워크숍에 참가했다. 워크숍에 참가하지 않을 때는 걸어서 근처를 걷다 지하철을 타고 집으로 돌아가 집안일을 하다 잠이 들었다. 워크숍은 즐거웠지만 일을 하다 와서인지 늘 조금 졸리고 피곤했다. 애리는 무릎 꿇고 앉아 강주가 숨을 크게 들이쉬고 잠깐 멈췄다가 다시 내쉬는 것을 보고 강주는 어느새 잠이 들 듯 말 듯 반걸음 더 가면 잠이 들어버리는 곳으로 향해가고…… 애리는 고개를 돌려 주변에 조용히 하라는 듯이 손가락을 입에 가져간다.

강주는 퇴근하면 지하철을 타고 집으로 돌아갔지만 어떨 때는 그 주변을 한참 걷다가 벤치에 앉아 커피를 마시거나 벤치에 누워있거나 할 일 없이 가다 보이는 동대문 상가에 들어가 이곳은 왠지 유난히 조용하다고 생각하다가 화장실에 들어가 창을 통해 밖을 내다보거나 했다. 워크숍 두 번째 시간 후에는 애리와 함께 근처를 걸었다. 애리와 강주는 러시아 빵집에서 치즈가 든 빵과 커피를 사서 공원에 앉았다. 빵은 크고 둥글고 마치 쿠션같이 안으면 안심이 되고 한참을 먹어도 절반도 다 먹지 못해 나중에는 무릎 위에 두었다. 햇빛이 반짝이고 공원은 둥글고 공원 안에는 스케이드 보드용으로 놓인 여러 곡선으로 된 조형물 몇 개가 있었다. 커피를 마시며 모든 것을 바라보았다. 보더들이 곡선을 그리며 지나가고 넘어지고 이런 소리는 한참을 들을 수 있을 것 같아. 그런 생각을 하며 여전히 덩어리로 남은 빵의 무게를 잠깐 의식했고.

애리는 작고 마른 체형에 긴 머리를 양쪽으로 묶고 있었고 팔다리는 유난히 길고 눈이 먼저 웃는 흰 얼굴에 덧니까지 있어서 강주는 보자마자 만화에서 튀어나온 것 같다고 생각했는데 막상 함께 손바닥을 맞대고 힘을 줘보거나 탄력 있는 끈을 잡고 당기거나 하면 힘이 세서 신기했다. 벤치에 앉아 있는 자세도 꼿꼿했다. 흐트러짐 없이 앉아 있던 애리는 저 근데 보드도 꽤 타요 말하더니 주머니에서 휴대폰을 꺼내 영상 몇 개를 보여주었다. 영상 속 애리는 방금 회색 비니를 쓴 남자애가 계속 넘어지던 조형물 위를 가볍게 타서 내려가고 있었다. 강주는 화면을 보다 애리를 보다 눈앞의 유유히 흘러가는 움직임들을 보다가 애리를 보다가 애리는 역시나 눈으로 생글거리고 있었다.

아 그래서 이전에 여기 와봤다고 했었던 거군요.

네. 한참 탈 때는 뭐 맨날 왔어요.

그날 공원에서 보드를 타는 사람은 다섯 명이었는데 모두 비니를 쓰고 있었고 모두 반스를 신고 있었다. 두 사람은 카고 팬츠였고 나머지는 면바지였다. 세 사람은 외국인으로 보였는데 다섯 명 모두 이곳에 익숙해 보였다. 약속도 하지 않고 매일 이곳에 와서 만나고 움직이고 구르고 부딪히는 사람들 같았다. 보드는 운동이라고 해야 할까 놀이일까, 움직임워크숍을 듣고 있어서인지 강주는 더 고민하지 않고 이걸 움직임이라고 치기로 했다. 너무 세상 모든 것이 움직임 같지만 아무튼. 이걸 움직임으로 보기로 해서 그렇게 보이는 것인지 모르겠지만 스케이트보드는 왠지 조금 평등한 움직임처럼 느껴졌다. 누군가 월등히 잘하는 사람이 나타나면 이곳의 흐름이 다르게 보일지도 모르겠고 다섯 사람 중 꼽자면 누가 제일 잘 타고 누가 제일 못 타고를 꼽을 수야 있겠지만 신기하게 잘하고 못하고를 굳이 구분하게 되는 움직임은 아니었다. 그게 보드라는 움직임의 특징일까. 그 생각을 입 밖에 낸 건 아닌데 애리도 그런 말을 했다. 보드는 못하는 사람도 못한다는 생각이 막 들지 않아서 좋아요. 그런 게 먼저 보이는 운동이 아니라서 저는 좋아해요. 물론 뛰어나게 잘하는 사람은 다르지만요.

달라요?

완전히. 완전히 달라요. 근데 그건 어떤 것이든 그래요.

애리는 궁금하면 나중에 자기가 가지고 오겠다고 말했다. 강주는 좀 더 다른 사람들이 타는 것을 보다가 부탁하겠다고 말했다. 나란히 한참 구경하다가 애리는 다음에 보드 이야기를 더 해주겠다고 하고 돌아갔다. 강주는 여전히 쿠션 같은 빵을 안은 채 누워서 바퀴가 바닥을 부드럽게 지나는 소리 부드럽게 지나다가 넘어지는 소리 보드가 바닥에 부딪치는 소리를 들었다. 나는 이 소리를 계속 들을 수 있어. 계속 듣는 것은 계속 보는 것보다 힘들지 몰라. 그럴까? 둘 다 힘든 일이겠지만 계속 듣는 것은 생각보다 힘이 드는 일일 거야. 그러나 그날은 바퀴가 바닥을 지나가는 소리를 이후에 언제라도 다시 불러낼 수 있을 정도로 그러니까 그 소리를 외울 정도로 오래 듣다 공원을 나섰다. 공원 옆에는 국립의료원과 미극동공병단이 마주 보고 있었다. 미극동공병단은 공사 중이었고 한창 포클레인이 오가고 있었고 그 뒤로는 갈색 지붕에 노란 벽으로 된 낮은 막사 여러 개가 똑같은 간격으로 서 있었다. 건물은 아파트처럼 숫자가 쓰여 있었다. 흰 원 안에 검은색으로 A라고 쓰여 있었고 A 아래에는 A01-A17이라고 더 작은 글씨로 쓰여 있었다. 공병단 부지는 한국전쟁 발발 직후 이승만 정부가 미군에 내어준 공간이었고 맞은편 국립의료원은 1958년 스웨덴 덴마크 노르웨이 스칸디나비아 3국의 지원으로 시작된 곳이었다. 강주는 동대문에서 일을 시작하게 된 후로 거의 매번 퇴근 후 습관처럼 공원을 지나 50년대와 미극동공병단과 스칸디나비아와 국립중앙의료원을 생각해보는 것도 아니고 상상해보는 것도 아니고 잠깐씩 머금다 내쉬었다. 피곤할 때는 그냥 지나갔지만 보통은 멈춰 서지 않을 수 없게 하는 오래되고 낮은 건물들. 두 건물이 마주한 길을 지날 때면 50년대라는 것이 자신을 끌어당기는 느낌을 받고 끌어당기는 것이 아니라 팽팽한 줄로 낚아채는 것에 가깝고 그런데 끌려가며 뒤돌아보아도 자신을 당기는 것이 뭔지 지켜보고 또 지켜보아도 알 수 없고 반복하고 또 해서 이 생경함이 아무것도 아니게 되어야 그게 뭔지 알 수 있을지. 그러나 그전에 미극동공병단 부지 공사는 아무렇지 않게 시작되어 끝이 날 것이다. 그러면 이제 50년대는 어디로 가게 되는 건지?

그런데 한국 안에 있더라도 미군기지는 주소지가 한국이 아니라던데 그 이야기를 어디서 들었더라…… 강주는 그런 생각을 하며 미군기지 건물을 지나 아마도 서울시 중구 을지로 6가일 거리를 걸었다.

다음 시간이었나 그다음 시간이었나 워크숍이 끝난 후 커피를 마시다 애리가 보여준 것은 보드를 타는 머리 긴 남자였다. 알렉스라고 했는데 보드를 타다 만났다고 했다. 열여덟 살이었고 엄마랑 같이 살고 엄마는 이 근처에서 가게를 한다고 했다. 둘이 함께 다니며 이상한 취급을 많이 받았는데 그도 그럴 것이 애리는 서른이 넘었고 그때도 지금도 일정한 직업이 없었고 그게 문제는 아니라 알렉스는 열여덟이었고 학교에 다니지 않았다. 두 사람은 여러 일을 겪고 이제 친구 사이라고 했다. 친구라고 해도 한동안 못 봐서 사실 지금은 무얼 하는지 모르겠다고. 그때 애리는 알렉스의 엄마와 함께 퇴근해서 근처에서 늘 술을 마셨다고 했다. 보통 맥주랑 치킨을 먹었고 알렉스 엄마는 이름이 영아인데 나랑 영아 씨랑 이야기를 계속하고 알렉스는 늘 듣고 있다가 나를 데려다주고 집에 가고 집에 가서는 동생들을 돌봤어요.

강주는 그래서 알렉스가 보드를 엄청나게 잘 탄다는 식으로 이야기가 흘러가는 건가 잠깐 생각하다가 이 이야기는 뭐지? 아 이건 그런 식으로 흘러가는 이야기가 아니야 하고 어느 순간 불현듯 알아차리게 된다. 이건 이렇게 저렇게 흘러가는 이야기가 아니고 그런저런 이야기도 아니고 그냥 애리의 말 애리가 하는 말이었고 애리의 입에서 나오는 말을 바퀴처럼 부드럽게 구르다 넘어지다가 다시 보드를 주워들고 움직이는 말을 그 말을 그대로 들으세요. 강주는 그렇게 마음을 먹고 애리가 하는 말로 향하기 위해 한참을 헤매다 어느 지점부턴가 가까스로 그곳에 다다르게 되었다.

모르겠어요 저는 늘 제가 알던 사람 중에 알렉스가 가장 어른이었다고 말해요. 실제로 그랬고. 알렉스는 늘 침착하고 화를 내지 않았거든요. 다른 사람의 이야기를 잘 들어요. 다른 사람의 이야기를 들으며 그걸 잘 받아내고 있었어요. 늘 듣는다는 것이 얼마나 하기 어려운 결단인지 나는 알렉스를 생각하면 놀라게 되요. 알렉스가 늘 듣고 있었다는 거요. 다른 사람의 이야기를 떠맡았다는 거요.

　몇 번 안 만나봤지만 애리는 함께 있을 때도 웃거나 짧게 대답하는 게 다였고 그보다는 움직임이 두드러지는 사람이었는데 고전무용을 오래 했다고 했고 이런저런 춤과 운동을 계속 배웠다고 들었고 그 이야기를 듣지 않았더라도 서 있는 모습만 봐도 이 사람이 남들과 다른 움직임을 가졌다는 것을 알 수 있게 서 있었다. 애리는 매번 바르게 서 있는 움직임을 했다. 애리의 이야기를 듣다가 강주는 문득 이 사람도 마음을 먹으면 길게 이야기를 하는구나 생각하다가 팔을 천천히 아주 조금씩 옆으로 뻗었다. 워크숍 첫 시간에 보훈은 자연스럽게 강주의 등 뒤로 다가가 부드럽게 팔을 옆으로 뻗었다. 왜 팔과 팔이 나의 팔과 다른 사람의 팔이 함께 움직이는데 자연스럽고 편안할까 강주는 그 이후로 틈이 나면 종종 팔을 천천히 옆으로 뻗었다. 애리는 강주의 뻗은 팔 위로 천천히 자신의 팔을 포개다가 강주의 손등에 손을 겹쳤다. 힘을 줘서 깍지를 꼈고 애리는 아플 정도로 힘을 주어 한참을 그렇게 강주의 손에 깍지를 끼고 있다가 손을 풀었다.

　잘 듣는다는 거요. 그 사람은 어떻게 잘 듣는 거예요? 고개를 끄덕이면서?
　끄덕이기도 하고(애리 웃음). 모르겠다. 모르겠어요. 설명이 잘 안 되는 것 같아요. 다른 사람들은 그렇게 듣지 않기 때문에 그렇게 듣는 것이 어떤 것인지 설명하기가 어려워요. 잘 듣고 잘 들으면서 필요할 때 그 사람을 바라보고 그리고 계속 듣는 거 같아요. 아니 아니다. 잘 모르겠어요.

　그러고 나서 강주와 애리는 스케이트 보드 영상을 한참 보다가 헤어졌다. 강주는 알렉스의 엄마인 영아라는 사람이 어쩌면 애리와 비슷한 또래일 수도 있겠다는 생각을 하다 말았다. 아닐 수도 있겠지만 또 그럴지도 모르겠다 생각하다가 도무지 상상할 수 없는 것들 1950년대의 서울을 상상해보지만 상상할 수 없었고 그러나 왜 상상을 해야 할까. 50년대에 만들어진 것들이 이렇게 눈앞에 있고 그것이 떠나고 바뀌고 무언가 들어갔다 나오는 것이 이렇게 눈앞에 있는데 이것이 이 눈앞의 것이 그대로 1950년대의 것이라고 믿어버릴 수는 없는 것인가. 잘 듣기 위해 애리를 따라가고 애리를 바라보다가 알렉스라는 본 적 없는 사람의 존재를 그대로 믿어버린다. 그렇게 곧이곧대로 해보면 어떨지. 곧이곧대로라는 것이 절대로 쉽지 않으니까 한번 해보면? 그러면? 그러다가 문득 화면 속 알렉스가 애리가 말하기 전에는 열여덟 살로 보이지는 않았던 것이 떠올랐고 그렇다면 처음 느낌으로는 몇 살로 보였을까 기억을 더듬어보았지만 희미하다. 외국인 같았지만 어느 나라 사람인지는 모르겠고 나이는 스물다섯 정도로 생각했었나. 그러고 보면 애리도 서른이 넘은 것으로 보이지는 않는다. 그러나 본 적도 없는 영아 씨만은 왜인지 생생하게 머릿속에서 떠올랐다. 애리와 비슷한 나이지만 애리보다 열 살쯤 많아 보이는 노란색 염색을 하고 눈썹 문신을 한 가슴이 크고 자신을 꿰뚫어 볼 것 같은 눈빛의 사람을 이미 알고 있는 것처럼 여기면서 강주는 그 사람을 조금씩 좋아하게 되었다.

일할 때 시간은 잘 갔다. 강주는 몇 개월 전까지 천안의 문화재단에서 5년 넘게 일을 하다 퇴직을 하고 서울로 돌아온 참이었다. 그간 이런저런 일들을 해보았고 어려운 일도 있었고 그럭저럭 할 만한 일들도 많았지만 어쨌거나 사무실 안에서 일을 할 때는 시간이 안 간다고 느낄 때가 많았는데 상가에서 일을 하면서부터는 시간이 정말 무서울 정도로 잘 갔고 어느새 아침이 되었구나 하고 거의 매번 새삼스럽게 놀랐다. 강주는 발을 빠르게 움직여 상가 안을 오가며 배달을 했고 어쩌다 사장이 배달을 나가거나 잠시 자리를 비울 때는 서서 주문을 받고 결제를 하고 음료를 만들었다. 사장은 친구 성민의 사촌이었는데 일을 그만두고 잠시 쉬는 강주에게 마침 사촌이 일할 사람을 찾는데 해보겠느냐고 권해서 시작하게 되었다. 시간이 잘 간다는 것이 정해진 것을 한다는 것이 좋았고 그러다가 요즘은 상가 안에서 머리를 묶은 남자를 볼 때면 아 알렉스인가 별 이유도 없이 그런 생각을 잠깐 했다. 세상에 그런 사람이 있다고 해. 강주는 종종 어딘가에 잘 듣는 사람이 있다는 것을 떠올리면 지금은 아니라도 언젠가 무언가를 말할 수 있다는 생각에 닥쳐오지도 않은 고난을 맞이할 수 있을 것 같은 기분이 들었다. 강주는 고난을 등에 인 채 자신의 이야기를 들을 사람을 향해 한 발씩 머나먼 곳으로 걸음을 옮기는 자신의 모습을 그려보았다. 그건 축복인가요 고통인가요 강주는 둘 다 아니고 책임 아닌가 생각했다. 제대로 듣는 사람을 듣기 위한 마주하기 위한 책임 같은 것을 왠지 져보고 싶은 생각. 그러다 팔을 뻗어보기도 하고 팔을 뻗다가 문득 그런데 정작 자신은 애리의 이야기를 듣는 것이 힘들었다는 생각을 하고 그럴 때면 걸음을 멈추고 내가 지금 어디에 있는 거지 생각하다가 다시 손에 든 영수증을 확인하고 길을 잘못 들었음을 알아차리고 가야 할 곳으로 되돌아갔다. 애리가 다른 이야기를 했다면 듣는 것이 어렵지 않았을까 글쎄 모르겠지만 아마 아닐 것 같아.

자주 생각한다고 해도 알렉스가 어떤 사람인지는 당연히 알 수 없었다. 아니 조금 익숙해진 듯한 느낌도 들긴 했지만 그래도 역시 알 수 없는 사람이었다. 그러나 애리의 말처럼 누구도 그 사람처럼 듣지 않는다는 말을 생각하면 강주 역시 그 사람이 누구와도 다른 사람 그러니까 어디에도 없는 잘 듣는 사람으로 살아가고 있다고 생각할 수밖에 없었다. 그렇게 믿다 보면 알렉스라는 이름은 잘 듣는다는 움직임에 붙어서 그 사람이 어떤 사람인지는 점점 사라져갔다. 그런 식으로 강주는 잘 듣는다는 것 그리고 팔을 천천히 뻗기 그 두 개를 자신에게 던지고 받으며 배달을 했다. 그러는 동안 시간은 흘러갔다. 그 속도가 빠르다고 강주는 늘 새삼스럽게 느꼈다.

애리는 한동안 워크숍에 나오지 않았고 강주는 변함없이 아침에 퇴근하여 공원에서 커피를 마시고 커피를 다 마시면 공사 중인 공병단 부지와 사람들이 오가는 국립중앙의료원을 지나 걷다가 지하철역으로 향했다. 이른 아침에는 보드를 타는 사람들이 드물었는데 어쩌다 보드를 타는 사람들이 있으면 구경을 하다 바퀴가 구르는 소리를 듣고 바퀴가 구르며 다가오다 멀어지는 소리와 지하철이 지나는 소리가 겹쳐지다 각자 갈 곳으로 나아가는 소리를 따라갔다. 소리들은 울리다 퍼져나갔다.

어느 이른 아침에는 긴 머리를 묶은 채 혼자 조용히 타고 있는 보더를 보았는데 이전에 애리가 보여주었던 얼굴이 어떤 얼굴이었는지 이미 희미했고 그 사람이 누군지 알 수 없었지만 강주는 알렉스라고 생각하였다. 너는 알렉스에게 무슨 이야기를 하고 싶어? 마치 그를 거의 신부님처럼 생각하는 것처럼 스스로에게 묻다가 강주는 일어섰다. 일어나서 알렉스 불러보았는데 소리는 구르는 바퀴 소리와 함께 사라졌다.

강주는 워크숍이 있던 날도 아닌데 그날은 바로 집으로 가지 않고 연구회로 가 천천히 이전에 배웠던 것을 반복해보았다.

저는 이걸 아무래도 다시 해야겠어요.

강주는 문을 열고 들어온 보훈에게 기다렸다는 듯이 팔을 다시 움직여보고 싶다고 말하고 보훈은 일단 일어서보라고 말한다. 일어선 강주 뒤로 보훈은 등을 맞대고 천천히 팔을 뻗는다. 이것을 반복해도 처음 같지 않지만 지금은 지금대로 다른 흐름으로 움직이고 있었다. 보훈은 강주에게 들으며 움직이라는 것처럼 천천히 깊게 숨을 들이마시고 내쉬고 강주는 그것을 따르며 팔을 뻗어 나가다 잠시 들리던 숨소리를 놓치고 하지만 숨 쉬고 팔을 움직이고 모든 것이 잘 흘러가는 순간들이 이곳에 잠시 머물다 간다. 어느 순간 강주는 자신이 방금 전에 머물던 곳에 다른 누가 팔을 천천히 움직이며 지나가고 있음을 알아차린다. 나는 여기서 아까와 다른 것을 해보고 또 해봐야 하는데. 강주는 거기 있는 사람이 질투가 났지만 자 다시 깊게 숨을 들이마시고 마주한 두 팔을 따르며 천천히 뻗어 나가세요…… 그리고 그 말을 따라 천천히 움직였다.

다음에 할 때는 다르게 느껴지실 거에요.
지금도 달랐어요.
그렇죠?
그대로 다시 하고 싶어요.

보훈은 그건 안 된다고 했다. 강주 역시 다시 하고 싶다고 말을 하면서도 저도 안 되는 것 알아요 라고 이미 얼굴로 말하고 있었다. 강주와 보훈은 연구회를 나와 시장 근처에서 칼국수를 먹었다. 보훈은 형이 근처에서 가게를 하고 있어서 얼마 전까지 형을 도와 일했다고 말했다. 원래는 춤에 관심이 많았는데 요즘은 재활이나 치료에 더 관심이 많아서 혼자서 공부를 하고 있다고 했다. 팔을 흐르게 할 때의 보훈과 칼국수를 먹는 보훈은 다른 사람 같지 않고 같은 하다의 사람으로 움직이고 있었고 강주는 보훈과 함께 잠시 머물던 모든 것이 잘 흘러갔던 순간의 자신에게 말을 걸었다. 나는 천천히 다시 팔을 뻗어볼 것이고 그것을 여러 번 반복하고 그러면 너는 언제 자리에서 일어나고 밥은 어디로 먹으러 가게 될까.

보훈은 언젠가 시간이 지나서 워크숍에서 움직였던 것들 오늘 팔을 뻗었던 것들이 기억이 날 때가 있을 것이라고 했다. 아마 당장은 실감하지 못할 거지만요. 강주는 어렴풋하게 그 말을 이해했다. 사실 확실히 이해하고 있다고 생각하지만 아직 앞으로의 시간은 강주에게 들이닥치지 않았으며 앞으로는 앞으로도 거듭되며 변형될 것이므로. 그저 기다려보겠다고 생각한다. 보훈과 시장 입구에서 헤어져 손을 흔들고 공원을 향해 걸었다. 아침에

봤던 머리 긴 보더는 보이지 않았고 공원 안에 있는 체육관으로 배드민턴 채를 든 사람들이 들어갔다. 아직 봄은 오지 않았지만 이제 한겨울처럼 춥지 않았고 강주는 더 오래 여기에 이렇게 앉아 있을 수 있다. 강주는 이곳에 앉아 바퀴가 구르는 소리를 듣다가 극동공병단 부지를 포클레인이 파내는 것을 볼 것이다. 그러면 50년대가 사라지고 어떤 시간은 꿀꺽 삼켜져버린다는 것을 목격할 수 있을지도 모르겠다.

애리가 다시 워크숍에 나온 것은 마지막 시간이었다. 개인적인 일로 조금 바빴고 바쁜 일이 끝나고는 몸살이 나 며칠 앓았다고 했다. 강주는 앞에 선 애리의 어깨에 손을 얹고 가까워진 듯하지만 문을 열고 나가면 애리는 왠지 곧 사라질 사람 같다고 느낀다. 워크숍에 참석한 사람들은 첫 시간에 했던 것처럼 둥글게 서서 첫날 했던 자기소개를 다시 해본 뒤 간단한 감상을 이야기하였다. 강주는 애리에게 팔을 뻗는 일을 도와달라고 말했다. 강주는 몇 주 전처럼 이름을 이야기하고 평소 스스로의 움직임을 어색하게 느낄 때가 종종 있었는데 우연히 간판을 보고 이곳에 오게 되었다고 말한다.

첫 시간에 팔을 천천히 흐르게 하는 움직임을 해보았는데 여전히 저는 제가 움직일 때 낯설고 어색한 순간이 있지만 다른 사람의 팔이 함께 움직일 때 더욱 편해지는 경험을 하게 되었습니다. 그걸 어떻게 다시 반복할지가 요즘 자주 생각하는 거예요.

강주의 팔은 천천히 뻗어 나가고 강주보다 키가 작은 애리는 강주의 어깨에 고개를 기대며 천천히 강주의 팔을 따라 흐른다. 애리는 강주에 이어서 평소 움직임에 관심이 많아서 참여하게 되었는데 결석을 많이 하게 되어 아쉽다고 말한다. 다음에 참석하게 되면 결석 없이 나오겠다고 말하고 웃으며 인사했다. 그렇게 한 사람 한 사람 이야기가 이어지며 마지막 시간이 지나갔다. 애리와 강주는 이전처럼 커피를 사서 공원을 향해 걸었다.

저 얼마 전에 알렉스 같은 사람을 봤어요.
머리 긴 사람?
네. 근데 아니었을 것 같아요.
응. 알렉스는 이사를 갔거든요. 아니었을 것 같지만 근데 아 왠지 누구를 말하는지 알 것도 같아요.

워크숍을 나오지 않을 때 애리는 친구의 부탁으로 학원의 무용수업을 맡아서 하게 되었다. 애리는 8월까지 하기로 한 그 일이 끝나면 부모님이 계시는 창원으로 가야겠다고 가볍게 마음을 먹고 있었다. 그러던 어느 주말에는 광주로 가게를 옮긴 영아 씨를 만나러 갔다. 애리는 이전처럼 영아 씨와 맥주를 마시고 말린 오징어를 먹고 웃고 이야기하다 나와 오랜만에 알렉스를 만났다. 애리와 알렉스는 함께 보드를 타며 알게 되었고 보드를 타는 사람들은 두 사람의 만남을 이상하게 여기지는 않았다. 이상하게 여기지 않았다기보다 대부분 알렉스 보다 서너 살 많은 남자애들이었고 두 사람의 일에 무관심했다. 함께 타던 케이시라는 친구가 애리에게 어린 애와 어울리지 말라고 경고한 뒤 아는 척도 하지 않기는 했다. 그렇다면 누가 두 사람의 어울림을 나쁘다고 말한 거지? 영아 씨와 보드를 함께 타던 서너 사람을 뺀 모든 사람들이. 두 사람이 함께 만날 때 그 시기는 6개월 남짓이었지만 애리는 알렉스의 집에 갔던 적이 있었다. 그때 문을 열자 이전에 만난 적 있던 5살 7살인 알렉스의 동생 승희와 우진이 애리에게 안겼다. 애리는 아이들과 함께 노래 부르고 춤을 추다가 사 온 김밥과 떡볶이를 나눠 먹었다.

책을 읽어주고 싶어.
책이 없어.

애리는 벽에 그려진 낙서를 보며 이게 누가 그린 것이냐고 물었다. 승희가 나! 했다. 애리는 책을 읽어주는 대신 낙서로 짧은 이야기를 지어내서 말했다. 이 공주의 이름은 승희인데 승희는 애리라는 친구가 있었어요······ 웃으며 좋아하는 승희. 알렉스는 빨래를 세탁기에 돌리고 있었고 애리는 빨래가 돌아가는 소리를 들으며 승희를 끌어안은 채 집을 둘러보았다. 따뜻한 온기와 먼지가 구분되지 않고 떠다녔고 그것이 온기의 본질일지도 모르겠어요. 애리가 승희를 내려다보았을 때 알렉스를 포함한 방에 있는 모든 아이들이 자신을 허약하고 위태로운 오갈 곳 없는 사람으로 여기고 있다고 그 순간 애리는 분명하게 느낀다. 애리는 알렉스가 자신을 사랑하지 않고 사랑한 적이 없고 그보다는 안타까워하고 있음을 알아차리지만 동시에 그것이 자신이 바라고 원하는 애정의 형태이기도 하다는 걸 깨닫는다. 그러나 그런 판단을 하고 있는 어딘가 남아있는 냉정한 자신의 목소리도 잘 들으려는 듯이 애리는 승희가 그린 그림에 귀를 대어보고 그러면 승희가 웃으며 애리에게 안긴 채 나란히 벽에 귀를 댄다.

이건 뭐지?
나!
벽이야.
(승희 웃음)
벽!
나!

빨래는 돌아가고 애리는 베란다 벽에 기대어 노래를 부르는 알렉스를 본다. 그 순간은 그가 모두의 보호자처럼 보이고 그에 응하듯 그는 팔을 벌린다. 애리는 알렉스에게 안기고 애리의 등을 승희가 안는다. 바닥에 앉아서 놀고 있던 우진이 세 사람을 보며 웃는다. 아주 오래전에 자신이 알렉스보다도 어렸을 때 이런 시간이 자신에게 찾아왔었다는 것을 애리는 기억해낸다. 그때 애리가 팔을 벌려 안았던 사람은 애리와 닮은 여자애였다. 여자애를 힘껏 안고 싶지만 남자애에게는 안기고 싶고 애리에게 그런 마음이 매번 새롭게 반복되고 애리는 그런 마음에 늘 응했고 그렇지만.

몇 개월 만에 광주에서 다시 알렉스를 만났을 때 그는 이전보다 지쳐 보였고 어깨를 덮던 장발은 짧아져 있었다. 알렉스는 광주에서 만난 다른 여자와 함께 살게 되었다고 말했다. 영아 씨가 작은 방에서 승희와 우진이와 자고 알렉스와 여자는 거실에서 잔다고 했다. 애리는 승희와 나란히 귀를 대보던 낙서로 가득한 벽을 떠올린다. 애리는 직장을 구했다고 말을 했고 긴 팔을 뻗어 알렉스의 머리에 손을 갖다 댔다. 한참을 엄지손가락으로 이마를 문질렀고 알렉스는 애리의 행동을 피하지 않고 애리가 하는 것을 그대로 두고 본다. 애리는 한참 뒤 팔을 거두고 알렉스는 잠시 후 일어나 또 광주에 놀러 오라고 말했다. 알렉스와 헤어져 기차를 탄 애리가 서울에 도착했을 때 기차 창 너머 때늦은 눈이 흩날리고 있었다. 지하철을 타고 서울역에서 내린 애리는 천천히 눈을 따라 걸었다. 눈이 펑펑 내리다 어느새 서서히 멎어가는 때 땅은 젖어 있고 가벼운 바람이 불고 오늘은 그렇게 춥지 않네 생각하고 있을 때 애리의 눈앞으로 앵무새가 지나갔다. 뭔가 잘못 본 거라고 생각했는데 멀어지는 뒷모습을 한참 봐도 남자의 어깨 위에 있는 것은 하늘색 앵무새였다. 앵무새다 앵무새 생각하며 애리는 천천히 그 뒤를 따라 걸었다. 서울역에서 출발하는 기차가 이 근방을 지나가고 밤이 아니었다면 애리는 가만히 서서 기차가 지나는 것을 구경했을 것이다. 기차가 한 번 지나가고 잠시 뒤 기차의 접근을 알리는 댕댕 소리가 나고 다시 기차가 지나가고 그렇게 열 번쯤 기차가 지나는 것을 구경했을 것이다. 있잖아 나 앵무새를 봤어 이렇게 말하면 어떨까. 2월의 밤 눈은 가루처럼 흩날리고 칼라에 털이 달린 블루종을 입은 남자가 어깨에 하늘색 앵무새를 올린 채로 혹은 남자의 어깨에 앵무새가 올라간 채로 둘은 기찻길을 따라 사라져가는데 이런 이야기를 숨기지 않고 하고 싶은 대로 솔직하게 이야기 해보면 어떨까.

나 앵무새를 봤어.
어디서?
기찻길 근처에서.

아무 일도 일어나지 않을 것이다. 아무 일도 일어나지 않는다는 것을 애리도 이제 잘 알고 있다. 하지만 누군가에게 눈을 맞으며 눈에 젖은 채로 알렉스에게 승희에게 나 앵무새를 봤어 말하면 어떨까. 왜인지 이제 그 집의 어떤 아이들도 애리를 크게 걱정하지 않을 것 같다. 애리도 불안해하지 않고 큰 문제 없이 하루하루를 잘 살아가고 있다고 할 수 있었는데. 그러므로 있잖아 나 앵무새를 봤어. 하늘색 앵무새가 눈을 맞으며 이렇게 지나갔는데 너무나 추웠을 거야 그 이야기를 하면 아마도 알렉스는 그것을 침착하게 듣게 될 것이고 애리와 애리가 말하는 앵무새에 연루되어 앵무새가 지나가는 눈 오는 길에 눈이 그치고 다음 날이 되고 봄이 되고 여름이 되어 장마가 올 때까지 이곳에 서서 앵무새를 이해하게 될 것이다. 그것이 알렉스가 보여준 듣기였다는 것을 애리는 이제야 설명할 수 있었고 애리는 이제 이곳에 서서 눈이 멎을 때까지 자신이 본 앵무새를 스스로에게 이해시키기 위해 자기 자신에게 연습하듯 말을 하기 시작했다.

말하는 자를 듣기, 말하는 자의 듣기

유서현 서울대학교 강사

1.

「투 오브 어스」에는 말하는 자와 듣는 자가 등장한다. 너무 당연한 이야 기일까? 당연하게도 「투 오브 어스」에는 여러 인물이 등장하고 어떤 장면 에서 이들은 한자리에 모여앉아 다 같이 말을 나눈 적도 있다. 그러나 텍스 트의 중요한 대목에서는, 결국 한 번에 오직 두 사람씩만 관계를 맺는 것처 럼 보인다. 한 사람은 말을 하고 다른 사람은 그것을 듣는다. 이 평범한 모 습은 「투 오브 어스」에서 때로 거의 종교적인 인상으로까지 나아간다. 주인 공 강주는 "고난을 등에 인 채 자신의 이야기를 들을 사람을 향해 한발씩 머나먼 곳으로 걸음을 옮기는 자신의 모습을" 그려본다. 그것은 강주에게 무척이나 위안이 되는 생각이다. 세상 어딘가에 자신의 이야기를 들을 사 람이 있다는 생각은 강주에게 "닥쳐오지도 않은 고난을 맞이할 수 있을 것 같은 기분"이 들게 한다.

강주는 움직임연구회 워크숍에서 처음 애리를 만났다. 서울 중부시장의 오래된 골목에 자리한 움직임연구회는 그 스스로의 설명에 따르면 "개개인의 움직임을 스스로가 이해하고 각자 원하는 움직임을 찾아가도록 돕"기 위해 세워졌다. 워크숍에 참가한 사람들은 자기소개를 하면서 어색하나마 평소 자신이 하는 대로 몸을 움직여 보이고, 그러면 연구회의 다른 멤버가 다가와 "그 사람의 움직임과 연결된 보다 크고 분명한 움직임"을 보여준다. 나와 타인이 함께 만드는 하나의 움직임. 강주는 이 움직임으로부터 이전에 느껴보지 못했던 편안함과 부드러움을 느꼈다. 늦은 저녁부터 이튿날 아침까지 커피 배달 일을 하는 강주는 워크숍에서 숨을 들이쉬고 내쉬어 보이다가 서서히 잠이 들어버리고, 두 번째 시간부터 강주의 파트너가 된 애리는 그런 강주의 움직임을 지켜보다가 강주가 잠들면 주변에 조용히 해달라는 손짓을 한다. 귀를 기울이는 경청과 눈을 기울이는 경시(傾視). 움직임에 대한 존중은 그 사람에 대한 존중이 된다.

이처럼 움직임연구회 워크숍의 편안함과 부드러움은 나의 움직임에 달려있다기보다 타인이 나의 움직임을 그대로, 고요하게 받아들인다는 데서나온다. 워크숍 바깥에서는 강주가 애리의 움직임을 듣는다. 근처 공원을 걸으며 애리가 강주에게 들려주는 이야기는 주로 알렉스라는 사람에 대한것이다. 그런데 애리의 이야기는 갈피를 잡기가 어렵게 흘러간다. 알렉스는 스케이트보드를 타는 열여덟 살의 머리가 긴 남자인데, 한때 역시 보드를 탔던 애리는 서른이 넘은 나이로 어린 남자애와 어울린다며 이상한 취급을 당하기도 했고, 알렉스의 엄마인 영아 씨와도 자주 맥주를 마셨으며, 그러면 알렉스는 그들의 이야기를 듣다가 집에 돌아가서는 자신의 동생들을 돌보았다… 상대의 예측이나 응답을 필요로 하지 않는 것만 같은 애리의 말을 강주는 다만 듣기를 택한다.

강주는 그래서 알렉스가 보드를 엄청나게 잘 탄다는 식으로 이야기가 흘러가는 건가 잠깐 생각하다가 이 이야기는 뭐지? 아 이건 그런 식으로 흘러

가는 이야기가 아니야 하고 어느 순간 불현듯 알아차리게 된다. 이건 이렇게 저렇게 흘러가는 이야기가 아니고 그런저런 이야기도 아니고 그냥 애리의 말 애리가 하는 말이었고 애리의 입에서 나오는 말을 바퀴처럼 부드럽게 구르다 넘어지다가 다시 보드를 주워들고 움직이는 말을 그 말을 그대로 들으세요. 강주는 그렇게 마음을 먹고 애리가 하는 말로 향하기 위해 한참을 헤매다 어느 지점부턴가 가까스로 그곳에 다다르게 되었다.

타인의 움직이는 말을 그대로 듣는 것, 혹은 '타인에게 그대로 들리는 움직이는 말'이라는 것은 박솔뫼 소설 속 말들이 받던 다양한 대우를 더듬어 보게 한다. 우리는 「안 해」, 「그때 내가 뭐라고 했냐면」에 등장하는 검은 옷 남자의 일방적으로 쏟아져 나오지만 타인에게 거부되는 말이나, 「건널목의 말」에서와 같이 마치 탄생해서는 안 될 존재였다는 듯이 겨울 땅에 깊이 묻히는 말을 떠올려볼 수 있다. 그런 말들에 비하면 「투 오브 어스」의 말들은 상당히 안락한 존중을 받고 있는 셈이다. 다른 한편으로 타인의 말을 어떻게 수용할 것인가의 문제는 직접 목격하는 것이 불가능한 과거를 어떻게 받아들일 것인가라는 박솔뫼 소설의 또 다른 오랜 주제와도 이어져 있다. 퇴근 후 습관처럼 국립중앙의료원과 극동공병단 부지를 지나는 강주는 1950년대의 흔적인 건물들을 보면서 "50년대라는 것이 자신을 끌어당기는 느낌을 받고 끌어당기는 것이 아니라 팽팽한 줄로 낚아채는 것"같이 느끼면서도, "자신을 당기는 것이 뭔지 지켜보고 또 지켜보아도 알 수 없"다고 생각한다. 그러다 강주는 애리를 만나고 애리의 이야기를 들으면서 그대로 듣는 것, 그대로 믿는 것을 해보겠다고 마음먹게 된다.

도무지 상상할 수 없는 것들 1950년대의 서울을 상상해보지만 상상할 수 없었고 그러나 왜 상상을 해야 할까. 50년대에 만들어진 것들이 이렇게 눈앞에 있고 그것이 떠나고 바뀌고 무언가 들어갔다 나오는 것이 이렇게 눈앞에 있는데 이것이 이 눈앞의 것이 그대로 1950년대의 것이라고 믿어버릴 수는 없는 것인가. 잘 듣기 위해 애리를 따라가고 애리를 바라보다가 알렉스라는 본 적 없는 사람의 존재를 그대로 믿어버린다. 그렇게 곧이곧대로 해보면 어떨지. 곧이곧대로라는 것이 절대로 쉽지 않으니까 한번 해보면? 그러면?

상상은 경험하지 못한 영역을 채워 넣음으로써 세계를 풍부하게 한다. 하지만 그렇기에 상상은 나의 것이 아니었던 영역을 나(의 상상)로 채우는 것이고 그렇게 채워진 세계는 풍부해지는 동시에 점점 더 오해되는 무엇이다. 강주는 1950년대 혹은 알렉스라는 본 적 없는 존재에 대해 상상하기 즉 필연적으로 오해하기를 멈추고 곧이곧대로 듣기를 택해본다.

2.

강주가 이런 선택을 하게 된 것은 애리의 이야기 속 알렉스야말로 그 누구보다 '잘 듣는 사람'으로 소개되었기 때문이다. 그리고 그것이 이 글의 첫머리에 썼던 것처럼 강주에게 어떤 충격적인 위안을 주었기 때문이다. 알렉스에게 무언가를 이야기하면, 예컨대 애리가 믿기 어렵겠지만 기찻길 근처에서 앵무새를 어깨에 올리고 걷는 남자를 보았다고 이야기하면 "아마도 알렉스는 그것을 침착하게 듣게 될 것이고 애리와 애리가 말하는 앵무새에 연루되어 앵무새가 지나가는 눈 오는 길에 눈이 그치고 다음 날이 되고 봄이 되고 여름이 되어 장마가 올 때까지 이곳에 서서 앵무새를 이해하게 될" 것이었다.

나의 이야기를 침착하게 듣고 그것에 기꺼이 연루된 끝에 결국 나와 같이 이해하게 되는 타인의 존재란 얼마나 놀라운 것일까? 일상적인 표현에 지나지 않는 '잘 듣는다'라는 것이 이처럼 엄청난 과정을 함의하게 되면서, 강주는 (분명 애리가 이미 거쳤을 단계를 거쳐) 알렉스라는 존재에 매료된다. 만난 적도 본 적도 없는 알렉스와 그의 엄마를 좋아하게 되고, "마치 그를 거의 신부님처럼 생각"하면서 자신은 알렉스에게 무슨 이야기를 할까 생각한다.

'잘 듣는다는 것'에 대한 호기심과 기대'가 '잘 듣는 자에 대한 욕망'으로 미묘하게 전환되는 것은 이 지점에서이다. 다음과 같은 문장은 서늘하게 다가온다. "알렉스라는 이름은 잘 듣는다는 움직임에 붙어서 그 사람이 어떤 사람인지는 점점 사라져갔다." 강주는 사진으로 본 알렉스가 애리의 말과 달리 열여덟 살로 보이지도 않았고 국적을 알 수 없는 외국인 같기도 했다고 희미하게 상기하지만, 이제 그런 것은 중요하지 않다. 애리의 이야기 속에서 알렉스는 늘 침착하고 화를 내지 않으며 어떨 때는 "모두의 보호자처럼" 보이는 존재다. 알렉스는 애리의 이야기를 듣고, 애리와 영아 씨가 술을 마시며 나누는 이야기를 듣고, 애리가 알렉스의 동생들과 나누는 이야기를 듣는다. 그렇게 늘 "다른 사람의 이야기를 떠맡"는다. 애리를 통해 강주의 세계로도 들어온 알렉스는 이제 강주가 이고 온 이야기까지 들으면서 고해성사를 보는 신부처럼 침묵 속에 앉아있게 될 것이었다. 알렉스라는 존재에 씌워지는 이 모든 설명은 사실 한 가지로 수렴된다. *알렉스는 말하지 않는다.*

이쯤에서 강주와 애리가 다닌 움직임연구회가 지극히 안락한 공간인 이유는 그것이 자기폐쇄적이기 때문이기도 하다는 점을 짚어야 하겠다. 나의 움직임을 타인이 더 크고 분명한 움직임으로 따라 하는 것은 사실 나의 움직임의 증폭일 뿐 주고받음이 아니다. 이고 지고 온 고난의 이야기가 신부에게 도달하면 고해소 밖으로 나가지 않고 소멸하는 것처럼. 강주와 애리가 쌓은 관계가 다정하게 보이는 동시에 허약해 보이는 것도, 애초부터 두 사람은 각자의 움직임이 상대에 의해 변화하기를 바란 적이 없기 때문인지 모른다. 그렇기에 강주는 "앞에 선 애리의 어깨에 손을 얹고 가까워진 듯하지만 문을 열고 나가면 애리는 왠지 곧 사라질 사람 같다고" 여긴다. 결국 워크숍의 목표는 자기 스스로의 움직임에 대한 이해였지 타인에 대한 이해는 아니었던 것이다.

소설은 그러나 강주와 애리를, 무엇보다 알렉스를 이 폐쇄적인 대화 관계에 영영 묶어두지만은 않는다. 소설의 마지막 대목에 등장한 알렉스는 모두의 보호자 같은 존재이기는커녕 다만 "이전보다 지쳐 보였고 어깨를 덮던 장발은 짧아져 있"는 사람일 뿐이다. 알렉스는 서울을 떠나 광주에서 다른 여자와 살고 있으며 광주를 방문한 애리를 다시 떠난다. 애리는 강주에게 알렉스는 이사를 갔으므로 공원에서 강주가 보았다는 머리 긴 보더는 알렉스가 아닐 것이라고 전해준다.

'잘 듣는 자'를 상실한 애리와 강주는 어떻게 될까? 이 물음에 대한 답은 작품 속에서 편린으로만 존재한다. 애리의 경우는 소설의 마지막 문장을 이루고 있다. "그것이 알렉스가 보여준 듣기였다는 것을 애리는 이제야 설명할 수 있었고 애리는 이제 이곳에 서서 눈이 멎을 때까지 자신이 본 앵무새를 스스로에게 이해시키기 위해 자기 자신에게 연습하듯 말을 하기 시작했다." 애리는 알렉스의 듣기가 어떤 것이었는가를 돌아보면서, 청자에게 짐을 지우지 않고 스스로에게 말하기를 시작한다. 그런가 하면 강주에게는 알렉스가 있던 자리에 '듣는 사람에 대한 듣기'의 과제가 대신 남았다고 볼 수 있다. 강주는 자신의 이야기를 잘 들을 존재를 꿈꾸면서도 "정작 자신은 애리의 이야기를 듣는 것이 힘들었다는 생각"을 하곤 했다. 이 점에서 강주는 애리보다 먼저 알렉스의 위치에 가보았던 셈이다. 강주는 그 결과 "제대로 듣는 사람을 듣기 위한 마주하기 위한 책임 같은 것을 왠지 져보고 싶은 생각"에 가닿은 적이 있고, 우리는 강주가 이 고민을 앞으로도 붙잡고 있으리라고 짐작하게 된다.

이처럼 「투 오브 어스」는 말하는 자와 듣는 자가 등장하는 소설이되, 말하는 자에게서 듣는 자로 서서히 시선을 돌리는 소설이다. 어떤 이야기든 잘 들어줄 것 같은, 떠올리기만 해도 나에게 삶을 이겨낼 수 있는 힘을 안겨주는 그런 대상화된 듣는 자를 소망하는 것이 아니라, 듣는 자의 책임감과 힘듦을 생각하고 그 듣는 자를 듣고 마주하기를 준비하는 소설이다. 나의 움직이는 말이 상대에게 그대로 떠맡아지지 않고 어떤 식으로든 변모되어 되돌아오는 것은 편안하고 부드럽지는 않을지언정 인간이 언어를 배우는 근본적인 방식이자 관계를 맺는 과정이다. 위안과 이기심과 노고와 상처, 욕망과 책임감이 뒤섞여 있는 말하고 듣기라는 것, 그게 언제나 우리가 하고 있고 해야 하는 일이 아닌가.

혼모노

성해나

2019 동아일보 신춘문예를 통해 작품 활동 시작.
소설집 『빛을 걷으면 빛』, 경장편소설 『두고 온 여름』이 있음.

혼모노

역 근처 버거 전문점을 지나다 질겁한다. 앞집 신애기*가 통유리로 된 창가 자리에 앉아 버거를 먹고 있다. 입가에 마요네즈를 잔뜩 묻힌 채 콜라를 마시는 그 애를 멀리서 훔쳐본다. 그 애는 양상추와 토마토는 모조리 빼둔 채 패티가 여러 장 들어 있는 버거를 게걸스레 씹고 있다.

할멈이 저런 음식을 먹는다고?

기가 차다 못해 부아가 치밀어 오른다. 목구멍이 청와대라 밥은 꼭 고두밥으로, 찬은 고춧가루가 섞이지 않은 담백한 것으로, 보양식이라도 비리고 누린 것은 질색하던 그 까다로운 늙은이가 버거를 먹는다고?

신애기가 버거 하나를 모조리 먹고 너겟을 소스에 야무지게 찍어 먹는 것까지 넋 놓고 지켜본다. 손 없는 날**도 아닌데 어쩌려고 저럴까. 할멈을 몸주로 모실 때 나는 육고기는 일절 입에도 대지 못했다. 그뿐인가. 살(煞)이 낀다는 이유로 애욕도 자제하고, 술 담배도 금하고, 어머니 염하는 것조차 보지 못했는데.

---

* 신을 받은 지 얼마 안 된 무당을 일컫는 말
** 악귀가 돌아다니지 않아 인간에게 해를 끼치지 않는 길한 날. 이날은 무당도 일을 쉬고 잠시 일상으로 돌아간다.

내가 울화를 터트리는 동안 신애기는 자리를 정리하고 일어선다. 혹 마주칠까 서둘러 몸을 숨긴다. 그 애는 무선이어폰을 귀에 꽂은 채 점집 골목으로 들어가버린다. 그 애가 걸음을 뗄 때마다 에코백에 달린 무령에서 잘랑잘랑, 방울 소리가 난다.

卍

신당에 차례차례 옥수를 올린다. 단군신, 옥황상제, 남이 장군, 그리고 장수 할멈.

장수 할멈 앞에는 일부러 목단 한 단을 더 놓아둔다. 새벽부터 꽃시장에 가 고른 것이라 봉우리가 굵고 탐스럽다. 무얼 바쳐도 감격이나 감사 한 번 하지 않던 할멈도 목단을 드리면 늘 흡족해하곤 했다.

곱구나, 참으로 고와. 역시 혼모노는 다르네.

몸주마다 차등을 두고 싶지는 않지만, 요 며칠간은 할멈에게만 정성을 쏟았다. 내가 모시는 신 중 가장 강하고 신통했던 신이 할멈이기에 그 앞에 약과 하나라도 더 놓고, 초도 고급으로 쓰고, 먼지가 쌓이지 않게 때마다 신당을 쓸고 닦았다. 지화(紙花)가 아닌 생화를 제단에 올리는 것도 다 할멈의 비위를 맞추고자 함인데

신령님, 참 곱지요?

친근히 물어도 할멈은 회답하지 않는다.

신애기가 앞집에 들어온 것이 벌써 보름 전 일이다. 보라색 트레이닝복을 입고 제 부모와 짐을 나르는 그 애를 보며 순 생짜가 들어왔구나, 조소했다. 그 애는 앳되었다. 스물 정도 되었으려나. 나도 저 나이 때 내림굿을 받았는데. 용달차 뒤에 실린 세간을 등에 이고 지며 부지런히 나르는 부모 곁에서 그 애는 겨우 거드는 수준으로 가벼운 박스 몇 개만 옮겼다. 창가에

서서 저것은 또 얼마나 버티려나, 어림해보았다. 이 골목은 다른 골목에 비해 음기가 강하고 터가 세 일 년도 못 채우고 떠나는 무당들이 숱했다. 저애가 들어오기 전 앞집에 신당을 차렸던 박수는 딱 아홉 달을 버티다 내뺐다. 넉넉잡아 두 달. 그 뒤엔 짐을 챙겨 나갈 게 분명하다고 예감하며 블라인드를 내렸다.

저녁에 신애기 부모가 팥떡을 들고 찾아왔다. 신애기도 함께였다. 우리 아이를 잘 부탁드린다, 신 내린 지 얼마 안 되어 애가 아직 아무것도 모른다, 도사님이 많이 가르쳐주시라, 간곡히 청하는 부모 뒤에서 그 애는 핸드폰을 만지고 있었다. 떡만 덥석 받고 보내기 뭣해 안으로 들였다.

무량사 주지스님에게서 받은 보이차를 내왔다. 신애기의 아버지는 중국 출장 갈 때마다 보이차를 마셨다며 그 판별법에 대해 자신이 아는 바를 줄줄이 늘어놓았고, 어머니는 이 사람 또 이러네, 하며 조용히 면박을 주었다.

보기에는 같아도 우렸을 때 차이가 나거든요. 가짜는요, 마실 때 몸이 거부합니다. 역겨운 향도 나고. 빛 좋은 개살구죠.

신애기는 제 아버지의 이야기에 관심조차 기울이지 않은 채 핸드폰만 들여다보고 있었다. 부부가 하나같이 쥐 상에, 큰 욕심 없이 수수한 면면이 꼭 닮아 있는 데 반해 그 딸은 달랐다. 맹한 인상인데도 눈빛에 묘한 살기가 서려 있었다.

찻잎이 짙게 우러나는 동안 부부는 신당을 구경했다. 옥황상제와 칠성, 남이 장군이 원색으로 그려진 탱화, 와불상과 백호를 품에 낀 장수 할머니 상이 나란히 장식된 제단을 그들은 이채롭다는 듯 둘러보았다. 신애기의 아버지가 물었다.

도사님은 신 받은 지 얼마나 되셨습니까?

올해로 삼십 년 되었습니다.

삼십 년…….

부부는 신애기를 내려다보며 한숨을 쉬었다. 아득하겠지. 고교 시절부터 크고 작은 병치레를 달고 살던 것이 신병 때문이라는 걸 알았을 때 내 어머니도 딱 저런 얼굴이셨다. 평생 무당으로 살아가야 한다는 점지를 받았을 때는 당신 탓이라 한탄하며 오읍하셨고. 부부는 아이의 내력에 대해 줄줄이 늘어놓았다. 친·외척을 통틀어 신내림을 받은 이가 단 한 사람도 없는데 이 상황이 믿기지 않는다며.

저희 집이 가톨릭 집안이에요. 지금은 냉담자지만 평생 샤머니즘을 미신으로 여기던 사람들인데, 이걸 어떻게 받아들이겠어요. 어떻게 믿겠어요.

우러난 차를 찻잔에 천천히 따르며 조언했다.

이런 일을 겪으면 다들 부정부터 하기 마련입니다. 다 내게 올 연이다 여기고 받아들이면 편합니다.

침울한 기색으로 차를 마시면서도 부부는 뒷맛이 좋다, 진짜 보이차는 이런 맛이 난다, 칭찬일색인 반면 신애기는 차를 한 모금 마시더니 그대로 뱉어버렸다.

지푸라기 맛이 나.

그 말에 나보다 그 부모가 더 당혹스러워하며 상황을 모면하려 애썼다.

원래 예의가 참 바른 애인데…… 갑자기 왜 이럴까? 도사님 앞에서.

괜찮습니다. 익숙지 않은 이들은 처음엔 다 쓰고 떫다고들 합니다.

이게 얼마나 비싼 차인지도 모르고 버릇없기는. 속마음을 숨긴 채 신애기 앞에 놓인 잔에 차 대신 뜨거운 물을 가득 채웠다.

근데 어쩌다 이리로 오시게 되었습니까? 이 골목은 터가 세서 다들 꺼리는데.

부부에게 한 질문을 신애기가 중간에서 가로챘다.

할멈이 점지해줬거든.

말이 짧아 적잖이 놀랐지만 애기동자가 들어왔구나, 하며 너그러이 넘겼다. 내림굿을 받은 지 얼마 안 된 무당에게는 예고 없이 신이 들어올 때도 있었으니. 어르듯 부드러운 말투로 나는 신애기에게 말했다.

그렇습니까 동자님?

신애기는 시큰둥한 얼굴로 찻잔을 밀쳐냈다.

입이 쓰면 사탕이라도 드릴까요?

동자들이란 달콤한 것이라면 사족을 쓰지 못하는 법. 사탕이라도 물릴 요량으로 찬장을 여는데, 등 뒤에서 그 애가 무어라 웅얼대는 소리가 들려왔다.

장수 할멈이 점지해줬어. 네놈 앞집에 들어가라고.

그것이 시작이었다. 얄궂은 악연의 시작. 혹 잘못 들은 것인가 싶어 신애기 쪽을 돌아보며 물었다.

뭐라고…… 하셨습니까?

신애기는 조소하며 한 마디를 보탰다.

신빨이 다했다더니 진짠가 보네. 할멈이 나한테 온 줄도 모르고.

그 애는 살기 어린 눈으로 나를 똑바로 주시하며 중얼댔다.

하기야 존나 흉내만 내는 놈이 뭘 알겠냐만.

卍

쌀알을 한 움큼 집어 제상 위에 흩뿌린다. 짝이 나온다. 두 번을 해도, 세 번을 해도 죄다 짝이다. 짝은 불길한 수인데, 요즘엔 이렇게 흉괘만 거듭된다. 재앙 수, 이별 수…… 지난 삼십 년간 이런 적이 몇 번이나 있었던가. 점사는 집어치우고 창가로 다가간다. 신애기의 신당 앞엔 오전부터 손님이 몇이나 오간다. 호황이다. 이제 겨우 보름 되었는데 어디서 소문을 듣고 왔는지 사람들이 저 집 앞에 떼로 줄지어 있을 때도 있다. 무당집이라면 으레 걸어두어야 하는 오방기도 걸려 있지 않고 간판조차 없는데, 다들 어떻게 알고 모여드는 걸까. 초심자의 행운이겠지. 무심히 넘기려 해도 도무지

태연해지지가 않는다. 문 앞에서 대기하다 번호가 불리면 옆집으로 하나둘 들어가는 이들을 훔쳐보는 와중에 전화가 온다. 부재중으로 돌릴까 하다 통화 버튼을 누른다. 보현보살의 괄괄한 목소리가 전화기 너머에서 전해져 온다.

어디야?

어디긴 신당이지.

신당? 오늘 북한산에 기도드리러 가는 날 아니야?

달력을 넘겨본다. 오늘 날짜에 붉은 원이 표시되어 있다. 매년 입하(立夏) 면 잊지 않고 몸주신께 기도드리러 산에 올랐는데 그새 까맣게 잊었다. 정신을 어디 놓고 다니냐, 퉁을 놓다 보현은 슬며시 용건을 꺼낸다.

내가 말한 건 생각해봤고?

오늘의 운세? 나 그 일 못 해.

왜 또 변덕이야.

보현의 목소리가 높아지고 내 미간도 따라 찌푸려진다. 얼마 전 보현이 잡아준 일거리는 영 탐탁지 않다. 오늘의 운세라니. 선무당이나 하는 소일을 나한테 맡으라고? 낙천적으로 살아가라, 상대의 입장에서 생각해라, 받은 것이 있으면 줘야 한다, 그런 영양가 없는 소리를 점괘라 뭉뚱그리며 신문에 실으라고? 내 이름을 걸고? 이 말도 안 되는. 못 하겠다고 재차 말하자 보현은 어조를 누그러뜨리며 나긋하게 말을 잇는다.

자기야, 이거 아무한테나 주는 기회 아니다? 내 앞으로 줄 선 무당들 다 제치고 자기한테 먼저 연락한 거야.

나를 위하는 것처럼 보이지만, 그 기저에 보현의 은근한 열등감이 깔려 있다는 것을 안다. 평생 질투해온 나를 서서히 바닥으로 끌어내리려는 저놈의 비열함. 장수 할멈도 보현을 가리키며 그런 말을 했다.

독 없는 뱀이야 저놈은. 위험하진 않지만 가까이 둬서 좋을 건 하등 없지.

전화를 다른 손에 바꿔 들고 적당한 변명거리를 찾는다.

그냥, 몸이 안 좋네. 요즘엔 만사가 성가셔. 몸도 찌뿌듯하니 예전 같지 않고.

병원엔 가봤어?

안 그래도 가봤는데…… 참, 웃겨서 말도 안 나와.

왜?

나한테 번아웃 증후군이란다.

보현이 경박스럽게 웃는다. 무당이 번아웃이라는 말은 생전 처음 든다며 웃음을 그치지 않는다.

정말 번아웃 아닐까.

산에 갈 짐을 다 챙겨놓고도 나갈 채비를 않고 신당에 드러누워 있다. 삼십 년을 한결같이 해온 일인데도 오늘따라 몸이 무겁다. 기도드리러 가면 못해도 엿새는 있어야 하는데, 반나절 꼬박 제상 차려, 매 시마다 알람 맞춰두고 기도드려, 잠도 찬 바닥에서 자…… 산에 가지 않을 구실들을 하나하나 짚어가며 시간만 까먹는다. 아, 정말 싫다. 마음이 동하지가 않아. 더구나 이제 누구를 위해 기도를 드리느냔 말이다. 신이…… 죄다 떠났는데.

수상한 기미라도 있었다면, 어떤 조짐이라도 보였다면 납득이라도 할 텐데 그들은 그저 떠났다. 언질도 없이 홀연히.

신령들이 떠난 것을 깨달은 건, 지금으로부터 두 달 전이었다. 일이 끊임없이 들어오는 와중에 제법 규모가 큰 재수굿까지 맡게 되어 몸은 축났지만 속으로는 쾌재를 부르던 시기였다. 그날 굿판을 벌인 이는 대단지 아파트의 입주민 대표였다. 대입을 앞둔 자녀의 합과 불을 점치러 온 그에게 할멈은 합격 운 대신 요상한 점궤를 내놓았다.

땅속에 금맥이 줄줄 흐르는데 훼방 놓는 잡귀 때문에 번번이 망조네.

곰곰이 속뜻을 풀어보니 20년간 번번이 재건축 심의를 통과하지 못한 아파트에 관한 점궤였고, 해서 대대적으로 굿까지 벌이게 된 것이었다.

굿판은 1단지 주차장에서 벌어졌다. 갹출해 굿값을 치른 주민들과 다른 단지에서 구경 온 이들로 주차장엔 차보다 사람이 더 많았다.

여기 주민들 웬만해선 장도 못 서게 해요. 시끄럽다고. 근데 굿한다니까 이렇게 떼로 몰려온 것 봐. 아마 우리 아파트 재건축 승인 나면 도사님 운도 같이 트일걸?

대표의 말처럼 주민들은 기대와 의심이 반씩 섞인 눈으로 굿판이 준비되고 굿이 진행되는 것을 낱낱이 지켜보았다. 개중엔 유튜브에 올리겠다며 카메라 들고 설치는 애들도 있었다. 구색을 맞춰 화려하게 차린 굿상이며 징을 치고 태평소를 부는 악사들을 그 애들은 빠짐없이 카메라에 담았다. 작두굿 하기 전 격렬히 신칼을 휘두르며 신을 부르는 내게 렌즈를 들이대기도 했고.

야, 저 칼 모형이다.

그러게. 꼭 진짜 같다.

봐봐, 다 짜고 치는 거라니까.

그럴 때 찍지 말라며 윽박지르는 것은 '가짜'들이나 하는 짓이었다. 나는 기세등등하게 렌즈를 주시한 뒤, 잘 벼린 칼날로 왼뺨을 스윽─ 그었다. 이것이 진짜 칼이라는 것을 명백히 증명해 보이려. 신이 내게 들어왔다는 것을 알리려.

칼춤을 추면 보통 탄성이 터져 나오거나 비명과 박수가 뒤섞이는 법인데, 그날은 분위기가 묘한 것이 적막만 감돌았다. 맨 앞줄에 서서 기도를 드리던 대표의 얼굴이 하얗게 질려가고, 태평소도 징도 북도 한순간 무악을 멈추었다.

아저씨…… 피나는데요.

애들 중 하나가 말했다. 뺨이 축축했다. 무복 위로 피가 뚝뚝 떨어지고 있었다. 한 번도 해본 적 없는 실수였다. 당황하기도 잠시, 아무렇지 않은 척 나는 신장대를 들고 할멈을 찾았다. 많은 구경꾼들 때문에 긴장을 해 접신이 제대로 이루어지지 않은 모양이라 여기며 휘파람도 불어보고 신장대도 흔들어보았다. 어찌 된 영문인지 말문이 트이지 않았다. 할멈은 물론 다른 신령들도 짠 듯이 공수를 내려주지 않았다. 진땀이 나고 다리에 힘이 풀렸다.

신령님, 신령님. 오셨습니까?

다시 불러 봐도 마찬가지였다. 어떤 신탁도 들리지 않았다. 상황을 모면해야 된다는 생각조차 못 한 채 흐르는 피를 소매로 대충 닦으며 허겁지겁 그곳에서 벗어났다.

그 후로 한 번도 접신이 이루어진 적이 없다. 누구는 신굿을 받으면 나아질 거라 하고, 누구는 닭 모가지를 잘라 그 피를 시원하게 들이켜면 신이 되돌아올 거라 했다. 모조리 허탕이었다.

그날의 망신이 유튜브에 박제되고부터는 줄줄이 들어오던 일감도 뚝 끊겼다.

그러니 의심스러워지는 것이다. 정말 신애기에게 할멈이 옮겨간 것은 아닌지. 신이며 운이며 죄 저것에게 빼앗긴 것은 아닌지. 길 하나를 사이에 두고 보란 듯 서서 손님과 맞담배를 태우는 저 엉큼한 것에게 말이다.

卍

이가 빠지는 꿈을 꾸었다. 멀쩡하던 이가 하나둘 빠지다 우수수 떨어지는 꿈.

깨어서도 잇몸이 얼얼한 것이 밤새 이를 악물고 잔 모양이다. 뜨거운 물로 몸을 씻어내고 쑥을 태워 그 잔향을 신당에 곳곳에 뿌린다. 부정한 기운을 쫓는다. 신당 안에 쑥향이 진동할 즈음, 황보 의원에게 메시지가 온다. 가로수길에 프라이빗한 바를 찾아두었으니 이번에는 거기서 보자고 한다.

신당 외 다른 곳에서는 손님과 접선하지 않는 것을 원칙으로 삼고 있으나, 황보만은 예외다. 점을 보다 기자에게 사진 찍힌 적이 있었고, 그게 신문 2면에 실렸으니 그로서는 신당에 드나드는 것이 이래저래 부담스럽겠지. 더군다나 지방 선거가 코앞으로 다가왔으니 더 예민할 것이다.

신령님은 못 모셔도 손님은 모셔야지.

무복을 벗고 평상복으로 갈아입는다. 원래 황보가 아닌 그의 아내가 내 단골이었다. 아내의 강요에 못 이긴 황보가 억지로 점을 보러왔던 것이 약 십 년 전 일이다. 못 미더운 기색으로 어디 한번 떠들어봐라, 입을 꾹 다물던 그가 지금도 생생하다. 쉰이 넘었는데 공천의 벽을 넘지 못해 정치권 주변만 몇 년째 맴돌던 것, 이번에도 공천을 받지 못하면 정계를 떠야 하나 갈등하던 것, 그 일로 어젯밤 아내와 한바탕 다툰 것까지 샅샅이 짚어내자 그는 눈을 동그랗게 뜨고 어떻게 아셨냐며 자세를 고쳤다.

제가 뭘 믿은 적이 없는데, 저 오늘부터…… 도사님만 믿겠습니다.

황보는 티셔츠에 청바지 차림으로 바의 가장 구석 자리에 앉아 와인을 마시고 있다. 동생. 그가 나를 발견하고 손짓한다. 나이 차도 얼마 나지 않는데 밖에서만큼은 형 동생 사이로 막역히 지내자 먼저 제안한 건 황보였다. 형님. 황보의 어깨를 가볍게 감싼 뒤, 그의 맞은편에 앉는다.

형님은 볼 때마다 젊어지는 것 같아요. 몸도 탄탄하시고 주름도 없고요.

아냐, 나도 늙었지, 이젠.

얼마 전 보톡스를 맞았다며 그는 눈가와 입가를 가리킨다. 혈기왕성할 때는 어떻게든 젊게 보이려 안달하던 의원들을 손가락질하고 비웃었는데, 그게 자신이 될 줄은 몰랐다고.

어리면 환대받고 늙으면 외면당해. 이 바닥이 그래.

다음 주에는 눈썹 문신을 예약했다고, 생전 안 입던 청바지를 꺼내 입은 것도 그 때문이라고 황보는 말한다. 어디 정계뿐이겠는가. 내가 몸담은 바닥에서도 나이 든 사람은 내쳐지는데. 생각하며 잘 숙성된 포도주를 들이

컨다. 황보가 의아하다는 얼굴로 나를 빤히 본다.

동생, 술을 마시네? 할머니가 싫어하신다고 생전 입에도 안 대더니.

술을 뱉을 뻔하다 겨우겨우 넘긴다. 할멈이 있을 땐 일절 삼가던 것들을 거리낌 없이 할 수 있게 되니 이런 잔실수까지 하게 된다.

젯술…… 비슷한 거죠. 신령님도 가끔은 술을 드셔야 정신도 가벼워지고 영통하시고…… 그런 것 아니겠습니까?

다행히 황보는 더 캐묻지 않는다. 안주로 나온 치즈를 먹으며 그는 이번 선거에서 자신의 궤는 어떨지 넌지시 묻는다. 돌려 말하는 것을 싫어하는 사람인 건 진즉에 알았지만, 술도 오르지 않았는데 이렇게 급히 본심을 비친다는 게 새삼 놀랍다.

어때, 당선이 될 것 같다고 하시나? 할머니가?

황보가 묻는다. 양손에 땀이 맺힌다. 무슨 말을 할지 고민하다 얼마 전 읽은 기사로 얼른 화제를 우회한다.

형님, 요즘 교회 다니신다면서요?

허를 찔린 듯 그의 얼굴이 굳어진다. 그게 말이야, 그는 급히 변명부터 한다. 그의 말을 슬며시 끊는다.

자주 드나들지 마세요. 이제껏 신령님 모시며 쌓아온 좋은 기운 다 빼앗깁니다.

내 말에 황보는 먹던 치즈를 도로 내려놓는다.

다 표밭 다지기지. 와이프 절 보내고 나는 교회 가고…… 그래도 내가 믿는 건 동생뿐인 거 알지?

알다마다요, 그래도 교회는 안 됩니다.

적당히 능치며 챙겨온 쌀과 반(盤)을 테이블에 꺼내놓는다. 쌀을 쥐고 반 위에 조금씩 흩뿌린다. 낱알 수를 헤아리는데, 또 짝이 나온다. 다른 수도 아니고 하필 둘로 떨어진다. 불길 수다. 내 표정을 살피며 황보는 조심스레 묻는다.

궤가 영 안 좋나?

아니요, 좋습니다.

일부러 없는 말을 지어낸다. 최대한 긍정적이고 이로운 쪽으로.

올해엔 적장의 목을 벨 수가 들어와 있네요.

정말?

예, 연운이 좋아요.

황보의 입꼬리가 숨기지 못할 정도로 올라간다.

다만⋯⋯.

눈치를 보다 넌지시 말끝을 흐린다. 팽팽히 당겨졌던 황보의 입꼬리가 천천히 내려간다.

왜? 또 뭐가 더 보여?

일부러 대답을 주저하며 그를 감질나게 만든다. 쌀알을 톺아보다 나는 말을 잇는다.

유월에 액운이 껴 있네요. 그때가 형님한테 가장 중요한 시기일 텐데⋯⋯ 때를 놓치면 기회는 한참 뒤에나 올 것 같고, 이 액을 막으려면 굿을 해야 할 것 같은데⋯⋯.

할멈이라면 뭐라고 했을까. 돈 좀 만져보겠다고 니시모노(にせもの)*도 않는 몹쓸 짓을 한다며 욕이라도 뇌까리지 않았을까. 하지만⋯⋯ 신도 떠나고 유튜브에 우스꽝스러운 영상까지 올라간 마당에 굿이라도 벌여야 숨통이 트이겠는 걸 어쩌겠나. 당장 월세 낼 돈도 없어 현금 서비스를 받는 통에 이런 기회라도 잡지 못하면 내일이 까마득해지는 것을.

흩뿌린 쌀알을 정리하며 황보의 답을 기다린다. 이럴 때 군말을 보태면 다 된 일에 재 뿌리는 격이므로 말은 최대한 아낀다. 마른 입술을 술로 축이며 침묵을 지키던 황보가 입을 뗀다.

---

* '가짜'라는 뜻의 일본어. 여기서는 '선무당'을 가리킨다.

동생도 아시다시피 내가 성골은 아니잖아. 줄이 있는 것도 아니고. 여기까지 온 것도 다 우리……

다음 말은 안 들어도 알 것 같다. 다 우리 동생 덕이라는 말이겠지. 당의 공천조차 받지 못했던 아웃사이더 시절부터 시장 선거를 앞둔 지금까지. 이 남자의 업적이라 할 만한 것에는 다 내 공이 들어가 있다. 군산에 있던 조상의 묘를 용인으로 옮기라 점지한 뒤 그는 두 번 연속 고배를 마셨던 구에서 국회의원으로 당선되었고, 벼락 맞은 대추나무에 부적을 그려 집에 걸어둔 뒤로는 당의 최고의원이 되었다. 그저 운이라고 단정 짓기 어려운 행보였으니 그도 나를 신뢰하는 것 아니겠는가. 황보가 말을 잇는다.

다 우리 할머니 덕이지.

그 말에 맥이 빠진다.

할게. 굿보다 더한 것이라도 해야 한다면 해야지.

그가 잡고 싶은 동아줄은 나일까, 할멈일까. 남은 와인을 들이켠다. 뒷맛이 쓰고 텁텁하다.

卐

편의점 가판대 앞에서 바나나 우유와 바나나맛 우유는 뭐가 다른지 한참 고심하는데, 뒤에서 누군가 하나 남은 바나나 우유를 쏙 채간다. 보라색 트레이닝복이 눈에 익더라니 앞집 신애다. 그 애와 앞뒤로 서서 계산을 한다. 가까이 살다 보니 이렇게 오며 가며 마주치는 일도 잦고, 가끔은 듣고 싶지 않아도 그 집에서 나는 소리가 내 신당까지 전해질 때도 있다.

며칠 전에는 유리 깨지는 소리며, 그 애 아버지의 고함소리가 내 신당까지 들려왔다. 돈, 돈, 돈…… 그런 말들이 드문드문 들렸고 시간이 지날수록 점점 격해졌다. 안 봐도 빤했다. 큰돈 한 번 만져보니 욕심이 나는 거겠지. 이 바닥에는 경제적 예속을 빌미 삼아 아이를 극악하게 굴리고 후에는 더 큰 돈을 요구하고 갈취하는 부모들이 더러 있었다. 내 어머니도 그랬다. 시장서 두부값 깎는 것도 죄스러워하던 그 여린 분이 돈맛을 보자 어찌나 그악스러워지던지, 종국에는 어머니의 성화에 못 이겨 이틀간 잠도 못 자고 허벅지를 꼬집어가며 손님 받은 적도 있었다. 어린 마음에 밤에는 신령님들과 영통할 수 없다고 거짓말하자 어머니는 얼굴을 일그러트리며 호통치셨다.

애, 신령들은 시간 정해서 온다니?

신애기네 집에서는 계속 고함소리가 들려왔다. 돈, 돈, 돈…… 남의 가정사에 함부로 끼어들긴 싫었으나 공연히 걱정이 되긴 했다. 그래도 아직 어린애한테 저렇게까지.

계산을 마친 신애기가 내 쪽을 힐끗 돌아본다. 귀에 꽂은 이어폰에서 시끄러운 전자음이 새어 나온다. 예상과 달리 그 애는 내게 고개 숙여 인사한다. 멋쩍어하면서도 나름 예의를 차려서.

안녕하세요.

어, 어…….

어영부영 인사를 받는다. 주근깨 박힌 말간 얼굴에, 숱 많은 머리를 고무줄로 질끈 묶은 그 애는 편의점 안에서 김밥과 라면을 먹는 여느 학생들과 다를 바 없다. 나를 노려보고 야유하며 말 같지도 않은 말을 뱉던 그날과는 판이하다. 정말 저것에게 할멈이 옮겨간 것이 맞을까.

바나나 맛이 나지만 바나나는 아닌 우유를 마시며 나는 장수 할멈을 떠올린다.

모자(母子)처럼 붙어 지낸 지 장장 삼십 년. 돌이켜보면 그렇게 오랜 세월 붙어 있었는데도 할멈과 나는 서로를 각별히 아끼기보다는 실리적인, 참으로 별난 관계였다. 괴벽한 노인네였지. 입맛뿐 아니라 취향이며 습관도 유별났고 변덕이 손바닥 뒤집듯 해 곤혹스러웠던 적이 한두 번이 아니었다. 가지고 싶은 건 꼭 손에 쥐어야 하고, 듣고 싶은 말은 들어야 직성이 풀리고. 수틀리면 일본어로 욕을 했는데, 어찌나 험악하던지 오금이 저렸다.

그래도 기가 막히게 영험하긴 했다. 두 번에 한 번꼴로 헛다리 짚는 다른 신령들과 달리, 할멈의 예측은 늘 정확히 맞아떨어졌다. 가끔은 내 속내까지 훤히 꿰뚫어 섬뜩할 때도 있었고.

기분이 좋을 때, 할멈은 내게 입버릇처럼 말하곤 했다.

문수야, 너 무형문화재 되고 싶지? 내가 그거 시켜줄까?

문화재는 모든 무당의 꿈이었다. 숭고하고 높은 자리. 비밀스런 욕망. 흘려듣는 척했지만, 할멈이 그렇게 은밀히 속삭일 때면 떨림을 주체할 수 없었다. 속물처럼 보일까 누구에게도 밝히지 못한 나의 속내를 할멈은 죄다 알아챘다. 내 지저분한 비밀까지도. 문화재 자격시험에서 번번이 떨어지고 있던 차였다. 네 번째 시험을 치르기 전 감독관에게 슬쩍 뒷돈을 찔러준 것, 지금이 쌍팔년도인 줄 아냐며 그 자리에서 모욕을 들은 것까지 할멈은 속속 들추어냈다.

나이 들어 야심까지 강하면 사람들도 그걸 알아채고 달아나, 좋은 운도 다 황이 되는 법이다.

늙어갈수록 본심을 숨겨야 약이 된다, 그래야 추하지 않다, 조언하며 그녀는 나지막이 덧붙였다.

내가 문화재 시켜줄게. 너는 내 말만 잘 따르면 된다. 그러면 분명 노난다.

그깟 문화재 해서 무얼 하나 싶다가도 할멈이 살살 구슬리면 금세 마음이 돌아섰다. 다른 신령들은 몰라도 그녀의 말이라면 신용이 갔다. 열이면 열, 무슨 일이건 해결하고 성사시켜주던 신통한 신이었으니.

제단에 전시된 장수 할멈상의 먼지를 털어낸다. 옥수를 갈고, 시들어버린 목단도 새것으로 채운다. 지화를 쓰면 수고로움이 덜하겠지만, 어쩌겠나. 할멈이 생화를 좋아하는걸. 혼모노라면 환장하는걸. 이렇게라도 그녀가 다시 돌아오길, 약속을 지켜주길 고대하며 줄기를 사선으로 잘라 화병에 넣는다. 오래오래 생기 있게 살아남기를 바라며.

卍

거리마다 벽보며 유세 현수막이 죽 걸려 있다. 맨 앞에 걸린 황보의 벽보 앞에 나는 잠시 멈춰 선다. 인자하게 웃고 있는 벽보 속 그는 실물보다 두 배는 젊어 보인다. 보정을 했겠지. 표정은 부드러우면서도 권위 있게, 흰머리도 검버섯도 주름도 전부 지우고. 이런 노력에도 불구하고 황보의 지지율은 몇 주째 그보다 열 살은 젊은 상대 후보와 앞서거니 뒤서거니 하고 있다. 그의 애가 타는 만큼 내 속도 따라 타들어간다. 비록 돈으로 얽혀 있긴 하나, 함께 했던 십 년 동안 우리 사이에 신의와 우정 역시 돈독해졌다는 건 부정할 수는 없을 것이다.

벽보 앞에 한참 서서 황보의 무운을 빈다. 나무아미타불, 나무아미타불, 신령님 아나명아.

무속용품 가게에 들어가 굿에 쓸 종이 신발과 새 무복을 고른다. 그 외에 필요한 것들도 망설임 없이 골라 담는다. 튼튼하고 값나가는 것들로.

이번 굿은 규모가 큰가 봅니다? 나라님 굿이라도 치르는 겁니까?

은밀하게 떠보는 사장을 향해 나는 싱겁게 웃고 만다. 황보는 굿판을 크게 벌이고 싶다고 했다. 굿상도 규모 있게, 악사도 여럿 두고, 제물로 바칠 육우는 본인이 직접 고르고 도축까지 맡긴다고 했다. 상대 후보 역시 유명한 만신에게 굿을 받는다는 소문이 돈다며 그에 비견될 정도로, 아니 그보다 더 성대하게 굿을 치르고 싶다고 했다.

하지만…… 과연 잘할 수 있을까. 아직도 칼날만 보면 심장이 뛰고 식은 땀이 난다. 신들은 돌아올 기미조차 없고.

서슬이 날카로운 작두를 가리키며 사장에게 묻는다.

혹시 모형은 없습니까.

사장은 어안이 벙벙한 얼굴로 나를 빤히 본다. 괜한 소리를 한 것 같아 귀가 뜨거워진다. 인터넷 쇼핑몰을 뒤지면 나올까. 심장이 떨려 이 짓도 오래는 못하겠다.

굿에 쓸 짐을 양손에 들고 지하상가로 내려가다 신애기를 발견한다. 오늘도 그 애는 귀에 이어폰을 꽂고 혼자 걷고 있다. 로드숍에 들어가 립스틱을 발라보기도 하고, 의류매장 앞에 멈춰 질이 좋지 않은 니트며 촌스러운 캐릭터가 그려진 티셔츠를 구경하다 직원이 호객을 하러 나오면 급히 걸음을 옮기기도 한다. 역에 걸린 아이돌 전광판을 한참 바라보기도 하고, 델리 만쥬 가게 앞에서 갈팡질팡하다 결국엔 돌아서고, 계단을 두 칸씩 오르며 숨을 몰아쉬기도 한다. 어쩌다 보니 뒤를 밟는 꼴이 되어 석연치 않지만, 가는 방향이 같은데 어쩌겠나. 짐을 추켜들며 그 애의 보폭에 맞추어 느리게 걷는다.

트레이닝복 주머니에 손을 넣고 걷던 그 애가 한순간 우뚝 멈추어 선다. 혹 들킨 건가 싶어 몸을 숨기는데, 그 애는 내 쪽은 돌아보지도 않은 채 프렌차이즈 카페 안으로 성큼 들어간다. 망설이다 나도 그 안으로 들어간다. 평일 낮인데도 사람이 꽉 차 있다. 노트북으로 강의를 듣는 사람, 문제집을 펴놓고 공부하는 사람, 디저트를 나누어 먹으며 시시콜콜한 대화를 나누는 사람들. 대부분 그 애 또래의 학생들이다. 이 동네가 신당뿐 아니라 대학가와 접해 있다는 사실을 나는 자주 잊는다. 신당 근처만 맴도는 나와는 무관한 일이다. 한때는 일부러 대학가를 피해 멀리 돌아서 다녔으나, 그것도 다이십 대 초, 무당이 된 지 얼마 안 되었을 때 얘기다. 내 생활을 부끄러워하고 별스러워할 시기는 이미 오래전에 지났지.

신애기와 두 테이블 정도 떨어진 곳에 조용히 자리를 잡는다. 노트북이나 책, 파트너를 앞에 둔 다른 이들과는 달리 신애기 앞은 텅 비어 있다. 빨대로 무료하게 기포를 만들던 그 애가 난데없이 소리죽여 웃는다. 그 애와 비슷한 나이대의 학생 둘이 옆 테이블에서 은어를 주고받으며 서로를 짓궂게 놀리고 있다. 그들의 유치하고도 애정 어린 대화를 엿들으며 신애기는 조용히 웃는다.

친구는 있을까. 있어도 일상을 공유하거나 실없는 이야기를 나누며 낄낄대기는 힘들 것이다. 우리가 얻은 생은 여느 평범한 이들의 삶과는 다르니까. 저 나이에 나는 평범한 삶을 살고 범상한 몸을 가질 수 있기를 간절히 염원했는데, 한 번만 살 수 있다는 것을 저주처럼 여겼는데.

저 애도 비슷할까.

신애기는 음료에 기포를 만들며 오후를 보낸다. 평범하게. 나도 몰래 그것을 따라 해본다. 볼에 바람을 불어넣으며. 보글보글보글보글.

卍

유튜브를 보며 접신 연습을 한다. 과장되게 눈을 뒤집고 몸을 부르르 떨다 자괴감을 느끼고 그만두길 몇 차례. 그동안은 도대체 어떻게 했던 걸까. 신의 출입이 어찌 그리 자연스러울 수 있었던 걸까. 모형 작두와 칼은 주문해놓은 지 오래다. 이제 연습만이 살 길이다. 해원경(解冤經)을 크게 틀어두고 주악에 맞춰 칼춤을 춘다. 티셔츠부터 드로어즈까지 땀으로 젖어갈 즈음, 전화가 온다. 황보인 줄 알고 얼른 받으려다 주춤한다. 보현이다. 이게 또 무슨 같잖은 소리를 하려고. 오늘의 운세 이야기를 꺼내면 바로 끊어버리겠다고 다짐하며 전화를 받는다.

왜? 오늘의 운세 때문에 전화한 거지? 나 그거 안 한데도. 다른 무당 알아봐.

퉁명스럽게 운을 띄우는데, 보현이 난데없이 묻는다.

자기, 괜찮아?

이건 또 무슨 소리인가 싶어 황당해하는 내게 보현은 말한다.

……모르는구나?

보현은 자신이 주워들은 이야기를 빠르게 늘어놓는다. 보현이 전하는 소식을 듣는 동안 식었던 몸이 서서히 뜨거워진다. 귓전을 울리던 해원경 장단이 더 이상 들리지 않을 정도로 정신이 아득해진다. 보현에게 묻는다.

그거, 진짜야?

농이겠어? 어제 기도드리러 갔다가 장광 도사를 만났거든. 그이가 자기 상대편 만신이잖아. 나한테만 얘기해주는 거라면서 슬쩍 언질하더라고.

전화 너머에서 보현은 신나게 떠든다. 전화를 끊어버린다. 땀으로 흠뻑 젖은 옷을 갈아입을 생각도 않은 채 서둘러 앞집으로 뛰어간다.

신애기는 집 앞에서 담배를 태우고 있다. 내가 입을 뗄 틈도 없이 그 애가 먼저 말한다.

너 올 줄 알았다.

그 애는 담뱃불을 손으로 짓눌러 끄더니 앞장서 집 안으로 들어간다. 들어와, 말하며 문을 살짝 열어둔다. 만나자마자 냅다 쏘아붙일 작정이었는데 막상 독대를 하니 아무 말도 나오지 않는다. 기에 눌린 걸까. 아니야, 그래선 안 되지. 정신을 바짝 차리며 신당 안으로 들어간다.

매캐한 향냄새가 훅 끼친다. 신발을 벗기도 전에 기함한다. 옥황상제와 칠성, 남이 장군이 원색으로 그려진 탱화, 와불상과 백호를 품에 낀 장수 할머니상이 나란히 장식된 제단. 그 구조가 나의 신당과 하등 다를 것이 없다.

할멈이 그러더라. 자긴 낯선 환경은 질색이라고.

그래도…… 이건 상도에 어긋나는 일 아닌가. 한 골목에서 영업하는 이들끼리 이래도 되는 것인가. 누그러졌던 분노가 한순간 훅 들끓는다. 하지만 상대는 나보다 한참 밑인 신애기다. 투명히 속내를 비치고 윽박질러 상대를 내모는 것이 과연 옳을까. 마음을 추스르며 용건을 거론한다.

내가 여기 온 이유는……

알아. 너 분해서 온 거잖아. 내가 너 대신 그 의원 굿을 맡게 돼서.

그 애는 한 마디도 지지 않는다.

그이가 그러더라. 이제 넌 감이 다 떨어진 것 같다고. 자기가 정치판에서 굴러먹은 게 몇 년인데 니시모노 하나 구별 못 하겠냐고.

니시모노. 그 단어에 퍼뜩 감이 온다. 할멈이 자주 쓰는 말. 저건 분명 할멈이다.

……신령님이십니까?

내 물음에 답조차 않은 채 할멈은 신애기와 둘이서만 영통한다. 나를 사이에 두고 비밀 얘기를 주고받으며 큭큭거린다. 나를 없는 사람 취급하며 장시간 즐겁게 속닥인다. 영통이 길어질수록 안달이 난다. 할멈과 신애기. 그들은 기질이 맞는 것처럼 보인다. 나와는 다르게. 나는 할멈을 모시고 받들었는데, 저것은 할멈과 동등하다. 참다못해 소리친다.

신령님, 말도 없이 떠난 것도 모자라 이젠 다른 무당에 옮겨붙어 사람을 피 말리게 하십니까? 어떻게 저한테 이러실 수 있습니까?

배신감에 치가 떨리지만 한편으론 겁이 나 우두망찰한다. 저주를 퍼붓거나 악다구니를 뱉기에 할멈은 너무나 큰 존재다. 여태껏 그녀에게 대들어 본 적도, 말을 물고 늘어져본 적도 없다. 할멈과의 관계에서 밑지는 건 항상 나였다. 잔뜩 잠긴 소리로 밑바닥에 고여 있던 울분을 힘겹게 토해낸다.

제가 뭘 그렇게 잘못했습니까. 하라는 건 다 했는데, 드릴 수 있는 건 다 드렸는데…….

쉴 새 없이 떠들어 대던 신애기가 말을 멈추고 내 쪽을 빤히 쳐다본다. 묘한 살기를 띤 눈으로 나를 똑바로.

문수야.

신령님…….

드디어 내 부름을 받으셨구나. 감격하며 할멈의 말을 기다린다. 하지만 뒤이어 들려온 말은……

할멈이 너한테 준다는 거, 그거 너 대신 내게 준단다.

뭐?

네가 그렇게 되고 싶어 하던 문화재. 그거 나 하게 해준다고. 할멈이 넌 너무 늙었다네. 늙은 게 야심만 가득해 흉하다고.

신애기가 두 손으로 입을 틀어막고 웃는다. 큭큭큭큭, 큭큭큭. 손가락 사이로 기분 나쁜 웃음이 새어 나온다. 온몸의 피가 머리로 쏠린다. 종아리가 풀리고 손이 저려온다. 모르겠다. 지금 나를 향해 조소하는 것이 할멈인지 저 애인지, 허깨비인지 인간인지, 진짜인지 가짜인지……. 가슴속에서 뜨거운 무언가가 일렁인다. 그 불길에 저 애에게 잠시 가졌던 연민이며 동질감, 할멈을 향한 애증과 경외심도 모조리 타버린다.

신발도 제대로 신지 않고 나는 골목을 그대로 가로지른다.

나의 신당은 고요하다. 제단 위에 놓인 장수 할멈상이 눈에 띈다. 시들 기미 없이 여전히 생생한 목단도.

징그러울 만큼 붉은 그것을 화병째로 들어 던진다. 유리 조각이 산산이 부서지고 손에 피가 맺힌다. 제단 한가운데를 점한 장수 할멈상을 향해 소리친다.

이겁니까, 당신이 원하던 게?

억울한 외침에도 할멈은 초점 없는 눈으로 허공을 바라볼 뿐이다.

말씀해보세요. 말씀 좀 해보세요!

중언부언하며 악을 지르는데도 할멈은 여전히 묵묵부답이다. 계속되는 침묵에 분이 가시지 않아 할멈상을 들어 올리다, 흠칫한다. 한 번도 인지한 적 없었는데, 이것은 너무 가볍다. 원래 이랬던가. 이게…… 원래 이렇게 가벼웠나. 할멈상을 벽에 던진다. 텅, 하는 소리와 함께 할멈상이 바닥에 나뒹군다. 텅, 텅, 텅……

그 꼴을 보고 있자니 나도 모르게 웃음이 터져 나온다. 큭, 큭큭큭큭큭. 큭큭큭. 큭큭큭. 멈춰보려 해도 딸꾹질처럼 웃음이 계속해 터진다.

큭큭큭, 큭큭큭큭.

卐

소만(小滿).

하늘빛이 맑고 구름 한 점 없다. 미풍에 무복 밑단이 부드럽게 휘날린다. 이런 날이 일 년에 몇 번이나 될까 싶을 정도로 복덕(福德)에 해당하는 대길일에 굿은 치러진다.

야트막한 오르막길을 따라 필로티 구조의 단층 주택과 관리가 잘 된 고급 맨션이 죽 늘어서 있다. 녹지를 품고 있어 주변은 고요하고 녹음이 넘실댄다. 챙겨온 짐을 들고 그 길을 천천히 오른다. 어디선가 미약하게 태평소 소리가 들려온다. 다른 집들과는 한 블록 떨어진 곳에 위치한 이층 주택에 다다르자 소리가 점차 커진다. 문패에 황보의 이름이 한자로 쓰여 있다. 부지는 넓으나 사방을 담장으로 에워싸 바깥에서는 내부가 보이지 않는다. 이 부지도 내가 점찍어주었지. 명당 중 명당이라는 영구음수형 택지라 입맛 다시던 도사들이 얼마나 많았는지, 그들을 다 제치고 이곳을 차지하느라 얼마나 큰 품을 들였는지 황보도 잘 알 것이다.

지금 저 집에서는 악기 소리가 요란하다. 독경 외는 소리도 뜨문뜨문 들린다. 뭐에 홀린 사람처럼 나는 거침없이 안으로 들어선다.

다홍치마 위에 장삼을 걸치고 머리엔 흰 고깔을 쓴 신애기가 가장 먼저 눈에 들어온다. 그 애 옆에서 금빛 몽두리를 입은 두 명의 무당과 판수, 삼현과 육각의 갖가지 악기를 든 악사들이 굿을 돕고 있다.

굿판은 일정한 기승전결에 따라 움직이는 법이다. 막이 걷히면 긴 장정이 시작되고, 하나의 장이 끝나면 곧 다음 장이 이어지는……. 지금 마당에 선 불사거리가 한창이다. 신애기는 부채와 방울을 들고 공수를 받고, 황보와 그의 식구들은 그 앞에 꿇어앉아 기도를 드리고 있다.

나무아미타불, 나무아미타불. 신령님, 신령님 아나명아.

옆도 뒤도 살피지 않고 불사거리에 몰입해 있는 그들 곁으로 나는 한 걸음 한 걸음 다가선다. 마당에 빙 둘러서 굿을 치르던 이들이 하나둘 내 쪽으로 시선을 돌린다. 이 서사에 기어코 비집고 들어온 나를 황보도, 그의 식구들도, 무당들도 당혹스러운 눈빛으로 바라보는 와중에 오직 신애기만이 내가 올 줄 알았다는 듯 태연히 불사거리를 마치고, 장수거리를 준비한다. 신애기는 신칼을 들고 장수 할멈 맞을 준비를 한다. 제상이 거두어지고, 성인 남자 팔뚝만 한 작두가 마당에 놓인다. 챙겨온 짐을 들고 신애기 곁으로 향한다. 황보가 나를 막아선다.

저기, 일전에 합의 본 것으로 아는데…….

그 말대로 며칠 전 통보를 받은 게 사실이다. 황보는 이해관계가 맞지 않아 굿을 물리게 되었다고 점잖게 설명했으나, 사정을 뻔히 알고 있는 내게 그것은 가식이고 우롱일 뿐이었다. 그는 이제 나를 동생이라 친근히 부르지도 않는다. 일말의 정다운 감정들은 사라진 지 오래.

대답 없이 가방 안에 담아온 것들을 하나씩 꺼내놓는다. 주름 한 점 없이 다린 장삼, 흰 고깔, 밤새 숫돌로 날카롭게 벼린 신칼과 쌍작두. 뭐 하는 거냐 소리치는 황보를 나는 말없이 쏘아본다. 그는 말을 더 보태려다 말고 주춤하며 뒷걸음질을 친다.

공수를 기다리는 신애기 앞에 마주 선다. 악사들도, 다른 무당들도 떨떠름한 얼굴로 나와 신애기를 번갈아 본다. 신애기는 아무럼 상관없다는 듯 칼을 들고 춤을 추기 시작한다. 나도 그 애를 따라 조금씩 발동을 건다.

이것은 나와 저 애의 판이다. 누구의 방해도 공작도 허용될 수 없는 만신들의 판이다.

머뭇거리던 악사들이 천천히 연주를 시작한다. 북소리가 들리고 피리 소리가 깔리고 태평소의 시나위가 울린다. 판수가 입을 떼어 독경을 왼다.

금일 영가 저 혼신은 혼이라도 오셨으면 만반진수 흠향을 하고 일배주로 감응을 하야.

신칼을 들고 달싹달싹 발을 뗀다. 볕이 내리쬘 때마다 칼날이 서늘히 반짝인다. 신애기가 먼저 칼을 어른 뒤, 제상에 놓인 사과 한 알을 날에 가져다 댄다. 날이 스칠 때마다 단단한 과실이 서걱서걱 토막 난다. 칼의 위력을 확인시킨 다음, 그 애는 날을 들어 혓바닥이며 팔과 다리를 서슴없이 긋는다. 다들 숨을 죽이며 그 광경을 지켜본다. 그 애는 아픈 기색조차 없이 태평하게 의식을 치른다. 피는커녕 피멍울조차 비치지 않는다. 이제는 내 차례다. 수박도 쩍 갈라놓을 만큼 밤새 매섭게 벼려놓은 칼날이 살갗에 닿고 신경을 지난다. 나를 보는 신애기의 표정이 미묘하게 일그러진다. 피가 흐르고 있겠지. 이미 입안에선 비릿한 피비린내가 진동하니까. 허나 중요치 않다. 아픔도 고통도 이제 더는 느껴지지 않는다. 신애기는 찜찜한 얼굴로 작두에 오를 준비를 한다. 사다리 모양으로 여러 겹의 칼날을 겹친 칠성 작두 위에.

풍화환란 제쳐놓고 재수소원 생겨주고 왕락 극락을 들어가서 인도환생을 하옵소서.

신애기는 무당들의 도움을 받아 가볍게 작두에 올라탄다. 다른 굿거리도 중요하나, 이 긴 서사의 하이라이트는 장수거리다. 갑옷과 칼로 무장한 장수할멈이 작두 위에서 역신을 쫓는 대대적인 굿거리. 작두 위에서 내리는 공수는 어떤 공수보다 위엄 있다. 신애기는 작두에 올라 할멈을 부른다.

나무아미타불 나무아미타불 나무아미타불 나무아미타불, 오셨습니까.

마침내 할멈이 들어왔는지 신애기의 눈빛이 전과 달라진다. 그 애가 작두 위에서 천천히 발을 떼는 동안 황보와 그의 가족들은 손을 모아 간절히 기도를 드린다. 비나이다, 비나이다. 그들의 안중에 나는 없겠으나 신경 쓰지 않고 작두를 탄다. 차고 저릿한 감촉이 발끝부터 서서히 전해져온다. 온몸의 털이 바짝 솟을 만큼 송연한 감각이다. 누구에게도 의탁하지 않고 도움을 구하지도 않고 한 발 한 발 조심스럽게 뗀다.

판수의 독경이 점차 빨라지고, 악사들의 장단도 중중모리에서 자진모리로 바뀌기 시작한다. 그에 따라 작두를 타는 몸짓도 다급해진다. 등판은 벌써 땀으로 푹 젖었다. 신애기도 매한가지다. 이제 누가 더 오래 버티나의 싸움이다. 이 서사의 주인공을 가르는 건 그것이다. 과장되게 눈을 까뒤집고 몸을 억지로 떨며 신접 흉내를 내는 것은 지금 내겐 무용한 일이다. 자연스럽게 몸이 떨리고 눈이 뒤집힌다. 오금이 무지근하게 당겨온다. 발바닥은 뜨겁고 끈적한 피로 흥건하다. 황보가 뜨악한 얼굴로 내 쪽을 본다.

북소리가 거세진다. 하늘은 낮고 볕은 강하다. 구름의 방향이 바뀔 때마다 신애기와 내 얼굴에 번갈아가며 그늘이 진다. 이제는 등뿐 아니라 정수리와 목덜미, 발가락까지 찐득하게 젖어든다. 피인지 땀인지 모를 것들이 뒤섞여 뚝뚝 떨어진다. 뒤로 넘어갈 듯 기진맥진한 상태로 작두를 탄다. 신애기 역시 지친 것으로 보이나 멈출 수 없다. 이를 악물고 악착스럽게 작두춤을 춘다.

휘모리로 장단이 바뀌고, 장구를 치는 악사는 채를 왼쪽 오른쪽으로 번갈아가며 빠르게 손을 움직인다.

나무아미타불 나무아미타불 나무아미타불 나무아미타불……

구름도 다 사라진 땡볕 아래서 판수도, 악사들도 점점 지쳐가는 와중에 기세가 누그러지지 않는 이는 오직 나뿐이다. 피범벅에 몰골도 흉하겠으나 시야가 환하고 입가엔 미소까지 드리워진다. 신령 근처라도 가닿은 것처럼 몸이 가뿐하고 신명이 난다. 장단이 빨라질수록 나는 고조된다.

나무아미타불 나무아미타불 나무아미타불 나무아미타불……

삼십 년 박수 인생에 이런 순간이 있었던가. 누구를 위해 살을 풀고, 명을 비는 것은 이제 중요치 않다. 명예도, 젊음도, 시기도, 반목도, 진짜와 가짜까지도.

가벼워진다. 모든 것에서 놓여나듯. 이제야 진짜 가짜가 된 듯.

장삼이 붉게 젖어든다. 무령을 흔든다. 잘랑거리는 무령 소리가 사방으로 퍼진다. 가볍고도 묵직하게.

땀을 뻘뻘 흘리면서도 작두에서 내려오지 않던 신애기가 아연실색하며 나가떨어진다. 그 애는 바닥에 주저앉아 휘둥그런 눈으로 나를 올려다본다. 황보와 그의 가족들도 기도를 멈추고 나를 올려본다. 할멈도 이 장관을 다 지켜보고 있겠지.

어떤가. 이제 당신도 알겠는가.

하기야 존나 흉내만 내는 놈이 무얼 알겠냐만은. 큭큭, 큭큭큭큭.

만신의 추락과 선무당의 도약,
혼모노적 삶의 분출

민선혜 문학평론가

내가 아닌 다른 존재와 몸을 공유하며 살아가는 샤먼에게 '진짜' 삶은 어떤 방식으로 가능할까. 무당은 신과 인간 사이에서 신의 뜻에 따라 인간들의 화복을 빌어주는 존재다. 이때 무당의 신체는 신으로 하여금 속세의 방문을 가능하게 하는 장소인 동시에 '진짜'와 '가짜', 신과 인간, 신성과 의심이 위태롭고 어지럽게 뒤얽히는 장소이기도 하다. 성해나의 「혼모노」는 30년간 극진히 모시던 신령 '장수 할멈'이 하루아침에 떠나버린 박수무당 문수의 삶을 조명하며, 샤먼이라는 존재가 경험하는 삶의 위태로움과 그 전환을 포착해낸다. '혼모노'라면 사족을 못 쓰는 장수 할멈을 위해 '진짜'가 되기 위한 삶을 살아온 문수는 어느 날 갑자기 '니시모노'가 되어버리지만, 선무당으로 추락하는 바로 그 순간에 그가 그토록 바라던 '혼모노'로서의 삶의 가능성이 열기기 시작한다.

중년의 박수무당에서 20대 초반의 신애기로 몸주(몸土)를 옮긴 장수 할멈의 모습은 표면적으로 신·구 교체 혹은 세대 갈등으로 독해된다. 왜냐하면 청년세대가 기성세대를 밀어내는 방식으로 교체되는 무속신앙 내의 패권과 이에 대해 "울화를 터트리는" 문수의 모습에서 "어리면 환대받고 늙으면 외면당하는" 세계의 보편적 질서를 읽어낼 수 있기 때문이다. 그러나 「혼모노」는 세대교체 및 갈등을 넘어 그 이면에 존재하는 '진짜와 가짜'에 대한 감각을 섬세하게 보여준다. 성해나는 「OK, Boomer」와 「오즈」 등의 전작에서도 기성과 청년세대의 갈등과 연대를 보여준 바 있는데, 이러한 세대론적 감각은 「혼모노」에 이르러 약간의 확장 및 변주된 모습을 보인다. 전작들과 달리 밀려나는 기성의 위치에 '남성' 문수를, 밀어내는 청년의 위치에 20대 '여성' 신애기를 배치함으로써 동일한 성별 내의 세대론적 인식을 뛰어넘는 동시에 단순히 '갈등' 혹은 '연대'만으로 귀결되지 않는 기성과 청년의 모습을 포착해내기 때문이다.

문수는 한산한 자신의 신당과 달리 손님들로 북적이는 앞집 신애기의 신당을 바라보며 분통을 터트리지만 동시에 동네 편의점과 지하상가를 홀로 돌아다니는 신애기의 뒷모습을 애틋하고 안쓰러운 눈으로 관찰하기도 한다. 신애기를 향한 이러한 문수의 양가적인 감정은 이들이 '세습무'가 아닌 '강신무'라는 공통점에서 비롯된다. 집안 대대로 세습되어 샤먼의 위치와 역할을 물려받고 가족으로부터 샤먼으로 살아가는 법을 배우고, 보호받는 세습무가 아닌 오로지 신의 선택과 변덕에 의해서 무당으로서의 삶이 시작되고 또 끝나버리기도 하는 (어린) 강신무의 삶이 얼마나 쉽게 경제적 예속을 통한 부모의 착취로 이어지는지 알기 때문이다. 문수는 시간이 지날수록 점점 더 격해지는 신애기의 아버지의 고함 소리를 들으며 큰돈을 만질수록 변해가던 자신의 어머니를 떠올리기도 하고, 카페에 홀로 앉아 있는 신애기를 보며 평범한 일상을 공유할 수 있는 친구 하나 없는 무속인의 외로운 삶과 평범하지 못함을 부끄러워하던 자신의 과거를 겹쳐 보이기도 한다. 카페에 혼자 앉아 또래 학생들의 대화를 조용히 엿듣는 신애기의 마음을 그 누구보다 잘 헤아릴 수 있는 이는 신애기의 부모님도, 장수 할멈도 아닌 바로 '밀려나는 자'인 문수이다. 이처럼 성해나는 밀려나고 밀어내는 관계 속에서 발생하는 조밀한 감정들을 포착해냄으로써 문수와 신애기를 단순히 적대하거나 혹은 연대하는 관계로만 묘사하지 않는다.

한편, 신이 떠난 후 문수는 무당으로서의 실존적 위협과 더불어 생계의 위협마저 느끼게 된다. "당장 월세 낼 돈도 없어 현금 서비스를 받는" 문수의 모습은 30년 동안 이어오던 직업을 한순간에 잃게 된 실직자의 다름이 아닌데 이러한 직업인으로서 무당의 모습은 '보현보살'과의 대화 속에서도 확인할 수 있다. 보현보살은 손님이 없어 경제적으로 어려운 상황에 놓여 있는 문수에게 신문에 실리는 '오늘의 운세'를 맡아 작성하기를 권유한다. 누구나 할 수 있을법한 말을 '운세'라는 이름으로 이야기하는 것은 신성하고 숭고한 샤먼의 모습과 거리가 있지만, 안정적이고 고정된 수입이 없는 이들에게는 생계를 유지할 수 있는 좋은 수단이 되어준다. 이에 더해 문수는 자신을 걱정하는 듯한 보현보살을 보며 "나를 위하는 것처럼 보이지만, 그 기저에 보현의 은근한 열등감이 깔려 있다는 것을 안다"고 이야기하는데, 이러한 모습은 무속인들 역시 '동종 업계' 내의 동료들에게는 느끼는 감정을 일반인들과 동일하게 공유하고 있음을 보여준다. 이러한 신성과 세속의 교차는 정치인 '황보'와의 관계에서 조금 더 명확하게 확인할 수 있다. 정치적 야심을 이루기 위해서 민간신앙에 크게 의존하는 황보의 모습을 통해 인간이 바라는 '화복(禍福)'이 얼마나 구체적이고 물질적인 것인지 알 수 있기 때문이다.

이러한 신성과 속물성 사이의 역학은 장수 할멈의 모습을 통해서도 포착된다. 문수는 자신과 할멈의 관계를 "실리적인, 참으로 별난 관계"였다고 이야기하는데, 왜냐하면 이들의 관계가 서로에게 필요한 것을 '주고받는' 관계였기 때문이다. 장수 할멈은 "가지고 싶은 건 꼭 손에 쥐어야 하고, 듣고 싶은 말은 들어야 직성이 풀리"는 존재로 자신의 욕망을 충족시키기 위해 '무형문화재'라는 문수의 구체적이고 세속적인 욕망을 추동시킨다. 이러한 욕망의 동력으로 신령은 인간을 통해 자신이 원하는 바를 실현한다. 문수를 둘러싼 끊임없는 신성과 속물성의 교차 속에서 우리는 신성함과 숭고함이 사실은 뿌리 깊은 세속을 기반으로 지탱되고 유지되어왔음을 확인하는 동시에, 인간의 가장 속물적인 욕망을 마주하는 존재인 무당들의 신성한 삶이라는 허위성을 목격하게 된다.

문수는 선거를 앞두고 10년 넘게 자신이 맡아왔던 황보의 굿을 신애기에게 빼앗겼다는 소식을 듣고 분노하며 신당에 있던 '할멈상'을 집어던진다. 할멈상을 힘껏 들어 올려 벽을 향해 내던지는 순간 문수는 그것이 너무 가볍다는 사실에 놀라며 진짜 신처럼 떠받들었던 것이 사실은 깨지지도 않을 정도의 아주 텅 빈 물체라는 사실을 깨닫는다. 마치 무당이 신을 맞이하기 위해 자기 자신의 존재를 지우고 텅 빈 장소로의 신체를 내어주는 것처럼, 신령이라는 존재도 사실은 텅 빈 장소로 존재하는 것은 아닌지 의심하게 되는 것이다. 이러한 의심이 피어오를 때 무엇이 진짜이고, 무엇이 가짜인지, '혼모노'와 '니시모노'의 경계는 점차 흐려지게 된다.

소설의 결말에 이르러 문수는 굿판이 벌어지고 있는 황보의 집으로 향한다. 예상치 못한 문수의 방문에 모두 당황하지만, 신애기만은 문수가 올 줄 알았던 것처럼 태연하게 문수를 맞이한다. 여기서 주목할 점은 문수가 더 이상 자신의 몸에 신이 없다는 것을 알면서도 이를 "누구의 방해도 공작도 허용될 수 없는 만신들의 판"이라고 칭한다는 점이다. 몸에 들어와 있는 그 어떠한 신도 없이 시작되는 굿과 끈적한 피와 땀이 만들어내는 송연한 생의 감각을 통해 문수가 그토록 바라던 '혼모노'로서의 삶이 분출되기 시작한다. 신애기의 칼춤이 신령을 불러내는 청신(請神)의 과정이라면 문수의 칼춤은 30여 년 동안 자신의 몸과 삶을 차지하고 있던 신을 떠내 보내는 송신(送神)이자, 신들이 모조리 떠나버린 자리에 비로소 자기 자신을 불러내는 청아(請我)의 기도인 것이다.

구름도 다 사라진 땡볕 아래서 판수도, 악사들도 점점 지쳐가는 와중에 기세가 누그러지지 않는 이는 오직 나뿐이다. 피범벅에 몰골도 흉하겠으나 시야가 환하고 입가엔 미소가 드리워진다. (…)
삼십 년 박수 인생에 이런 순간이 있었던가. 누구를 위해 살을 풀고, 명을 비는 것은 이제 중요치 않다. 명예도, 젊음도, 시기도, 반목도, 진짜와 가짜까지도.
가벼워진다. 모든 것에서 놓여나듯. 이제야 진짜 가짜가 된 듯. (…)
땀을 뻘뻘 흘리면서도 작두에서 내려오지 않던 신애기가 아연실색하며 나가떨어진다. 그 애는 바닥에 주저앉아 휘둥그런 눈으로 나를 올려다본다. 황보와 그의 가족들도 기도를 멈추고 나를 올려다본다. 할멈도 이 장관을 다 지켜보고 있겠지.

신과의 합일을 통해 '혼모노'가 되고자 했던 삶이 끝난 자리에서 다시 시작되는 "진짜 가짜"로서의 순간에 확인할 수 있는 것은 신령만이 인간에게 진노하는 것이 아니라, 자신의 삶을 아무렇게나 사용하고 또 아무렇게나 버려둔 신을 향해 인간 역시 진노할 수 있다는 것이다. 그러나 이는 단순히 문수의 승리이거나 신애기의 패배가 아니다. 이 순간은 만신과 선무당, 혼모노와 니시모노의 구분이 모호해지는 순간이자, 밀려나는 자와 밀어내는 자의 전환이 이루어지는 순간이다. 그리고 "하기야 존나 흉내만 내는 놈이 뭘 알겠냐"는 조소를 되돌려줌으로써 '혼모노'의 의미를 탈환해내는 '진짜'

의 순간인 동시에, 신애기에게 아직 도래하지 않은 '혼모노적' 삶의 가능성을 상속해주는 순간이다. 이처럼 성해나의 소설은 밀어냄과 밀려남 사이에서 발생하는 다양한 감정들과 더불어 추락의 순간에 시작되는 도약을 통해 오랜 시간 이어져온 신을 넘어선 뜨겁고 송연한 인간의 생과 삶의 질서를 보여준다.

자갈 선생의 상담일지

이미상

2018년 웹진 『비유』를 통해 작품 활동 시작.
소설집 『이중 작가 초롱』이 있음.
문지문학상, 제14회 젊은작가상 대상 수상.

자갈 선생의 상담일지

상담심리(-사, -자, -가. 직업에 붙은 접미사마다 저마다의 이유로 마뜩잖은) 전문가 자갈 선생이 한숨을 쉬려다 휘파람을 불었다. 멜로디와 신경질이 섞인 숨결이 해옥의 얼굴에 닿았다. 막판에 한숨을 휘파람으로 교묘히 바꿨다고 해서 숨길 수는 없었다. 해옥은 요즘 그가 싫어하는 내담자였다.

늘을수록 '까다로운' 내담자에 대한 인내심이 준다고, 칠순을 앞둔 자갈 선생은 생각했다. 그가 자갈인 이유는 상담에 돌이 쓰였기 때문이었다. 대부분의 상담에서 상담 자체가 중요하다면 그의 상담은 상담과 상담 사이가 중요했다. 다음 상담을 기다리며 일상을 보내는 일주일 동안 내담자들은 돌을 주워 와야 했다. 불탄 옛집의 화단, 동료의 추락을 목격한 공사장, (내담자의 표현에 따르면) '기분 나쁜 장난'을 당한 무덤가.

살면서 고통을 겪은 곳에 가서 돌 하나를 주워 와 상담 책상에 올리고, 50분 동안 돌을 주운 곳에서 겪었던 일에 대해 말하고, 50분 뒤 다음 돌을 찾아 떠났다. 지나간 돌은 단지에 담겼다. 책상 뒤 장식장에 단지 여러 개가 있었다. "당신의 돌은 저기에 있습니다." 과거에서 헤어 나오지 못하는 내담자에게 선생은 단지를 가리키며 말하곤 했다. 그것은 고통이 내담자에게서 상담자에게로 이월되었음을 의미했다. 허약한 상징이었다.

그러나 돌 줍기, 돌 말하기, 돌 버리기의 과정을 반복하면서 어떤 이들은 차차 고통을 딴 데 두고 오는 감각을 익혔다. 앞으로 나아가는 것이 아니었다. 무책임하게 버리는 것이었다. 심장이나 기억 말고 아무튼 딴 데. 처음 돌 사냥을 떠나는 이에게 자갈 선생은 당부했다. "돌 가지러 가서 오래 생각하지 마세요. 회상에 빠지지 마세요. 그 사람 아직 사나 두리번대지 마세요. 결단을 내리지 마세요. 아무것도 하지 마세요. 그냥 눈에 띄는 첫 돌을 집어 얼른 빠져나오세요. 그리고 저에게 주세요. 나머지는 제가 다 알아서 합니다."

그는 내담자들이 고통을, 그것이 올 때 그랬듯 함부로 대하길 바랐다. 고통에 대해 너무 오래 생각함으로써 애지중지하지 않기를 바랐다. 포즈와 각도를 고민하지 않고 바로 물수제비를 뜨는 사람처럼 갖다 버리기를 바랐다. 정 어디다 버려야 할지 모르면 자기한테도 좋고. 그랬었다. 그때는 힘이 있었다.

해옥은 두 달째 같은 돌을 가져왔다. 상담 회기 총 여덟 번, 400분, 80만 원어치 동안 매번 모양은 다르지만 같은 화분에서 집어 온 것이 분명한 흰 돌을 내밀었다—공인된 자격증을 가진 심리학자에게 상담을 받아본 사람이라면 알겠지만 자갈 선생의 상담비는 경력을 고려하면 저렴한 편이었다. 그러고는 염력으로 들어 올리려는 것처럼 책상 위 흰 돌을 노려만 볼뿐 상담 시간 내내 한마디도 하지 않았다. 상담비가 100만 원이라는 보기 좋은 수에 육박하자 자갈 선생은 불안해지기 시작했다. 늙고 무능해진 느낌이었다. 뒷방 노인네. 아무짝에도 쓸모없는. 자갈 선생은 해옥이 자신의 능력을 시험하는 것 같아 조금씩 화가 났다.

물론 상담 초반에는 대부분이 그랬다. 돌을 자기 집 화분에서 가져 왔다. '그곳'에 갈 엄두가 안 나서 아무 돌이나 집어 와 상담 책상에 올리고 침묵하거나 거짓말했다. 그래도 평균적으로 두어 번, 길게 잡아도 한 달 정도면 그곳에 갈 수 있었다. 그곳은 한 곳이 아니고 여러 군데이기 때문에 쉬운 곳부터 가면 되었다. 리틀 티(Little trauma, Little "t")에서 빅 티(Big Trauma, Big "T")로, 작은 고통에서 큰 고통으로, 발표 시간에 염소 소리를 낸 창피했던 강의실에서 북한을 탈출하며 건넜던 메콩강으로. 고통의 계층 피라미드를 따라 서서히 강도를 높여가면 되었다. 그럴 때 내담자들에게 힘이 되는 것은 자갈 선생 뒤에 있는 각양각색의 돌이 담긴 단지들. 분명 무게 때문에 부근이 가라앉았을 그 돌의 전당, 통곡의 장식장, 치유의 상징, 자갈 선생의 베테랑 경력을 말해주는 우회적 증거—단지가 백 개는 되었다—가 돌 사냥에 나설 용기를 주었다. 그런데 해옥은 무려 두 달 동안 매번 한 흙에서 나온 돌을 가져오며 입을 열지 않은 것이다.

젊은 시절이었다면? 자갈 선생은 해옥을 안타깝게 여겼을 것이다. 얼마나 큰 고통이 목구멍을 막고 있기에 기침 한번 편히 못 할까 슬퍼했으리라. 꿈도 꿨을 것이다. 입을 떼려 할 때마다 목구멍에서 바늘이 튀어나와 입술을 맹렬히 꿰매는 꿈. 초보 상담자 시절 자갈 선생은 자신이 담당한 내담자가 되는 꿈을 자주 꿨다. 내담자의 마음을 알고 싶었고 그의 눈으로 세상을 보고 싶었다. 낮에 아이스크림을 먹고 싶었던 아이가 밤에 아이스크림을 먹는 꿈을 꾸듯 그렇게 절실하고 순진하게 자신이 고치려는 사람이 되는 꿈을 꿨다.

그러나 이제는 인간이라면 넌더리가 난다. 자갈 선생이 생각하기에 사람들은 일부러 그런다. 해옥도 일부러 입을 열지 않는 것이다. 슬프고 당황하고 머릿속이 컴컴해서가 아니라 일부러 고약을 떠는 것이다. 바로 내일이 암 선고를 받고 위절제술을 받은 뒤 처음으로 받는 내시경 검사 예약일인 것을 빤히 알면서도 아직까지 전화 한 통 없는 자식들처럼. 자식들도 고의로 연락하지 않는 것이다. 아버지의 버르장머리를 고쳐놓으려고. 복수하려고. '아버지도 기다릴 줄 알아야 해!' 오래전 자식들을 훈육하며 했던 말이 주어만 바뀌어 그의 머릿속을 맴돌았다. '아빠! 아버지! 아버님! 걱정하지 마셔요!' 자갈 선생은 자식들에게 듣고 싶은 말을 상상했다.

'수술하고 처음 받으시는 검사잖아요. 얼마나 떨리실까. 당연히 제가 따라가야죠. 손도 잡아드리고 검사하다가 응급 상황이 발생하면 보호자 동의 서명도 하고 피가 모자라면 수혈도 하게 따라가야죠. 저만 갈 게 아니라 온 가족이 가야죠. 아들, 딸, 며느리, 손주. 칠순 잔치처럼 온 가족이 총출동해 검사받으시는 내내 밖에서 기다려야죠. 환자 보호자가 병원에 따라가는 건 귀신에게 기세를 보이는 일이잖아요. 우리 사랑하는 아버지, 아버님, 할아버지, 병마가 따라붙으려다가도 가족들의 기세에 깜짝 놀라 줄행랑치도록 염원을 불어넣는 일이잖아요. 그러니 가야죠. 온 가족이 몰려가 손에 손을 잡고 한마음으로 간이 쪼그라붙어 죽음에 대한 공포를 나눠 가져야죠.' 하고 왜 미리 전화해 말해주지 않는 걸까. 초등학교 입학식 전날 잠 못 들던 아들의 등을 밤새 쓸어주었던 게 아들의 불안이 합리적이어서는 아니었는데. 게다가 자식은 물론 똑똑한 사위 한 명과 며느리 두 명의 박사 학비까지 대주었건만.

한밤중에 전화가 오기는 올 것이다. 목욕탕에 있는 듯 울리는 사무적인 목소리. 다른 노인네들은 아는지 모르겠는데 자식들은 부모와 통화할 때 손가락으로 SNS 피드를 올리기 위해 스피커폰을 켠다. '예, 바쁘죠, 바쁜데 어쩔 수 없잖아요'. 가위바위보에 진 자식은 말할 것이다. '어차피 수면 내시경 받으시려면 보호자 한 명이 따라가야 해요. 본관 로비에서 검사 예약 시간 10분 전에 뵈어요. 30분이요? 그렇게 빨리 갈 필요는 없어요. 어차피 제시간에 가도 기다리는데요. 예, 바쁘죠, 바쁜데 방법이 없잖아요'. 세상은 악의로 가득하고 자식은 사이코패스다.

그런 생각을 하면 자갈 선생은 벌 받은듯 배가 아팠다. 그런 날은 저녁 식사를 거르고 뉴-케어를 먹어야 했다. 자식들에게 온라인으로 뉴-케어를 주문해달라고 부탁한 지 오래였지만 아직도 가위바위보 중인지 아니면 한 번 총대를 메면 영원히 주문 당번을 해야 할까 봐 단체로 의도적 망각에 빠진 것인지 뉴-케어 구수한 맛은 오지 않고 순간 번쩍 자갈 선생의 눈앞에 미래가 보였다. 10년 뒤, 자갈 선생은 요양병원에 누워 있다. 자식들에게 흡수력이 좋으면서도 엉덩이를 건조하게 만들지 않는—병원에는 구비되어 있지 않은—일본산 기저귀의 직구를 부탁했지만 그것도 오지 않는다. 아무것도 오지 않는다. 세상은 악의로 가득 차 있고 인간은 다…….

　"해옥 씨, 말 좀 해요."
　"……"
　"해옥 씨, 돌 어디서 가져온 거예요?"
　"……"
　"해옥 씨, 돈 안 아까와요?"
　"……"
　(아버지는 기다릴 줄 알아야 해.)

　그 느낌이 왔다. 안 될 것 같은 느낌. 못 할 것 같은 느낌. 손아귀에서 내담자를 붙들려는 힘이 약해지는 느낌. 그리하여 자갈 선생은 해옥을 다른 데로 보냈다. 올해 들어 아홉 번째였다.

*

　해옥이 떠나자마자 자갈 선생은 상담일지를 폈다. 표지를 넘기자 첫 장에 스승님의 말씀이 적혀 있었다. 자갈 선생에게 상담을 사사한 스승님은 일본에서 대학을 나와 해방 후 미 군정의 지원으로 유학길에 올랐다. 귀국후 6·25 전쟁이 발발해 모 대학의 심리학 교수가 월북하자 그 자리에 부임해 은퇴할 때까지 한 대학에서 일했다. 상담일지를 바꿀 때마다 적는 글귀는 일지의 내용보다 작성의 긴급성을 강조하며 스승님이 하신 말씀이었다.

'상담이 끝나자마자 바로 상담일지를 쓸 것.' 자갈 선생은 평생 그 말을 지키리라 다짐했다. 상담이 끝나자마자 기지개도 켜지 말고 오줌도 누지 말고 일지를 적자, 기억이 살아 있을 때 종이에 붙잡아두자, 요의보다 내담자를 소중히 여기자. 그때는 오줌을 의지로 참을 수 있었다. 전립선 비대증의 괴로움을 모르던 시절.

어쨌든 아래는 자갈 선생의 상담일지를 일부 옮긴 것이다. 한 가지 말해둘 것이 있는데 인턴 시절부터 의료 차트 기록용 악필을 치밀하게 개발하는 편집증적인 의사들만큼은 아니지만 자갈 선생도 누군가 자신의 상담일지를 훔쳐볼지 모른다는 의심을 종종 품었고 그것 때문만은 아니지만 어쨌든 우리가 흔히 예상하는 식으로 일지를 작성하지는 않았다. 어쩌면 한때 배우를 꿈꿨기 때문인지도 모른다.

또는 '빈 의자 기법'을 처음 배워 자신에게 적용해보았을 때 느꼈던 어처구니없이 막강한 효과에 여전히 감탄하고 있어서거나. 비어 있는 건너편 의자에 원하는 사람을 상상으로 앉히고는 그 사람에게 하고 싶을 말을 쏟아내고, 바로 이어 그 의자로 옮겨가 이번에는 그 사람이 되어 자기 자신에게 말을 쏟아내고, 다시 제자리로 돌아와 자기가 상대방이 되어 했던 말의 반향에 눈물을 흘리는, 그렇게 두 의자를 오가며 두 사람이 되는 원맨쇼를 통해 인간 사이의 불일치하는 관점을 깨닫고 겸손해지는 기법이 주었던 강렬함이 수십 년째 계속되었다. 자갈 선생은 상담일지를 쓸 때면 자신이 여러 의자를 오가며 여러 인물이 되는 듯해 자유롭다고 느꼈다.

##일, ##월, ##년

case: 해옥

session: 8 (종결)

※ 잊지 말고 전자도서관 액세스가 가능한 둘째 며느리에게 다음의 논문을 보내달라고 할 것. 「상담자의 신체 질병 유무가 역전이 관리 능력에

미치는 영향-연령의 매개 효과를 중심으로」(나항서, 김경욱, 한국심리

학회지: 상담 및 심리치료, 35(4))

※ 오늘의 주제: 만일 젊은 시절의 내가 지금의 나를 본다면 뭐라고 말할

까?

젊은 나: 또 한 명 보냈네요.

늙은 나: 나는 아파. 나는 몰라.

젊은 나: 모르긴 뭘 몰라요.

늙은 나: 몰라.

젊은 나: 지금 여기, 바로 이 순간, 우리가 그토록 사랑하는 역전이가 일어

나고 있잖아요. 치료자가 딴 걸 끌고 와 환자에게 품는 못된 마음이요.

연락 없는 자식과 침묵하는 해옥을 하나로 보고 애꿎은 사람에게 미움

을 품었잖아요. 자식이 들쑤신 성질을 내담자에게 내기나 하고. 그러며

안 되죠. 돈 냈잖아요, 해옥은.

늙은 나: 미움이 전이되던 시절은 얼마나 행복한가! 암이 전이되는 시절보

다. 나는 아파. 나는 헛살았어. 죽고 싶어.

젊은 나: 스승님, 여기 좀 와보세요.

스승님: 상담자란,

늙은 나: 스승님, 안녕하세요. 오늘은 하늘색 투피스를 입으셨네요.

스승님: 침묵을 귀엽게 여겨야 한다, 마치 복슬강아지처럼.

늙은 나: 제가 침묵 대회에서 우승했던 것 기억하세요?

스승님: 상담자란,

늙은 나: 동기들끼리 스승님 방으로 쳐들어가 누가 제일 침묵을 오래 버

티나 봐주십사 졸랐잖아요. 작은 방에 소파를 밀어내고 술래잡기하는

것처럼 바닥에 동그랗게 앉아 다들 말없이 있었잖아요. 하나둘 방을

떠났고 제가 일곱 시간인가 버텼잖아요. 스승님께서 기특하다고 안아

주셨을 때 가슴팍에 닿던 겹겹의 진주 목걸이의 서늘함도 기억나는 걸요. 그랬던 제가 어쩌다 이렇게 되었을까요. 어쩌나 고작 한 시간도 안되는 침묵에 책상이 흔들릴 정도로 미친 듯이 다리를 떠는 인간이 되었을까요. 상담자는 언제 상담을 그만두어야 할까요. 그것을 안 가르쳐 주셨어요. 저희가 이렇게 늙을 줄 모르고. 가여운 스승님. 멍청한 스승님. 둘째 며느리 박사 과정이 아직 안 끝났어요. 저는 돈을 벌어야 해요. 돈을 아끼려고 청소도 직접 해요. 책상 아래로 기어들어가 내담자가 물어뜯어 버린 손톱을 주워요.

스승님: 침묵을 견디는 시간을 늘려야 한다, 마치 잠수부가 잠수 시간을 늘리려 심해에서 훈련하는 것처럼.

젊은 나: 그런데 보지 않았어요?

스승님: 상담자란,

젊은 나: 해옥이 입술 달싹거리는 거. 나는 봤는데. 당신도 봤는데. 그래놓고 못 본 척 해옥을 다른 데 보낸 거면서. 지겹고 지치고 당 떨어지고 내담자들이 갑자기 다 꼴 보기 싫어서. 젊은 시절의 당신이었다면 내담자의 미묘한 변화, 얇은 벚꽃이 뒤집히려다 되돌아오는 것 같은 기미도 알아차리고 소중히 여겼을 텐데. 지금이 적기네요. 상담소 폐업적기.

늙은 나: 나는 아파. 나는 헛살았어. 나는 죽고 싶어.

*

"거기서 다시 여기로 가래요."

자갈 선생이 예약 수첩을 확인했다. '혜옥'이라는 이름의 새 내담자가 예약한 게 아니었다. 쫓아 보냈던 해옥이 돌아왔다.

"누가요?"

"선생님이 다른 데로 보냈던 사람들이요."

자갈 선생에게.

오랫동안 우리는 당신이 왜 우리를 다른 데로 보냈는지 토의하며 지냈다. 우리는 다 친구가 되었다. 우리는 행복하다. (중략) 결론은 이렇다. 당신은 우리가 당신의 치료에 따르지 않았기 때문에 우리를 쫓아 보냈다. 해옥은 다르다. 해옥을 돌려보낸다. 선물로 입을 열어서 보낸다.

"제가 뭐가 다르다는 거예요?"

그러고 보니 몇 주 만에 본 해옥은 수다쟁이가 되어 있었다.

"내 것을 읽었어요?"

"아니요."

수다쟁이에 거짓말쟁이까지 되어 있었다.

쪽지는 중수가 쓴 게 분명했다. 중수는 자갈 선생이 다른 상담센터로 보낸 내담자 중 한 명이었다. 자갈 선생이 다른 기관으로 리퍼(refer)한 내담자들끼리 모임을 결성했다. 그곳이 바로 〈쫓겨난 내담자 들의 모임〉으로 자갈 선생의 명예를 실추시키는 악소문의 진원지였다. 모임에서 퍼뜨린 소문 때문에 곱게 늙은 상담 대가들마저 자갈 선생의 뒤에서 저 이는 환자를 끝까지 책임지지 않는다는 둥 환자를 딴 곳에 의뢰하고 커미션을 받는다는 둥 성질머리가 나빠서 환자가 조금만 불만을 내비쳐도 꽁해서 유배를 보낸다는 둥 떠들어댔다. 해옥의 침묵이 그랬듯 옛 내담자들 각각의 개성이 자갈 선생을 애먹인 것은 사실이지만 그 이유만으로 떠나보낸 것은 아니었다. 그건 자갈 선생이 확신할 수 있는 몇 안 되는 것이었다.

자갈 선생과 중수 사이에 문제가 되었던 것은 중수가 상담을 몰래 녹음하는 것뿐 아니라 녹취까지 풀어 자갈 선생에게 보였기 때문이었다. 이름 뒤에 쌍점(:)이 붙은 익숙한 형식의 두툼한 녹취록을 건네며 중수는 이렇게 말하지는 않았다. '당신 왜 나에게 이런 말을 했지?' 자신과 중수의 말이 그대로 기록된 녹취록을 넘기며 자갈 선생은 중수가 그런 말을 하리라고 예상했다. '당신 왜 이 타이밍에서 아버지 이야기를 꺼냈지?' '당신 왜 이 타이밍에서 한숨을 쉬었지?' '당신 왜 이 타이밍에……' 상담 내용을 근거로 자신에게 따지고 해명을 요구할 줄 알았다. 그러나 중수는 묻지 않았다. 중수는 분석했다. 당신의 의도와 그 의도를 추동한 성격과 그 성격을 형성한 유전자와 유년기의 신묘한 조합을 분석하는 일 따위 한 입 거리도 안 된다는 듯 중수는 여유 있는 태도로 그것도 꽤 정확하게 자갈 선생의 정신을 분석했다. 그러니까 그가 녹취록을 통해 한 일은 상담을 패러디하는 것이었다. 자갈 선생은 녹취록을 보고서야 자신에게 '어차피'를 자주 쓰는 말버릇이 있다는 것을 알았다. 중수는 유나바머의 선언문에 나타난 개인어를 분석한 법언어학자처럼 자갈 선생이 '어차피'를 자주 사용하는 데에서 출발해 그의 정신에 드리운 숙명론의 어두운 그림자를 알아맞혔고 그 유래에 대해 그럴싸한 이론까지 제시했다.

만일 자갈 선생이 제정신이었다면—그해 여름 그는 빅 티와 리틀 티의 중간쯤 되는 일을 겪었다—중수의 도전을 유머러스하게 받아쳤을 것이다. 자리에서 일어나 '여기 앉으시지요.' 상담자 의자를 중수에게 양보하는 퍼포먼스를 해 보였을 것이다. 그러나 그때의 그는 그럴 수 없었다. 머리로는 어떻게 해야 하는지 알고 있었다. 중수는 상담이 굴러가는 프로세스를 재연함으로써 상담에서 했던 내밀하고 중요한 것들을 깔보려 애쓰고 있었다. 자갈 선생이 자신에게 했던 것을 똑같이 돌려줌으로써 자신이 느꼈던 감정—수치심이든 분노든 무력감이든—을 경험하게 하려는 것일 수도 있었다. 어찌 보면 중수의 행위는 소통에 대한 간절한 열망, 도저히 말로는 자신이 느끼는 것을 표현할 수 없어서 똑같이 당하게 함으로써 몸소 느끼게 하려는 것일 수도 있었다. 이유가 어찌 되었든 여린 것에 초점을 맞춰야 했다. 진을 빼는 행위 아래 놓인 마음의 가장 여린 부분에 줄기차게 조명을 비춰야 했다. 그 포인트에 비하면 나머지는 곁가지였다. 그러나 자갈 선생은 겁이 났다. 그리하여 이렇게 말해버렸다. "중수 씨, 다른 데 한번 가봐요. 다른 상담자 소개시켜 드릴게요. 저보다 훨씬 잘하는 분예요."

"……해옥 씨, 왜 다시 왔어요?"

해옥이 돌을 내밀었다. 흰 돌이었다. 거실 화분에서 가져왔을 여덟 번은 족히 봤던 그 돌.

다시 그 느낌이 왔다. 안 될 것 같은 느낌. 못 할 것 같은 느낌. 손아귀에서 내담자를 붙들려는 힘이 약해지는 느낌.

"레콜레타 공동묘지, 에취."

해옥이 갑 티슈―템포 제품이었다―를 끌어다 쓰며 말했다.

"아르헨티나 부에노스아이레스에 있어요. 거기서 주워 왔어요."

*

##일, ##월, ##년

case: 해옥

session: 9 (재개)

※ 템포 대신 크리넥스를 쓰는 건 어떨까? 가격 차이를 알아볼 것.

※ 오늘의 주제: 스승님이라면 어떻게 하셨을까?

나: 스승님, 해옥 씨가 이제 말은 하는데 거짓말을 합니다. 아르헨티나에서 돌을 가져왔대요. 어떻게 해야 하나요. 두렵습니다. 제가 상담을 망쳐서 또 다시 입을 닫을까 두렵습니다. 저를 둔하고 감 없고 성나고 한심하고 냄새 나고 돈값 못 하는 노인네로 볼까 봐 무섭습니다.

스승님: 상담자란,

나: 두렵습니다. 두렵습니다.

스승님: 안이 아니라 앞을 봐야 한다, 마치 눈 가린 경주마처럼. 상담자란,
앞사람의 말을 잡아뽑듯 경청해야 한다, 마치 성능 좋은 진공청소기처
럼. 상담자란······ 상담자란······.

*

그리하여 자갈 선생이 숨도 쉬지 않고 귓구멍으로 뽑아내듯 공격적으로
경청한 해옥의 돌에 얽힌 사연은 다음과 같았다. 해옥은 돌을 아르헨티나
의 수도 부에노스아이레스의 레콜레타 공동묘지에서 가져왔다고 주장했
다. 그곳은 아르헨티나의 저명인사들이 묻힌 곳으로 에바 페론도 잠들어
있다.

그곳의 특이한 점은 묘가 묘처럼 생기지 않고 집처럼 생겼다는 것이다.
백설 공주의 일곱 왜소증 친구들이 살 법한 크기에 지붕과 문도 번듯하게
달려 있고 철문에는 석조 조각 천사가 기어오른다. 해옥은 한국에서도 묘
지를 좋아해 울적할 때면 현충원에 놀러 가 영령과 영령이 사는 동안 괴롭
혔을 영령과 함께 묻힌 부인들의 사진을 보고 오곤 했다.

일이 벌어진 것은 저녁으로 폐장하기 전에 나가려는데 청소도구함을 팔
에 낀 젊은 여자가 말을 걸었다. 스페인어로 말해 알아듣지 못했으나 뉘앙
스로 미루어 보건대 혜택을 베푼다는 것 같았다. 나중에 살아 돌아온 뒤 인
터넷을 검색해 알게 된 사실이지만 집 모양의 묘 지하에는 특수처리한 여러
구의 시신을 보관하는 방이 있고 그곳은 관광객이 접근할 수 없는 사적인 공
간이다. 여자는 어떤 집안에 소속되어 그들의 묘를 청소하는 사람이었다.

청소부 여자가 철문을 감은 자물쇠를 열더니 들어오라고 해 들어간 1층
은 작은 성당 같았다. 저녁 무렵의 오렌지 빛깔의 햇살이 스테인드글라스
를 통과해 대리석 바닥에 무지개를 그렸고 그 화려함과 대조적으로 무지개
너머 우묵하게 들어가 그늘진 자리에는 대리석으로 만든 엄격한 얼굴의 동

상과 제단이 있었다. 열린 문틈으로 낙엽이 굴러오자 여자가 얼른 주워 호주머니에 넣고는 광택제를 묻힌 헝겊으로 동상을 문질렀다.

돈 워리(Don't worry)라고 했던가 바모스(Vamos)라고 했던가. 여자가 손잡이가 달린 커다란 바닥 문을 들어 올리며 말했다. 해옥은 혹시 여자가 자신을 구멍으로 떠밀까 싶어 멀찍이 떨어져 기둥을 붙잡고 문 아래를 보았다. 거기서 보아도 아래가 깊고 완전히 어둡다는 것을 알 수 있었다. 해옥은 여자를 따라 지하로 내려갔다. 아니 여차하면 도망치려고 여자 뒤에 서려고 했지만 어쩌다 보니 자신이 먼저 내려가고 있었다.

사다리였다. 계단도 아니고. 해옥은 아래 칸을 발로 건드려 확인하며 위에서 내려오는 여자에 밀려 밑으로 밑으로 기분상으로 끝없이 내려갔다. 그나마 머리 위 뚜껑이 닫히기 전에는 빛이 있었지만 얼마 뒤 여자가 줄을 당겨 뚜껑을 닫았다. 그러자 미술관에서 돈 주고 살 법한 완전한 어둠이 퍼졌다. 빛이 사라지기 전 마지막으로 본 것은 양옆에 쌓인 관들이었다. 사다리를 둘러싼 벽 전체가 커다란 선반이었다. 그곳에 몇 대의 걸친 귀족 가문의 관들이 타조 깃털의 섬세한 터치를 기다리며 층층이 쌓여 있었다. 겨드랑이에 청소도구함을 낀 여자는 사다리를 붙잡고 요령 좋게 몸을 뻗어 죽은 귀족들의 겨드랑이를 먼지떨이로 간질였다.

뚜껑이 닫혔을 때, 처음으로 오늘 여기서 죽나? 생각했다. 발이 땅에 닿았고 여러 사람이 바삐 움직이는 소리가 들렸다. 흙을 스치는 발소리. 흥얼거림. 촛불이 켜지고 종유석처럼 길쭉한 그림자들이 마호가니 관들의 광택 위로 정신없이 흔들렸다. 어둠에 눈이 익자 청소부 여자까지 모두 다섯 명의 젊은이가 자신을 뚫어지게 보고 있음을 알았다. 핸드폰은 터지지 않았고 청소부와 친구들은 영어를 거의 하지 못했다. 1층의 대리석 제단과는 판이하게 다른 와인 상자로 만든 지하 제단에는 각종 물건들, 곰 인형, 향수병, 장검, 꼬질꼬질한 실크 슬리퍼, 시디플레이어, 피눈물을 흘리는 성모상이 있었다. "아 유 코리언?" 누군가 말했다.

해옥은 고개를 숙이고 발을 끌다가 휙 돌아 사다리를 탔다. 두 번은 발을 헛디뎌 알아서 떨어졌고 두 번은 청소부와 친구들에 의해 끌어 내려졌다. 사다리를 오르려 할 때마다 누군가 깔깔대며 촛불을 껐다. 결론부터 말하자면 해옥은 아무 일도 당하지 않았다. 나쁜 일은 당하지 않았다. 청소부와 친구들이 나쁜 짓을 하려 했는지도 알 수 없다. 어쩌면 그들은 케이팝을 좋아하는 아마추어 댄스 팀이었는지도 모른다. 지하 무덤에서 커버 댄스를 보여주고 싶었는지도.

문제는 해옥에게 정교히 고안한 행동 방침이 있었다는 것이다. 어렸을 때부터 살인자를 만나면 어떻게 해야 할지 생각해두었다. 살인 자체가 목적인 살인자를 만나면 소용없을 테지만 다른 범죄를 감추기 위해 사람을 죽여야 하는—예컨대 목격자를 없애야 한다거나—쾌락보다는 실용이 우선인 살인자를 만나면 시도할 가치가 있는 방법이었다. 해옥의 표현에 따르면 그것은 윈-윈(win-win) 전략으로 자신은 어찌 되었든 목숨만은 부지할 수 있어 좋고 범죄자는 살인까지는 저지르지 않을 수 있어 좋다.

살인자 앞에서 사람들은 하나같이 살려만 주시면 무슨 짓이든 하겠다고 말한다. 그때 무슨 짓을 해야 할까 어린 해옥은 고심했다. 안대든 두건이든 맥도날드 종이봉투든 일단 얼굴에 씌어놓은 것은 절대 벗으면 안 된다. 벗겨질 것 같으면 먼저 다시 제대로 씌워달라고 요청해야 한다. 얼마나 많은 살인자가 살려주고 싶지만 얼굴을 봤기 때문에 어쩔 수 없다고 말하는가.

다음으로 절대 소리를 지르면 안 된다. 얼마나 많은 죽일 의도가 없었던 살인자가 비명 소리에 놀라 칼을 마구잡이로 휘둘러 예순일곱 번의 자상을 입히는가. 그리고 마지막으로 해옥은 자신만의 독특한 방법을 고안했는데 그의 말을 직접 인용하면 "상대에게 자신의 치부를 내어주는 것"이었다. 범인을 신고할 수 없을 만큼의 치부, 경찰서 앞을 서성이다가도 퍼뜩 떠올라 뒷걸음질 칠 수밖에 없는 정확히 죽음 바로 다음 순위에 놓일 그런 치부를 자발적으로 범인의 손에 쥐여주어 증명해 보이는 것이다. 살려만 주시면 '무슨 짓'이든 하겠다는 말을. 그리하여 해옥은 했다. 그들 앞에서. 살기 위해.

"한 명은 떨어지기까지 했습니다." 청소부와 친구들은 발을 헛디뎌가며 미친 듯이 사다리를 타고 올라갔다. 병에 갇혀 병뚜껑에 몰려든 올챙이 떼처럼 바닥 뚜껑을 머리로 밀어 올리려는 절박한 소리가 지하에 울렸다. 해옥은 혼자 남았다. 그는 흙바닥에 누워 뻥 뚫린 천장을 올려다보며 생각했다. 내가 무슨 짓을 했나. 내가 치부를 팔아 목숨을 구했나. 아니면 방음이 잘 되는 지하에서 밤새 음악을 틀어놓고 춤추고 싶었던 케이팝을 사랑하는 아르헨티나 사람들에게 충격을 선사한 것인가. 신호를 착각해 가장 은밀하고 수치스러운 것을 내보이고 만 것인가.

"그날 이후 그들을 지구상에서 없애고 싶다는 충동에 시달렸습니다. 그들이 저의 가장 부끄러운 모습을 보았기 때문이겠죠. 세 종류의 칼을 들고 부에노스아이레스 거리를 헤매고 다녔습니다. 그러나 웬일인지 청소부조차 다시는 볼 수 없었습니다. 못 알아본 것일 수도 있습니다. 지하 무덤은 끔찍하게 어두웠고 우리에게 서양인의 얼굴은 다 비슷해 보이니까요. 저는 살의의 확장하는 속성에 대해 생각합니다. 많은 살인자가 죽이고 싶은 사람을 죽이는 대신 닮은 사람을 여럿 죽인다고 합니다. 왜 그럴까 생각해보았습니다. 그것은 조각을 모아 전체를 보려는 야심이었습니다. 처음에는 죽이고 싶은 사람을 왜 죽이고 싶은지 막연한 감만 있을 뿐 철저한 앎에 도달하지 못한 채 살인을 시작합니다. 그러다 비슷한 사람을 여럿 죽여 나가며 마침내 A-ha! 하는 통찰의 순간, 왜 그 사람을 죽이고 싶었는지 살의를 납득하는 순간, 깊은 자기 이해에 도달하는 순간, 그러니까 성공적인 심리상담에서 얻을 법한 그런 깨달음을 얻게 됩니다. 저는 죽이고 싶은 인간들의 얼굴조차 제대로 알지 못합니다. 그들이 한국에 들어와 외국인이 출연하는 예능프로그램에 나온다 한들 제가 알아볼까요. 저로서는 유사한지 대조해볼 만한 원본조차 갖고 있지 못한 셈입니다. 그래서 궤변이라고 하실

지도 모르겠지만 저야말로 더욱이……"

그것은 궤변일 뿐 아니라 해옥이라는 사람을 완전히 다르게 보게 할 만한 발상이었다. 그날 자갈 선생은 상담일지를 쓰지 못했는데 충격을 받았다기보다 아무 방해도 받지 않고 해옥의 이야기와 캐릭터에 젖어 있고 싶어서였다.

"사람을 여럿 죽여봐야 하지 않을까요? 그래야 도달할 수 있지 않을까요? 그날의 그들의 얼굴에."

＊

그 뒤로 상담에 두 번 더 오고 해옥은 다시 나타나지 않았다. 주로 사람을 죽이고 싶다는 이야기를 했다. 공사 현장 아래를 걷다가 고개를 들면 작업자들이 걸어 다니는 비계 작업 발판이 보이는데 거기다 기요틴을 설치하면 어떨까 상상한다는 이야기 같은 거.

해옥이 사라지고 나타난 사람은 중수였다. 〈쫓겨난 내담자 들의 모임〉 대표인 그 중수가 상담실로 걸어 들어왔을 때 자갈 선생이 한 일은 예약 수첩을 확인하는 것이었다. '종수'라는 새 내담자가 예약한 것이 아니었다. 종수가 아니라 중수였다. 혜옥이 아니라 해옥이었듯.

"살아계셨네요, 그럼 전 이만!"

중수가 장난스럽게 뒤돌아 나가려다 다시 몸을 돌려 의자에 앉았다.

"오랜만입니다?"

자갈 선생이 여전히 얼떨떨한 채로 말했다. 두 사람은 거의 십 년 만에 만나는 것이었다.

"다른 용건은 없고요, 선생님 안부가 궁금해서 온 거니까 갈게요."

"그냥 오지 그랬어요." 자갈 선생이 종수라는 이름에 취소 선을 그으며 말했다. 책상 서랍을 열어보니 다행히 현금이 있었다. 그는 환불해주는 것

—중수는 상담 비용을 선입금했다—이 중수에게 또 다시 거절당하는 느낌을 줄까 봐 망설였다. "정말 안부를 묻고 싶어 온 거라면 예약을 지울게요. 담소나 나누다 가요."

"됐어요." 중수가 서랍을 향해 고갯짓하며 말했다. 뭘 하려는 건지 다 아니 그만두라는 신호였다. 그제야 자갈 선생은 긴장이 풀리면서 웃음이 나왔다. 그때나 지금이나 중수는 자갈 선생을 읽을 줄 알았다. 사소한 몸짓에서 인생역정을 읽어내는 셜록 홈즈가 따로 없었다. 잠시 자갈 선생은 십 년 전에 하지 못했던 퍼포먼스를 해볼까 생각했다. 자리에서 일어나 춤을 청하는 신사처럼 허리를 구부려 이렇게 말하는 거다. '여기 앉으시죠, 상담자 나으리.'

그러는 대신 그는 이렇게 말했다. "그래, 내 안부는 어쩐 일로 궁금했어요?"

"해옥 아직 여기 다녀요?"

"알아요? 해옥 씨 어떻게 지내는지? 연락할 방법 있어요?"

"안 온다는 거죠?"

"예."

"다행이네요. 다들 계속 찜찜해했거든요."

"무엇을요?"

"해옥을 여기로 보낸 거요."

돌이켜보니 해옥에게 딸려 보냈던 쪽지에 '해옥은 다르다'고 적혀 있었다.

"저희는 얼마간 같이 지내본 결과 해옥이 사람을 죽였거나 앞으로 죽일 사람이라고 결론을 내렸습니다." 중수가 골똘하고 진지한 얼굴을 하다가 얼른 얼굴 근육을 풀며 말했다. "물론 저희가 선생님처럼 전문가는 아니지만요. 어쨌든 느낌이 그랬습니다."

그 모습을 보며 자갈 선생은 오래전 두꺼운 녹취록을 건넸던, 지금보다 어렸지만 똑같이 지성적인 중수의 얼굴을 떠올렸다. 뒤이어 중수 앞에 앉아 있었던 십 년 전의 자신도 떠올랐다. 그때 자갈 선생은 한편으로는 중수가 얼마나 고생했을까 싶어 마음이 쓰였다. 음성 파일을 문자로 전환해주는 애플리케이션이 없던 시절이었다. 가난했던 중수가 속기 사무소에 녹취를 맡겼을 리도 없었다. 그는 자신과 자갈 선생의 말을 여러 번 들으며 손수 타자로 옮겼을 것이다.

자갈 선생은 해옥이 어떤 사람인지 대해서는 이야기하지 않았다. 그도 잘 몰랐다. 사람 죽일 사람 같기도 했고 그냥 뭘 해야 할지 몰라서 당황해 아무 소리나 하는 엉뚱한 사람 같기도 했다. 자갈 선생은 두 사람의 추억이 깊이 밴 주제를 꺼냈다.

"중수 씨."

"큭큭."

"지금."

"큭큭."

"녹음 중이에요?"

두 사람은 한바탕 웃었다.

"지금도 가끔 읽어요." 중수가 웃음을 걷으며 속삭이듯 말했다. "녹취록. 지금 보면 그때와는 다른 게 읽히죠."

"자," 자갈 선생이 서랍을 기세 좋게 열어 현금을 꺼내며 말했다. "우리 같이 속없이 웃었으니까 이거 상담 아니에요. 돈 돌려줄게요."

"해옥만큼."

중수가 말했다.

"우리가 심각했어요?"

해옥이 사람을 죽일까?

"우리를 왜 버렸어요?"

어쩌면 그럴지도.

"버린 적 없는데."

"너무 신파인가? 그럼 우리를 왜 포기했어요?"

"포기한 적 없는데."

"우리를 다른 데로 보냈잖아요."

"내가 못 할 것 같았으니까."

"선생님이 손을 못 쓸 만큼 우리가 끝장이었어요?"

"아니죠, 그때는 내가 끝장이었죠. 만약 중수 씨를 고칠 사람을 줄 세운다면 내가 제일 마지막 사람이었죠."

십 년 전 여름 내담자가 자살했다. 드문 일은 아니었다. 경력이 오래된 상담자치고 내담자가 한 명도 자살하지 않은 경우가 드물었다. 그해 자갈 선생을 심리적 붕괴에 이르게 한 것은 그가 그다지 충격을 받지 않았다는 사실이었다.

"저 갈게요." 중수가 머플러를 두르며 말했다.

며칠 전 뉴스를 떠들썩하게 한 사건이 있었다. 한 특수교사가 가르치는 학생을 수차례 몰래 꼬집었다. 말 못하는 아이는 선생님만 보면 오줌을 지렸다. 학부모들에 따르면 괜찮은 선생님이었다. 그가 그럴 줄은 몰랐다. 사람을 돕는 일이 직업인 사람이 지치면 흉기가 된다고, 자갈 선생은 멍한 얼굴의 특수교사를 보며 생각했다. 꼬집힌 아이의 부모는 선생님을 고소하지 않았다. 그들은 자신들에게 주어진 매스컴에 비칠 기회를 특수교사와 번아웃 증후군의 긴밀한 관계를 조명하는 데 바쳤다.

자갈 선생은 특수교사를 객관적인 눈으로 볼 수 있었다. 그러나 같은 눈으로 자신을 보지는 못했다. 비통해야 할 일에 충분히 비통해지 않은 자신을 용서하지 못했다. 내담자가 살짝만 거슬려도 얼른 다른 데로 보내버렸다. 오히려 그 인간적이고 일시적인 거북살스러움을 통로로 삼아 내담자와 더 깊은 관계를 맺을 수 있다는 것을 경험상 철저히 알고 있었음에도.

"하나 가져갈게요." 중수가 상담 테이블 옆 화분에서 돌을 집어 호주머니에 넣으며 말했다. "저작권료 지불하라고 할까 봐 말 안 했는데 사실 우리끼리 해요." 중수가 장식장에 놓인 단지를 보았다. "우리끼리 고통의 땅에서 돌을 가져오고 서로의 돌을 가져가요. 그러곤 이렇게 말하죠. '당신의 돌은 나에게 있습니다.'" 아직 고통을 품지 않은 산뜻한 돌이 중수의 호주머니에 실려 멀어졌다.

자갈 선생은 책상에 머리를 기대고 누웠다. 짧은 꿈을 꾸었다. 꿈속에서 발바닥이 간지러워 내려다보니 정오의 뻐꾸기시계처럼 긴 판때기가 밀려 나오고 있었다. 판은 점점 길어졌고 자갈 선생은 길어지는 판을 따라 걸었다. 끝에 다다른 순간 자갈 선생은 자신이 팬티 바람으로 수천 명의 관중이 지켜보는 가운데 27미터 높이의 다이빙 플랫폼에 서 있다는 것을 알았다. 계단마다 청중으로 가득 찼고 휘날리는 깃발은 햄버거에 꽂는 성조기처럼 작아 보였다. 멀리 공사 중인 성가정 성당과 피사의 사탑과 자유의 여신상이 보였다. 모든 것이 자갈 선생의 발밑에 있었고 모든 사람이 그가 자신들과 같은 선상으로 내려오기를 기다렸다. 그리고 얼마 안 있어 자갈 선생은 단순히 뛰어내리기만 해서 끝날 문제가 아니라는 것을 깨달았다. 파란 농구 코트처럼 보이는 물에 바늘귀만 한 부표가 떠 있었다. 그것을 맞춰야 했다. 추락사를 피하는 것뿐 아니라 실 한 오라기 쑤셔 넣기 힘든 바늘귀만 한 점을 명중해야 했다. 그것은 무엇이었을까, 그 부표는. 자갈 선생은 묵직한 머리를 들어 올리며 생각했다. 자살한 내담자가 자살하기 바로 직전 상담 때 자갈 선생은 고민했었다. 분명 기미는 있었다. 하지만 입원을 권유할 만큼의 기미인지 확신하지 못했다. 입원을 시킨다면 안전할 것이다. 그러나 만일 기미를 잘못 읽고 섣불리 입원을 권유한다면 내담자를 더욱 불안하게 만들 수도 있었다. 상담이 끝날 시간이 다가오자 자갈 선생은 초조해 내담자에게 지금 어떤 기분이고 그 기분은 몇 점인지 연거푸 물었다. 그때 그는 이렇게 말했던 것 같다. 손에 달라붙어 떨어지지 않는 수제비 반죽 같다고. 이상하게 감정은 떼려 할수록 더 붙는 것 같다고. 그러고는 당신의 우울은 몇 점입니까? 하고 적힌 코팅 종이를 툭 치곤 방을 나갔다.

자갈 선생은 도와야 할 사람을 돕지 못한 적이 있었다. 그런 자신에게 빠져 아무도 자신을 찾지 않기를 바랐던 적이 있었다. 사람의 마음은 흔들리고 바늘귀만 한 부표와 같아 맞힐 수가 없다. 자갈 선생의 마음은 무섭게 어두워져 갔다. 또다시 그때의 의심이 몰려오고 있었다. 내담자가 자살했던 여름, 생각보다 비통해하지 못했던 여름, 자살한 내담자의 가족이 나를 고소할까? 생각해봤던 여름, 그때 그는 의자를 보고도 그게 의자라는 것을 믿지 못했다. 자기 회의의 지옥이 또다시 아가리를 벌리고 있었다. 다시는 회복될 수 없으리라, 십 년 전 죽은 내담자를 상담일지에 가둬 그가 아는 최고의 상담자인 스승님과 그의 보좌인 젊은 시절의 자신에게 맡긴다 한들 그는 살아 돌아오지 못하리라, 자갈 선생은 공평하게도 다시는 회복되지 못하리라, 그때, 아, 돌!

중수의 호주머니 속의.

버렸지만 버려지지 않은 것

문예지 서울대학교 국어국문학과 박사 수료

1.

　노년의 상담심리사 자갈 선생의 상담은 고통의 장소에서 찾은 '돌'을 매개로 기억을 말하고 그것을 버리는 과정으로 이루어져 있다. 돌을 줍고 말하고 버리는 일련의 행위를 통해 고통을 외부화하고 그것을 가볍게 만들어 버릴 수 있는 것으로 전치(轉置)시키는 이 상담법은 그러나 '까다로운' 내담자들에게는 쉽게 먹혀들지 않는다. 여덟 번의 상담 시간 내내 침묵하던 내담자 해옥과 상담 과정을 녹음해 자갈 선생의 정신을 분석하려는 지성적인 내담자 중수……. 내담자에 대한 관심과 열정을 잃어버린 자갈 선생은 자신의 '무능'을 시험하는 이들을 더 이상 기다려주거나 붙들지 않고 다른 곳으로 떠나보내곤 했다. 그렇게 가족들에게조차 외면당하는 늙고 아픈 자갈 선생의 상담소는 폐업 위기에 처해 있다. 문제는 그가 보내버린 내담자 해옥이 선물처럼 다시 돌아왔다는 사실이다. 침묵을 깨고 수다쟁이가 되어서. 이로써 자갈 선생은 해옥과의 종료된 세션을 재개하고 그녀의 사연을 들을 수 있게 된다.

「자갈 선생의 상담일지」에서 상담자와 내담자, 분석가와 피분석가의 관계는 그다지 위계적이지도 권력적이지도 않다. 이는 과거 자갈 선생의 내담자였다가 해옥보다 먼저 다른 기관으로 보내져 그에게 배신감을 품고 모임을 주도한 중수와의 관계에서 잘 드러난다. 자갈 선생과의 상담을 녹음해 직접 녹취록까지 작성한 중수는 충분한 통찰력을 가지고 "상담을 패러디"할 수 있지만, 정작 상담가는 그와의 퍼포먼스를 적극적으로 수행하거나 다른 상담 전략을 찾아낼 여력이 없다. 아픈 몸과 인간에 대한 회의, 가족들의 무관심, 부족해진 참을성보다 근본적으로, 그 역시 '그해 여름'의 일로 개인적인 고통의 기억을 품고 있기 때문이다. 내담자의 고통을 완화할 방법을 찾아야 하는 상담자에게 심리 상담이 필요한 상황. 내담자를 감당하지 못하는 상담자의 불안과 두려움이 이 소설이 안내하는 정서적 세계라 할 수 있을 것이다.

여기서 상담의 주제와 경과를 기록한 상담일지는 자갈 선생의 신체적 · 정신적 쇠약함과 상담자라는 스스로에 대한 불안이 투영되어 있을 뿐만 아니라, 그가 스승으로부터 배운 상담학의 원칙을 복기하거나 재상상하고, 과거의 자신이나 내담자의 위치를 오가며 가상의 대화를 시도하는 일종의 자유 연상의 공간으로 나타난다. 자갈 선생의 일지는 이처럼 내담자의 케이스를 정리하고 분석한 기록이 상담자의 (무)의식을 드러내는 것이기도 하다는 점을, 아니 오히려 상담자의 연상, 상념, 무의식이 뒤섞인 일기에 가까울지 모른다는 점을 강조하면서 상담의 역학을 뒤섞는 기능을 한다. 통상 상담이라는 행위는 전문가와 비전문가, 치료자와 환자 사이의 대화로 이해되곤 하지만, 이 대화적 관계에서 기실 상담가는 내담자보다 더 약한 위치에 놓인다. 상대에 관한 어떤 기억이나 정보를 공유하지 않은 상황 속에서 이루어지는 대화, 즉 내담자의 발화를 통해서만 그(의 고통)에 대한 정보를 취하고 소통할 수 있는 상담자는 내담자가 자신에 대한 앎을 습득할 수 있도록 오히려 더 그것에 매달려야 하기 때문이다.* 소설은 이러한 상담자-내담자 관계의 비대칭성을 통해 그 속에서 상담자가 느끼는 불안과 내담자가 느끼는 배신의 감정들이 어떻게 교차되고 엇갈리는지를 포착한다.

2.

조용하기만 하던 해옥은 재개된 상담에서 예전의 '흰 돌'을 꺼내 이야기를 들려준다. 부에노스아이레스의 레콜레타 공동묘지에서 가져온 (것으로 주장되는) 그 돌은 무덤의 지하에서 해옥이 겪은 공포의 기억과 동시에 그녀가 그곳에서 살아남기 위해 감행했던 '무슨 짓'에 관한 수치심을 대리하는 대상이 된다. 물론 자갈 선생에게도 독자에게도 해옥의 돌이 아르헨티나에서 가져온 것인지, 그것이 담은 이야기가 과연 진실인지 알 수 있는 방법이나 능력은 없다. 다만 자갈 선생은 '바로 상담일지를 쓴다'는 원칙을 제쳐두고서라도 해옥의 이야기에 감응하고 싶어 한다. 해옥의 고통의 이야기가 주는 어떤 힘에. 더 구체적으로는 그 고통에 대응하는 해옥의 방식에. 자신에게 고통과 분노의 기억을 초래한 대상의 '얼굴조차' 알지 못하는 해옥의 방어는 이런 것이다. "사람을 여럿 죽여봐야 하지 않을까요? 그래야 도달할 수 있지 않을까요? 그날의 그들의 얼굴에." 가해자의 얼굴이 없는 트라우마에 부착된 수치와 분노는 누구를 향해 표현되어야 하는 것인지, 해옥이 사람을 죽일 사람인지 아닌지, 내담자도 상담자도 정답(원본)을 가지고 있지 않다.

---

* 비트겐슈타인의 소통 모델과 상품의 판매-구매 형식의 '비대칭성'을 설명하면서 가라타니 고진은 의사소통이 통약불가능성을 포함한 가르침-배움의 관계를 전제한다고 말한다. 공통의 규칙을 가지고 있지 않은 소통의 상황(외국인, 아이들, 환자들과의 대화)에서는 서로 간의 가르침이 필요하고, 이때 가르치는 입장은 타자가 지식을 습득할 수 있도록 매달려야 하기 때문에 더 열세(약한 쪽)에 놓이게 된다는 것이다. 가라타니 고진, 『은유로서의 건축: 언어, 수, 화폐』, 김재희 역, 한나래, 1998, 190~191쪽.

"자," 자갈 선생이 서랍을 기세 좋게 열어 현금을 꺼내며 말했다. "우리 같이 속없이 웃었으니까 이거 상담 아니에요. 돈 돌려줄게요."

"해옥만큼."

중수가 말했다.

"우리가 심각했어요?"

해옥이 사람을 죽일까?

"우리를 왜 버렸어요?"

어쩌면 그럴지도.

"버린 적 없는데."

"너무 신파인가? 그럼 우리를 왜 포기했어요?"

"포기한 적 없는데."

"우리를 다른 데로 보냈잖아요."

"내가 못 할 것 같았으니까."

"선생님이 손을 못 쓸 만큼 우리가 끝장이었어요?"

"아니죠, 그때는 내가 끝장이었죠. 만약 중수 씨를 고칠 사람을 줄 세운다면 내가 제일 마지막 사람이었죠."

몇 번의 상담을 더 한 뒤 사라진 해옥에게 돌—말하기 행위가 고통을 덜어내고 버릴 수 있게 하는 과정이 되었는지는 확신할 수 없지만, 이후 십 년 만에 자신을 방문한 중수와의 만남에서 자갈선생은 이제 조금 다른 대화를 나눌 수 있게 된다. 자신(들)을 버렸다고 생각하는 중수에게 버리거나 포기한 것이 아니라고, 누군가를 고쳐줄 수도 없이 자신이 '끝장'이었기 때문이라고 답할 수 있게 된 것이다. 십 년 전의 여름, 상담에서 읽어내지 못한 내담자의 마음, 취하지 못했던 행동, 초조함에 내뱉은 피상적인 질문, 내담자의 자살 이후에도 비통함마저 '충분히' 느끼지 못했던 자신. 마침내 밝혀지는 과거의 사건과 그가 꾸는 꿈은, 자갈 선생의 고통이 "바늘귀만 한 부표"처럼 너무나 작고 불투명한 타인의 마음을 알지 못함(not-knowing)에서 비롯된 자기의심이었음을 짐작하게 한다. 그가 보인 내담자에 대한 감정적

투사나 깊은 관계를 회피하는 역전이의 징후들이 내담자의 "미묘한 변화"나 "기미"를 읽어내지 못하는 분석가로서의 자신의 무지에 대한 공포임을 알게 될 때, 동시에 우리는 그가 왜 초조함 속에서 내담자들을 다른 데로 보내야 했는지를 더 가깝게 이해하게 된다. 1회당 10만 원의 비용을 지불하고 이루어지는 50분의 상담. 그는 자신이 합당한 가치를 제공할 수 없다고 느낀다. 내담자가 돌을 가져오지 않는다면. 말을 하지 않고 침묵한다면. 그는 이제 고통의 매개물로서의 '돌'을 자신이 상담자의 역할을 무사히 수행했다는 심리적 안정물로 여기기에 이른다.

그렇지만 여기서 상담이 제공해야 할 것과 제공받는 것, 읽어내야 할 것과 읽어져야 할 원본의 교환 관계만이 아닌, 상담자와 내담자 사이에서 수행되는 일종의 퍼포먼스 혹은 연극/유희(play)라는 사실은 중요하다. 자갈 선생은 '돌 줍기, 돌 말하기, 돌 버리기'의 과정으로 이루어진 자신의 상담법의 본래적인 효과를 잊고 있다. 상담 혹은 대화 행위에서 교환되는 내용이나 결과가 아니라, 상담자와 내담자가 소통의 제스처, 행위성을 반복함으로써 (침묵, 거짓말, 기다림 속에서) 연결되는 것임을. 소설의 결말부에서 중수는 자갈 선생의 상담법을 자신들끼리 이어가고 있다고 말하면서, 자갈선생이 "돌 버리기"로 명명했던 과정을 "서로의 돌을 가져가"는 행위라고 다르게 부른다. 그러니까 좀처럼 달라붙어 떼어지지도 않는 고통의 감정들을 버리거나 외면하지 않고 서로 가져가는 행위를 계속하고 있다고. 자갈 선생은 중수가 (자신의) 돌을 가져갔다는 사실을, 중수의 상담 게임에서 자신이 완벽하게 패배했다는 사실을 뒤늦게 깨닫는다. 그러나 모든 내담자는 자기 자신의 고통과 감정을 다스리는 분석가를 꿈꾸고,* 모든 상담

---

* 여기에 관해서는 내담자이면서 충실한 자기분석가인 앨리슨 벡델의 생각을 참고했다. 벡델은 엄마와의 관계와 감정을 다룬 자기이론 텍스트 『당신 엄마 맞아? : 웃기는 연극(Are you my mother? : A comic Drama)』에서 자신의 삶에 존재했던 여러 상담자들과의 대화와 자기탐구 속에서

자는 자기의 역사 안에서 고통과 대화하는 내담자라고 할 수 있다면, 상담자와 내담자의 의자를 바꾸는 과정을 다시 배움으로써 자갈 선생은 조금 자유로워졌을지도 모른다.

"내가 정말 원하는 것은 스스로를 치유할 수 있는 나 자신의 정신분석가가 되는 것"이라고 쓴다. 앨리슨 벡델, 『당신 엄마 맞아?: 웃기는 연극』 송섬별 역, 도서출판 움직씨, 2019, 155쪽.

이소 중입니다

이주혜

2016년 창비신인소설상을 수상하며 작품 활동 시작.
장편소설 『자두』 『계절은 짧고 기억은 영영』, 소설집 『그 고양이의 이름은 길다』
『누의 자리』, 산문집 『눈물을 심어본 적 있는 당신에게』,
옮긴 책으로 『우리 죽은 자들이 깨어날 때』 『멀리 오래 보기』 등이 있음.

이소 중입니다

　그 여름 그들은 육지 끝에 당도해 한낮에 배추씨를 심고 밤이 내리면 해변에 나가 큰 소리로 시집을 읽을 것이다. 그들이 고른 시집은 앤 카슨의 『빨강의 자서전』이나 김영미의 『맑고 높은 나의 이마』일 것이다. 앤 섹스턴이나 실비아 플라스의 시집은 고르지 않을 것이다. 그들은 살아있는 시인들의 시부터 읽을 것이다. 같은 이유로 그들은 미즈노 루리코와 마리나 츠베타예바의 시집을 육지 끝까지 가져가지는 않을 것이다. 그들이 이 여성 시인들의 시를 몹시 사랑하고, 특히 한 시인의 시집 제목은 무려 '끝의 시'이며 또 다른 시인의 시집에는 "그렇게 짧은 여름의 끝에 그이는 죽었다"* 와 같은 아름다운 문장이 실려 있는데도, 그들은 오직 산 사람의 목소리로 채워진 시집을 고집스럽게 골라 육지 끝에 다다를 것이다. 낮에는 들판 가득 겨울을 대비하는 배추씨를 뿌리고 밤이면 겨울처럼 아득한 밤바다를 마주한 채 용감한 목소리로 시를 낭독할 것이다. 한 사람의 목소리로 시작한 시는 어느새 다른 목소리들이 슬며시 끼어들면서 파도처럼 몰려왔다 몰려가는 즉흥곡을 닮아갈 것이다. 간혹 으르렁거리며 달려오는 물마루가 누군

---

*　미즈노 루리코, 「헨젤과 그레텔의 섬」 『헨젤과 그레텔의 섬』, 정수윤 역, 읻다, 2022, 21쪽.

가의 떨리는 목소리를 집어삼키겠지만 그들은 낭독을 중단하지 않을 것이다. 한 낭독과 다음 낭독 사이에 누구는 모래밭에 묻어둔 캔맥주를 들이켜고 누구는 바람과 싸워가며 담배를 피울 것이다. 빈 캔이 날아가지 않게 쓰레기봉투에 따로 담아 큰 돌멩이로 단단히 눌러놓을 것이다. 담배꽁초는 꼼꼼히 불씨를 단속하고 휴대용 재떨이에 담아 빈 캔들 옆에 잘 놔둘 것이다. 그들은 어느 순간이고 욕먹을 짓은 하지 않을 것이다. 그들에게 자기검열은 자기연민보다 훨씬 쉬운 자동 반사 같은 일이었다. 낭독이 무르익고 밤이 이슥해지면 누군가 흥에 겨워 밤바다에 뛰어들 것이다. 누구는 개척자의 뒤를 따라 조금은 조심스럽게 물에 들어갈 것이고 수영을 못하는 누구는 뒤에 남아 요란하게 환호성을 지르며 손뼉을 칠 것이다. 응원자로 남은 이들은 목이 쉬도록 웃고 소리칠 것이다. 그러다 문득 깜짝 놀랄 고요가 찾아오면 누군가 절정의 끝을 마무리하는 사람처럼 속삭일 것이다. 아, 모처럼 실컷 웃었어. 내일이 없는 사람처럼. 그 여름 그들에게 과연 내일은 있을까? 그건 우리도 그들도 알 수가 없다. 유일하게 알 수 있는 것은 그들이 '지금' 그 여름을 준비하며 각자의 시집을 고르고 있다는 것, 그 여름이 오늘의 그들에게 내일이라는 것, 그러므로 그 여름의 일은 모르겠고 적어도 오늘의 그들에겐 내일이 있다는 것 정도가 아닐까?

—

오늘 아침 번역가와 소설가와 시인이(가나다순) 낡은 SUV 차량에 짐을 실었다. 차는 번역가의 것이었고 짐은 소설가의 것이 가장 많았다. 시인은 운전하는 번역가 옆에 앉아 손수 싸 온 도시락을 열고 간간이 번역가의 입에 방울토마토나 김밥을 넣어주었다. 소설가는 뒷자리 오른쪽에 앉았고 왼쪽에는 세 사람의 여행용 가방과 배낭, 숄더백, 아이스박스가 자리했다. 자동차 트렁크에는 베이지색 담요로 둘둘 싸인 커다란 뭔가가 놓여 있어서 다른 짐을 실을 수가 없었다. 물컹할 것 같기도 하고 단단할 것 같기도 하며, 따뜻해 보이기도 하면서 어딘가 싸늘한 기운을 풍기는 그 짐이 언제부터 거기 실려 있었는지는 아무도 몰랐다. 아니, 소설가와 시인과 번역가(나이순) 중 누군가는 알 것도 같았지만, 이제 막 장면을 목격하기 시작한 우리는 저 불온해 보이는 짐이 무엇인지, 하다못해 누구의 것인지 전혀 알 수가 없다. 세 사람은 모처럼 시간을 맞춰 육지 끝에 살고 있는 철학자를 만나러 가는 길이다. 누구는 철학자가 보고 싶고 누구는 철학자가 어렵게 지었다는 새집이 궁금하고 누구는 그저 이곳을 벗어나기 위해 어렵사리 시간을 냈다. 궁금한 대상이 다른 만큼 세 사람이 꾸려 온 짐의 구성도 조금씩 달랐다. 누구는 캔맥주를 가득 채운 아이스박스를 가장 소중히 여겼고 누구는 밤에 낭독할 시집을 확정하지 못해 배낭에 무거운 책만 잔뜩 담아 왔으며 누구는 매일 갈아입을 원피스와 수영복만 넣은 커다란 숄더백을 따로 챙겨왔다. 가장 남다른 짐은 역시 서울톨게이트를 지나면서부터 비릿한 냄새를 풍기기 시작하는 트렁크의 짐이겠으나 셋 중 누구도 그 짐에 대해 말하거나 묻지 않았다. 대신 그들은 서로에게 가장 짐이 된다고 짐작되는 존재에 대해 안부를 물었다.

상훈이는 좀 어때? 소설가가 묻자,

맨날 똑같지, 뭐. 번역가가 대답했다. 상훈은 번역가가 10년 넘게 키우고 있는 커다란 개의 이름이다. 상훈의 털은 연한 베이지색에 가깝고 동그란 눈동자는 의외로 날카로운 송곳니의 인상을 가릴 만큼 순박하기 그지없다. 보신탕집에 팔려 가기 직전 구조된 개는 번역가에게 오기 전의 생애가 지워져 있으므로 정확한 나이를 알 수 없지만, 수의사의 추정에 의지해 올해 열네 살이라고 번역가는 말한다. 노견이라고 할 수 있는 상훈은 2년 전부터 당뇨를 앓고 있고 번역가는 매일 상훈에게 인슐린을 주사하고 있다. 10년째 제자리걸음인 번역료만으로는 생각보다 비싼 상훈의 병원비와 약값을 감당할 수 없어서 번역가는 '놀이 삼아' 운영해왔던 변두리의 작은 동네 책방 수익을 올리는 일에 골몰하고 있다. 사람을 상대하기가 버거워 정오가 지나 책방 문을 열면서도 '오늘은 손님이 한 명도 안 왔으면 좋겠다'라고 생각하기 일쑤인 번역가가 작가 북토크며 독서 모임, 글쓰기 강의 등의 행사를 기획하고 진행하는 이유는 순전히 상훈을 위해서라고 번역가 자신은 믿고 있다. 그러나 사람을 상대하는 일은 누구에게나 치사한 면이 있기 마련이고 특히 극내향형인 번역가는 영혼을 다치는 일이 빈번해 요즘은 오직 상훈을 위해 버티자는 마음마저 구겨질 때가 많다. 가령 책방에 들어와 무람없이 번역가 혼자 사흘을 페인트칠한 인디언핑크색 벽을 배경으로 셀카를 수없이 찍고 반듯하게 정리해둔 책을 조심성 없이 훌훌 넘겨보다가 책은 사지도 않고 나가는 손님을 하루에 세 명 넘게 만나면 누구라도 영혼을 다치지 않을 도리가 없을 것이다. 물기가 뚝뚝 떨어지는 아이스아메리카노 플라스틱 컵을 종이책 바로 옆에 함부로 놔두고 다른 서가로 옮겨가 한참 책을 고르고 고르다 결국 한 권도 사지 않고 얼음이 다 녹아버린 플라스틱 컵까지 그대로 놔두고 나가는 손님을 보면 상훈의 병원비고 나발이고 다 그만두고 싶어지는 것이다. 그런 날이면 번역가는 서점 문을 일찍 닫고 상훈과 오래오래 천변을 산책하며 책방을 그만두고 오직 번역료로만 자신과 상훈의 생활비를 감당하려면 일 년에 몇 권의 책을 번역해야 할지 헤아려보았다. 눈치가 빠르고 예민한 상훈은 늘 번역가의 속도에 맞춰 걸어주었다. 발랄한 소형견이 깜찍한 동작으로 달려들어도 크게 반응하지 않고 처음의 속도를 지켰다. 가끔 술에 취한 중년 남자가 불쾌한 냄새를 풍기며 '아가씨는 좋겠어. 이렇게 늠름한 개 애인도 있고.' 하며 역한 말을 건넬 때면 번역가는 서점에서 받은 상처까지 더해 그 취객을 최대한 잔혹하게 찔러 죽이고 싶었지만 그런 감정의 동요까지 눈치챈 상훈은 좀처럼 하지 않는 재촉을 하며 번역가를 앞으로 끌어당겼다. 자신의 성격을 꼭 닮아 웬만하면 동요하지 않고 조용히 상대의 눈치를 보기 일쑤인 상훈을 보며 번역가는 상훈을 살리겠다고 데려와놓고 오히려 상훈에게 몹쓸 짓을 하고 있지는 않은가, 자책하곤 했다. 상처가 곱절인 날에 번역가는 곱절의 시간을 들여 천변을 걸었고 집에 돌아오면 상훈을 꼭 끌어안고 불면의 시간을 건너 갔다. 늙어가는 상훈이 다음 날 아침 자신의 품 안에서 딱딱하게 굳은 채 발견될지도 모른다는 불안을 있는 힘껏 밀치면서.

노인은 어때? 번역가가 묻자,

그 말 알아? 아기는 자고 나면 예쁜 짓, 노인은 자고 나면 미운 짓이라는 말. 시인이 비스듬하게 대답했다. 사실 세 사람 중 아기를 낳고 키워본 사람은 소설가뿐이었으므로 번역가는 시인의 대답이 어딘가 미덥지 못하다고 생각했지만, 입 밖에 내지는 않았다. 아니나 다를까, 소설가가 이 틈을 놓치지 않고 퉁을 주었다. 쟤는 아기도 안 키워봤으면서. 소설가의 입은 뇌와 직선으로 연결되어 있어서 어떤 말도 속에 담아두는 법이 없었고 그런 성정을 잘 알기에 시인도 번역가도 소설가의 직설에 상처를 입지는 않았다. 아니, 상처를 입지 않기로 결정했다. 오늘 여행을 위해 가장 무리한 사람은 시인이었다. 시인은 이혼한 전 남편의 아버지를 '모시고' 살았다. 그러니까 전 시아버지와 단둘이 살고 있었는데, 그 이상한 동거 형태를 두고 소설가는 '변태적이고 기형적'이라고 표현했고 번역가는 '난 언니가 걱정돼'라고 에둘러 말했지만 정작 시인은 어디까지나 '직업적인' 생활이라고 주장했다. 이혼 전 시인에게 불임의 문제가 있었다는 것은 나머지 두 사람도 알고 있었다. 시인이 자세한 이야기를 하지는 않았지만, 시인의 불임은 이혼 원인 중 하나였다. 직접적인 원인은 남편이 다른 여자를 사랑했다는 것이었지만, 남편의 외도를 모른척했던 시인이 결국 이혼서류에 도장을 찍은 것은 자신보다 한참 어린 그 여자가 남편의 아이를 임신했기 때문이었다. 이혼을 결정하고 마지막 인사차 시아버지를 찾아갔을 때(이때 소설가는 '너 참 비위도 좋다'라고 시인을 나무랐다) 노인은 시인의 손을 꼭 붙잡고 울음을 터뜨리며 시인의 남편도 하지 않던 용서를 빌었다. 전 남편의 아이가 태어나고 부모의 사랑을 받으며 무럭무럭 크는 동안 전 시아버지의 암세포도 찬찬히 자랐다. 말기 암 진단을 받고 얼마 남지 않은 살날을 집에서 보내기로 결정했을 때 전 시아버지는 시인에게 연락했다. 시인은 전남편에게서 다달이 '시세'대로 노인의 간병비를 받고 노인이 죽은 뒤에는 지금 사는 강북의 스물네 평 아파트를 상속받는다는 조건의 계약서에 서명하고 전 시아버지의 집에 들어갔다. 소식을 들은 소설가는 노발대발하며 시인에게 '정신 나간 년'이라고 소리쳤지만, 번역가는 불특정 고객들에게 상처받는 자신보다 노인에게 '예쁨'을 받으며 돈까지 버는 시인의 근무환경이 좀 더 나은 게 아닐까 생각했다. 물론 이런 생각을 입 밖에 내지는 않았다. 그랬다간 소설가에게 '쌍으로 정신 나간 년들'이라는 소리나 들을 테니까. 시만 써서 먹고살 수는 없는 나라였으므로 시인은 그동안 학원 강사며 입시 과외로 생계를 꾸려왔는데, 전 남편에게 간병비를 받으면서부터는 적성에 안 맞게 어린 애들을 상대하지 않아도 되어서 좋았다. 아직 성장 중인 아이들은 늘 시인의 마음에 미세한 실금을 그었다. 선생님이 뭘 알아요? 애도 안 낳아봤으면서. 누구도 이런 말을 입 밖에 내지는 않았지만, 시인은 아이들이 풍기는 비릿한 풋것의 냄새에서, 묘하게 소매 길이나 목둘레가 맞지 않는 어설픈 옷차림에서, 심지어 좌우가 틀어진 머리카락의 비대칭에서 요란한 비난의 아우성을 들었다. 당신은 몰라! 당신은 우리에 관해 아무것도 몰라! 태어나고 자라는 것들에 대해 아는 게 없어! 시인은 노인과 함께 살기 시작하면서 자신이 의외로 죽어가는 자들을 상대하는 일에 적성이 있음을 깨달았고 사람들의 걱정 어린 추측과 달리 노인이 최대한 오래 살아 자신 곁에 머물러주길 바랐다. 바람이란 원래 불안과 쌍둥이라서 시인은 아침마다 뻣뻣하게 굳어 있는 노인을 발견하게 될까 봐 가없는 두려움에 시달리며 노인의 방문을 노크했다.

소리는 어때? 시인이 묻자,

그년이야 맨날 지랄이지, 소설가가 기다렸다는 듯 대꾸했다. 소리는 소설가가 대학교 2학년 때 낳은 딸이었다. 항구 출신의 소설가는 선주의 아들인 동문 선배를 대학에서 만나 신입생 시절부터 연애를 시작했다. 동문회 신입생 환영회 자리에서 선배를 점찍은 것도 자신이고 선배의 하숙집에 놀러 간 날 먼저 키스를 한 것도 자신이라고, 그게 당시 바닷가 출신 '까진년'의 스웩이었다고 술에 취한 소설가는 자랑과 한탄을 반씩 섞어 말하곤 했다. 그랬던 소설가도 남자친구의 불성실한 피임 때문에 '임신하고 말았음'을 깨달았던 날에는 적잖이 당황해 밤새도록 한숨도 못 자고 자신의 미래를 걱정했다. 임신 소식을 들은 남자친구는 '가오'를 잃지 않으려고 끝까지 '오빠가 책임질게'를 연발했지만, 결국 어린 연인과 그들의 아기를 책임진 것은 비바람도 불사하고 새벽마다 난바다로 출항을 감행했던 선주의 배들이었다. 선주의 배가 잡아들인 조기와 서대와 주꾸미가 대학생 부부의 학비와 어린 아기의 분윳값, 기저귀 값이 되어주었다. 고향에서 꼬박꼬박 돈은 도착했지만, 사람은 오지 않아 어린 아기는 소설가가 휴학하고 혼자 키웠다. 소설가가 학교 앞 원룸에서 밤새 배앓이로 우는 아기를 달래며 함께 울고 있을 때 남자친구는 억병으로 취해 동아리 친구 등에 업혀 와서는 아기 목욕통에 토했다. 소설가는 그때 어린 남편을 죽이지 않은 것을 살면서 제일 잘한 일로 꼽는다. 30대 중반에 남편 쪽의 실책으로 두 사람은 이혼했고 소설가는 딸의 양육권과 큼직한 배 한 척을 위자료로 받았으니까. 소설가는 홀로 키운 딸이 알아주는 외국계 은행에 취직하자마자 모든 경제활동에서 손을 뗐다. 내 청춘을 갈아 넣어 너를 키웠으니까 이제 네가 나를 먹여 살리렴. 소설가는 딸에게 이렇게 말하고 오직 읽고 쓰고 가끔 마시는 일에 몰두했다. 소설가의 입담을 물려받은 딸은 자신의 엄마를 '착취자'라고 불렀지만 엄마에게 월급의 대부분을 빼앗기면서도 굳이 독립을 도모하지는 않았다. 누가 딸이 요즘 애들 같지 않게 착하고 효녀라고 하면 소설가는 코가 터지도록 콧방귀를 뀌며 말했다. 그년이 아주 영악해. 독립해봐야 지가 손해라는 걸 알거든. 그 월급으로 언제 돈을 모아 이만한 아파트를 장만하겠냐고. 그냥 생활비 조금 내고 내 집에 얹혀살며 잔소리나 참아주면 나

죽고 마포 서른두 평 아파트가 제 것이 된다는 걸 아는 거지. 애저녁에 계산을 끝낸 거야. 그렇다고 그년이 한 번이라도 고분고분한 줄 알아? 제 아빠 쏙 뺀 얼굴로 모진 소리 하면서 꼬챙이로 내 속을 휘저어놓을 때면 자식이고 뭐고 진심으로 (여기서 소주 한 잔을 급히 들이켜고 한껏 드라마틱한 어조로) 죽여버리고 싶어. 말은 저렇게 하면서도 소설가가 딸의 신용카드로 백화점에서 비싼 옷을 망설임 없이 결제하는 것을 볼 때마다 시인은 힘들게 아이를 낳고 키운 자의 뒤늦은 수확인가 내심 부러워했고 번역가는 소설가도 그 딸도 평생 자립이라는 걸 생각해본 적이 있을까, 두 여자는 너무도 공고한 결탁자가 아닌가 하고 의문했다.

—

예정대로라면 그들은 곧 육지 끝에 당도할 것이다. 다 같이 철학자가 새로 지은 단층집을 구경하고 허물없이 마당을 어슬렁거리는 고양이들을 쓰다듬을 것이다. 편안한 옷으로 갈아입고 나와 철학자의 집 뒤쪽에 있는 생각보다 넓은 밭에 배추씨를 뿌릴 것이다. 철학자는 배추가 튼실하게 자라면 초겨울에 또 와서 함께 배추를 수확해야 한다고 말할 것이다. 내친김에 김장도 함께 해서 나눠 가지자고 할 것이다. 누구도 싫다는 소리를 하지 않을 것이다. 누구도 철학자의 겨울을 의심하지 않을 것이다. 그들은 마당 수돗가에서 흙 묻은 손을 씻고 에어컨이 있는 집 안으로 들어갈 것이다. 통유리창 너머로 어느새 해가 지기 시작할 것이다. 한 사람이 고기를 굽기 시작하면 또 한 사람은 텃밭에서 뽑아 온 상추를 건들건들 씻을 것이다. 누군가 성급하게 캔맥주를 딸 것이다. 철학자는 시인의 배낭에 실려 온 수십 권의 시집을 꺼내 만져볼 것이다. 가끔 반가운 책을 만나면 품에 살짝 안아볼 것이다. 고기와 맥주와 상추와 철학자가 담갔다는 싱거운 열무김치가 금세 동이 날 것이다. 설거짓거리를 개수대에 쌓아놓고 그들은 바닷가를 향해 나란히 행진할 것이다. 저마다 한 손에 앤 카슨의 시집을 들고 다른 손에는 맥주와 담배와 모기약과 손전등을 들고 좁은 국도변을 따라 걸을 것이다. 이따금 자동차가 빠른 속도로 지나가며 이들의 머리카락을 흔들 것이다. 맥주를 많이 마신 사람의 발걸음도 함께 휘청일 것이다. 밤바다는 검게 일렁이며 그들을 맞아줄 것이다. 곧 간간이 폭죽이 터지는 여름 밤바다에 앤 카슨이 쓴 『빨강의 자서전』이 방점처럼 찍힐 것이다. 빨강 날개를 갖고 태어난 소년 게리온이 화산 같은 검은 바다를 향해 날아오를 것이다. 이것은 소설인가 시인가. 게리온과 헤라클레스 중 누가 더 괴물인가. 더 괴물이라는 표현은 성립하는가. 더 많이 사랑하는 사람은 늘 약자일 수밖에 없는가. 게리온이 처음으로 날개를 펴고 화산 입구로 날아간 것은 살고자 함인가, 죽고자 함인가. 무수한 논쟁과 대화와 때론 독백이 이어질 것이다. 파도는 끊임없이 밀려왔다 밀려갈 것이다. 살고자 하는 사람도 죽고 싶은 사람도 하릴없이 그 소리와 박자에 몸을 맡길 것이다. 여름이니까. 밤이니까. 마법 같은 여름밤이니까. 그러기로 약속했으니까. 그러려면 일단 그들은 무사히 육지 끝에 당도해야 할 것이다. 우회하지 않고 후퇴하지도 않고 철학자가 일러준 길을 똑바로 따라가야 할 것이다.

—

　시인과 번역가와 소설가는(데뷔 연도순) 점심을 먹으려고 낯선 도시 톨게이트로 들어섰다. 소설가가 그 도시의 맛집을 검색했다. 사실 점심보다는 커피와 담배가 시급해서 간단히 샌드위치를 곁들여 요기까지 할 수 있는 카페를 찾아가기로 했다. 도시 중심가까지 들어갈 필요가 없도록 톨게이트 근처 카페를 검색했다. 호수 뷰. 베이커리 카페. 로스터리 카페. 데이트 명소. 인스타 핫플. 이런 해시태그가 잔뜩 붙은 카페가 현 위치에서 200미터도 안 되는 곳에 있었다. 번역가는 뒷자리 소설가의 안내에 따라 좁은 비포장 언덕길로 차를 진입시켰다. 카페는 언덕 한 귀퉁이를 허술하게 깎아 만든 빈터에 자리했다. 호수 뷰라더니 2층 통유리창에서 나무들 틈새로 손바닥만 한 호수 언저리가 보였다. 카페 분위기는 검색 화면에서 본 것과는 딴판이었다. 해가 잘 들지도 않았고 유리창 곳곳에 뿌연 얼룩이 묻어 있었으며 바깥쪽 나무에서 옮겨 왔는지 창문 귀퉁이마다 커다란 거미줄이 노린재나 나방 따위의 시체를 매달고 바람에 흐느적거리고 있었다. 번역가와 시인과 소설가는(노출되지 않은 욕망의 크기순) 제대로 관리되지 않는 게 분명해 보이는 카페 내부를 보고 입맛이 달아나버렸다. 셋이 나눠 먹기에 샌드위치의 크기는 작아 보였지만 그나마도 반 넘게 남길 정도로 음식 맛이 형편없었다. 로스터리 카페라면서 원두 회전율이 낮은지 커피에서 묵은 냄새가 풍겼다. 세 사람은 결국 들어온 지 10분도 안 되어 카페를 나왔다. 주차장에는 단 두 대의 자동차가 세워져 있었는데, 카페 안에 다른 손님이 없었던 것으로 보아 나머지 한 대의 자동차는 카페 주인 혹은 직원의 것으로 짐작되었다. 소설가가 먼저 담배를 꺼내 물었다. 주차장 곳곳에 커다란 붉은 글씨로 쓴 '금연' 표지판이 으르렁거렸다. 시인이 소설가에게 금연 표지판을 가리켜 보였다. 씨발. 소설가가 입에 물었던 담배를 다시 뱉어내고 앞장서서 걸었다. 시인과 번역가는 어떤 말도 보태지 않고 소설가 뒤를 따라 걸었다. 소설가는 주차장 한 귀퉁이에 보이는 좁다란 오솔길로 들어섰다. 길 입구에 '호수 산책로'라고 쓴 작은 이정표가 보였다. 호수까지 걸어가 물을 보며 담배를 피우자. 소설가가 말했다. 호수라면 역시 물수제비지. 우리 납작한 돌멩이를 주워 물수제비 내기하자. 꼴등이 휴게소에서 커피 사기! 시인이 오랜만에 기운찬 목소리로 말했다. 번역가는 아무 말 없이 언니들 뒤를 따라갔지만 자기도 모르게 주먹을 살짝 쥐고 스냅을 연습했다.

생각보다 울창한 활엽수림을 통과하자 갑자기 공간이 탁 트이며 물이 나타났다. 그러나 눈앞의 물은 호수라기보다는 저수지나 방죽에 가까웠다. 물은 탁했고 가장자리에 물풀이 잔뜩 엉겨 있었다. 물을 향해 고개를 축 늘어뜨린 버드나무가 바람에 머리채를 흔드는 모습이 어딘가 괴이했다. 음기가 강한 곳이네. 소설가가 선무당처럼 말하고 서둘러 담배를 피웠다. 번역가가 주머니에서 담배와 라이터를 꺼내자 시인이 말없이 손바닥을 내밀었다. 세 사람은 잠시 아무 말도 하지 않고 물을 향해 나란히 서서 담배를 피웠다. 물가의 바람이 의외로 셌다. 담배는 금세 필터 끝까지 타버렸다. 세 사람은 곧 두 번째 담배에 불을 붙였다. 나는 탁 트인 곳에서 담배를 피우는 게 싫어. 번역가가 말했다. 절반은 내가 아니라 바람이 피우거든. 소설가가 맞장구쳤다. 누군가의 주머니 속에서 핸드폰 벨 소리가 들렸다. 누구도 자기 핸드폰을 확인하지 않았다. 벨 소리는 끈질기게 이어지다가 끊겼다. 번역가가 물과 숲의 경계선을 뒤져 납작한 돌멩이를 몇 개 주워 왔다. 물수제비를 뜨자. 소설가가 먼저 돌멩이를 골랐다. 소설가의 손을 떠난 돌멩이는 한 번, 두 번, 세 번 물 위를 스치고 가라앉았다. 어디선가 또 벨 소리가 들렸다. 번역가가 돌멩이를 들고 물 앞에 섰다. 번역가가 언더핸드로 돌멩이를 던지다 휘청거렸다. 돌멩이는 딱 한 번 물 위를 스치고 곧바로 가라앉았다. 소설가가 큰소리로 웃었다. 소설가와 번역가가 시인 쪽을 보았다. 벨 소리는 시인의 주머니에서 들렸다. 시인이 잠시 주춤하다가 주머니에서 핸드폰을 꺼내 화면을 보았다. 전화부터 받아. 소설가가 말했다. 시인은 전화기를 들고 곧장 물 앞으로 다가서더니 번역가의 언더핸드보다 더 낮은 자세로 아직도 벨소리를 울려대는 핸드폰을 물에 던졌다. 시인의 핸드폰은 물 위를 한 번도 스치지 못하고 그대로 가라앉았다. 소설가와 번역가는 눈을 휘둥그레하게 뜨고 시인을 보았다. 시인은 숲을 향해 돌아서며 호기롭게 말했다. 내가 꼴등이니까 커피 살게. 됐지? 어느새 오솔길에 들어선 시인의 야윈 등을 보며 소설가가 번역가 귀에만 들리게 속삭였다. 미친년, 성질머리하고는. 쟤가 은근히 또라이라니까?

주차장에는 세 사람이 타고 온 번역가의 차만 남아 있었다. 세 사람은 카페 쪽을 올려다보았다. 통유리창은 바깥의 풍경만을 비출 뿐 안을 보여주지는 않았다. 번역가가 주차장 휴지통에 휴대용 재떨이를 비우러 갔다. 소설가는 자동차 문을 활짝 열고 그새 차 안을 가득 메운 열기와 한껏 비릿해진 냄새를 뺐다. 시인은 카페 2층을 물끄러미 올려다보았다. 악! 번역가 쪽에서 비명이 들렸다. 소설가와 시인은 얼른 그쪽으로 달려갔다. 번역가가 겁에 질린 얼굴로 바닥의 무언가를 가리켰다. 거기 새 한 마리가 떨어져 있었다. 새는 까치 같기도 하고 비둘기 같기도 하고 커다란 참새 같기도 했다. 완성되지 않은 어설픈 모양새가 아무래도 성장 중인 어린 새 같았다. 죽었나? 소설가의 조심성 없는 말에 반응이라도 하는 것처럼 새가 한쪽 날개를 꿈틀거렸다. 다쳤나 봐. 시인이 속삭였다. 어떡하지? 번역가가 발을 동동 굴렀다. 카페 주인에게 알릴까? 그러나 카페에는 아무도 없어 보였다. 119에 신고해야 하나? 번역가의 말에 고작 새 한 마리 때문에? 인력 낭비 아닌가? 하고 소설가가 대꾸했다. 번역가는 오랜만에 소설가의 매정함을 원망했다. 번역가가 무릎을 꿇고 조심스럽게 새를 들어 올렸다. 번역가의 손안에서 새가 파르르 몸을 떨었다. 그 박동은 따뜻했다. 저길 봐. 시인이 열 발자국 정도 떨어진 곳에 있는 커다란 나무를 가리켰다. 거기 줄기 위에 손글씨로 쓴 종이가 한 장 붙어 있었다. 종이 가장자리가 바람에 펄럭였다.

　어린 새가 이소 중입니다

　종이에 그렇게 씌어 있었다. 이소가 뭐야? 소설가가 물었다. 시인은 검색을 위해 핸드폰을 꺼내려다가 주머니가 빈 걸 깨닫고 멋쩍게 웃었다. 번역가가 까끌까끌한 모랫바닥에서 숲 가장자리의 보드라운 풀밭 위로 어린 새를 옮겨주었다. 그리고 핸드폰을 꺼내 '이소'를 검색했다. 떠날 이(離) 새집 소(巢). 새의 새끼가 자라 둥지에서 떠나는 일. 어쩌라고? 소설가가 무정하게 말했다. 번역가는 소설가를 향해 번지는 미움을 지그시 누르고 내처 검색한 내용을 읽어주었다. 이소 단계의 어린 새들은 비행 능력이 서툴고 낯선 환경 때문에 잘 날지 못해 땅에 앉아 있는 경우가 많다. 이런 상황을 잘 모르고 섣불리 새를 구조하면 새들은 생존을 위해 배워야 할 것들을 놓치게 되고 나중에 자연으로 복귀해도 야생에서 살아남기 어려울 수 있다. 번역가는 검색한 문장을 읽으면서 동시에 아직 손에 남은 새의 박동을 감각했다. 그냥 가라는 말이네. 괜히 사람 손 타게 하지 말고. 소설가는 번역가가 들으라는 듯 얄밉게 말하고 먼저 자동차 쪽으로 걸음을 옮겼다. 번역가는 핸드폰을 손에 쥔 채 소설가의 뒤통수를 노려보았다. 시인이 자기보다 한참 높고 넓은 번역가의 어깨를 어루만졌다. 사람 손이 제일 무서워, 그치? 시인의 손길과 말투는 다정했지만 그 말뜻은 무심함을 넘어 무서울 지경이었다. 번역가는 부르르 어깨를 떨었다. 새를 풀밭에 놔두고 가려니 발길이 떨어지지 않았다. 시인은 벌써 소설가 다음으로 자동차에 올라탔고 주차장 모랫바닥에 서 있는 사람은 번역가뿐이었다. 상훈아, 널 버리고 가서 미안해. 번역가의 입에서 뜻밖의 말이 흘러나왔다.

다시 고속도로에 들어서자마자 조수석의 시인과 뒷자리의 소설가는 잠이 들었다. 번역가는 껌을 꺼내 씹기 시작했다. 환기를 시켰는데도 자동차 안에 물풀 썩는 냄새가 떠돌았다. 번역가는 손을 하나씩 핸들에서 떼어 내 코에 대고 냄새를 맡았다. 어린 새의 깃털 냄새가 날 줄 알았는데 의외로 고소한 상훈의 발바닥 냄새가 풍겼다. 내비게이션이 육지 끝까지 두 시간이 남았다고 알려주었다. 갈 길이 멀었다. 번역가는 그 두 시간을 어떻게 버틸까 생각했다. 번역가의 상념은 상훈의 발바닥 냄새에서 철학자의 가슴에 박힌 사과 한 알 쪽으로 옮겨 갔다.

어느 봄밤에 철학자가 불쑥 책방으로 찾아왔다. 철학자는 번역가와 같은 구에 살았다. 번역가의 작은 책방 근처에 대학교가 하나 있었는데 철학자는 그 대학교에 출강했다. 철학자는 가끔 번역가의 책방에 들러 책을 사거나 함께 저녁을 먹고 맥주를 마셨다. 번역가는 도무지 적응되지 않는 '진상 손님'을 욕했고 철학자는 비인기 과목 시간강사를 쥐어짜는 교육계의 부조리를 욕했다. 그러니까 그들은 욕의 공동체였다. 나아가 모욕의 공동체였을 수도 있고. 그날도 그런 밤 중 하나였을 텐데 유난히 기억에 남는 건 천변을 산책하던 중 철학자가 불쑥 자신의 엑스레이 사진을 보여주었기 때문이다. 푹한 봄밤이었다. 두 사람은 책방 근처 소바집에서 늦은 저녁으로 청귤소바를 먹고 상훈을 데리고 천변으로 산책을 나갔다. 늘 그렇듯이 상훈의 목줄을 번갈아 잡고 서로의 근황을 주고받으며 천천히 물가를 걸었다. 그러다 시민들을 위해 구에서 설치한 운동기구를 만나 잠깐 걸음을 멈추고 장난처럼 건들건들 운동기구를 만지작거렸다. 번역가가 커다란 원반 모양 핸들을 돌리며 양팔 운동을 하는데 철학자가 이제야 생각났다는 듯 핸드폰을 꺼내 무슨 사진을 보여주었다. 가슴 엑스레이 사진을 핸드폰으로 다시 찍은 것이었다. 까만 바탕 한 귀퉁이에 하얗고 둥근 모양이 보였다. 꼭 사과 같지? 철학자는 자신의 가슴에 박힌 매끈한 사과를 자랑하듯 조금 수줍게 말했다. 정말 그랬다. 그때 철학자는 그 하얗고 둥글고 예쁘기까지 한 그것이 무엇을 의미하는지 전혀 알지 못했다. 그것이 삶과 죽음 사이를 무자비하게 가르는 날카로운 칼날이 될 거라곤 번역가 역시 당연히 몰랐다. 의사가 이렇게 큰 동그라미는 처음 본대. 보통 이 정도 크기의 종양이면 당연히 증상이 있어야 하는데 아무 증상이 없는 걸 보면 촬영에 실수가 있었던 게 아닐까 싶을 정도래. 자세한 건 다음 주에 CT를 찍어보고 생각해보자더라. 그때 번역가는 아무것도 모르면서 괜한 예감으로 이렇게 말해버렸다. 언니, 걱정하지 마. 아무 일도 아닐 거야. 지금 자동차 안을 떠도는 수상한 냄새를 견디며 그 봄밤을 돌이켜보니 아무 일도 아닐 거라는 자신의 말이 철학자에게 어떤 위로도 되지 않았을 거라는 확신이 들었다. 그건 큰일 났어! 큰일! 이라고 외치는 것보다 못한 헛말이었다. 그 후 철학자는 폐암 4기 진단을 받고 입원과 퇴원을 반복하며 치료를 받았다. 수술을 받고 방사선 치료와 항암 치료를 받는 동안 철학자의 외모는 몰라보게 변했지만, 자신의 불행과 고통을 남 말하듯 가볍게 전하는 특유의 유머 감각은 사라지지 않았다. 철학자는 살아남았고 면역력과 체력을 기르겠다며 연고도 없는 육지 끝으로 이사했다. 그리고 일 년 후 그곳에 집 한 채를 지었다며 번역가와 소설가와 시인을 초대했다. 저만치 보이는 '땅끝까지 100km' 녹색 표지판을 올려다보며 번역가는 자기도 모르게 혼잣말을 내뱉었다.

철학자는 왜 육지 끝에서 멈추었을까?

자는 줄 알았던 시인이 눈을 감은 채 중얼거렸다.

추락하지 않으려고.

뒷자리의 소설가가 말짱한 목소리로 말했다.

다시 말해 살려고.

순간 번역가의 차 앞으로 검은 세단 한 대가 깜빡이도 켜지 않고 훅 끼어들었다. 번역가가 놀라 핸들을 급히 꺾었다. 세 사람이 탄 자동차가 중앙분리대를 들이받았다. 번역가의 이마가 핸들 한가운데에 부딪히면서 경적이 짧게 울렸다. 빽! 그 소리가 흡사 추락하는 새의 비명 같았다.

—

낭독의 빨강 날개는 폭죽보다 오래 밤바다를 떠돌 것이다. 밤 수영을 마치고 나온 누군가가 와들와들 몸을 떨면 물에 들어가지 않은 누군가가 용케 모닥불을 피울 것이다. 그들은 모닥불 주위에 둘러앉아 낭독을 이어갈 것이다. 간혹 누군가의 입에서 노래가 흘러나올지도 모른다. 노래는 여러 겹의 목소리로 여름 밤하늘을 누빌 것이다. 누군가 소설가에게 두 번째 소설집이 언제 나오냐고, 나오기는 하냐고 물으면 소설가는 호기롭게 닥쳐! 외치고 옆자리의 시인을 일으켜 세워 엉망진창으로 탱고를 출 것이다. 유난히 파도 소리가 높아지면서 주변 소리를 빨아들이려고 하면 번역가는 물을 향해 달려가 뜬금없이 상훈아! 미안해! 하고 외칠 것이다. 술이 약한 시인은 고작 캔맥주 하나에 취해 걸핏하면 모래밭에 드러누워 아이, 씨발 나도 좀 살자! 나도 좀 살자고! 소리를 지르다 배시시 웃다가 할 것이다. 이 모든 소란 중에 유일하게 말짱한 철학자는 끝까지 정신을 차리고 불이 꺼지지 않게 모닥불을 보살필 것이다. 술에 취한 세 사람은 그래도 마지막 한 줄기 정신을 놓치지 않고 철학자에게서 멀리 떨어진 곳까지 걸어가 담배를 피우고 돌아올 것이다. 그 담배의 절반은 바람이 피울 것이지만 아무도 바람을 원망하지 않을 것이다. 누구라도 무엇이라도 원망하기에 그들은 모처럼 즐겁기만 할 것이다. 내일이 없는 사람들처럼 웃고 떠들 것이다. 그사이 철학자의 새집 개수대에 쌓아놓은 그릇이 슬슬 고약한 냄새를 풍기기 시작할 것이고 번역가의 자동차 트렁크에서 달큰한 무른 과일 냄새가 새어 나올 것이다. 빈집 마당을 고양이들이 차지할 것이고 간혹 수상쩍음을 감지한 동네 개들이 컹! 하고 짧게 짖을 것이다. 그리고 그 모든 것과 상관없이 시간은 내일을 향해 무심히 걸어갈 것이다.

끝나지 않는 동행

김보경 문학평론가

소설 「이소 중입니다」는 시인, 번역가, 소설가가 투병 중인 철학자를 만나러 가는 짧은 여정을 그린 이야기다. 이 세 여자들은 차를 몰고 철학자를 만나러 가는 길에 각자의 근황을 공유하고, 끼니를 때울 겸 담배를 피울 곳을 찾아 카페에 잠시 들르기도 하고, 폐암 4기 진단을 받고 요양차 육지 끝으로 이사하게 된 철학자에 대해 생각해보기도 한다. 그런데 대부분의 여로형 서사에서 그러하듯 이들의 '도착'은 순조롭지 않다. 길을 떠난 이들이 온갖 역경과 방해 요소들을 거쳐 종착지에 이르기 때문이 아니라, 종착지의 모습이 자기가 그려왔던 것과 달라 원했던 곳으로의 진정한 의미의 도착이 이루어지지 않았기 때문이 아니라, 이 소설에서 이들은 말 그대로 철학자가 사는 육지 끝에 도달하지 못하기 때문이다. 소설의 후반부에 그려지는, 이 세 여자들이 가는 길에 겪은 자동차 사고에서 이를 짐작할 수 있다. 이 사고 장면은 여정의 목적 달성에 실패하는 것을 보여주는 일종의 극적 반전으로 느껴질 수도 있지만, 사실 첫 장면에서부터 소설은 죽음을, 도착 혹은 만남의 실패를 암시해 왔다(이를테면 "그렇게 짧은 여름의 끝에 그이는 죽었다"는 시구의 인용, "그 여름 그들에게 과연 내일은 있을까?"라는 서술자의 목소리, 자동차 트렁크 안 싸늘한 기운을 풍기는 짐, 이들의 대화 속 죽음에 대한 여러 암시 등). 그렇다면 이 이야기를 이렇게 다시 요약해야 할지도 모르겠다. 이 이야기는 시인, 번역가, 소설가가 투병 중인 철학자를 만나러 가지만 결국 도착하지 못하는 이야기라고 말이다.

　그런데 이 소설에는 이 '도착의 실패'를 부정하는, 즉 이들의 도착과 만남이 이루어질 것을 예상하게 하는 장면들이 처음과 중간, 끝에 삽입되어 있기도 하다. 가령 "그 여름 그들은 육지 끝에 당도해 한낮에 배추씨를 심고 밤이 내리면 해변에 나가 큰 소리로 시집을 읽을 것이다."라는 구절로 시작하는 첫 장면에서 서술자는 이들이 "오직 산 사람의 목소리로 채워진 시집을 고집스럽게 골라 육지 끝에 다다를 것이다"라며 말하고, 이들이 함께 시를 낭독하고 맥주를 마시거나 담배를 피우거나 함께 웃는 장면을 그린다. 서술자는 "그 여름 그들에게 과연 내일은 있을까?"라고 묻지만 동시에 "그 여름이 오늘의 그들에게 내일이라는 것, 그러므로 그 여름의 일은 모르겠고 적어도 오늘의 그들에겐 내일이 있다는 것 정도가 아닐까?"라고도 말한다. 소설의 전개를 고려할 때 이러한 대목들은 서술자가 인물들에게 벌어지게 될 일—도착의 실패, 혹은 죽음—과 상반되는 미래를 상상하는 대목으로 읽히지만, 동시에 이 장면들을 서술하는 데 사용되는 '-ㄹ 것이다'라는 문장 형식은 이 장면들이 불가능한 미래에 대한 상상이 아니라 가능한 미래에 대한 진술이자 도래(해야)할 미래에 대한 의지의 표현으로까지 읽히게끔 만든다("약속했으니까. 그러려면 일단 그들은 무사히 육지 끝에 당도해야 할 것이다. 우회하지 않고 후퇴하지도 않고 철학자가 일러준 길을 똑바로 따라가야 할 것이다"). 그러니 다시 이렇게 요약해보자. 이 이야기는 시인, 번역가, 소설가가 투병 중인 철학자를 만나러 가지만 그 도착에 실패하는 이야기가 아니라 도착이 지연되는 이야기인 것은 아닐까. 육지 끝에 다다른 것도, 다다르지 못한 것도 아니기 때문에 '도착'이라는 사태를 불확정적인 것으로 만들며 영원히 동행하고 있는 인물들을 그린 이야기라고 말이다.

위와 같이 소설은 도착 여부에 관한 두 가지 모순되는 사태를 구조적 아이러니를 통해 형상화한다. 이때 이들이 향해가고 있는 '끝'은 이 여로의 구조에서는 종착지에 해당하는 것이지만 삶이라는 경로에 있어서는 '죽음'에 유비되는 것일 테다. 앞서 언급했듯 이 소설에서 죽음은 반복적으로 환기된다. 투병 중인 철학자가 입원과 퇴원을 반복하다 이사 간 "육지 끝"은 시간적인 의미에서 삶의 끝, 즉 철학자의 임박한 죽음을 연상시킨다. 그뿐만 아니라 번역가의 노견 상훈(트렁크에 실린 싸늘한 짐은 죽음의 기운을 풍기는 것으로 묘사되는데, 정확히 무엇인지 특정되지는 않지만 상훈의 사체로도 암시된다), 시인의 이혼한 전남편의 아버지(시인은 그를 간병하며 모시고 산다)는 모두 죽음을 앞두고 있다. 또한 철학자를 찾아가는 세 여자들 모두 공간적인 의미에서 "육지 끝"을 향해 가는 사람들이며, 자동차 사고 장면에서 암시되는 것처럼 이 '끝'으로의 여정은 결과적으로 죽음으로 향하는 길을 함축하기도 한다. 그런데 여기서 다음과 같은 질문이 떠오른다. 끝(으로의 도착)이 죽음과 유비될 수 있는 것이라면, 그리고 이 소설이 도착에 관한 아이러니를 서사적으로 구조화하고 있는 것이라면, 이 소설에서 '죽음'에 관해서도 아이러니를 발견할 수 있는 것이 아닐까.

소설에는 세 인물이 잠시 들른 카페의 주차장에서 바닥에 떨어져 다친 어린 새 한 마리를 발견하는 장면이 다음과 같이 그려진다. 이 새를 처음 발견한 번역가는 거의 죽은 것처럼 보이는 새를 구해주려 하는데, 근처 나무에 붙어 있는 "어린 새가 이소 중입니다"라고 쓰인 종이를 발견한다. '이소'란 "새의 새끼가 자라 둥지에서 떠나는 일"을 뜻하는데, 번역가는 이소 단계의 어린 새를 사람이 구조하면 오히려 나중에 새가 야생에서 생존하기가 더 어려울 수 있다는 것을 알게 되어 새를 구조하기를 주저한다. 이 새는 당장 구조하지 않으면 죽을 것 같은 상태이지만, 새를 구조함으로써 오히려 새의 죽음을 앞당길지도 모른다. 누구나 각자의 죽음을 향해 달려가듯 이 새 역시도 죽음 앞에선 모두가 철저히 혼자라는 사실을, 죽음만큼은 그 누구와도 공유될 수 없고 누군가가 대신 겪어줄 수 없는 가장 단독적인 경험이라는 사실을 일깨운다. 돌봄과 헌신을 다해도 반려견 상훈의 죽음을 막을 수 없듯 말이다. 그러니 번역가는 결국 이 새를 뒤로하고 떠나는 길 뜻밖의 말을 꺼낸다. "상훈아, 널 버리고 가서 미안해."

그런데 이 장면이 아이러니하게 읽히는 것은 바닥에 떨어진 새의 객관적인 상황을 가리키는 문장이 "어린 새가 이소 중입니다"라는 문장이라는 사실 때문이다. 새는 죽어가고 있는 '동시에' 자기의 힘으로 살아가기 위해 둥지에서 떠나는 것을 연습하는 중이다. 그렇기에 새는 죽음으로 향해가고 있는 '동시에' 살아남는 중이기도 하다. 이 모순적 진술을 강화하는 한 가지 전제는 소설에서 '도착'이 현실화되지 않고 지연되는 것처럼 사실상 죽음도 —경험의 주체가 사라지는 사건이라는 점에서—우리에게 경험될 수 없는 사건으로 지연된다는 사실이다. 도착과 죽음의 지연은 곧 우리가 언제나 여정 중에 있다는 의미이기도 하다. 그러니 새가 죽어가고 있다는 것이 진실인 만큼이나 새가 살아남고 있다는 것도 진실이다. 더구나 철학자가 "육지 끝"에서 멈춘 이유 역시 죽기 위해서가 아니라 "추락하지 않으려고" 혹은 "다시 말해 살려고" 한 것이 아니었던가.

이러한 맥락에서 이 소설이 죽음이라는 필연적 조건을 환기하는 만큼이나 살아남음의 조건을 보여주고 있다는 것을 떠올려볼 수 있다. 이소 중이던 새가 그러했던 것처럼, 누군가의 도움이나 돌봄과 헌신이 각자의 죽음이라는 실존적 조건을 변화시키지는 못하더라도 각자가 살아남기 위해서는 누군가의 도움이나 돌봄과 헌신을 꼭 필요로 한다. 우리 각자는 오롯이 혼자이면서도 깊숙이 의존하지 않으면 살아갈 수 없다. 이 소설에서 삶과 죽음의 아이러니는 추상적인 지적 성찰이 아닌 우리의 몸과 현실에 육박하는 진실로 전달된다. 또한 소설은 생존이자 삶의 필연적 조건이 되는 그 의존성이 반드시 동종·혈연 관계만이 아닌, 우리가 살아가면서 얽히게 되는 다양한 돌봄 관계를 통해 경험된다는 것을 그린다. 세 여자들이 각자 맺고 있는 관계(번역가-상훈, 시인-시아버지, 소설가-딸)뿐만 아니라 이 세 여자들과 철학자가 맺는 관계 역시도 마찬가지다. 이들의 동행은 서로를 구하지는 못할지라도 서로를 조금씩 살린다.

그렇다면 이 이야기를 다음과 같이 한 번 더 요약해야 할지 모른다. 이 이야기는 끝이자 죽음으로 향해가는 여정을 그린 이야기이고, 그 도착이 영원히 지연되는 이야기이며, 동시에 서로를 돌보고 함께 살아남는 이야기라고 말이다. 어린 새의 '이소'가 죽음만이 아닌 생존을 위한 필사적인 몸부림을 의미하듯, 철학자가 육지 끝으로 간 것이 추락하기 위해서가 아니라 살기 위한 것이었듯, 이들의 동행이 결국 실패에 이르거나 죽음으로 귀결되는 것만은 아니다. 삶과 죽음에 관한 소설의 아이러니는 다음과 같은 질문에 가닿는다. 개별자로서의 삶에 끝은 있어도, 끝나지 않는 것이 있다면 그것은 무엇일까. 내일의 있음, 우리는 그것을 시간이라고 부른다("시간은 내일을 향해 무심히 걸어갈 것이다"). 그 시간 안에서 동행은 끝없이 이어진다.

숙희가 만든 실험영화

전하영

「영향」으로 2019년 문학동네 신인상을 받으며 작품 활동 시작.
「그녀는 조명등 아래서 많은 시간을 보냈다」로 2021년 제12회 젊은작가상 대상 수상.

숙희가 만든 실험영화

곰에 가기로 한 것은 순전히 즉흥적인 결정이었다. 비행공포증이 있는 숙희는 벌써 십오 년이나 해외여행을 가지 않았다.

십오 년이라⋯⋯

숙희는 무심코 햇수를 헤아리다 마지막 여행이 생각보다 더 오래전의 이벤트였음을 깨달았다. 벌써 그렇게. 하지만 그 십오 년이라는 기간이 어감만큼이나 체감상으로도 그토록 어마어마하게 긴 시간으로 다가오는지를 누군가 따져 묻는다면, 사실 꼭 그렇지만은 않다고 대답해야 할 것이었다. 어느 정도 나이가 든 다음에는 눈 한 번만 깜짝해도 삼사 년은 뭉텅, 하고 금세 지나가버리곤 했으므로. 익숙한 일이었다. 시간이 납작하게 축소된 채 기억 속에 한데 뒤엉켜 있는 듯한 감각은. 그게 꼭 나쁘다고만은 볼 수 없었다. 나이가 들어서 좋은 점은 웬만해서는 새로운 경험을 하지 않는다는 것이었다. 어떠한 상황이든 과거의 삶 속 어느 순간을 다른 식으로 반복한다는 느낌을 피하기 어려웠다. 다른 말로 하면 당황하는 일이 적어졌다는 뜻이었다. 숙희는 데자뷔를 느끼며 잠시 넋을 놓고 있다가 이내 정신을 차리고는 상황에 적합한 자기 자신을 연기하듯 비행기를 탄 지 십오 년이나 됐어, 하고 정말 깜짝 놀란 듯이 말했다.

2024 올해의 문제소설

"언니, 진짜 괌에 한 번 와. 내가 비행기 표 사줄게."

윤미가 말했다.

"괌! 괌이 도대체 어디 붙어 있는 데였지?"

숙희가 물었다.

"그냥 바다 한가운데 덜렁 있어. 지도 봐봐. 인천에서 네 시간밖에 안 걸려."

숙희는 통화를 스피커 모드로 돌리고 급히 구글 맵을 검색했다. 윤미 말대로 괌은 태평양 한구석에 있는 외딴섬이었고, 그곳에서 한참이나 스크롤한 다음에야 겨우 일본 땅(후쿠오카나 가고시마 같은, 숙희의 지리 감각에 그나마 포착되어 있는 지명)에 가닿을 수 있었다.

"근데 괌에는 왜?"

숙희가 의아해하며 물었다.

윤미는 손녀를 돌보기 위해 괌에 있는 딸네 집에 가 있다고 대답했다. 벌써 한 달이 다 되어가고, 딸이 출근한 뒤에는 종일 아기하고만 둘이 지내느라 아주 지루해 미친다고 숙희의 질문에 기다렸다는 듯 투덜거림을 쏟아냈다.

"아니 무슨 〈미나리〉 찍을 일 있니? 자기가 알아서 해야지, 왜 널 불러."

숙희가 맞장구치듯 윤미 편을 들자 윤미가 좀 더 누그러진 목소리로 딸을 두둔했다.

"걔한테 못 해준 게 있잖아. 내가 온다고 했어."

윤미는 고백하듯 말하고는 아직 마음의 준비가 되지 않았다며 단톡방에는 소식을 전하지 말라고 부탁했다.

"아기는 정말 예쁘고 사랑스러워. 근데 애를 돌보는 게 그거랑은 또 다른 문제니까."

윤미하고는 일 년에 한 번쯤은 꼭 만났으니 숙희 기준으로는 꽤 친한 편인데도 손녀가 생겼다는 얘기는 금시초문이었다. 지난 몇 년간 팬데믹 때문에 연락이 뜸하긴 했으나 그래도 이렇게 중요한 삶의 이벤트를 놓치고 있었다니 숙희는 어쩐지 윤미에게 미안했다. 그런데.

육아하는 윤미라니……

숙희에게는 그런 모습이 좀처럼 상상이 안 되었다. 윤미는 어린 나이에 주원을 낳고 그 직후 상대 남자와 헤어지는 바람에 주원을 자기 엄마에게 전적으로 맡겨 키운 것으로 숙희는 알고 있었다. 숙희와 윤미가 본격적으로 친해진 시점이 주원이 중학교에 다니기 시작한 무렵이었으므로 숙희는 윤미에게 자녀가 있다는 사실도 종종 잊어버리고 지낼 정도였다. 어쩌다 주원과 볼일이 생기더라도 그 애가 윤미의 어린 막냇동생이나 사촌의 조카 정도로만 여겨졌을 뿐, 서로 데면데면한 그네들이 실은 모녀 관계라는 것도 뒤늦게 혼자 떠올리고는 괜히 새삼스러워할 따름이었다. "언니가 자유로운 영혼이니까 그렇지" 하고 윤미는 숙희의 무심함을 그저 웃어넘길 뿐이었고, 그래서 그리된 건지 알 순 없겠지만, 숙희는 숙희대로 (자기 편할 마음에서였는지는 몰라도) 윤미를 자신과 마찬가지로 그저 조용히 자기 할 일이나 하면서 세상의 구석에 틀어박혀 홀로 늙어가는 동지 정도로만 생각해왔던 것이었다.

"세상에. 손녀라니."

"내 말이."

"몇 살인데?"

"이제 팔 개월 정도 됐어."

"완전 아기네."

"그럼, 아기지. 진짜 귀여워. 내가 사진 올렸는데 못 봤어?"

"사진을 올렸어?"

"참 내. 나한테 관심이 없구먼."

숙희를 타박하는 게 즐거운 듯 윤미가 명랑한 목소리로 말했다.

"잠깐만, 그럼 윤미 너 이제 할머니네? 공식적으로."

"내 말이."

"와, 미쳤네."

숙희는 윤미와 하하 하고 소리 내어 웃으면서도 왠지 근본적으로는 어색한 느낌을 떨칠 수 없었다. 자신들의 대화며 말투가 전혀 할머니답지 않다는 생각을 똑같이 하고 있는 듯했다.

"주원이 그 꼬맹이가 벌써 엄마가 됐구나."

"꼬맹이는 무슨."

윤미는 약간 눈을 흘기는 듯한 뉘앙스로 말을 받았다. 어쩐지 감정이 실린 듯한 목소리였다. 숙희가 마지막으로 주원을 본 것은 사 년 전이었다. 가물가물하지만 그게 아마 마지막이었을 것이다. 모주원은 모윤미처럼 체구가 작았고, 윤미와 다르게 공부를 잘하고 다소 냉소적인 면모가 있었다. 아주 가끔 만났을 뿐이었지만 숙희는 어린 주원에게 '냉미녀'라는 별명을 붙여주며 놀린 적이 있었다. 의외로 주원은 그 별명을 싫어하지 않았다. 그전까지 어딜 가든 마냥 꼬마 취급만 받다가 어쨌든 미녀 소리를 들으니 기분이 좋은 듯도 했다. 아마도 주원은 그게 자신한테 잘 어울리는 별명이라고 생각하고 싶어 하는 것 같았다. 조숙한 아이들이 사춘기 시절에 흔히 갖는 부모에 대한 반발심으로 인해 엄마와는 다른 자기만의 고유한 이미지를 원했던 걸지도 몰랐다. 주원은 착해빠진 윤미와 달리 좀 더 차갑고 단단한 사람이 되기를 속으로 바랐던 건 아니었을까.

모녀지간이니만큼 윤미와 주원은 닮은꼴이었지만, 기질만큼은 완전히 딴판이었다. 윤미와 상반되는 모습에 의외로 장점이 많이 섞여 있는 것 같아서, 숙희는 주원을 볼 때마다 주원의 생물학적 아버지가 어떤 사람일지늘 궁금했다. 남초 직장에서 이십 년 넘게 일하면서도 거의 수녀처럼 생활해온 윤미인데 도대체 어떤 남자였길래 어린 나이에 '사고'를 친 건지 무척이나 알고 싶었던 것이었다. 딱 한 번 숙희가 윤미에게 그 남자의 정체를 물어본 적이 있는데 윤미는 너무 옛날이라 잘 기억이 안 난다며 난처한 얼굴로 손사래를 쳤다. 윤미의 태도가 사뭇 단호해서 숙희는 더 이상 캐묻지 않기로 했다.

아무튼 숙희는 '요즘 아이들'에 속하는 주원이 또래들보다 훨씬 이른 나이에 결혼한다는 소식을 들었을 때 어머 왜 벌써 하고 어쩐지 아깝다는 마음이 들어 못내 아쉬웠다. 그런데 그새 아이까지 낳았다니. 괌에는 또 언제 갔대. 시간 참 빠르기도 하지. 숙희의 생각은 버릇처럼 시간이 빠르다는 한탄으로 곧잘 회귀했다. 그러고 보니 주원의 남편이란 사람은 외국인(옥스퍼드에서 생물학을 공부했다는 영국인)이었는데 결혼식 때 잠깐 보았을 뿐이지만 금발에 헌칠하니 영화배우처럼 잘생겼더랬다. 이른 결혼을 아쉬워하던 숙희의 마음도 신랑의 실물을 접하고 나서 다소 누그러졌던 기억이 났다. 아, 그럴 만도 했겠네. 그 똑똑한 애가 어지간히도 사랑에 빠졌으면. 쯧쯧.

"주원이가 다시 일 시작했잖아. 데이케어 보낼 때까지는 내가 좀 돌봐줘야 해."

"데이케어?"

"데이케어 센터. 여기는 어린이집을 그렇게 부른대."

"거긴 언제부터 가는데?"

"십, 오, 개, 월!"

윤미가 한 글자 한 글자 강조하듯 외치며 단숨에 대답했고, 윤미의 말이 떨어지자마자 숙희는 '세상에나!' 하고 진심으로 놀라며 히익, 숨을 들이켰다. 윤미에게 손녀가 있고 그 때문에 괌에 가 있다는 말을 들었을 때만도 그럭저럭 담담하던 숙희가 앞으로 반년이 넘도록 아기를 돌봐야 한다는 얘기를 듣자마자 그 즉시 격렬한 반응을 보인 것에 대해, 두 사람 모두 그게 우스워서 동시에 깔깔거렸다.

얼마 전부터 숙희의 SNS 피드에 간혹 올라오곤 하던 그 정체불명의 서양 아기가 바로 윤미의 손녀였다. 웬 아기 사진이 뜨냐 하고 바로바로 넘기기 바빴던 그 예쁜 아기. 제인이. 숙희는 태어난 지 십 개월도 채 안 됐다는 제인이의 사진을 하나씩 차근차근 내려가며 자세히 살펴봤다. 팔 개월, 칠 개월, 육 개월…… 아직 엄마나 아빠 둘 중에 누굴 더 닮았다고 말하는 게 불가능할 정도로 아기아기한 쪼꼬미였다. 통통해서 아톰 인형처럼 올록볼록한 작은 팔다리, 뽀얀 피부와 커다란 눈, 옅은 갈색 눈썹과 머리카락. 제인이는 어릴 때 성당에서 받곤 하던 크리스마스 카드에 그려진 아기 천사 같았다. 윤미로 보이는 어른 품에 안겨 있는 사진에서는 활짝 웃고 있었는데 그걸 보자마자 숙희의 마음이 철렁하고 내려앉을 정도로 제인이는 심하게 귀여웠다. 평소에 윤미는 자기 계정을 거의 내팽개쳐놓다시피 한다고 봐야 할 정도로 SNS 업데이트에 뜸한 편이었기 때문에 그동안 숙희는 아기 사진을 올리던 계정의 주인이 윤미인지조차 알아차리지 못했던 것이었다.

윤미는 이제 할머니구나.

숙희는 문득 고개를 들고 멍하니 생각에 잠겼다. 아기의 귀여움에 잠시 밀려났던 '할머니'라는 단어가 차차 그 존재감을 드러내며 숙희의 머릿속을 잠식해나갔고, 숙희는 외계에서 온 미스터리한 돌덩이라도 되는 것처럼 그 말에 저만치 거리감을 둔 채 쉬이 다가서지 못하고 부근만을 이리저리 돌며 힐긋거릴 뿐이었다. 봉인 해제하면 갑자기 그 돌덩이 안에서 치명적인 바이러스 따위가 튀어나올지 모른다며 경계하듯이.

아직, 아직은 마음의 준비가 안 되었는데.

숙희는 그것에 대해서는 정말로 마음의 준비가 되지 않았다고 여러 번 생각하면서도 그 생각의 구심력으로부터 한 발짝도 벗어나지 못하는 자기 자신을 마주해야만 했다. 감정이 흩날리는 벚꽃처럼 동요됐다. 이제는 인생에서 떨어져 나갈 일만 남은 것 같았다.

아줌마라는 것에 이제 겨우 무감해졌건만.

하나의 문이 닫히면 다른 하나의 문이 열린다더니. 숙희는 삶이 제공하는 이 끝없는 개념적 공격에 좀 억울하고 피곤한 마음이 들었다. 인류의 반이 필히 경험하는 것인데도 왜 이토록 힘겹고 외로운 싸움으로 느껴지는 것인지. 두 달 전 마흔아홉 살이 된 숙희는 몇 년 전까지만 해도 '아줌마'라는 단어와 치열한 내적, 외적 다툼을 벌여오다가 이제 겨우 '정착'이랄까 '평화'랄까 그 비슷한 마음의 안정을 얻을 수 있었다. 최근에 이르러서야 우연찮게 면전에서 아줌마라 불리더라도 상처받지 않을 만큼 자신의 감정을 잘 추스를 수 있는 수준이 되었다. 말은 쉽지만 그게 그렇게 만만한 과정은 아니었다. 최초의 순간은 십여 년 전의 어느 날 오후였다. 서른다섯인가 여섯인가 아무튼 그즈음이었을 어느 평화로운 주말, 수영장에 갔다가 그 옆 편의점에 들러 간식을 계산할 때 세상에서 제일 지루한 표정을 짓고 있던 남자 아르바이트생이 계산 직후 숙희를 흘끔 보더니 포스기에 '중년 여성'이라 쓰인 견출지가 붙은 버튼을 탁, 하고 내리쳤던 것이었다. 그 버튼 옆으로는 '젊은 여성' '노인 여성' 등이 옹기종기 모여 있었다. 만족스러운 문장을 적은 소설가가 그다음 단락으로 넘어가기 위해 경쾌하게 엔터 버튼을 누르는 것처럼 단순하고 분명하고 무의식적이기 그지없는 손짓에 의해 숙희는 중년 여성이라는 세계에 입문했다. 당시만 하더라도 숙희의 시력이나 관찰력이 지금보다 훨씬 뛰어났기 때문에, 보지 않아도 되었을 그 장면을 숙희는 낚아채듯 목격하고야 말았다. 편의점 측에서 소비자의 연령대에 따른 구매 기호를 데이터화하려는 음흉하기 짝이 없는 시스템을 갖출 거라고는 상상조차 하지 못했던, 마음만은 백 퍼센트 순수 청년이었던 숙희는 그날부터 누군가에게 자신이 중년 여성으로 인식될 수 있다는 현실에 눈을 떴다. 일거수일투족이 이제부터는 사회적으로 다른 카테고리로 수렴될 수 있다는 가능성을 깨달은 것이었다. 그러므로 그 짧은 순간의 타격은 숙희에게 있어서 아주 거대한 '엔터'였다고도 할 수 있었다. 다른 세계로 들어가는 입구를 열어젖힌. 즉, 아줌마라는 세계로.

아줌마.

그 단어를 떠올리면 제일 먼저 스쳐 지나가는 얼굴이 있었다.

천호동 아줌마. 천호동 아줌마는 숙희가 아홉 살 무렵에 숙희의 어머니가 다시 직장에 나가면서 집안일을 도와주러 오던 파출부였다. 천호동 아줌마가 숙희네로 출근한 지 몇 달이 채 되지 않아서 숙희의 어머니는 천호동 아줌마를 눈에 띄게 못마땅해했다. 아줌마가 몰래 숙희네 집에서 샤워를 하는 것 같다는 의심을 샀기 때문이었다. 숙희의 어머니는 자신의 것과 별다를 바 없어 보이는 기다란 진갈색 머리카락 한 가닥을 집어 들고 천호동 아줌마 것이 아니냐며 질색하곤 했다. 숙희는 아줌마가 집에 있을 때 내내 그와 함께 있었으므로 어머니가 생각하는 그런 일이란 있을 수 없다고 생각했지만, 자신이 알지 못하는 시공간이 집 안 어딘가에 존재할지도 모른다는 믿음을 가진 어린이였기 때문에 어머니 앞에서 천호동 아줌마를 두둔하지 않았다.

어머니의 반감과 상관없이 숙희는 천호동 아줌마가 좋았다. 처음 볼 때부터 그가 마음에 들었다. 천호동 아줌마는 큰 눈에 쌍꺼풀이 진했고 다른 동네 아줌마들보다 더 젊고 예뻤다. 외모에 무심했던 어머니와 달리 천호동 아줌마는 꾸밈에 필요한 잔기술에 능했고 숙희의 머리를 여러 방식으로 땋아주며 예뻐해주었다. 아줌마가 힘 있고 섬세한 손놀림으로 머리카락을 이쪽저쪽으로 당겨가며 모양을 잡아가는 동안 숙희는 자신의 작은 머리통을 고정하려 노력하면서도 아줌마의 손이 이끄는 대로 여지없이 흔들렸다. 천호동 아줌마는 '처녀' 시절부터 딸을 정말 원했다는 얘기를 자주 하곤 했었는데 숙희가 봤을 때는 자신에게 아들이 둘이나 된다는 것을 은연중에 자랑하고 싶어서 하는 말로 느껴졌다. 그게 그 아줌마의 자부심이었다. 천호동 아줌마는 어머니에게 안 좋은 소리를 들은 다음 날이면 숙희를 식탁에 앉혀 놓고 과일을 깎아주며 자기는 숙희의 어머니를 이해할 수 있다고, 백번 이해한다고 말했다. 그러니까 딸 하나밖에 없는 숙희의 어머니를 가련하게 생각한다고. 아무리 배운 여자라 하더라도 아들 없는 여자는 나이 들어 대접받기 힘들다고도 얘기했다. 너도 엄마를 이해해야 해. 천호동 아줌마는 숙희를 붙잡고 이것은 우리 둘만의 비밀이라며 곡진한 태도로 속삭이곤 했다. 네 엄마는 불쌍한 사람이야. 아줌마는 숙희의 어머니를 진심으로 동정하는 듯했다. 숙희는 직관적으로 어머니의 편을 들어야 한다고 생각하면서도 천호동 아줌마의 말을 잘 들어야 신상에 이롭다는 것을 알았다. 비가 올 때 숙희에게 우산을 가져다줄 사람도, 간식과 저녁밥을 챙겨주는 사람도 다 천호동 아줌마였기 때문이었다. 숙희는 천호동 아줌마를 잃고 싶지 않았다. 아줌마에게 잘 보이고 싶었다. 어느 친구보다도 그 여자의 사랑을 받고 싶었다. 숙희의 아버지와 그가 불륜 관계였다는 사실을 알 때까지는.

숙희가 5학년에 올라가기 전에 아줌마는 일을 그만뒀다. 작별인사를 할 시간 따위는 주어지지 않았다. 숙희는 입을 다무는 법을 배웠다. 숙희는 무언가를 잃었지만 그게 뭔지 알 수 없었다. 그 사건 이후 숙희와 숙희의 어머니는 약속이라도 한 듯 천호동 아줌마에 대해 단 한 마디도 얘기를 나누지 않았다. 천호동 아줌마가 아줌마로서 유별난 존재였다는 사실을 깨달은 것은 그리 오래 지나지 않아서였다. 그 후에는 더 늙고 못생긴, 할머니에 가까운 아줌마들이 와서 집안일을 도와주었다. 그런 아줌마들이야말로 세상에서 말하는 '아줌마'라는 단어에 더 적합한 사람이라는 것은 어린 숙희도 어렵지 않게 눈치챌 수 있었다.

숙희와 윤미는 아줌마처럼 되고 싶지 않은 아줌마였다. 그게 그들을 친하게 만든 원동력이라 해도 무방했다. 그러기 위해 둘은 부단히도 노력했다. 평범한 직장인이었지만 퇴근 후엔 꼬박꼬박 각종 스터디에 참가했고,

브런치에 글을 썼고, 각각 책을 세 권씩 낸 저자였다. 두 사람은 동네 서점의 글쓰기 강좌에서 처음 만났다. 그 후 따로 글쓰기 모임을 만들어 동고동락하면서 서로의 나이 차이를 생각하지 않고 친구처럼 지낸 지 오래였다. 나이 차라고 해봤자 숙희가 윤미보다 겨우 두 살 위였다.

숙희는 멈칫했다. 아차. 그랬다. 그런 것이었다. 그동안은 잊고 지냈는데 엄밀히 말하자면 아주 미세하더라도 실은 숙희가 윤미보다 더 늙은 거였다. 그러니까 할머니가 된 윤미보다도 말이다. 오 이런……

그렇지 않아도 숙희는 염색할 시기를 놓칠 때마다 정수리를 거울에 비춰보며 할머니처럼 보일지 모르겠다고, 진즉에 노파심을 부려오지 않았던가. 동년배들끼리 농담 섞인 말투로라도 스스로를 '할머니'라고 칭할 때면 숙희는 자기도 모르게 진심으로 발끈하며 정색해버리곤 했는데, 아마 그 말이 어떤 진실(부정할 수 없는 팩트)에 가까워지리라는 사실을 의식했기 때문이었을 것이다. 얼마 전 참석한 술자리(서로의 나이를 밝히지 않는 모임이었다)에서는 젊은 작가 하나가 "저는 할머니 작가가 되는 것이 꿈이에요"라고 천진하게 말하는 걸 들으면서 어쩐지 마음이 비틀어져 뭐라 딱 꼬집어 지적하고 싶은 충동을 가까스로 눌러 참았다. 그러다 그 작가가 암시했던 '할머니'라는 게 대강 오십오 세 이후라는 걸 알아차렸을 때는 황당함을 넘어 기함할 노릇이었다. 할머니 작가가 되기 위해서는, 그전에 먼저 중년(그 기나긴 모멸의 시간)의 여자가 돼야 한다는 뼈아픈 진실을 굳이 지적하고 싶지도 않았다. 물론 숙희가 그 젊은 작가를 전혀 이해하지 못한 건 아니었다. 한때는 숙희 역시 그런 말을 잘도 지껄이고 다니지 않았던가. 귀여운 할머니가 되고 싶다는 둥. 그러니까, 할머니라는 단계가 저 멀리, 수백 광년 떨어진 우주 밖에 떠 있는 외계 성운 어딘가에 존재하는 것처럼 멀게만 느껴지던 그런 시절에 말이다. 마치 할머니라는 만능 키만 얻으면 언젠가 도달할 파라다이스에 최종적으로 우리의 자아를 안착시켜주리라 믿는 것처럼. 숙희는 젊은이들과의 대화가 거북했으나 괜히 말 한마디 잘못 얹었다간 어르신 취급이라도 받을까 싶어 입을 꾹 닫고 앉아 있다가 일찍 자리를 떴다.

당연히 숙희도 안다. '할머니' 같은 말은 '선생님'이나 '사장님' '고객님' '어머님' '이모님'과 마찬가지로 마땅한 직함으로 부르기 애매한 상대를 지칭할 때 유용하게 사용될 뿐인 관용적인 호칭에 지나지 않는다는 것을. 그런 말에 각을 세우는 일은 마치 '눈 밝은 독자'라고 할 때의 그 '눈 밝은'이 시각장애인을 비하하는 표현이라고 비판하는 것만큼이나 융통성 없는 지탄처럼 들릴 수 있으리라는 것도. 그렇지만 숙희는 마음속 깊은 곳에서 할머니에 대한 저항감이 치밀어오름을 부정할 수 없었다. 그 말 속에 들어 있는 스스로를 무장해제하는 듯한 그 묘한 연약한 느낌에 거부감이 들었다. 칠십 대면 칠십 대 여성이라 하고, 팔십 대면 그냥 팔십 대 여성이라 지칭하면 될 것이지, 그도 아니면 서양식으로 이름을 부르든가, 단순히 나이가 들었다고 아무에게나 할머니라고 대충 불리고 싶진 않았다. 알지도 못하는 사람들이 '숙희 어린이'와 비슷한 어감으로 '숙희 할머니'하고 자신을 부르며 제멋대로 친근한 척 이래라저래라 선을 넘어오는 것은 상상만으로도 괴로웠다.

그렇다고 숙희가 노년의 삶에 대해 전혀 고려해보지 않은 것은 아니었다. 숙희와 윤미에게는 언젠가 노인이 되면 같이 살기로 한 다른 세 명의 친구가 더 있었다. 모두 다 싱글이고 윤미만 제외하곤 다들 자식이 없었는데 윤미는 딸이 외국에 살 것이므로 없는 거나 마찬가지라며 무리에 끼워주었다. 그들은 은퇴하기 전까지 각자의 삶을 열심히 살다가 육십 대 중반이 넘을 때쯤 비수도권에 있는 마당이 넓은 주택을 사서 함께 서로의 '식구'가 되어주자는 구상을 나누기도 했다. 텃밭을 가꾸고 고양이도 키우고 서로를 돌보면서 동네 서점을 열어 그림 그리기나 글쓰기 강연을 진행하는 등 마을 공동체에도 기여하는 그런 이상적인 삶을 그렸다. 숙희와 윤미를 포함한 다섯 명의 여자들은 근미래를 배경으로 하는 SF의 플롯을 짜듯 두루뭉술하게 그들이 함께하는 미래를 꿈꿨다. 솔직히 그때가 되면 어떻게든 되겠지 하는 심정도 없지 않았다. 모두가 삼십 대였던 그때는 아직 노년의 삶이란 게 먼 훗날의 일처럼 느껴졌기 때문이었다. 그랬던 것이 엊그제였는데…… 정신 차려보니 이제 육십 대 중반까지 겨우 십오 년 남았을 뿐이었다. 얼렁뚱땅하다가는 아무것도 준비해놓지 않은 채 어이쿠, 시간이 또 눈 깜짝할 사이에 지나가버렸네요, 하고 말해버리고 말리란 것도 이제는 너무나 잘 알았다.

윤미야,

내 친구 윤미야, 너 거기서 괜찮은 거니?

난 잘 모르겠어. 할머니가 되는 것도, 되지 않는 것도, 너무 어렵다, 윤미야.

숙희는 답답한 마음에 괜히 윤미를 부르며 생각에 잠겼다. 숙희의 어지러운 마음을 바로 옆에서 들여다보기라도 한 듯 윤미에게서 카톡이 왔다.

숙희 할머니~ ㅋㅋ

윤미 할머니 보러 곰에 오세요! 꼭이요~ ㅎㅎㅎ

＊

실수.

완전한 실수였다.

침대에 누워 있는 찬영을 보며 숙희는 고개를 절레절레 흔들었다. 잠시 할머니 생각에서 벗어난 건 좋았지만, 차라리 할머니 생각을 하는 게 더 나을 것 같았다. 문제를 덮기 위해 또 다른 문제를 만드는 게 어른의 삶이라더니. 숙희는 순간의 유혹을 이기지 못하고 찬영에게 연락하고 말았다. 석 달이나 잘 참고 견뎠는데 다시 원점으로 돌아간 것이었다. 잠든 찬영은 무방비 상태 그 자체였다. 이상하게 숙희의 집에만 오면 잠이 그렇게나 잘 온다고 찬영은 자주 말하곤 했다. 그렇겠지. 넓고 쾌적한 집에서 밥해주고, 빨래해주고, 청소도 다 돼 있고……

그는 보고 있기 즐거운 남자였다. 처음 만났을 때보다 살이 조금 찐 듯했지만 찬영은 여전히 젊은이의 몸을 갖고 있었다. 숙희는 문지방에 서서 상체를 반쯤 기댄 채 찬영의 몸을 한동안 내려다보았다. 아름답다 느꼈던 많은 것들이 그것을 붙잡는 순간 곤란함이 되어 곁에 남았다. 이 모든 것을 감당하기엔 예전에 비해 에너지가 달리는 기분이었다. 나이가 들어 할머니 취급을 받게 되는 건 상상만 해도 싫었지만, 젊은 남자들이 점점 더 어린애처럼 보이는 것도 인정할 수밖에 없는 사실이었다. 뭐가 되었든 무언가에서 또다시 멀어지고 있다는 이 생생한 느낌만큼은 부정할 수 없는 현실이었다. 모든 것에 지루함을 느끼기 시작했다는 이 생경함. 그것만큼은 새롭다고 숙희는 자조했다.

한동안 숙희는 찬영과 연락하지 않고 잘 지냈다. 잠깐의 외로움만 모른 척 흘려보내면 그만이었다. 그와 만나지 않는 것이 숙희에게 그렇게 어려운 선택은 아니었다. 찬영과의 만남을 시작하기 전부터, 이미 숙희는 남자와의 연애에 환상을 품을 만한 시기를 한참이나 지나 있지 않았던가. 그에 더해 찬영과의 나이 차가 사회 통념상으로 너무 많이 난다는 사실도 전적으로 그 관계에 몰입할 수 없게 만들었다. 솔직히 그게 가장 컸다. 범죄까지는 아니라 하더라도 한국사회에서 아무런 거리낌 없이 찬영과 연인으로서 손을 맞붙잡고 다니기에 숙희는 민망할 만큼 나이가 많았다. 찬영은 그다지 신경 쓰지 않는 듯했지만 숙희가 느끼기엔 확실히 그랬다. 두 사람의 관계를 다른 사람들이 알게 된다면? 숙희는 분명 비난받을 것이다. 천하의 뻔뻔한 년이 되어 있겠지. 열몇 살이나 어린 남자를 애인으로 둔, 정신 나간 아줌마. 하지만 어쩌면 그랬기 때문에 만남을 지속하는 게 숙희에게 더 가볍게 느껴졌는지도 모른다. 세상모르게, 아무도 모르게 이것은 당연하게도 잠시 일어나는 일탈일 뿐이라는 생각으로, 그렇게 반복이 되었던 거였다. 흥미로운 것은 황찬영과 열여섯 살이나 차이가 난다는 사실을 맨 처음 알았을 때 숙희는 적잖이 당황하면서도 한편으론 나이 차가 스무 살이 넘지는 않아 다행이라는 생각을 동시에 했다. 그리고 자신이 금기시했던 어떤 벽이 스스로 알고 있던 것보다 더 좁은 범위를 커버한다는 데에 유쾌한 심정이 들었다. 왠지 복수하는 기분마저 났던 것이었다. 모습도 실체도 없는 적에게.

손을 잡고 다니는 것이 민망하게 느껴지긴 했어도 아예 밖으로 나다니지 않은 건 아니었다. 경험상 홍대는 불쾌했고 을지로나 이태원은 상대적으로 괜찮았다. 찬영이 알고 있는 홍대의 몇몇 장소에서 숙희는 젊은이들이 기꺼이 참아내는 멋진 괴로움(유행하는 카페의 불편한 의자) 따위를 견딜 수 없어 했고 찬영은 더러운 자취방에 애인을 초대한 것처럼 노심초사하며 숙희의 안색을 살폈다. 그들은 어딜 가나 눈길을 끄는 커플이었다. 매번 호기심 어린 시선이 따라다녔다. 그들의 일반적이지 않은 나이 차는 젊은 사람들에게도 곤혹스러운 것이었던 모양이다. 편협함은 늙은이들만의 전유물이 아니었다. 길거리에서 팔짱을 끼고 가다가 사람들이 주목하는 것을 의식하게 되면, 그 눈길이 때때로 위협적일 만큼 집요하다고 느껴질 때면 숙희는 마치 찬영의 친누이, 혹은 막내 이모라도 되는 것처럼 그에게서 반걸음 떨어져 성적인 뉘앙스를 탈락시킨 채 무감하게 서 있곤 했다. 숙희는 자신이 나뭇조각이라도 되는 것처럼 시선을 끌지 않으려 노력했다. 찬영은 그런 숙희의 변화를 알아차리지 못했다. 사람들의 꾸짖는 듯한 시선을 받으며 한동안 숙희는 서부의 무법자처럼 우월감을 느끼기도 했다. 단지 잡히지 않으려 노력하고 있을 뿐, 허술한 은행을 털어 챙긴 한 다발의 지폐는 이미 숙희가 들고 있는 커다란 가방 속에 가득 차 있었다. 분명 그것은 승리자의 마음이었다. 불행히도 그런 감정은 오래 지속되지 않았다. 숙희는 금세 흥미를 잃었다. 무엇보다 고작 이런 것으로 세상과 싸운다는 느낌을 계속 유지할 필요가 있는지 스스로를 설득하지 못했다. 두 사람의 관계는 전적으로 사적인 영역에 머무는 편이 나았다. 둘만이 아는 관계여야 했다. 그게 편했다. 숙희는 찬영과의 관계를 아무에게도 밝히지 않았다. 윤미에게조차.

솔직히 말해봐. 숙희는 자문했다. 애초에 그를 진지한 상대로 여긴 적이 있었는지. 그러나 숙희는 바로 쓴웃음을 짓고 말았다. 진지한 상대라니, 그런 말을 잘도 떠올리다니. 스스로에게도 어이가 없었다.

신숙희, 너 자꾸 어쩔래.

자신을 탓하듯 숙희는 이마를 짚으며 문턱을 넘어 침실을 빠져나왔다. 현관 입구에는 찬영이 들어오면서 아무렇게나 벗어 던진 가방과 외투가 허물처럼 널브러져 있었다. 숙희는 외투를 옷장에 걸고 가방은 게스트 룸 소파 위에 올려두었다. 가방이 꽤 묵직했다. 여행이라도 온 것처럼 한 짐 가득 싸 온 듯했다. 언제나처럼. 숙희는 갑자기 짜증이 일었다. 찬영은 아직도 책가방처럼 생긴 지저분한 배낭을 메고 다녔던 것이다. 아직도 자기가 학생이기라도 한 것처럼. 게다가 가방 앞면에는 의미를 알 수 없는, 필시 무언가를 반대하고 타도한다는 표시의 알록달록한 패치가 잔뜩 붙어 있었다.

어린애같이.

숙희는 혼자 있고 싶다는 강렬한 욕망을 느끼며 거실로 향했다. 소파 옆 협탁에는 서평을 부탁받은 책이 잔뜩 쌓여 있었다. 그중 아무거나 집어 하나를 쓰면 됐는데 지난 며칠간은 기분상 그 어느 것에도 관심을 가질 수 없는 상태가 지속됐다. 숙희는 어떤 권태가 시작되었음을 희미하게 감지했다. 이게 그 말로만 듣던 갱년기인가. 짜증, 불면증, 안면홍조증, 그 밖에 다른 안 좋은 증상들이 단톡방에 오르내렸던 기억이 났다. 대충 읽고 흘린 것들이었다. 몸이 안 좋은 게 어디 하루이틀이었던가.

팔 년 전에는 좀 달랐다. 에너지가 넘쳤고 찬영이든 누구든 간에 실수로라도 아이를 가질 수 있지 않을까 하는 기대가 없지 않았다. 힘든 일이지만 물리적으로 불가능한 건 아니었다. 그때는 지금의 숙희로서는 그저 동물적인 본능으로 충만해 있었다고밖에 회상할 수 없는 놀라운 시기였는데 한 일 년 정도는 정말 미친 여자처럼 건수만 있으면 남자랑 자고 다녔다. 마치 발정기가 끝나기 전에 마지막으로 발악하는 암사자처럼 이상한 성적 욕구로 고양돼 있었다. 의식적인 행위가 아니라 실수에 의한 것이라면 어떠한 결과도 받아들일 수 있을 것만 같았다. 만약 그때 임신이 되었더라면 숙희는 상대(누구인지 판명이 된다면) 남자에게 사실을 밝히지 않고 혼자서 조용히 아이를 키울 작정이었다. 숙희는 마음속으로 소설을 여러 편 썼다. 아니 수십 편은 썼을 것이다. 아이가 있는 삶, 어머니로 살아가는 삶. 그 가상의 플롯은 오랫동안 마음속에 간직된 것이었다. 그건 숙희가 발명한 것도, 숙희만의 것도 아니었다. 어떤 사회적 의무와도 같은 선택지로서, 제대로 된 티켓을 구하지 못한다면 억지로라도, 심지어 절차를 어겨서라도 반드시 그 물결에 올라타야만 한다고 여겨졌던 길이었다. 그때, 그 방종했던 기간에 아무 일도 일어나지 않았다는 것이 숙희에겐 너무나 다행스러운 일이었다. 숙희는 다시 한번 가슴을 쓸어내렸다. 출산과 육아의 현실에 대해 아무것도 알지 못하면서 어떻게 감히 그런 꿈을 꾸고 앉아 있었을까. 인간이라면 마땅히 누려야 하는 권리라도 되는 듯이. 엄마가 되겠다는 결정을 내렸다는 것만으로도, 개인으로서의 한 여성이 이전에 누렸던 거의 모든 삶의 지분을 빼앗기는 그런 험악한 세상에서 살아가면서도.

숙희는 신경질적으로 아무렇게나 책을 뒤적거렸다. 침실에 사람이 있다는 게 의식되어 집중이 잘 되지 않았다. 역시 찬영을 부르지 않고 일을 하는 게 맞았다. 백번 맞았다. 주말이 끝나기 전에 뭐든 서평을 하나 완성해야 했다. 이미 마감은 며칠이나 지나 있었다. 약간의 죄책감과 무한한 귀찮음을 느끼며 숙희는 책 무더기에서 대충 한 권을 빼 들어 아무 페이지나 펼쳤다가 몇 문장을 읽는 둥 마는 둥 하고 다른 책으로 바꿔 같은 행동을 반복했다.

그러다가 문득 '비공식 이모'라는 소제목이 숙희의 시선을 멈춰 세웠다.

여성의 수많은 부류 중에서 미혼 이모보다 비웃음을 사는 부류가 있을까?

문장 전반에 깔린 냉소적인 말투가 숙희의 사정을 다 알고 건네는 말같이 느껴졌다. 어째서 인간은 이런 사소한 우연에 의미 부여를 하지 못해 안달인 걸까. 숙희는 계속해서 다음 문장을 읽어 내려갔다.

결혼해서 어머니가 될 기회를 놓친 미혼 이모는 우스우면서도 불쌍한 사람 취급을 받는다. 성적인 것을 싫어하고, 쉽게 충격받고, 현대적인 것은 무엇이든 의심하고, 고양이(……)를 좋아하는 미혼 이모는 (……) 제인 오스틴의 어리석은 베이츠 양처럼 문학의 변두리에서 허둥대고 있었다. (……) 그러나 이제 새로운 미혼 여성이 등장했고 압박에 시달리는 부모들이 이득을 보고 있다.

마치 자신의 마음을 반영하기라도 한 듯한 그 단어, '미혼 이모'에 숙희는 큰 흥미를 느꼈다. 일단 숙희는 고양이를 좋아했다. 성적인 것을 싫어하진 않지만 이제 그것은 예전만큼의 우선순위를 갖지 않았다. 쉽게 충격을 받는 편인가? 예스. 아줌마나 할머니로 불리는 것에조차. 흠. 그래도 현대적인 것을 의심하는 건 아니었다. 아니, 비행공포증이 있으니 현대적인 것을 의심하는 쪽에 가까울지도. 제인 오스틴의 베이츠 양에 대해서는 들어본 적이 없으나 문학의 변두리에서 허둥대고 있는 것은 맞는 말이다. 그래도 그 허둥대던 시간에 후회는 없었다. 단연코 없었다. 다시 과거로 돌아간다 해도 숙희는 문학의 변두리에서 허둥대고 싶을 거라고 생각했다. 그게 제일 좋았다. 꽤 괜찮은 십 년이었다. 숙희는 이제 곧 사십 대가 끝난다는 사실에 큰 아쉬움을 느꼈다. 아줌마가 돼버렸다는 압박보다는 드디어 젊은 여자에서 벗어났다는 안도감과 편안함이 컸다. 생각해보니 젊었을 때도 '아가씨'니 '언니'니 하는 호칭으로 아무렇게나 불리는 게 정말 싫었다. 젊은 게 특권이라는 생각도 없었다. 그땐 그게 그저 거추장스러운 장식물 같았다.

주원은 어떨까. 아직도 이십 대인 그 애는 무슨 생각으로 아이를 낳은 걸까. 윤미를 부를 땐 무슨 마음이었을까. 주원에게 숙희는 미혼 이모였을까? 비공식 이모? 이모라는 말을 탐내기엔 숙희가 주원에게 해준 게 거의 없었다. 숙희는 지금쯤이라면 미혼 이모가 되고 싶은 것도 같았지만, 여전히 미혼 이모가 되고 싶지 않기도 했다. 숙희 이모나 숙희 아줌마 역시 되고 싶기도, 되고 싶지 않기도 했다. 아무것도 되고 싶지 않으면서도 누군가에게 의미 있는 기억으로 남고 싶은 마음이 있었다.

숙희는 생각난 김에 다시 윤미의 SNS 계정을 열고 아기 사진을 더 봤다. 유아용 의자에 고정된 채 앉은 제인이는 이유식을 양 주먹에 쥔 채 짧은 팔을 허공에 휘두르고 있었다. 그릇은 엉망진창이었고 옷과 얼굴에도 폭탄 파편처럼 음식이 묻어 난장판이었다. 게시물에는 '자기 주도 이유식'이라는 태그가 달려 있었다. 자기 주도는 무슨. 숙희는 자기도 모르게 인상을 찌푸렸다. 역시 아기란 성가신 존재였다.

"뭐 해?"

화들짝 놀란 숙희가 뒤를 돌아보니 새집 머리를 한 찬영이 눈도 제대로 뜨지 못한 채 방에서 좀비처럼 비틀거리며 나오고 있었다. 찬영은 퍼포먼스 작가여서 작은 행동도 과장되게 표현하는 경향이 있었다. 방금까지만 해도 귀찮은 존재일 뿐이라고 몰아붙이긴 했으나 그는 역시나 숙희가 좋아하는 스타일이었다. 만약 숙희가 찬영과 비슷한 연배였다면 애초에 부끄러워서 말도 걸어보지 못했을 거라고 숙희는 생각했다.

"책 읽어."

숙희는 조금 미안한 마음이 들어서 따뜻하게 미소 지으며 말했다.

"무슨 책?"

"그냥 일이야."

"숙희 씨는 배 안 고파?"

찬영이 부엌 한가운데 멈춰 서서 그렇게 하면 자기가 귀여워 보이리라 생각하는 듯 아랫배를 문지르며 물었다.

"아, 찬영 씨 배고프구나."

숙희는 상대를 불쌍히 여기는 듯한 표정을 지어주면서도 혼자 있고 싶다는 생각을 잽싸게 했다. 어쩌라고. 역시 이건 아니었다. 외로움이 간절했다. 자고로 어른이라면 참을성을 길러야 한다, 숙희는 스스로를 탓할 뿐이었다.

한때 숙희는 숙희 같은 입장의 남자들이라면 평소에 어떤 생각을 하고 살지가 무척 궁금했다. 일반적인 기준보다 훨씬 더 어린 상대와 사귀면서 남자들이 그것을 얼마나 의식하는지, 숙희처럼 공을 들여 자기혐오와 자기 객관화에 골몰하고 지내는지를 알고 싶었다. 그러니까 숙희의 반의반만큼이라도 번민하는지를 말이다. 파트너에 비해 턱없이 좋지 않은 시력과 가뭄의 논밭처럼 갈라진 회복 불가능한 발뒤꿈치와 눈에 띄게 희끗희끗해진 음모에 그들은 과연 신경을 쓸까. 그러지 않으리라 추측하면서도 숙희는 자주 그런 의문을 품곤 했다. 찬영과 만나면서 예전에는 남의 일처럼 멀게 느끼던 것을 새삼스레 의식하는 일이 잦았다. 이를테면 옛날 영화에서 중년 남자가 부적절한 관계인 젊은 애인에게 자신을 '아빠'라 부르라며 장난스러운 요구를 장면 같은 것들. 그런 상황은 심지어 그 관계를 역겹게 설정하지 않은 작품들에서도 종종 등장하곤 했는데, 그때 상대역은 어떻게 반응했더라? 그냥 순순히 아빠라고 불러주었나? 거기까진 기억이 나지 않았다.

다른 의문도 들었다. 생물학적인 자식을 갖는 일을 완전히 포기하지 않는 삶이란 대체 어떤 것일까 하는. 이쪽과 저쪽 사이에 거대한 강이 있는데 시간의 제약 없이 언제든지 저쪽으로 건너갈 수 있다고 생각하는 사람과 저쪽으로 갈 일이 없을 거라 여기면서도 어느 시점이 되면 완전히 길이 막혀버린다는 걸 알고 있는 사람. 그들을 과연 같은 세계에 속하는 부류라고 말할 수 있을 것인가. 예전에…… 천호동 아줌마는 숙희의 아버지를 뭐라고 불렀을까. 숙희의 아버지는 무슨 생각으로 천호동 아줌마와 관계를 맺은 걸까. 혹시라도 아들을 둘이나 낳은 여자이니 자신에게도 아들을 낳아주리라고 생각한 건 아닐까. 아줌마는 정말 숙희 어머니의 추측대로 숙희 몰래 샤워를 한 것일까. 도대체 언제, 어떻게…… 그 아줌마는 어린 아들들을 집에 두고 남의 집 아이, 즉 숙희를 돌보면서 무슨 심정이었을까. 숙희는 아무렇게나 떠오르는 자유연상을 따라가다가 참 별걸 다, 하는 심정으로 생각을 멈추고 냉장고 문을 열어보는 찬영의 옆모습을 무심하게 바라보았다.

뒤져봤자 뭐가 없을 텐데……

만약 찬영이 자신을 '엄마'라고 부른다면? 순수한 실수든 진심 섞인 실수든 간에. 그건 단 한 번뿐이라도 소리 내어 말해진다면 정말 끔찍하게 느껴질 것이다. 소름이 돋고 정신이 바짝 들어 그를 바로 내쫓고는 부끄러움에 치를 떨 것이다. 뭐라 불리든 끔찍하기는 양쪽 다 매한가지지만 엄마와 아빠는 그렇게나 뉘앙스가 다른 단어였다. 물론 지난 시간을 곱씹어보면 찬영이 숙희를 엄마라고 부르지만 않았을 뿐 숙희가 찬영의 엄마라도 된 것처럼 그를 돌보고 있는 듯한 사태가 종종 펼쳐졌다. 가령 당장과 같은 상황에서 숙희는 찬영에게 뭐라도 음식을 차려줘야만 할 것 같은 의무감을 느꼈다. 천천히 오랜 시간에 걸쳐 자기 자신도 의식하지 못하는 사이 어느새 관계가 그렇게 흘러가버렸다. 아마도 밍밍이(찬영이 키우다가 숙희의 집으로 데려온 어린 고양이)가 죽고 난 다음부터였을 것이다. 밍밍이를 그렇게 보내고 찬영과 숙희는 무척 힘든 시기를 지나왔다. 찬영은 밍밍이의 몫이라도 하듯 떼쟁이 아기처럼 굴 때가 있었고 숙희는 벌 받는 심정으로 그런 찬영을 용납했다. 밍밍이가 할머니 고양이가 되지 못하고 죽었다는 게 그들을 이상한 방식으로 가족 같은 사이로 만들었다.

음식 찾기를 금세 포기한 듯 찬영이 숙희 옆으로 와서 파고들었다. 배달 음식을 검색하던 숙희는 순순히 찬영의 머리에 무릎을 내주었다.

"방금 꿈을 꿨는데, 거기 숙희 씨가 나왔어."

"내가?"

"음. 자기 이름을 난희라고 소개했는데, 그래도 나는 그 사람이 자기인 줄 알고 있었어."

숙희는 아무 감흥 없이 찬영이 하는 얘기를 들었다. 언제부터 얘기를 듣는 쪽이 거의 일방적으로 숙희가 되었는지 잘 기억나지 않았다. 애당초 꿈 타령할 때 진지하게 들어주는 게 아니었다.

"난희 씨가 어딜 열심히 가고 있길래 내가 같이 가겠다고 했더니, 그러려면 나한테서 팔을 하나 떼어내야 한다는 거야. 그래서 내가 그건 좀 어렵겠는데요, 하고 곤란해하니까, 그럼 대신 영화나 찍으러 가자고 해서 그건 좋다고 했어. 그런데 잘 살펴보니 난희 씨는 아무것도 들고 있지 않은 거야. 영화를 찍으려면 카메라가 있어야 할 텐데, 카메라는 갖고 있느냐고 내가 물으니까 난희 씨가 그런 건 필요 없다고 자신 있게 대답하더라고. 아무튼 계속 걸어서 바닷가로 갔는데, 도착해보니 거기는 사막이었어. 구스 반 산트 영화에 나오는 거 같은. 그 영화 제목이 뭐였지? 맷 데이먼 나오고 두 사람이 걷다가 하나가 죽는 영화."

"……"

"……"

"〈제리〉?"

"〈제리〉! 그걸 잊다니. 아무튼 그 영화에서처럼 온통 사방이 다 하얀 사막이었어. 난희 씨하고 나는 말없이 한참 걸어갔는데 내가 결국 참지 못하고 물었지. 어떡해요, 난희 씨. 여긴 바다가 아닌데요. 그러니까 실제로는 숙희 씨인 난희 씨가 말하기를, 오, 괜찮아요. 이건 보통 영화가 아니라 실험영화니까 괜찮을 거예요……"

"실험영화?"

조금 의아한 듯 숙희가 찬영의 말을 자르고 물었다.

"아마 그렇게 말했던 것 같아."

"그래서?"

"그다음도 있었는데⋯⋯"

자기 꿈 생각에 골몰하는 찬영의 머리를 슬며시 치우고 숙희는 옆으로 들어 앉아 스마트폰을 다시 잡아 들었다. 찬영은 숙희가 미는 대로 밀려서 소파 반대편 쪽으로 비스듬히 기대어 누운 채로 여전히 생각에 잠겨 있었다. 숙희는 찬영에게 묻지 않고 태국 음식점에서 솜땀, 팟타이꿍숏 그리고 카오팟시푸드를 주문했다. 초창기를 제외하고 두 사람이 만나는 데 드는 비용은 모두 숙희가 지불하고 있었다. 자연스럽게 그렇게 되었고 숙희는 그것에 딱히 불만을 갖지 않았다. 혹시 그게 문제였을까. 그건 그들의 관계가 이미 평등하지 않다는 것을 숙희 자신이 알고 있었다는 증거가 되는 건 아닐까. 숙희는 스물두 살 때 서른 살의 여자(돈이 없다는 것만 빼면 그는 얼마나 완벽한 사람이었던가)와 사귄 적이 있었고, 그와 헤어진 뒤엔 스무 살 가까이 나이 많은 남자(유난히 '오빠'라는 호칭에 집착하던 자였다)와 만난 적도 있었다. 그때도 상대방은 돈이 없었고 숙희가 모든 비용을 감당했다. 경제적인 측면에 있어서 진짜 문제는 찬영이 아니라 숙희에게 있는 걸지도 몰랐다. 상대를 의존적으로 만드는 어떤 메커니즘이. 문득 숙희는 궁금해졌다. 숙희가 엄마가 된 것 같은 난처한 기분을 느낄 때 찬영 역시 자기가 어린아이가 된 것 같아 비참한 심정인지를.

"아까 보니까 한 짐이던데."

숙희가 대수롭지 않다는 듯 입을 열었다.

"음. 나 자기 집에 며칠 있어도 되지?"

티가 많이 나진 않았지만 찬영은 눈치를 보는 듯 딴청을 하며 물었다.

"왜, 무슨 일 있어?"

찬영은 바로 대답하지 않고 조금 뜸을 들였다. 숙희는 거부감이 드는 걸 들키지 않으려고 스마트폰을 계속 주시했다. 윤미의 인스타그램에는 새로운 사진이 올라와 있었다. 주말을 맞아 온 가족이 다 함께 마트에서 파는 일본식 도시락을 한가득 사 들고 이파오 비치에 갔다는 설명이 붙어 있었다. 바다는 에메랄드빛으로 푸르고 아기는 믿을 수 없을 만큼 귀여웠다. 아기는 균형을 잡으려고 바들바들 떨며 서 있다가 이내 옆으로 쓰러졌다.

"안 돼?"

"그게 좀 어렵겠는데……"

더 설명을 요구하는 듯한 얼굴로 찬영이 숙희를 바라보았다.

"나 내일모레 괌에 가."

"괌?"

숙희가 고개를 끄덕였다.

"휴가?"

"아니. 윤미가 좀 도와달라고 해서."

"모윤미 씨?"

"응."

"뜬금없이."

"뭐, 같이 프로젝트 할 게 있어."

거짓말이라는 게 처음 시작하기가 어렵지 한번 그 문을 여니 술술 이야기가 흘러나왔다. 숙희도 몰랐던 숙희의 계획에 따르면, 숙희는 내일모레 새벽 일찍 집을 나서서 아침 비행기를 타고 괌에 갈 작정이었다. 숙희가 씩씩하게 해외여행을 다니던 십오 년도 더 전에 쌓아놓은 마일리지는 항공사가 정책을 바꾸기 이전에 적립된 것이어서 아직까지도 고스란히 잘 남아있었고, 숙희는 그걸로 괌 항공권을 샀으며 윤미네 집에서 이 주 정도 머물면서 함께 프로젝트를 구상할 예정이다. 만약 그게 잘 풀리면 직장을 그만두게 될지도 모르고 앞으로도 종종 집을 비우는 일이 잦아질 것이다. 등등.

찬영은 아무 의심 없이 숙희의 말을 받아들이는 듯했다. 기꺼이 속는 것이야말로 젊은 사람들의 표식이다, 라고 숙희는 생각했다. 그에게 미안한 감정이 들었다. 하지만 숙희는 찬영의 빛나는 젊음이 여전히 얼마간은 그의 가난과 의존을 낭만적인 것으로 만들어줄 것이며, 자기가 아니더라도 그런 그를 기꺼이 받아들일 마음 착한 이가 또다른 곳에 얼마든지 있으리라 확신했다. 그러므로 자기 같은 늙은 여자가 젊은 남자를 버리며 갖는 쓸데없는 죄책감이란 일종의 감정적 사치에 불과하다고 생각했다.

이제 그를 놓아줄 때가 되었다. 물러날 시기가 된 것이다.

숙희가 그렇게 마음을 먹자, 손에 닿을 듯 가까이에 있는 찬영이 오래전의 사람처럼 멀게 느껴졌다. 숙희는 과거에 사랑했던 사람을 바로 눈앞에서 보고 있는 듯한 착각에 빠졌다. 그리고 이 순간이 자신의 인생에서 다시는 반복되지 않을 것임을 알았다.

*

열흘 후 숙희는 필리핀해 삼만오천 피트 상공을 지나는 여객기 안에 홀로 앉아 있었다. 마법에 걸린 듯 숙희는 찬영에게 얘기한 것처럼 2008년 이전에 쌓은 마일리지를 이용해 괌 항공권을 충동적으로 구매했다. 어쩐지 그래야만 할 것 같았다. 무언가에서 멀어진다는 행위 안에 자신을 두고 싶었다. 충동적이라 하더라도 고민이 없었던 건 아니었다. 난기류에 가장 영향을 덜 받는 위치가 날개 부근이라는 정보를 어디선가 주워들은 후 추가금을 지불하고 날개에서 제일 가까운 출입구 근처의 통로 좌석으로 예약을 변경하기도 했다. 숙희가 앉은 열의 나머지 두 좌석은 비어 있었다. 객실 창밖으로는 풍경이라고 할 만한 게 조금도 보이지 않았고 노출 오버된 필름처럼 밝고 하얀빛만이 가득했다. 미리 처방받은 안정제를 먹어서인지 생각보다 비행이 견딜만했다. 게다가 인천공항에서부터 안개 짙은 날씨가 줄곧 이어졌기 때문에 숙희는 오전 내내 꿈을 꾸는 듯한 몽상적인 기분에 사로잡혔다.

아이를 동반하기 좋은 여행지라는 평판에 어울리게 괌으로 향하는 비행기 안에는 가족 여행객이 다수를 차지했다. 유아원인지 유치원인지를 다니는 어린아이들이 길거리에서 단체로 이동하는 것을 몇 번 스친 적은 있었으나 걷지도 말하지도 못하는 진짜 사람 아기를 이렇게나 많이 보게 되는 일은 정말 드물다고 숙희는 생각했다. 여기저기서 쉴 틈 없이 울어대는 아이들이 만드는 객실 소음이 비현실적으로 느껴졌다.

숙희의 대각선 건너편에는 제인이와 비슷한 개월 수로 보이는 아기를 데리고 탄 부부가 탑승해 있었다. 쪽쪽이를 입에 문 아기는 때때로 아버지에게 안겨(매달려) 있곤 했는데 그럴 때마다 숙희와 자꾸 눈이 마주쳤다. 빨간 볼이 귀여워서 숙희는 용기를 내 아기에게 손인사를 건네보았는데 아기는 그게 무슨 의미인지 알지 못하는 듯했고 낯선 사람에게 스스럼없이 웃어주는 성격도 아닌 듯 뚱하니 경계하는 얼굴로 숙희를 쳐다볼 뿐이었다. 숙희는 금세 포기하고 바로 뒷좌석에 있는 다른 아기에게 신경을 썼다. 분홍색 옷을 입은 아기(쪽쪽이 아기보다 좀 더 컸으나 개월 수는 짐작조차 하지 못했다)가 끊임없이 칭얼거렸고 아기 엄마는 몸을 들썩이며 다소 과한 몸짓으로 아이를 조용히 시키려고 노력했다. 숙희는 소리가 좀 나도 괜찮다고 말을 해줄까 고민하다가 그게 더 꼰대처럼 보이려나 싶어 그냥 눈을 감고 가만히 잠을 청했다.

불쌍한 윤미. 윤미도 아기를 달래느라 지쳐 있겠지.

알지도 못하는 아이를 보러 삼천 킬로미터나 날아가다니 인생 참 모를 일이라고 숙희는 속으로 구시렁거렸다. 아니다, 나는 아기가 아니라 윤미를 보러 가는 길이지. 육아라는 외딴섬에 갇힌 윤미 할머니를 응원하러. 숙희는 괌에 가면 처져 있지 말고 윤미를 즐겁게 해주어야겠다고 다짐했다. 혼자서 가기 어려운 관광지도 함께 다니고 맛있는 음식점에도 가고…… 숙희는 야자수나 하얀 모래, 연파랑 바다 같은 남국의 휴양지 풍경을 떠올리며 실은 자기가 망망대해 위의 허공에서 시속 구백 킬로미터의 속도로 날아가는 물체 안에 있다는 생각을 하지 않으려 노력했다.

　비행기는 어느새 고도를 낮추며 착륙을 준비하기 시작했다. 기내 방송이 나온 후엔 바닥에서 덜컹하고 랜딩 기어가 내려갔다. 좌석 벨트를 맨 숙희는 잔뜩 긴장한 채 팔짱을 끼고 비행고도를 알려주는 모니터만 뚫어져라 쳐다봤다. 숫자는 계속 내려가고 있었고 그에 따라 엔진 소리도 더 커지는 듯했다. 며칠 전 숙희는 혹시라도 비행공포증을 이겨내는 데 도움이 될까 해서 책을 한 권 읽었는데, 통계에 따르면 비행 사고 대부분은 착륙 오 분 전에 일어난다고 했다. 그런 정보는 안정적인 성층권을 지날 때는 도움이 됐지만, 대기권에 진입하면서부터는 숙희를 더욱 긴장시켰다. 비행기는 개인의 괴로움 따위는 아랑곳하지 않고 마땅히 자기 할 일을 하듯 더욱 고도를 낮추다가 어느 순간 방향을 틀며 선회했다. 바깥 날씨는 화창하게 변해 있었다. 창밖에는 처음으로 풍경이라고 할 만한 게 보였다. 섬. 한눈에 보이는 푸른 섬의 해안선이 날개 너머로 언뜻 보였다. 괌이었다.

　비행기에서 내리자 바로 후덥지근한 공기가 밀려왔다. 숙희는 어디에선가 땀 냄새가 날 것 같은 열대풍의 기후에 깊은 안도감을 느꼈다. 입고 있던 겨울 외투를 벗어 팔에 걸치고 숙희는 사람들을 따라 탑승교를 빠져나와 공항 입국장을 향해 걸었다. 얼마 가지 않아 여행자들의 블로그에 매번 등장하던 'Hafa Adai!'라는 환영 인사말이 붙어 있는 지점에 이르렀다. 기념 사진을 찍는 사람들을 뒤로하고 숙희는 입국 심사장으로 가서 줄을 섰다. 앞쪽에 선 꾀죄죄한 행색의 백인 남자(숙희는 자기도 모르게 할아버지라고 생각했다가 이내 칠십 대 남성으로 정정했다)는 약간 정신이 오락가락하는 듯 자기가 바로 H 호텔을 지은 건축가이고, 사십오 일 동안 괌에 있을 예정이며, 코리안 아내와 본인 사이에는 자식이 없지만 대신 코리안 도그가 있다며 인과관계를 알 수 없는 말을 횡설수설 늘어놓으며 시간을 끌고 있었다. 숙희는 그 남자를 구경하며 정신을 놓고 있었는데 뒤에 선 사람이 툭 치는 바람에 왼편 부스에 있던 모건 프리먼을 닮은 직원이 그쪽 심사대로 오라며 숙희에게 손짓하는 신호를 뒤늦게 알아차렸다. 직원의 고압적인 태도가 마음에 안 들었지만, 뒤쪽에 보는 눈들이 있어서 숙희는 마지못해 그쪽으로 다가갔다.

여권을 꼼꼼히 살펴본 모건 프리먼은 괌에 있는 동안 어디서 머물 예정이냐고 무표정한 얼굴로 물었다. 그런 질문을 오늘 하루만도 칠백 번 넘게 한 듯한 표정이었다. 애초에 숙희는 이리저리 설명하기 귀찮으니 그냥 조카 집에 있을 거라고 짤막하게 대답할 요량이었다. 그런데, 어딘지 모를 권위적인 분위기 때문이었는지 그만 죄지은 사람처럼 조카가 딸을 낳았고 그 애를 보러 왔다는 설명을 변명이라도 하듯 구차하게 주렁주렁 덧붙이고 말았다.

"오, 축하해."

심각하던 모건 프리먼의 표정이 갑자기 자애롭게 변했다. 덩달아 긴장이 풀린 숙희는 예상치 못한 응원에 힘입어 자기도 모르게 한술 더 떠 조카의 딸이 곧 한 살이 될 거라고 자랑하듯 이어 말했다. 어느새 옆집 아저씨 같은 친근한 얼굴이 된 모건 프리먼은 다시 한번 아낌없이 행복한 표정을 지어주었다. 이쪽도 그에 못지않은 행복한 표정을 보여야만 할 것 같은 기분에 숙희는 어색하게 모건 프리먼에게 미소를 지어 보였다. 미소를 짓는 수렁에라도 빠진 기분이었다.

숙희는 벌써부터 피곤함을 느끼며 짐을 찾는 곳으로 서둘러 나갔다. 숙희 정도 되는 나이의 여자 직원이 재촉하는 듯한 특유의 톤(한국계였는지 영어를 더 잘 알아들을 수 있었다)으로 비즈니스 클래스 승객들의 여행 가방을 한곳에 모아놓고는 어서 짐을 찾아가라고 외쳐대고 있었다. 혼잡한 가운데 숙희는 좀 어리숙해진 기분으로 멍하니 서 있다가 비켜서라고 직원이 호통하는 통에 다른 사람들을 따라 떠밀리듯 이코노미석 수하물이 나오고 있는 컨베이어 벨트 앞으로 이동했다. 한국인 관광객으로 넘쳐난다는 얘기를 들었지만 그래도 미국령이라 그런지 외국에 왔다는 실감이 강하게 났다.

도착 출구는 세관 검사대에서 멀지 않은 곳에 있었다. 숙희가 전자 세관 신고서의 QR 코드를 직원에게 보여주는 동안 자동문이 열렸다 닫혔다 하는 사이로 출구 맞은편에 서 있는 윤미가 몇 되지 않는 환영객들 틈에 언뜻 보였다. 고개를 빼고 기웃기웃하며 숙희의 모습을 찾던 윤미는 제인이를 안은 채 반가운 목소리로 숙희를 불렀다. 숙희 역시 낯선 곳에서 아는 얼굴을 발견하자 가족 상봉이라도 한 듯 마음이 복받쳤다.

"윤미!"

숙희는 한 손으로 캐리어를 끌고 다른 한쪽 손을 높이 들어 흔들며 윤미에게 다가갔다. 그새 섬사람처럼 볕에 그은 윤미는 더 건강하고 젊어 보였다. 할머니가 아니라 엄마라고 해도 위화감이 느껴지지 않을 정도였다.

"자 자, 숙희 할머니다! 안녕?"

윤미는 숙희에게 말하는지 제인이에게 말하는지 모를 높고 가는 음정의 낯선 목소리로 양쪽을 번갈아 보며 제인이의 팔을 잡아 흔들어 숙희에게 인사했다. 긴 속눈썹, 커다란 눈. 가까이에서 실물을 접한 아기는 윤미와 주원의 얼굴에 서양인 필터를 씌운 듯한 느낌으로 뭐라 설명하기 힘들게 두 사람을 빼닮아 있었다. 제인이는 낯을 가리지 않는 외향적인 성격인지 숙희를 향해 그 짧고 통통한 팔을 뻗으며 반가운 듯 소리를 질렀다. 제인이의 입안에는 아래위로 깜찍한 이가 두 개씩 나 있었다. 원래 인간의 이가 이렇게 하얀 거였나 싶을 정도로 새하얀 이였다.

"안아볼래?"

미처 거절할 새도 없이 윤미가 제인이를 불쑥 내밀었고, 숙희는 머뭇거리면서도 혹시라도 아기를 떨어뜨릴까 조심하며 받아 안았다. 고양이를 안을 때처럼 팔 자세를 잡았다가 더 안정적으로 있기 위해 엉덩이를 받친 손을 들썩해서 고쳐 안았다. 조그만 아기의 무게가 제법 묵직했다. 뚱뚱한 고양이였던 밍밍이보다 살짝 더 무거웠다. 보드라운 살결에서는 기분 좋은 냄새가 났다. 숙희는 제인이의 머리카락에 코를 얕게 묻고 킁킁하며 윤미를 향해 웃었다. 윤미도 따라 웃으며 "아기 냄새 좋지?" 하고 같이 냄새를 맡았다. 잠시 제인이는 숙희에게 찰싹 안겨 있는가 싶더니 이내 기분이 변해서 몸을 위아래로 흔들며 뜻을 알 수 없는 소리를 지르며 바둥거렸다. 밍밍이가 죽고 난 뒤 도대체 얼마 만에 느껴보는 작고 연약한 생명체의 온기인가. 숙희는 아기를 꼭 끌어안고 얼굴을 가볍게 부볐다. 숙희의 마음속에서 작은 파문이 일기 시작했다. 기억이 다시 소용돌이치는 듯했다. 숙희가 사랑했던 그러나 잃어버린 온갖 것들에 대한 기억이. 다시 삶을 달라고, 다시 자기를 봐달라고.

조그맣고 따뜻한 몸에서 발산되는 예측할 수 없는 활력이 숙희의 팔과 다리로, 온몸으로 전달되었다. 숙희는 어쩐지 눈물이 날 것만 같았다. 그것은 예상치 못한 기쁨이었다.

: 제목 '숙희가 만든 실험영화'는 『동아일보』 1979년 1월 24일자에 실린 유현목 감독의 소설 「어느 훗날」의 한 대사에서 가져왔다. 소설을 일부 인용하자면 다음과 같다.

아버지는 얼마 전까지만 해도 영화관을 경영해왔지만 지금은 지구상 어디를 보아도 영화관이 없는 것처럼 폐쇄해 (……) 버렸다 (……) 관객은 귀찮게시리 영화관까지 찾아가지 않아도 (……) 안방의 대형 스크린에서 보면 된다. (……) "아버지, 숙희가 만든 실험영화는 보셨어요?" "학기 말 논문 영화도 봤다. 뭐 '눈동자와 외교술'이라던가."

: 숙희와 친구들이 상상하는 노년의 삶은 김희경의 『에이징 솔로』(동아시아, 2023) 중에서 「할머니가 되어도 서로를 돌볼 수 있을까?」를 참고하여 쓴 것이다.
: '비공식 이모'가 언급되는 책은 클레어 챔버스의 『스몰 플레저』(허진 역, 다람, 2022)이다. 인용된 문장은 199쪽에 있다.

통념의 감옥과 생명에 대한 감각

현순영 전주교대 강사. 문학평론가

누가 어떤 이야기를 어떻게 들려주는가? 전하영의 「숙희가 만든 실험영화」에서는 스토리 밖의 화자가 주인공 숙희의 어떤 경험들과 생각들을 엮어, 그녀의 발화(發話)를 그대로 옮기듯이 얘기한다. 화자는 숙희의 생각의 비약, 모순에 대해서도 논평적 거리를 두지 않는다. 따라서 화자의 화법, 관점, 해석보다는 숙희의 경험들과 생각들을 그대로 읽어내고 그것들의 의미를 이해하며 물음을 머금는 일이 중요할 것이다. 예컨대, '아가씨', '아줌마'로 불려왔고, '할머니'로 불릴 것을 예상하며 방황하다 뜻밖의 기쁨을 느끼는 숙희의 이야기를 통해 사회적 통념이 우리의 의식과 관계를 얼마나 집요하게 구속하고 변질시키는지를 이해하고 우리는 어떻게 사회적 통념의 감옥에서 벗어날 수 있는지를 물을 수 있다. 다음과 같이.

두 달 전 마흔아홉 살이 된 숙희는 두 살 아래 친구 윤미에게 외손녀를 돌보느라 곰에, 딸네 집에 있다는 근황을 전화로 듣고는 자신도 곧 '할머니'로 불리게 되리라 예상하며 심적으로 동요한다. 그리고 젊었을 때는 '아가씨'나 '언니'로, 삼십 대 중반쯤부터는 '아줌마'로 불리며 불편하고 힘들었던 경험들에 대해 생각한다. 숙희가 '아가씨'나 '언니'로 불리며 어떤 경험을 했는지는 자세히 서술되어 있지 않으나 짐작할 수는 있다. 숙희가 그렇게 불리는 것을 정말 싫어했다고 서술되어 있기 때문이다. 반면, 숙희가 '아줌마'로 불리며 살았던 삶과 그 삶에 대한 그녀의 생각은 자세히 서술되어 이 소설의 한 골격을 이룬다.

숙희는 서른대여섯 살 때 수영장 옆 편의점에서 간식거리를 사다 "중년 여성이라는 세계"에 입문했다. 자발적 입문이 아니었다. 그 순간은 이렇게 서술되어 있다. "세상에서 제일 지루한 표정을 짓고 있던 남자 아르바이트생이 계산 직후 숙희를 흘끔 보더니 포스기에 '중년 여성'이라 쓰인 견출지가 붙은 버튼을 탁, 하고 내리쳤던 것이었다. 그 버튼 옆으로는 '젊은 여성' '노인 여성' 등이 옹기종기 모여 있었다." 숙희가 "중년 여성이라는 세계"에 입문했다는 것은 그녀가 타인에게 중년 여성으로 인식되고 있다는 사실을 그녀 자신이 처음 알게 되었다는 뜻이다. 물론 숙희는 자신의 구매 내역이, 편의점이(기업이) 상업적 이윤 창출에 이용하기 위해 구축하는 데이터베이스의 '중년 여성 카테고리'에 저장되고 있다는 사실도 그때 처음 알았다. 그러나 그녀는 이 사실을 더 중시하지는 않았다. (작가는 자본주의가 '아가씨', '아줌마', '할머니' 등의 개념을 구성하고 이용하는 방식과 양상은 천착하지 않았다.)

주목해야 할 점은 숙희가 '중년 여성'을 '아줌마'와 동일시했다는 사실이다. 그녀는 "중년 여성이라는 세계"에 들어가는 것을 아줌마가 되는 것이라고 생각했다. 아줌마가 된다는 것은 숙희에겐 충격적인 일일 수밖에 없었다. 아줌마에 대한 그녀의 관념이 사회적 통념과 많이 다르지 않기 때문이다. 숙희는 어렸을 때 집에 천호동 아줌마 다음에 고용되었던 가사근로자들을 통해 아줌마에 대한 사회적 통념을 확인했다. 숙희에게 아줌마란, 일단, '(천호동 아줌마와는 달리) 할머니에 가깝게 늙고 못생기고, 집안일을 하는 여성'이었다.

'아줌마라는 세계'에 입문한 뒤 숙희는 "아줌마처럼 되고 싶지 않은 아줌마"로 부단히 노력하며 살았다. (윤미도 그랬다.) 직장에 다니면서도 퇴근 후에는 각종 스터디에 참여했고 브런치에 글을 썼으며 책도 세 권이나 냈다. 그러나 숙희는 그렇게 살았던 때를 "기나긴 모멸의 시간"이라고 인식한다. 치열하게 노력했음에도 불구하고 끊임없이 모멸당했기 때문일 것이다.

그 모멸은 아줌마에 대한 사회적 통념을 내면화한 타인들의 시선, 말, 행동으로 구현되었을 것이다. 그러나 숙희는 타인들의 모멸만 겪은 것은 아니다. 그녀는 열여섯 살 어린 찬영과 만나며 스스로를 모멸하기도 했다. 즉 행동과 감정을 억제했고 찬영과의 관계를 은밀한 일탈로 변질시켜 버렸다. 나이 많은 여자, 아줌마가 한참 어린 남성과 사귀는 것에 대한 사회적 통념을 그녀 역시 내면화하고 있었기 때문이다. 숙희는 찬영의 팔짱을 끼고 가다가 사람들이 위협적일 만큼 집요하게 쳐다본다고 느껴질 때면 마치 찬영의 친누이나 막내 이모라도 되는 것처럼 그에게서 떨어져 사람들의 시선을 끌지 않으려고 노력했다. 또 그녀는 찬영과 만나며 모습도 실체도 없는 적에게 복수하는 기분을 느끼기도 하고 우월감, 승리자의 마음을 느끼기도 했으나 찬영과의 연애로써 세상과 싸운다는 느낌을 계속 유지할 필요가 있는지 회의했다. 그리고 둘의 관계가 전적으로 사적인 것에 그치는 편이 낫다고 판단했다. 숙희는 찬영과의 만남을 반복하긴 했지만 그것은 아무도 모르는, 잠깐의 가벼운 일탈일 뿐이라고 생각했다.

숙희는 그렇게 '아줌마라는 세계'에서 '모멸의 시간'을 보냈다. 숙희의 경우를 사회적 통념이 일종의 '미시 권력'이 되어 개인의 의식과 관계를 구속하고 변질시키는 사태의 한 예로 볼 수 있다. 그런데 숙희도 그런 미시 권력의 행사자라는 사실을 간과해선 안 된다. 숙희는 찬영이 싫어져서 버리기로 한다. 숙희가 '나이 든 여자와 젊은 남자의 헤어짐에 대한 사회적 통념'에 근거해 찬영과의 이별을 디자인한다는 점을 주목할 필요가 있다. 숙희는 그 통념에 기대어 찬영을 떨쳐버리고 싶어 하는 자신을 합리화한다. 자신은 찬영을 버리는 것이 아니라 젊은 남자를 놓아주는 것이고 젊은 남자에게서 물러나는 것이라고 생각한다. 또 찬영은 젊으니까 그의 결핍까지도 수용해줄 착한 누군가를 만날 수 있을 거라고 예단하며 죄책감을 느끼지 않으려고 한다. 숙희는 찬영을 '찬영'이 아니라 '젊은 남자'로 추상화하고 이별의 객체로 만들어버리는 것이다. 그렇게 사회적 통념이라는 미시 권력을 찬영에게 행사하는 것이다.

아줌마라는 호칭과 치열한 내적·외적 다툼을 벌여오던 숙희는 최근에야 겨우 마음의 안정을 얻었다. 아줌마라고 불려도 감정을 추슬러 상처받지 않을 수 있게 되었다. 그런데 숙희는 이제 윤미가 제인이의 할머니가 된 일, 윤미에게 '할머니'라고 불린 일로 자신이 '할머니라는 세계'의 입구에 서 있다고 생각하며 심란해한다. 숙희는 그 누구의 할머니가 아니므로 그녀의 심란함은 윤미처럼 손녀나 손자를 돌봐야 하는 상황과는 무관하다. 숙희는 할머니라고 불리는 것 자체가 사회로부터 '개념적 공격'을 받는 것이라 여기며 '할머니'라는 단어에 경계심과 저항심을 갖는 것이다.

'개념적 공격'이란 어떤 것인가? 그것은 언어의 추상성과 관련이 있다. 여기 여러 나이대의 여성들이 모여 있다고 치자. 우리는 그들을 '여성들'이라고 통칭하지 않는다. 그들 중 어떤 여성들은 묶어 '아가씨'라고 부르고 어떤 여성들은 묶어 '아줌마'라고 부르며 어떤 여성들은 묶어 '할미니'라고 부른다. 그런데 어떤 여성들을 '아가씨', '아줌마', '할머니'라고 부르기 위해서는 '추상(抽象)'의 과정을 거쳐야 한다. 추상이란 낱낱의 사물들에서 공통 속성들을 추출해 그것들로 머릿속에서 생각의 덩어리, 즉 개념(뜻)을 구성하는 것이다. 추상된 개념(뜻)에 소리를 붙인 것이 언어이다. 언어가 추상성을 지닌다는 것은 이런 뜻이다. 모여 있는 여성 중 어떤 여성들에게서 공통 속성들을 추출해 하나의 개념을 구성하고 그 개념에 '할머니'라는 소리를 붙일 때, 그 여성들의 공통 속성들을 어떤 관점에서, 어떤 의도로 추출했는지가 문제가 된다. 차별, 배제, 혐오의 관점에서 또는 의도로 공통 속성들을 추출했다면 '할머니'라는 소리는 차별, 배제, 혐오의 표현이 될 수밖에 없고 '할머니'라고 불리는 여성에게는 그 불림 자체가 '개념적 공격'을 당하는 일이 될 수밖에 없다.

숙희는 자신도 곧 '할머니'로 불릴 것이라 예상하며 "이제는 인생에서 떨어져 나갈 일만 남은 것 같다."라고 생각한다. "인생"은 "사회"이기도 하다. '할머니라는 세계'의 입구에 선 숙희가 두려워하는 개념적 공격이란 사회가 어떤 여성들을 '할머니'라고 부르며 부드럽게 배제의 의도를 드러내는 사태가 아닐까.

숙희는 아줌마로서 사회적 통념에 구속되는 시간을 살아왔는데 앞으로는 할머니로서 그런 시간을 살게 될 것이라고 예상한다. 벗어나기 어렵다는 점에서 사회적 통념은 감옥에 비유될 수 있다. 그런데 숙희를 가두고 있는 사회적 통념의 감옥에 금이 가는 일이 생긴다. 그 일은 아이를 낳아 기르는 삶, 어머니로 사는 것에 대한 숙희의 생각의 변화와 결부되어 있다. 따라서 그 변화를 짚어볼 필요가 있다.

8년 전 숙희는 성적 욕구가 강해져 1년 정도 기회만 있으면 남자와 자곤했다. 그때 아이를 낳아 기르는 삶, 어머니로 사는 것에 대한 숙희의 생각은 조금 혼란스러웠다. 그녀는 의식적으로는 아이를 가지려 하지 않았다. 그러나 실수로라도 임신할 수 있지 않을까 기대했고 임신한다면 혼자서 아이를 낳아 키울 작정이었다. 숙희가 임신을 기대하고 혼자만의 출산과 양육을 작정했던 이유는 "아이가 있는 삶, 어머니로 살아가는 삶"은 결혼과는 무관한, "어떤 사회적 의무와도 같은 선택지" 또는 "인간이면 마땅히 누려야 하는 권리"라고 생각했기 때문이다.

그러나 뒤늦게 숙희는 그때 임신하지 않은 것을 다행으로 여겼다. 출산과 육아의 현실을 전혀 모르고 있었다는 것을 깨달았기 때문이다. 출산과 육아에 대한 숙희의 회의는 계속된다. 윤미가 SNS에 이유식을 먹으며 엉망이 된 제인이의 모습을 찍어 "자기 주도 이유식"이란 태그를 달아 올린 사진을 보고 숙희는 인상을 찌푸리며 아기란 역시 성가신 존재라고 생각한다. 그리고 괌으로 가는 비행기 안에서 아기들을 관찰하며 "불쌍한 윤미. 윤미도 아기를 달래느라 지쳐 있겠지."라고 생각한다.

그런데 숙희의 생각은 아주 자연스럽게 그러나 극적으로 바뀐다. 그 변화의 전조는 괌 공항 입국 심사장에서 모건 프리먼을 닮은 직원과 숙희가 대화하는 장면에서 나타난다. 그 장면에서 숙희는 윤미가 아니라 제인이를 보러 괌에 온 것이 되어버린다. 그리고 나서, 도착 출구에서 윤미가 숙희에게 제인이를 안겨주었을 때! 제인이의 묵직한 무게감, 보드라운 살결에서 나는 냄새, 온기, 얼굴의 감촉, 조그맣고 따듯한 몸에서 발산되는 예측할 수 없는 활력 들이 숙희의 마음에 파문을 일으킨다. 숙희는 사랑했으나 잃어버린 온갖 것들에 대한 기억이 다시 삶을 달라고, 다시 자기를 봐달라고 소용돌이치는 것을 느낀다. 눈물이 날 것 같은, 뜻밖의 기쁨을 느낀다. 그 기쁨을 모성 본능의 발현이라고만 해석하는 것은 적절치 않다. 그 기쁨이 숙희에게 임신과 출산의 계기가 될 것이라고 상상하기도 어렵다. 그러나 숙희는 제인이를 안음으로써 하나의 통념, 출산과 양육에 대한 부정적 통념을 떨쳐버렸다는 것만은 분명해 보인다.

숙희가 제인이라는 생명을 감각하자 그녀를 가두고 있는 통념의 감옥에 금이 가기 시작했다. 이 결말은 숙희에게, 우리 모두에게 다음과 같은 희망적인 가설을 제시한다. ─대상을 순수하게 감각하려고 노력한다면, 통념이 아니라 감각을 인식의 근거로 중시한다면 우리는 더 자유로워지고 우리의 관계는 더 자연스러워지고 우리의 삶은 훨씬 살 만한 것이 될지 모른다. – 검증하기 위해 '실험'해볼 만하다.

미래의 조각

정영수

2014년 창비신인소설상을 통해 작품 활동 시작.
소설집 『애호가들』 『내일의 연인들』이 있음.
제9회, 제10회 젊은작가상, 현대문학상 수상.

미래의 조각

누군가를 낙관주의자라고 부르려면 그에 대해 무엇을 알아야 할까? 어쩌면 당신은 적어도 그가 스스로 손목을 긋거나 옥상에서 뛰어내리거나 안정제를 마흔 알쯤 먹고 누구도 들어오지 못하도록 문을 잠근 다음 아무 고통 없이 영원한 잠에 빠져들기를 기다려본 적은 없는지 먼저 확인하려 들지 모르겠다. 하지만 누군가가 실제로 그런 일을 저질렀다 한들 그가 낙관주의자가 아니거나, 심지어 비관주의자라는 증거가 되지 않는다는 게 내가 삶을 통해 배운 것이다. 누구든 이 세상을 살다 보면 언젠가는 배우게 되는 단순한 진실이 하나 있는데, 그것은 삶이 (그리고 인간이) 그리 단순하지 않다는 사실이다. 내 말이 믿기지 않는다면, 글쎄, 조금 더 살아보라고 말할 수밖에. 나도 그리 오래 산 건 아니지만 그래도 꽤 적지 않은 사람을 만나보았는데 그중 제일의 낙관주의자는 바로 나의 어머니였다. 이제부터 그녀에 대한 이야기를 조금 해볼 생각인데, 아주 눈치가 없는 편이 아니라면 이쯤에서 내가 무슨 일에 대해 말하려 하는지 짐작할 수 있을 것이다.

*

이런 시작은 그리 좋아하지 않지만 아무래도 형에게서 전화가 걸려온 일부터 이야기해야 할 듯하다. 세상의 수많은 소설이나 영화가 누군가에게 전화가 걸려오면서 시작되는데, 그건 실제로 일이 대개 그렇게 시작되기 때문이다.

형에게 전화가 왔을 때 나는 오늘은 기필코 뭐라도 써보리라 굳은 마음을 먹고 오후 반차까지 내서는 카페에 앉아 위키백과에서 나와 아무 관계도 없는 고생대 수중 생물들의 진화 과정을 독파해나가던 참이었다. 진동과 함께 휴대전화 화면에 적어도 몇 달 동안은 표시된 적 없었던 이름이 떠올랐을 때, 나는 통화 버튼을 누르기 전 한참 동안(그래봐야 몇 초였겠지만) 그것을 우두커니 바라보았다. 디지털 신호에 불과한 전화에서 어떤 기운을 느낄 수 있다는 것은 신기한 일이다. 예감이라는 것은 경험에 대한 무의식의 해석이라는 이야기를 읽은 적이 있는데, 그 말이 맞는다면 그리 신기한 일도 아니겠지만 말이다. 내가 전화를 받자 형은 간단히 안부 비슷한 것을 물은 뒤 내게 말했다.

"혹시 최근에 엄마한테 전화 안 왔어?"

나는 그렇다고 대답했다. 어머니와 마지막으로 통화를 한 것은 지난 계절의 일이었다.

"오늘도?"

형은 마치 최근의 범위에 오늘은 포함되지 않는다는 것처럼 다시 한번 물었다. 하지만 나는 굳이 지적하지 않고 응, 안 왔어, 라고만 대답했다. 그리고 형은 잠시 말이 없었다. 나도 안다. 커먼 센스를 지닌 사람으로서 그런 질문을 받았다면 거기서 대답을 끝내지 않고 왜, 라고 반문했어야 한다는 걸. 하지만 나는 그러지 않았다. 수화기 너머에서 형은 한참 동안(그래봐야 이번에도 몇 초 정도였겠지만) 침묵을 이어갔다. 그 시간 동안 나는 무언가 팽팽한 줄다리기를 하고 있는 기분이었다. 그건 내가 좋아하지 않는 종류의 줄다리기였지만, 그래도 먼저 손을 놓지는 않았다. 결국 형이 말했다.

"그래, 알았어."

그리고 통화는 종료됐다.

형에게 다시 전화가 온 것은 그날 밤 잠에 들기 위해 침대에 누웠을 때였다. 열한 시가 조금 넘었을 무렵 울린 전화에서는 기운이라는 걸 느낄 필요도 없었다. 늦은 시간, 그리고 두 번째 전화. 그것은 불길한 무언가의 징조가 아니라 사건 그 자체였다. 형은 내게 자고 있었느냐고 물은 뒤 그 시간에 전화해서 묻기에는 쓸데없고 사소한 질문을 몇 개 했다. 저녁은 먹었느냐, 글은 잘 쓰고 있느냐, 새 책은 언제 나오느냐 하는 식이었다. 나는 저녁은 먹었고 글은 잘 안 되고 있고 새 책은 요원하다고 대답하고는 다시 말이 없어진 형에게 결국 이렇게 물을 수밖에 없었다.

"왜, 무슨 일 있어?"

형은 또 말이 없었다. 그런데 이번의 침묵은 달랐다. 낮의 침묵은 무언가를 망설이는 침묵이었다면 이번의 침묵은 내가 한 번 더 묻기를 기다리는 침묵이었다. 세상에는 두 번 물어야 들을 수 있는 대답이 있는 법이다. 내가 방금 전에 한 말을 거의 그대로 반복하며 다시 한번 묻자 형은 대답했다.

"……엄마 지금 중환자실에 있어."

그 말을 듣자마자 나는 그게 무슨 뜻인지 알았다. 그 순간 내 머릿속에 떠오른 한 가지 외에 다른 경우의 수는 떠오르지 않았다. 교통사고가 났다거나 급성 심근경색이 온 것이라면 두 번의 질문은 필요하지 않았을 테니까.

"아까 낮부터?"

내가 다른 무엇보다 왜 이것을 가장 먼저 물었는지에 대해서는 깊이 생각하고 싶지 않다. 형은 내 질문에는 대답하지 않고 이렇게 말했다.

"이번엔 진짜야."

형은 속삭이듯 외쳤다. 외치듯 속삭였다고 해야 할까. 당신이 그런 목소리를 알지 모르겠다.

"진짜 마음먹었다고."

＊

이것이 영화였다면 점프 컷으로 내가 불 꺼진 중환자실 앞 복도를 서성거리는 장면으로 연결되었겠지만……

형의 말에 의하면 어머니는 발견 직후 곧바로 병원으로 옮겨 응급처치를 했으나 의식이 돌아오지 않고 있다고 했다. 기도 삽관을 통해 호흡을 유지하고 있긴 하지만 아무것도 장담할 수 없는 상황이라고. 들어보니 그것들 모두 내게 첫 번째 전화를 걸기도 전에 이루어진 일이었다. 내게 괜한 걱정을 끼치고 싶지 않았다는 것이었는데…… 아무리 그래도 이 정도 일이라면 내게 말했어야 하는 게 아닌가? 나는 따지고 싶었지만 그렇게 하지는 않았다.

전화가 끊어지고 나는 다시 안락한 어둠 속에 혼자 남겨졌다. 그러자 어머니는 지금 사경을 헤매고 있는데 나는 그냥 이대로 ─ 원래의 예정과 아무 다를 바 없이 ─ 잠을 청해야 한다는 사실이 기이하게 느껴졌다. 할 수 있는 처치를 끝낸 어머니는 지금 면회가 제한되는 중환자실에 있었고, 형은 이미 혼란스럽고 두려운 하루를 마친 뒤에 병원에서 십 분 거리에 있는 자신의 집으로 돌아간 상황이었다. 나는 이불 속에 누워 의식을 잃은 어머니가 있을 중환자실의 풍경을 떠올리려 해보았지만 잘 그려지지 않았다. 먼 곳에서 일어난 일을 실감하는 데에는 손에 잡히는 증거가 필요했는데 나에게는 그것이 없었기 때문이다. 나에게는 그럴 기회가 없었다. 형은 왜 하필

이 시간이 되어서야 내게 그 말을 전했을까? (답: 나의 걱정을 줄이기 위해 어머니가 의식을 되찾으면 연락하려 했으나 어머니는 늦은 밤까지 의식을 되찾지 못했고, 다음날 알리는 것은 너무 늦을 거라고 생각해서) 나는 왜 첫 번째 전화에서 형에게 '한번 더' 묻지 않았을까? (답: 이런 일일 줄 내가 알았나?)

나는 나중에 시간이 흐르고 나서 형에게 그 이야기를 들은 즉시 대충 옷가지를 챙겨 들고 어머니를 볼 수 있든 없든 병원으로 향하지 않았다는 사실에 죄책감을 느낄 거라는 걸 알았다. 내가 그런 사람이 되지 못한다는 사실에 자괴감을 느낄 거라는 것도. 그것은 결국 나라는 사람의 문제였지만 나는 왜 '그들'과 얽히면 매번 내가 그런 사람이라는 것을 확인하게 되는지, 왜 형은—의도가 무엇이었든—어설픈 배려로 나를 이러한 시험에 빠뜨리는지 화가 났다. 나는 유리컵을 떨어뜨린 누군가가 전혀 다치지 않은 것을 눈으로 뻔히 보고도 다친 데는 없느냐고 다정하게 묻는 사람도, 어머니를 볼 수 없을 것이 분명함에도 허겁지겁 차를 몰고 병원으로 가 복도의 불편한 의자에 앉아 밤을 지새우는 사람도 되지 못했다. 도리어 나는 고된 하루가 될 내일에 대비해 충분한 수면을 취하기 위해 스멀스멀 피어오르는 불안한 생각들을 떨쳐가며 애써 잠을 청하는 사람이었다. 나는 혹시라도 다음 날 눈을 떴을 때 이 일을 까맣게 잊어버린 채 평소 루틴대로 출근해버릴지 모른다는 생각에 오전 여섯 시에 미리 알림을 설정하고 '어머니에게 갈 것'이라고 메모해두는 사람이었다—그리고 나는 정말로 그렇게 했다.

*

그나마 다행인 것은 잠에서 깬 내가 미리 알림을 보기 전에 그 일을 떠올렸다는 사실이다. 나는 회사에 가는 대신 어머니가 있는 병원으로 향했다. 회사에는 어머니가 쓰러졌다고 이야기해두었다. 거짓말은 아니었다. 그것이 능동적인 행위의 결과라고만 말하지 않았을 뿐.

내가 도착했을 때 형은 이런저런 사무 처리를 위해 병원 어딘가를 돌아다니고 있었다. 나는 로비 한편에서 팔짱을 낀 채 눈을 감고 앉아 있는 아버지를 발견했다. 일흔이 넘은 나이에도 풍성한 머리숱에 햇볕을 받아 짙게 그을린 얼굴, 단단한 체격에 내 손보다 두 배는 두꺼운 손. 나는 집이 아닌 곳에서 아버지를 볼 때면 이 사람이 내 아버지라는 사실이 새삼 낯설게 느껴지곤 했다. 내가 다가가자 아버지는 눈을 뜨고 내게 인사를 건넸다. 나는 한 칸 빈자리를 두고 옆에 앉으며 아버지에게 가벼운 안부를 물었다. 아침은 드셨느냐, 요즘 건강은 괜찮으시냐, 더운데 일하기 힘들지 않으시냐, 같은 것들. 아버지는 대답은 건너뛰고 나한테 거의 같은 질문들을 했다. 너는 지낼 만하냐, 회사는 다닐 만하냐, 집에서 에어컨은 틀고 지내냐, 같은…… 평소라면 그것으로 대화는 끝이었을 것이다. 사실 아버지와 나는 적어도 십 년간 그보다 더 긴 대화를 나눠본 적이 없었다. 우리는 그런 피상적인 대화 외에 정말로 대화라는 것을 나누는 일에 익숙하지 않는데, 그래서인지 아버지와 내가 마치 어설픈 역할극을 하고 있는 듯한 느낌이었다. 아내가 위중한 상황에서 아들을 대하는 역할, 어머니가 위중한 상황에서 아버지를 대하는 역할. 그것이 거짓이어서가 아니라, 오히려 거짓이 아니어서 더 그러했을 것이다. 타인에게 마음을 그대로 드러내는 것이 누구에게나 쉬운 일은 아니니까. 이어 나는 마치 잊어버리고 있던 것이 떠올랐다는 듯 아버지에게 물었다.

"그나저나…… 어떻게 된 거예요?"

"네 엄마가 죽겠다고 약을 먹었어."

"네, 들었어요."

누가 이 장면을 극본으로 썼다면 '사이'라고 적어야 할 정도의 정적이 흐르고, 아버지가 다시 입을 열었다.

"기분이 묘하더라고. 그래서 혹시나 해서 가봤더니……"

아버지는 이후에 본 것을 더 말하지 않고 여기서 말을 줄였다.

"잘하셨어요. 형이 그때 아버지가 집에 안 가셨으면 큰일 날 뻔했다고 하더라고요."

그건 사실이었다. 원래대로라면 집에 갈 만한 날이 아니었는데 아버지는 그날 왠지 '묘한' 기분이 들었고, 혹시나 해서 들른 집에서 그런 광경(이불도 없이 부자연스러운 자세로 바닥에 누워 있는 어머니, 바닥에 놓인 소주병과 대접)을 목격한 것이었다.

"형 말로는 엄마가 뭔가를 남겼다고 하던데요."

형은 어머니가 유서를 남겼다고 했다. 내가 뭐라고 적혀 있는지 묻자 내용은 보지 않았다고 했다. 형은 조금 화난 목소리로 이렇게 말했다. '그걸 내가 왜 봐. 엄마가 죽은 것도 아닌데.' 형은 그것을 보는 게 어머니의 죽음에 동의하는 행위라고 여겼던 것 같다. 나로서는 좀처럼 생각하기 어려운 사고의 전개였지만, 아버지에게는 그렇지 않았던 것 같다.

"있긴 있는데."

"지금 가지고 계세요?"

아버지는 셔츠 주머니의 휴대폰에 잠시 손을 가져갔다가 거두고는 이렇게 말했다.

"뭐 하러 봐."

나는 인내심을 발휘해야 했다. 내가 어머니에 대해 아주 잘 안다고 말할 수는 없지만 어머니가 자신이 남긴 메시지를 아버지가 혼자 고이 간직하고는 아들들에게 보여주지 않는 이 상황을 목격한다면 '이 답답한 인간아!'라고 소리를 질렀으리라는 것은 확신할 수 있었다. 내가 몇 번 더 요청하고 나서야 아버지는 마지못해 휴대폰으로 찍어둔 것을 내게 보여주었다. 낱장을 뜯어낸 노트에 가로로 적힌 그것은 유서라기보다는 짤막한 메모였는데, 실제 말투와는 다르게 늘 어딘지 낭만성과 비장미가 느껴지는 어머니 특유의 문체로 적혀 있었다.

　─나는 나의 지난 삶에 죄를 지었다.

　딱 한 줄이었다. 그리고 작성한 시각과 함께 서명이 되어 있었다.

*

　중환자실의 면회는 하루에 한 번, 그것도 단 한 명에게만 허가되었다. 첫날의 면회는 형이 하기로 했고, 아버지와 나는 로비에서 형이 나오기를 기다렸다. 허용된 면회 시간은 단 십 분뿐이어서 형은 들어간 지 얼마 되지 않아 다시 로비로 나왔다. 그사이에 얼마나 울었는지 눈이 심하게 충혈되어 있었고, 얼굴은 상기되어 있었다. 그때 나는 생각했다. 나도 사람들 앞에서 저렇게 울 수 있을까?

*

　이번엔 진짜야. 형이 말했듯, 어머니가 이런 일을 벌인 것은 이번이 처음이 아니었다.

　우리 가족이 모두 한집에 살 때, 그러니까 지금으로부터 십오 년 전쯤, 모두가 집을 비운 사이 어머니는 방문을 걸어 잠그고 그동안 모아두었던 신경안정제를 한입에 삼켰다. 우리 셋은 집에 돌아오고 나서도 한참 동안 잠긴 방문을 대수롭게 여기지 않았다. 나는 어머니가 우리 중 누군가에게 크게 화가 나 있는 모양이라고 생각했고, 나머지 두 사람도 마찬가지였던 것 같다. 그러다 문득 누군가(그게 누구였는지는 기억나지 않는다) 낌새가 이상하다는 걸 느꼈고, 억지로 방문을 열어 어머니를 흔들어 깨웠다. 어머니는 의식을 찾긴 했지만 마치 심하게 술에 취한 사람처럼 제대로 말을 하지 못했고 우리가 누군지도 알아보지 못하는 듯했다. 우리는 머리맡에 놓인 약병을 보고 나서야 무슨 일이 벌어졌는지 알 수 있었다. 우리는 어머니를 화장실로 끌고 가 목구멍에 손가락을 넣어 삼킨 것을 토하도록 했다. 몇 번 속을 게워내고 나서야 반쯤 정신을 차린 어머니는 울면서 우리에게 설움과 울분을 토해냈고, 얼마 지나지 않아 다시 잠이 들었다. 그러고 나서 아버지가 우리에게 식탁에 앉아보라고 한 뒤 소주를 한 잔씩 따라주며 앞으로 어머니에게 신경을 좀 더 쓰자고 말하는 것으로 상황은 종료되었다.

어머니는 깨어나서도 한동안 취한 사람처럼 말했고, 낮이고 밤이고 동네를 헤매고 다니며 버려진 가구들을 주워왔다. 집 안에는 어머니가 가져오는 부서진 의자며, 고장 난 밥솥이며 하는 것들이 쌓여갔다(혼자 어떻게 옮겼는지도 알 수 없는 커다란 화장대도 있었다). 어머니는 이후 거의 한 달간의 일을 기억하지 못했다. 그리고 어느 날 어머니는 이렇게 말했다.

"니네 아빠는 도대체 왜 이런 쓰레기들을 자꾸 주워다놓는 거야?"

그래서, 라고 해야 할까. 나는 내심 이 모든 일이 지나갈 일이라고 생각했던 것 같다. 결코 가벼운 일은 아니지만 언젠가는 지나갈 일. 어떤 일이 일어나고, 모두가 놀라고, 당황하고, 겁에 질리고, 혼란을 겪고, 자책을 하지만 결국에는 시간이 지난 뒤 예전의 삶을 되찾게 된다는 의미에서 이 일은 한때의 '해프닝'으로 기억되리라고 여겼던 것이다. 지금은 중환자실에 있지만 딱 한 달 뒤로 시간을 돌리면 마치 아무 일도 없었던 것처럼 어머니는 다시 집으로 돌아와 있을 것이고, 우리에게는 어머니의 남은 삶이 불행하지 않도록 노력하는 과제가 남겨져 있을 것이라고 말이다.

그러나 나는 형이 전달하는 말을 통해 의사가 '정확히' 어떻게 말했는지 유추하는 일에 지친 나머지 중환자실로 들어가는 간호사에게 부탁해 어머니를 담당하는 의사를 만나 어머니가 먹은 것이 무엇인지 듣고 나서야 이것이 그런 종류의 일이 아니라는 사실을 알게 되었다. 형이 말한 '이번엔 진짜야가 정말로 무슨 의미였는지도. 그날 의사에게서 어머니가 먹은 것이 십오 년 전에도 먹었고 최근에도 잠이 오지 않을 때마다 한두 알씩 먹곤 했던 신경안정제가 아니라 일반적인 삶을 산 사람이라면 평생 동안 입에 댈 생각도 하지 않을, 단 일 밀리리터라도 삼킬 일이 없는, 우리가 흔히 농약이라고 부르는 고농축 살충제라는 말을 들었을 때 나는 말 그대로 주저앉을 뻔했다. 그건 어머니가 그 일에 성공하지 못했다 해도 결코 예전의 건강한 몸으로 돌아올 수 없다는 뜻이었다. 만약 살아난다 해도 그것이 타고 들어간 길을 따라 식도부터 위장, 폐까지 돌이킬 수 없는 손상을 입은 채로, 그러한 선택을 했던 자신을 탓하며 남은 생을 살아가야 한다는 뜻이었다.

아버지와 형은 내게 언제 그 사실을 말하려 했던 걸까? 어머니가 정신을 되찾으면? 아니면 죽고 나서? 물론 '약'을 먹었다는 두 사람의 말은 거짓말은 아니었다. 그것이 무슨 약인지 이야기하지 않았을 뿐.

*

늦은 오후가 되어서 우리는 각자 집으로 돌아갔다. 형은 형의 집으로, 아버지는 아버지의 집으로. 내가 사는 곳은 차로 한 시간이 넘게 걸렸기 때문에 나는 일단 어머니 집에 머물기로 했다.

어머니의 집은 폴리스 라인만 없다뿐이지 마치 일부러 사건 현장을 보존하기라도 한 듯 모든 것이 그대로였다. 어질러진 신발들, 무언가를 닦고 거실 한편으로 치워진 걸레들, 비뚤어진 식탁…… 그리고 싱크대 앞에 놓인 문제의 병. '특공대'라는 라벨이 붙어 있는 반투명한 플라스틱 통에는 초록색 액체가 반쯤 남아 있었다. 저 빈 공간에 있던 나머지 절반의 액체가 마치 그 이름처럼 지금 이 순간에도 어머니의 장기들을 맹렬히 공격하고 있을 것이었다.

어머니는 아버지가 따로 집을 구해 나간 뒤로 점점 화분을 늘리기 시작했는데, 얼마 지나지 않아 이 오래된 신도시의 복도식 아파트의 발코니는 몇 개인지 헤아리기도 어려울 정도의 많은 화분들로 가득 찼다. 언젠가 뿌리파리가 퍼져서 살충제가 필요해졌을까? 그것을 구입한 시기가 언제인지는 알 수 없지만, 나는 어머니가 그것을 구입할 때의 얼굴을 떠올리려 해보았다. 아마도 버스로 이십 분 거리에 있는 화훼 단지의 한 매장에서 그것을 구입했을 것이다. 약병을 집어 들고 값을 지불할 때만 해도 어머니는 자신이 언젠가 그 안에 든 것을 삼키게 되리라는 사실을 전혀 알지 못했을 것이다. 그래서 어머니는 늘 그렇듯이 그날도 점원과 웃으며 잡담을 나누었을 것이다……

그리고 소파 위에는 전원이 꺼진 휴대전화가 놓여 있었다. 형이 들어왔을 때는 욕조에 물이 채워져 있었고, 물속에 휴대전화가 담겨 있었다고 했다. 나는 어머니가 그렇게 독한 마음을 먹을 수 있는 사람이라는 사실을 믿을 수가 없었다. 그렇지 않은 사람이 농약을 삼킬 수는 없는 일이겠지만.

내가 마지막으로 이 집에 온 것은 늦겨울 무렵이었다. 어머니가 티브이에서 유튜브를 볼 수 있도록 해달라고 해서 스마트폰을 티브이로 송신할 수 있는 와이파이 어댑터를 구해 집으로 왔는데, 무엇이 문제였는지 연결이 잘 되지 않았다. 어머니의 스마트폰이 내가 사용하는 기종과 달라서 기본 설정을 찾는 데에도 버벅거리다가 결국에는 포기했다. 그러다가 우리는 우연히 틀어진 뉴스에서 나오는 소식들을 가지고 대화를 나눴다. 뉴스에서는 자율 주행 전기차와 관련된 주식의 계속되는 폭등이 보도되고 있었는데, 어머니는 그것을 보다가 조금만 있으면 운전면허도 필요 없어질 것 같다고 말했다.

"그때 되면 나 차 한 대 사줘. 차 타고 유럽 가게."

그러니까 어머니의 논리는 자율 주행 자동차가 나오면 면허가 없는 어머니도 혼자 차를 타고 돌아다닐 수 있게 될 것이고, 그때가 되면 통일도 되어 있을 테니 북한을 거쳐 유럽까지 갈 수 있지 않겠냐는 것이었다. 나는 어머니에게 자율 주행이 상용화되는 건 먼 일이고(어머니 살아생전에 실현 되기 어려울 수 있다는 이야기까지 하지는 않았지만), 통일은 더더욱 요원 할 것 같다고 말했다.

"엄마, 유럽은 그냥 비행기 타고 가."

나는 그렇게 대답했다(그리고 나는 내가 '가자'라고 하지 않고 '가'라고 말했다는 사실을 새삼 떠올린다). 육로로 유럽에 가겠다는 이야기는 내가 어린 시절부터 어머니에게 들어왔던 것이었다. 어머니는 그때도 곧 그런 날이 올 거라고 믿었다. 어머니는 늘 미래가 금방이라도 들이닥칠 것처럼 말하곤 했다. 얼마 지나지 않아 로봇이 인간의 궂은일을 대신 해줄 것이고, 얼마 지나지 않아 사람들은 화성으로 이주해 도시를 건설할 것이며, 얼마 지나지 않아 과학기술의 발전으로 환경오염과 기후 위기도 모두 해결될 것 이고…… 실제 세상은 어머니가 상상하던 것과는 다른 방향과 속도로 흘러 갔지만, 어머니는 그런 생각들을 바꾸지 않았다. 어머니가 그리는 미래에 서 세상은 언제나 지금보다 나은 모습이었다.

미래를 바라보는 그러한 낙관성은 어머니의 가장 주요한 특징이기도 했 다. 낙천적인 사람은 모든 것에 대해 '모두 괜찮다'라고 말함으로써 긍정성 을 강화하지만, 낙관적인 사람은 '모두 괜찮을 거야'라고 말함으로써 그렇 게 한다. 낙천성을 유지하려면 현실을 긍정적인 방식으로 재조합하거나 합 리화하는 과정이 필요했지만, 낙관성은 막연한 믿음만으로도 가능했다. 어 머니는 신앙이 없었지만 대신 미래를 믿었다. 그러니까 어머니는 언제나 현재의 좋은 것을 손에 잡기보다 미래에 도래할 좋은 것을 기다리는 일을 택하는 사람이었다. 당장 비행기를 타고 유럽에 가는 대신, 인공지능이 운 전하는 차를 타고 유럽에 가게 될 날을 기다리는 것처럼.

*

　그렇다면 그러한 낙관성을 지닌 사람이 왜 농약을 먹었을까? 그에 대한 힌트가 될 만한 기억 하나. 십오 년 전 어머니가 동네를 돌아다니며 물건들을 주워오던 무렵, 내가 진지하게 어머니에게 다시는 그런 짓을 하지 말라고 이야기한 적이 한 번 있다. 그때 어머니는 혀가 덜 풀린 발음으로 이렇게 대답했다.

　"죽는 건 나쁜 게 아냐, 고마운 거야."

　어쩌면 어머니는 죽음 또한 미래에 있는 것이니, 미래에 있는 다른 모든 것들처럼 그것도 좋은 것이리라고 생각했을지 모르겠다. 우주의 탄생 이후 지금까지 탄생한 거의 모든 생명체들, 지구에서 태어나 살았던 거의 모든 인간들은 이미 죽었고, 아직 살아 있는 존재들에게 분명하게 닥칠 단 하나의 미래는 오직 죽음뿐인데 그것이 나쁜 것일 리 없지 않을까, 만약 그렇다면 이 세상은 지나치게 많은 공포로 가득 차 있는 게 아닐까, 하고 말이다.

*

　적어도 내가 기억하는 한 어머니와 아버지의 관계가 좋았던 적은 없지만, 내가 집에서 독립한 뒤로 두 사람의 갈등은 더욱 심해졌다. 형이 먼저 집에서 나오고, 그다음에 내가 나오고 나서 두 사람은 함께 살기 시작한 뒤 처음으로 단둘이 되었다. 형을 임신한 것을 계기로 함께 살게 되었고, 나를 임신한 것을 계기로 결혼식을 올리게 되었으니 사십 년이 넘는 두 사람의 역사 속에 단둘이었던 시간은 거의 존재하지 않았던 것이다. 나는 목격하지 못했으니 실제로 두 사람의 삶이 어땠는지는 알 수 없는 일이었다. 그들의 갈등에 대해서는 주로 어머니에게 후일담 형식으로 들을 수밖에 없었는데, 그 이야기들에서 어머니의 관점을 최대한 배제하고 객관적으로 사건을 재구성한다고 해도 그 정도는 심각했고 도저히 해결의 실마리가 보이지 않았다. 이웃이나 아버지의 신고로 경찰이 출동한 것도 여러 번이었다(가끔 어머니도 인정하긴 했다. "그땐 내가 좀 과하긴 했어. 참을 수가 있어야지."). 어머니는 아버지에게 자신의 삶을 통째로 돌려받고 싶어 했고, 아버지는 당연히 그렇게 해줄 수 없었다. 어머니는 아버지의 강압에 의해 임신을 하고 함께 살게 되었던 십 대 시절처럼 약하지 않았으며, 형과 나를 키워내는 데 기력을 쓸 필요가 없어졌으니 이제 자신이 가진 모든 여력을 끌어모아 해내야 할 유일한 삶의 과제가 아버지와 싸우는 일뿐이라는 듯이 아버지에게 덤벼들었다. 그래서 형과 나는 두 사람을 떼어내는 방법을 택하기로 했다. 우리는 두 사람을 설득해 따로 살도록 방편을 마련했고, 일을 핑계 삼아 아버지가 서울에 따로 집을 구하도록 했다. 우리는 그것으로 어느 정도 상황이 일단락되리라 기대했고, 실제로 어느 정도 그러기도 했다. 아버지는 반찬이나 옷가지 등을 챙기러 한두 달에 한 번 집에 들르는 것 외에는 어머니와 교류하지 않았고, 어머니는 더 이상 아버지와의 갈등으로 고통받지 않는 것처럼 보였던 것이다.

그랬는데……

*

다음 날 일어나보니 형에게 메시지가 와 있었다. 메시지에는 어머니가 의식을 찾았다는 이야기가 적혀 있었다. 나는 집에 있는 것들로 간단히 아침을 먹고, 샤워를 한 뒤 집에서 나왔다.

커다란 공원을 통과하면 어머니가 있는 병원이 나왔다. 신도시마다 하나씩 있는, 중앙공원이라 이름 붙은 공원이었다. 이른 아침이었지만 여름의 공원은 이미 한낮처럼 밝았고, 부지런한 매미들이 이따금씩 쏴아 하고 울어대다 멈추길 반복하고 있었다. 공원에는 꽤 많은 사람들이 운동을 하거나 개를 데리고 빠른 걸음으로 산책을 하고 있었는데, 출근 복장으로 공원을 가로질러가는 몇몇 사람을 제외하면 대부분은 나이 든 사람들이었다. 어머니 또래처럼 보이는 여자들이 선 캡을 쓴 채 햇빛 아래 서서 이따금씩 폭소를 터뜨리며 이야기를 나누고 있는 모습도 보였다. 나는 그 여자들을 보며 생각했다. 왜 엄마는 저기 있지 않고 병원에 있을까? 그것이 스스로의 선택에 의한 결과라면 왜 어머니의 삶은 그런 선택을 하도록 흘러올 수밖에 없었을까? 평범한 풍경이었으니, 어느 날에는 어머니도 지금 내가 보고 있는 것과 완전히 동일한 장면을 본 적이 있을 것이었다. 대단히 아름답지는 않아도, 평화로운 풍경이었다. 어머니는 죽음이라는 것이 이런 풍경을 영원히 포기하는 것이라는 사실을 분명히 알았을까? 이것뿐만이 아니라 어머니가 좋아하던 목련과, 들꽃과, 골목에서 가끔씩 마주치는 고양이들과…… 스스로 운행하는 차 안에서 볼 수 있었을 유럽의 산과 들과 성당들, 그것들을 비추는 눈부신 햇살들까지, 그 모든 것들을 포기하는 것이라는 사실을 정말로 알았을까?

*

오후가 되어 나는 중환자실에 들어갔다. 형은 전날 의식이 없는 어머니를 보았고, 아버지는 어머니를 볼 마음의 준비가 되지 않았다고 했다. 나는 병원 직원의 안내를 받아 중환자실로 들어갔다. 직원은 중환자실에 들어오면 안 된다는 규칙이 있는지 내가 그곳에 들어서는 것을 확인한 뒤 그는 사라졌고, 나는 혼자 남아 어머니를 찾아 주변을 두리번거렸다. 입구에서 가장 가까운 병상에 누워 있는 사람이 어머니라는 것을 알아차리는 데에는 조금 시간이 걸렸다. 의식을 찾았다는 어머니가 먼저 나를 발견하고 인사를 건넬 거라는 순진한 기대를 한 건 아니었지만, 적어도 어머니의 모습이 내가 막연하게 상상한 것과는 달랐다는 사실은 인정할 수밖에 없을 듯하다.

기도 삽관은 예상했던 것보다 훨씬 끔찍한 모습이었다. 어머니는 누운 채로 천장을 향해 고개를 젖히고 있었는데, 마치 엄지손가락보다 더 굵은 커다란 쇠파이프를 삼키려 하는 것처럼 보였다. 발버둥 치지 못하도록 양 손목은 침대에 묶여 있었고, 팔과 몸에는 수액을 공급하고 심박수를 체크하기 위한 선들이 얼기설기 연결되어 있었다. 덮고 있는 이불 밑으로 빠져나온 소변 줄은 침대 끄트머리에 매달린 비닐 팩으로 이어져 있었다. 그 모습을 보고 전날의 염려가 무색하게 나는 곧바로 울기 시작했다. 바로 이틀 전만 해도 스스로 숨 쉬고 아무 장애 없이 편히 누워 쉴 수 있던 어머니가 이런 처참한 모습이 되었다는 사실이, 그것이 불의의 사고나 질병이 아니라 스스로의 행위에 의한 결과라는 사실이 나를 아프게 했다. 어머니는 자신의 의지로 '그 약(나는 얼마 지나지 않아 형이 왜 내게 어머니가 그저 '약'을 먹었다고 했는지 이해할 수 있었다. 농약, 이라는 말은 좀처럼 입 밖으로 나오지 않았다)을 삼켰지만 이런 모습으로 이와 같은 고통을 겪는 건 그녀의 의지가 아니었을 것이기 때문이다.

어머니는 쇠로 된 관을 목구멍에 꽂은 채로 쉼 없이 기침을 했다. 그때마다 고통스러운 얼굴을 했는데, 잠시 눈이 뜨인 찰나에 내가 시야에 들어온 모양이었다. 어머니는 처음에는 눈앞에 서 있는 사람이 자신의 아들이라는 사실을 알아차리지 못하는 듯했다. 잠시 나를 물끄러미 보던 어머니의 눈이 커졌고, 처음에는 그저 놀란 표정이었다가, 곧 자신이 저지른 일과 내가 보고 있을 자신의 모습을 깨달은 듯 슬픔으로 얼굴이 일그러졌다. 나는 머뭇거리며 병상으로 다가가 양손으로 어머니의 손을 잡고 말했다.

"엄마, 곧 나을 거야. 조금만 참아."

정말 곧 낫는지, 정말 조금만 참으면 되는지, 된다면 무엇이 되는지 알 수 없으면서도 나는 그렇게 말했다. 그러자 어머니는 내 손에다 무언가를 쓰려 했다. 나는 어머니가 글씨를 써 보일 수 있도록 손바닥을 펼쳤다. 어

머니는 고개를 가로저으며 내 손바닥 위에 같은 글자를 반복해서 썼다. ×
라는 글자였다.

*

어머니는 그 일을 기억하지 못했다. 그때 나는 그것이 자신을 치료하지
말라는 뜻일 거라고 생각했지만, 지금은 다른 뜻이었을지도 모르겠다고 생
각한다. 그럴 리가 없지만 그 순간을 떠올리면 어머니의 목소리가 함께 들
려오는데, 그 기억 속에서 어머니는 이렇게 말한다. "이게 아니야, 이게 아
니야." 어머니는 오래전부터 연명 치료를 두려워했는데, 어쩌면 그런 상태
로 평생(그것이 얼마나 긴 시간이 될지는 알 수 없었겠지만)을 살아야 한다
고 생각했을지도 모른다.

*

어머니는 의식을 되찾은 후 조금씩 회복해서 일반 병동으로 옮겼고, 며
칠이 더 지난 뒤에는 집으로 돌아올 수 있었다. 내가 어머니에게 한 말은
다행히 거짓이 아니게 된 셈이었다. 나는 어머니에게서 그동안의 일에 대
해 한 줄 이상의 말을 듣고 싶었으나 그럴 수 없었다. '특공대'가 어머니의
몸 전체를 파괴하지는 못했지만 성대를 파괴하는 데에는 성공했기 때문이
었다. 농약에 들어 있는 비소는 신체에 닿으면 섬유화를 일으키는데, 그것
은 거의 영구적이며 회복되지 않을 가능성이 높다고 했다. 어쩌면 평생 말
을 하지 못하게 될 수도 있다는 뜻이었다. 의사는 기도 삽관에 의한 일시적
인 성대 마비를 언급하며 희망을 주려 했다. 그럴 경우 목소리를 '완전히'
잃지는 않을 거라고.

형과 나는 당분간 돌아가며 어머니를 돌보기로 했다. 사실 돌본다기보다

는 감시에 가까웠지만. 병원에서 어머니의 심리상태를 확인하러 온 정신과 의사는 어머니를 폐쇄 병동에 입원시키는 것을 권유하며 자살 기도 환자는 약 칠십 프로의 확률로 한 달 내에 그 일을 다시 시도한다고 우리에게 겁을 줬는데, 그것은 효과가 있었다. 특히 사고 당시 어머니의 모습을 직접 목격한 형은 공포에 사로잡혀 집 앞에 쓰레기를 내놓을 때에도 어머니를 혼자 두지 않으려 했다. 잠깐이라도 밖에 나가려면 다른 사람이 교대하러 올 때까지 기다리거나 아직은 거동이 불편한 어머니를 끌고서라도 함께 나가야 한다는 것이었다. 도대체 언제까지 그게 가능할지 알 수 없었지만 나도 걱정이 되는 것은 사실이었다. 나는 회사에 길게 휴가를 냈는데, 처음에 적당히 둘러대지 않고 어머니가 쓰러졌다고 이야기해둔 게 나름 효과가 있었다. 내가 주로 어머니 집에 머물고 집이 가까운 형은 필요할 때 수시로 들르기로 했다. 어머니가 안정을 되찾을 때까지 우리는 아버지와 어머니를 만나지 못하도록 하기로 했기 때문에 그래서 어머니와 하루의 대부분을 같이 보내는 사람은 내가 되었다.

어머니는 자신이 저지른 일로 형과 내가 고생하는 것을 미안해했고, 어느 정도는 부끄러움을 느끼는 듯했다. 그런 선택을 했다는 사실이 아니라 결국 성공하지 못했다는 사실에 대해서. 어머니는 차라리 말을 할 수 없게 된 게 다행이라고 여기는 것처럼 우리에게 무언가 표현하려는 시도를 거의 하지 않았다. 어머니는 가끔 손짓이나 입 모양으로 필요한 것을 요청했고, 때때로 아무 예고도 없이 울음을 터뜨렸다. 울음의 이유가 매번 같진 않았을 테지만 전혀 짐작되지 않는 울음도 있었다. 짐작이 되었다 한들 그게 맞는지는 알 수 없었을 테지만. 사실, 내가 뭘 알았겠는가?

어머니는 머리가 울린다고(인상을 찡그리며 손가락으로 머리를 가리키는 것으로 의사 표현을 했다) 티브이도 켜지 않고 그저 누워서 시간을 보냈다. 식도가 손상되어 빨대로 비닐 팩에 든 죽을 조금씩 마시고, 병원에서 챙겨준 시럽 형태의 약들을 서너 시간 간격으로 먹는 것 외에는 사실상 할 수 있는 일도 없었다. 집안은 무거운 침묵으로 가득 차 있었고, 시간은 느리게 흘렀다. 어머니를 지켜보는 일(어머니가 잠들어 있으면 조용히 다가가 숨을 쉬는지 확인하는 것을 포함해서), 때마다 어머니에게 죽이나 약을 챙겨주는 일, 어머니가 혼자가 아니라고 느끼도록 같은 집에 있어주는 일 외에 내가 더 해야 하는 일은 없었기 때문에 나는 부엌 식탁에 노트북을 펼쳐놓고 나의 할 일을 하고자 했다. 그러나 나는 아무것도 쓰지 못했다. 여기가 아닌 다른 곳에 대해서는 아무 말도 할 수가 없어진 것 같았다. 무언가를 쓰려면 어딘가로 가야 했지만 나는 형의 당부 그대로, 어머니가 있는 집에서 단 한 발짝도 벗어나지 못했던 것이다. 그렇게 내가 노트북을 펼쳤다 덮었다 하며 거실과 부엌, 부엌과 작은 방을 오가며 시간을 보내는 사이 정작 무언가를 쓴 것은 어머니였다.

*

어머니는 주로 간단한 수신호로 의사를 전달했지만, 보다 구체적으로 내용을 표현하고 싶을 때에는 펜을 사용했다. 처음에는 집에 굴러다니는 영수증이나 아파트 관리비 청구서 뒷장 같은 곳에 적다가, 나중에는 몇 장 안 남은 오래된 수첩에 무언가를 적어 내게 건넸다(주로 '형 오지 말라 그래라' '병원비는 얼마나 나왔니' 하는 내용이었다). 그러다 보니 종이가 부족해져서 나는 형에게 노트를 사다 달라고 부탁했고, 형은 '혹시 몰라서'라며 문구점에서 얇은 비닐로 묶인 열 개들이 학생용 공책 세트와 볼펜 다섯 자루를 사 왔는데, 형이 무엇을 의도했든 정말로 그 '혹시 모르는' 일이 실현된 셈이었다. 그리고 얼마 뒤 방문을 열었을 때 나는 어머니가 침대 위에 앉아서 허리를 둥글게 만 불편한 자세로 공책에 무언가 쓰고 있는 모습을 발견했다. 처음 그 모습을 보았을 때 나는 순간적으로 두려움을 느꼈는데, 어머니가 이번에야말로 제대로 된 유서를 쓰고 있는지 모른다고 생각했기 때문이었다.

　어머니가 쓴 글을 읽은 것은 며칠이 지나서였다. 나는 내가 어머니가 쓰는 것을 보려 한다거나, 무슨 글을 쓰고 있는지 물어본다면 어머니가 글쓰기를 중단할지 모른다는 생각에 인내심을 가지고 그저 지켜보았다. 어머니는 잠깐씩 눈을 붙일 때 외에는 거의 하루 종일 공책을 붙잡고 있었다. 허리가 아플 만도 한데 침대에서 벗어나지 않고 자세를 이리저리 바꿔가며 계속해서 무언가를 썼다. 어머니는 글을 쓰다 어느 순간 울음을 터뜨리기도 했고, 화가 난 얼굴이 되기도 했지만 내가 느낀 것은 어머니가 그 일을 전반적으로는 즐기고 있다는 것이었다. 어머니는 열정적으로 그 일을 해나갔다. 그리고 며칠이 지나고 나서야 점점 속도가 줄었는데, 종내에는 침울해진 것 같았다. 그러다 결국 글쓰기를 완전히 멈췄고, 나는 어머니가 잠들었을 때 조용히 그것들을 들고 거실로 나왔다.

*

　나는 어머니가 무엇을 쓰는지 알고 있다고 생각했다. 죽음을 눈앞에 뒀던 사람이 무엇을 보았겠는가. 병원에서 패배감과 안도감을 느끼며(이건 나의 추측일 뿐이지만) 회복을 기다릴 때 무슨 생각을 할 수 있었겠는가. 그 고통스럽고 긴 시간 동안 자신의 삶을 되돌아보는 것 외에 어머니가 무엇을 할 수 있었겠는가. 나는 어머니가 말하자면 자기 치유의 행위로서 지나온 삶을 하나하나 되짚어보며 일종의 회고록을 쓰고 있을 거라 생각했다. 그래서 나는 어머니가 쓴 글을 읽고 놀라지 않을 수 없었다. 거기에는 그런 것이 적혀 있지 않았다. 어머니가 쓴 글에는 어머니가 살아온 삶이 담겨 있지 않았다.

어머니가 쓴 글은 고향에서 중학교를 졸업한 뒤 서울로 상경하며 시작된다. 어머니는 얼마 뒤 아버지를 만나게 된다. 그리고 아버지의 강압에 의해 관계를 맺게 되고, 본인의 의지와 상관없이 임신하게 된다. 어머니는 아버지에게서 벗어나고 싶어하지만 그 일은 번번이 실패한다. 둘째를 임신하고 난 다음에야 어머니는 체념하고 자신의 삶에 닥친 일을 받아들인다. 그 후로는 나도 아는 삶이 펼쳐진다.

그런데 어머니가 쓴 글 속에서 어머니는 아버지를 만나지 않는다. 서울로 상경한 어머니는 고등학교를 무사히 졸업하고, 그 시기에는 드물게 대학까지 가게 된다. 내가 어머니에게 들은 적이 있던 중학교 동창의 이야기, 서울로 상경해 대학을 나와 지금은 미국에 살고 있다는 친구와 같은 삶이 어머니에게도 펼쳐지고 있다. 어머니는 대학을 졸업하고 무역 회사에 들어가 세계를 돌아다니며 일한다. 아니, 어머니는 생물학자가 되어 아프리카와 남아메리카와 호주를 돌아다니며 동물을 연구한다. 어머니는 결혼해서 로스앤젤레스에 살고 있다. 동쪽에는 사막이 있고, 서쪽에는 바다가 있고, 북쪽에는 울창한 숲이 있는 그곳에서(몇 년 전 로스앤젤레스에서 내가 어머니에게 전화를 걸었을 때 나는 어머니에게 이와 같은 이야기를 한 적이 있다). 어머니는 그곳에서 운전을 해 어디로든 돌아다닌다. 자신이 운전하는 자동차로 사막을 통과한다. 그리고 다시. 어머니는 고등학생 시절로 돌아와 한 남자를 만난다. 그는 아버지와 달리 다정하고 가정적이다. 그와는 두 딸을 낳는다. 자신은 대학을 나오지 않았지만 딸들은 다르다. 두 딸 중 하나는 대학을 졸업하고 무역 회사를 다니며 세상을 돌아다닌다. 또 다른 딸은 생물학자가 되어 세계 각지를 떠돌며 동물을 연구한다. 그리고 다시……

어머니의 글은 조금씩 변주되며 여러 권의 공책을 거쳐 계속해서 이어졌다. 그런데 독특한 것은 그 글의 형식이었다. 어머니 특유의 낭만성과 비장미가 느껴지는 문체는 여전했는데, 그 글들에는 시제가 섞여서 사용되고 있었다. 과거 시제와 현재 시제, 미래 시제가 혼재되어 있었다. 할 것이다,

했다, 한다, 될 것이다, 되었다, 된다…… 어머니의 글은 마치 다중 우주를
그리는 미래의 일기 같았는데, 그것은 가능성의 구현이라는 점에서 근본적
으로 내가 쓰는(/쓰려는) 글들과 다르지 않았다. 그것이 계속해서 실패하고
있다는 점에서도. 그 글은 어머니의 실패한 유크로니아였다. 낙관의 실패
가 아니라, 구성의 실패. 어머니는 가능한 삶을 계속해서 써나갔지만 자유
롭게 펼쳐진 자신만의 노트에서도 과거 속의 미래를 온전하게 재구성하는
데 끊임없이 실패하고 있었다.

*

　나는 어머니가 쓴 글을 읽고서 이 글을 쓰기 시작했다. 아마도 어머니의
집에서 멀어질 수 없었기에 그곳에 대해 쓰는 수밖에 없었던 듯하다. 앞에
서 말했듯 이 글도 어머니가 쓴 글들과 본질적으로 다르지 않다. 이 글은
내가 원하는 방식대로 재구성되었으며, 실제 일어난 일에서 많은 것이 생
략되어 있다. 이 글에는 나의 아내가 등장하지 않고, 이모들과 삼촌들이 등
장하지 않고, 실제로는 많은 도움을 주었던 어머니의 오랜 친구도 등장하
지 않는다. 이 글에는 중환자실에서 일반 병동으로 옮길 때 있었던 크고 작
은 트러블들과, 그에 대한 아버지와 형의 대응과, 폐쇄 병동에 대한 진지한
논의와, 진료비와 기타 자잘한 선택 과정에서 일어났던 사소한 언쟁들도
등장하지 않는다. 이 글은 많은 부분 사실을 기록했지만 어떤 면에서는 어
머니의 글처럼 역시나 하나의 가능성이다. 모든 일을 온전히 기록하지 않
은 이 글을 쓰는 것이 이후에 내가 이 일들을 기억하는 데 어떤 영향을 줄
지는 알 수 없는 일이다. 이 글을 쓴 것이 내게 정말로 의미가 있는지도. 어
머니가 쓴 글이 어머니에게 기쁨을 주었는지, 어머니를 아프게 했는지 내
가 알 수 없는 것처럼. 어쩌면 둘 다겠지만, 그저 둘 다라고 말하는 것은 너
무 쉽다.

*

그리고 이것은 내가 하는 또 하나의 '구성'이다.

어머니가 어느 정도 회복되고 나서 우리는 같이 공원을 산책했다. 병원에서 나온 뒤에 어머니는 허리 통증이 전보다 심해져 거의 일 분도 제대로 걸을 수 없는 상태가 되었다. 좋지 않은 자세로 며칠 동안 글을 써 내려가서인지, 그전에 병상에 너무 오래 누워 있었던 탓인지, 아니면 '특공대'가 거기까지 손상을 가한 것인지, 혹은 그 모두의 영향인지. 그럼에도 나는 어머니가 창문을 통해 들어오는 작은 조각보다 더 큰 햇볕을 쬘 필요가 있다는 생각으로, 거의 들어 올리다시피 어머니를 부축해 공원으로 나왔다. 주말의 공원에는 내가 어머니의 병원으로 가던 날과 크게 다르지 않은 풍경이 펼쳐져 있었다. 출근 복장을 하고 공원을 가로지르는 사람들은 없었지만, 더운 날씨임에도 소풍을 나온 가족들과 개를 데리고 산책로를 걷는 사람들, 그리고 선 캡을 쓴 채 둘러서서 이야기를 나누는 나이 든 여자들이 보였다. 어머니가 그 통에 들어 있던 것의 절반을 남기지 않고 모두 비웠다면 볼 수 없었을 풍경. 나는 대단히 아름답지는 않지만 평화로운 이 풍경을 어머니가 보았으면 했다.

그리고 우리는 집에서 멀지 않지만 공원이 한눈에 보이는 적당한 벤치에 앉아서 말없이 그것들을 바라보았다. 공원의 광장에는 아버지와 아들이 꽤 큰 드론을 띄우는 것이 보였고, 책가방을 멘 여자아이가 세그웨이를 타고 가는 것도 눈에 들어왔다. 어머니의 영향 탓인지 나는 그처럼 미래를 암시하는 물건들을 보면 내심 설레곤 했다. 금방이라도 미래가 도래할 것 같다는 착각을 주곤 하니까. 나는 광장을 통과하는 여자아이를 가리키며 어머니에게 말했다.

"엄마, 저거 봐."

어머니는 고개를 돌려 내가 가리키는 쪽을 보았는데, 여자아이가 우리에게서 빠른 속도로 멀어져가는 바람에 제대로 보았는지는 알 수 없었다. 어머니는 내게 입 모양으로 무언가를 말하려다가 온몸을 휘청이며 한참 동안 기침을 했다.

나는 보지 않아도 어머니가 무슨 말을 하려 했는지 알 수 있었다. 내가 옆에 있는 동안 어머니가 내게 가장 자주 했던 말이었는데, 바로 '엄마 너무 신경 쓰지 마'라는 말이었다. 그리고 '엄마는 괜찮을 거야'라는 말.

형은 그 말을 믿지 않았지만 나는 사실 어머니의 말을 믿었다. 어머니가 괜찮을 거라는 말. 어머니에게만큼 나에게도 나만의 믿음이 있었는데, 그것은 어머니가 그리는 괜찮은 미래는 영영 오지 않을 것이라는 사실이었다. 과거가 괜찮은 모습으로 우리에게 다가오지 않는 것처럼, 미래도 우리가 바라는 모습으로 우리에게 오지 않을 것이다. 그러나 그럼에도 낙관이 가능한 이유는 미래는 언제까지고 미래에 머물러 있을 것이기 때문이다. 미래는 어디에나 있다. 심지어 실패한 과거 속에도. 그러니 그 말이 미래 시제로 존재하는 한, 나는 그 말을 믿는다. 믿기로 한다. 그것이 어머니와 내가 공유하는 유일한 자원인 것처럼. 그래서 나는 어머니의 염려와 달리, 아무 걱정도 하지 않았다. 미래는 아직 다가오지 않은 채로 멀리 있다.

낙관적인 이야기는 없다

최성윤 신한대 리나시타교양대학 교수

어머니의 자살 기도는 처음이 아니었다. 하지만 형은 '이번엔 진짜'라고 말했다. 이전의 일들은 모두 가짜였다는 말일까? 진짜와 진짜가 아닌 것을 구분하여 이번의 일을 특별하게 규정하는 기준은 무엇이었을까. '이번에는 엄마가 진짜 죽으려고 했어.'의 뜻인가, '이번에는 엄마가 진짜 죽을 뻔했어.'인가……

한 인생의 시작이 있고 끝이 있듯이 이야기에도 시작이 있고, 끝이 있다. 정영수의 「미래의 조각」이라는 이야기는 "누군가를 낙관주의자라고 부르려면 그에 대해 무엇을 알아야 할까?"라는 문장으로 시작하고, "미래는 아직 다가오지 않은 채로 멀리 있다."는 문장으로 끝난다. 그리고 그 안에는 여러 이야기들이 겹쳐 있다. 소설을 쓰는 '나'의 이야기, 엄마의 자살 기도를 둘러싼 가족의 이야기, 엄마가 살아온 삶의 이야기, 그리고 엄마가 쓴 글과 '나'의 '구성'까지, 다양한 이야기의 조각들은 글을 쓰는 '나'에 의해 재구성되어 「미래의 조각」이라는 하나의 이야기를 완성한다.

이 글은 내가 원하는 방식대로 재구성되었으며, 실제 일어난 일에서 많은 것이 생략되어 있다. 이 글에는 나의 아내가 등장하지 않고, 이모들과 삼촌들이 등장하지 않고, 실제로는 많은 도움을 주었던 어머니의 오랜 친구도 등장하지 않는다. 이 글에는 중환자실에서 일반 병동으로 옮길 때 있었던 크고 작은 트러블들과, 그에 대한 아버지와 형의 대응과, 폐쇄 병동에 대한 진지한 논의와, 진료비와 기타 자잘한 선택 과정에서 일어났던 사소한 언쟁들도 등장하지 않는다.

인용문은 '이야기'를 구성하기 위해 선택된 조각과 선택되지 않은 조각이 있었음을 보여준다. 만약 인용문이 언급하고 있는 생략된 조각들이 이야기에 포섭되었더라면, 「미래의 조각」은 지금과 전혀 다른 이야기가 되거나, 어쩌면 아예 이야기가 되지 못했을 수도 있다. 소설 쓰기에서 이야기의 조각을 취사선택하는 일은 곧 어떤 이야기를 만들지 그 방향성을 정립하는 작업일 터이다. 그런데 무엇보다도 우선해야 할 취사선택의 조건은 '이야기가 되어야 한다'는 것이다.

그렇다면 '나'는 어떤 조각을 선택하여 어떤 이야기를 만들고자 한 것일까. 버린 조각에도 이유가 있고 취한 조각에도 이유가 있겠지만, 그렇게 구성한 이야기는 곧바로 허구가 된다. 어쩌면 소설가의 거짓말은 사실이 아닌 조각을 씀으로써 탄생하는 것이 아니라 사실인 조각을 하나라도 버리는 그 순간 시작되는 것일지도 모른다. 그리고 누구도 모든 사실을 거느린 텍스트를 집필할 수는 없다는 점에서 소설가란 거짓말쟁이의 숙명을 타고난 것임을 우리는 알고 있다.

이야기를 만드는 데 골몰하고 있으나 내내 어려움을 겪는 사람은 화자뿐이 아니다. 농약을 마셔 자살을 시도하였으나 극적으로 살아난 어머니는 퇴원하여 집으로 돌아온 후 아들이 가져다준 노트에 무언가를 열심히 쓰는데, 슬픔과 분노와 열정과 침울이라는 집필 당시의 우여곡절을 모두 거칠

만큼 쉽지 않은 작업으로 관찰자인 아들의 눈에 비친다. 나중에 확인해보니 그것은 유서도 아니고 회고록도 아니었다.

어머니의 글은 조금씩 변주되며 여러 권의 공책을 거쳐 계속해서 이어졌다. 그런데 독특한 것은 그 글의 형식이었다. 어머니 특유의 낭만성과 비장미가 느껴지는 문체는 여전했는데, 그 글들에는 시제가 섞여서 사용되고 있었다. 과거 시제와 현재 시제, 미래 시제가 혼재되어 있었다. 할 것이다, 했다, 한다, 될 것이다, 되었다, 된다…… 어머니의 글은 마치 다중 우주를 그리는 미래의 일기 같았는데, 그것은 가능성의 구현이라는 점에서 근본적으로 내가 쓰는(/쓰려는) 글들과 다르지 않았다. 그것이 계속해서 실패하고 있다는 점에서도. 그 글은 어머니의 실패한 유크로니아였다. 낙관의 실패가 아니라, 구성의 실패. 어머니는 가능한 삶을 계속해서 써나갔지만 자유롭게 펼쳐진 자신만의 노트에서도 과거 속의 미래를 온전하게 재구성하는 데 끊임없이 실패하고 있었다.

어머니의 이야기에도 선택된 조각이 있고 삭제된 조각이 있다. 엄마가 지우고자 한 조각은 명확하다. 그것은 다정하지 않은 아버지, 그와의 강압적 관계로 생겨난 두 아들, 그리고 그들에게서 벗어나지 못한 채 살아가는, 오래된 신도시 아파트에서의 자신 등 자신의 현재를 구성하고 있는 조각들이다. 어머니는 글쓰기를 통해, 삶의 어느 지점에서 다른 선택을 했더라면 가능했을지도 모르는 어떤 미래의 조각을 보고자 한 것이다. 그러나 지우고자 한 조각들을 모두 치워두고 난 뒤 남은 조각들은 너무 옹색해서, 하나의 이야기를 만들지 못한 채 '실패한 유크로니아'로 남아버린다.

최소한 '이야기'가 되기 위해서 필요한 조각과 자신이 쓰고자 하는 이야기를 만들기 위해 버려야 하는 조각, 둘의 교집합에 소설 쓰기의 어려움이 있는 것이 아닐까?

낙천적인 사람은 모든 것에 대해 '모두 괜찮다'라고 말함으로써 긍정성을 강화하지만, 낙관적인 사람은 '모두 괜찮을 거야'라고 말함으로써 그렇게 한다. 낙천성을 유지하려면 현실을 긍정적인 방식으로 재조합하거나 합리화하는 과정이 필요했지만, 낙관성은 막연한 믿음만으로도 가능했다. 어머니는 신앙이 없었지만 대신 미래를 믿었다. 그러니까 어머니는 언제나 현재의 좋은 것을 손에 잡기보다 미래에 도래할 좋은 것을 기다리는 일을 택하는 사람이었다.

위 인용문의 첫 번째 문장과 두 번째 문장은 서로 시제를 달리하고 있다. 첫 번째 문장의 시제는 현재형이고, 따라서 그 주어는 특별한 사람으로 한정되어 있지 않다. 그에 비해 두 번째 문장의 시제는 과거형이고, '필요했지만', '가능했다' 등의 동사와 호응하는 주어는 특정되어 있는 것으로 보인다. 두말할 필요 없이 세 번째 문장의 주어인 '어머니'를 지시하는 것이다.

인용문을 통해 화자가 말하고 싶었던 것은 '어머니는 낙천적인 사람이 아니라 낙관적인 사람이었다.'가 아니라는 뜻이다. '어머니는 낙천적인 사람이 되고 싶었지만 낙관적인 사람이 될 수밖에 없었다.'고 말하고 싶었던 것이다.

어머니가 낙천적인 사람이 될 수 없었던 이유는 무엇인가? '현실을 긍정적인 방식으로 재조합하거나 합리화하는' 작업을 수행할 수 없었기 때문일 것이다. 그러한 작업이 불가했던 이유는 또 무엇인가? 다시 소설 쓰기에 비유해본다면 이야기의 조각들을 이어 붙일 능력이 부족했거나, 혹은 이어 붙일 조각들이 부족했다고 생각할 수 있다. 작품 내용상 소설가인 것으로 이해되는 화자 '나'도 자주 소설 쓰기의 어려움을 토로하는데, 그가 무슨 이야기를 쓰느라고 지지부진한 나날들을 이어가고 있는지는 몰라도 소설을 쓰는 능력이 부족한 것은 아닐 테니, 필요한 조각 찾기에 골몰하고 있을 것이 자명하다. 그러나 어머니의 경우라면 낙천적인 사람의 이야기, 긍정적인 이야기를 만들어내기에는 온 생애를 뒤져봐도 필요한 조각들이 보이지 않았던 때문이 아니었겠는가.

말의 느낌만으로 보면 '낙천적', '낙관적'의 거리는 가깝고 그 반대편에 비관적이라는 개념이 자리를 잡고 있는 것처럼 생각되지만, 실상을 들여다보면 '낙관적', '비관적'의 거리가 가깝거나 거의 붙어 있고, 낙천적이라는 말이 멀리 동떨어져 있다는 것이 화자의 판단인 것 같다. 낙관주의자는 낙천적인 사람이 되기는 어렵지만 언제든 일순간에 비관적인 사람이 될 수 있다. 종이 한 장의 차이일 수도 있고 동전의 양면일 수도 있다.

어머니의 자살 기도는 처음이 아니었다. 하지만 형은 '이번엔 진짜'라고 말했다. 그만큼 심각했고, 그나마 다행이었다.

그런데 다감한 표정의 형도, 무심한 동생도 차마 입 밖에 낼 수 없는 말이 있다는 것을 독자들은 안다. 어머니의 자살 기도는 이번이 마지막이 아닐지도 모른다. 그것은 어머니도 알 수 없는 일이다. '아직 다가오지 않은' 미래의 일이기 때문이다. 아들은 제 어머니를 낙관적인 사람이라고 생각한다. 그리고 자신이 어머니를 닮았다고 여기고 있다. '괜찮을 거야.'라는 어머니의 말을 아들은 믿기로 한다. 그렇게 소설은 끝이 나는데……

하지만 이 짧은 이야기를 듣는 어떤 사람도 마지막 문장 이후에 이어질 수 있는, 예상 가능한 조각들에 대해, 혹은 마지막 조각에 대해 낙관할 수는 없다. 조각 하나를 어떻게 이어 다시 마무리하느냐에 따라 '결국 이렇게 될 일이었다.' '이렇게 되리라는 것을 나는 알고 있었다.'로 끝나는 비관적인 이야기 또한 충분히 가능하기 때문이다. 게다가 새로 쓰인 비관적인 이야기와 「미래의 조각」이라는 이야기가 별반 달라 보이지 않는다면, 어머니

의 생애나 우리들의 살림살이가 낙천적으로 살아갈 수 없는, 애써 낙관하
기도 힘든 세상 속에 놓였다는 것을 모두가 알고 있기 때문일 것이다.

항아리를 머리에 쓴 여인

최미래

2019년 『실천문학』을 통해 작품 활동 시작.
소설집 『녹색갈증』 『모양새』가 있음.

항아리를 머리에 쓴 여인

눈꺼풀 위로 햇살이 드리웠다. 나는 감은 눈 안에서 눈동자를 굴렸다. 요즘에는 낮이고 밤이고 쉽게 졸았다. 하지만 막상 작정하고 자려고 하면 깊은 수면에 들어가지도 꿈을 꾸지도 못했다. 얕고 미지근한 물에 몸을 반쯤 담그고 있는 것 같은 느낌으로, 아 내가 잠 속으로 향하는 어딘가에 머물고 있구나. 완전히 잠에 빠져들기까지의 시간은 참 길고 아득해. 둘러볼 풍경도 없고. 하지만 지루하지는 않다. 가만히 기다리는 기분이야. 기다린다는 건 무언가 내 앞에 당도할 때까지 버티는 것. 무엇이든 어떤 일이든 시작할 수 있다는 기대와 믿음을 유지하는 것. 나는 나조차도 뭔지 모르는 무언가를 기다리고, 기다림이라는 걸 하고 있다는 데서 안도한다. 걱정을 내리누르는 적당한 어둠. 좋다. 영원히 헤매도 괜찮을 만큼. 그런 생각을 멈추지 못하면서 졸음 그 자체를 누렸다. 시간을 확인하니 알람이 울리기까지 20분이 남아 있었다. 나는 이불을 만지작거리며 오후 5시라는 시간에 대해 생각했다. 퇴근을 앞둔 직장인들에게는 그 어느 때보다 느리게 흐르는 시간. 은근슬쩍 가방을 챙기거나 퇴근 시간까지 업무를 끝내기 위해 바빠지기도 할 것이다. 몇 개월 전의 나였다면 하루의 두 번째 아침을 맞이한 사람처럼 뭐라도 하기 위해 조급해질 시간이었다. 아침부터 시작한 일을 마무리하고 또 다른 일을 해치우기 위해 간단히 끼니를 때우고 있었을지도. 하지만 이제 그런 건 아무래도 상관없었다. 이토록 아름답게 늘어지는 저녁 해를 그때는 누리지 못했고, 오후 5시는 이제 내게 서라를 데리러 가야 하는 시간일 뿐이었다.

이불을 침대에 잘 개어놓고 방과 거실을 오가면서 간단한 정리 정돈을 했다. 서라가 아침에 벗어놓은 잠옷은 세탁 바구니에, 머리띠나 인형 같은 건 작은방에 대충 집어넣었다. 방 두 개가 딸린 아담한 집이었다. 나는 언제나 이 정도 평수의 집에서 혼자 살기를 원했다. 오후에 느지막이 일어나 커피를 내리고 시간에 쫓기지 않는 일상. 어떻게 보면 반의반 정도는 이루어진 것 같지만, 어떻게 보면 희망 사항에서 더욱 멀어졌다고도 볼 수 있었다. 이 집은 거실, 침실 할 것 없이 아기 냄새가 진동했다. 아이가 있는 집 특유의 포근하고 찌뿌둥한 냄새는 이상한 자책감을 일으켰다. 나는 완전히 깨어나기 위해 슬슬 걸으며 차가운 보리차를 꺼내 마시고 머리를 묶었다. 머리카락을 하나로 모으는 동안 냉장고에 붙어 있는 사진 속 여자와 눈이 마주쳤다. 서라와 얼굴을 맞댄 이 여자는 아마 서라의 엄마일 것이다. 모녀는 선한 눈매와 작은 입술이 꼭 닮아 있었다. 내가 당신의 아이를 돌보고 있어요. 나는 당신 없는 이 집에서 돈을 개꿀로 벌고 있어요. 당신은 어디 있어요? 여자는 미소만 지어 보일 뿐 답이 없었다.

서라야. 안녕히 가세요, 소리 내어 말하면서 배꼽 인사할까?

유치원 선생님은 서라를 가뿐하게 안아 버스에서 내려주었다. 서라는 두 손을 공손하게 배 위에 얹고 허리를 숙인 뒤 내 옆에 섰다.

이모님 보셨죠? 서라가 아직도 말을 잘 안 해요.

비밀을 공유하듯 소곤거리는 선생님의 표정이 사뭇 진지했다. 아무리 봐도 나보다 훨씬 어려 보이는 얼굴로 이모님, 하며 애쓰는 게 조금 웃겼다. 선생님은 원래 별말 없이 서라를 내려주고 돌아갔는데 몇 개월 넘도록 내가 서라를 픽업해가자 보호자로 인식한 듯했다. 서라가 어떠한 물음에 대답하고 어떠한 물음에는 대답하지 않는지 유심히 관찰한 뒤 알려주었다. 아무런 말도 하지 않은 날에는 아동 발달 과정을 설명하며 평소보다 길게 떠들다가 기사님의 재촉에 겨우 말을 끊었다. 선생님과 달리 나는 서라의 침묵을 그다지 심각하게 여기지 않았다. 서라는 말이 적은 것이지 없는 건 아니었다. 원하는 걸 요구할 때는 정확하게 말했다. 배가 고프다거나, 특별히 보고 싶은 애니메이션이 있다거나. 또래에 비해 말이 너무 없긴 했지만. 내가 지금까지 봐 온 6, 7세 아이들은 라디오처럼 떠들었다. 물어보지 않은 의견, 유치원에서 있었던 사소한 일화, 어제 있었던 일부터 재작년에 있었던 일, 벌레와 똥, 거울에 묻은 얼룩까지. 그에 비해 서라의 말에는 불필요한 부분이 없었다. 무엇이 필요하다는 등의 의사전달로 이루어져 단순하고 깔끔했다. 상대하기 쉬운 어린이였고 모시기 좋은 고객이었다.

서라는 집에 들어오자마자 소파 위에 앉아 텔레비전을 켰다. 익숙하게 리모컨을 조절해 유튜브를 틀었다. 인기 초등학생 유튜버가 매운 볶음 라면 먹기에 도전하고 있었다. 너도 저거 먹어보고 싶으면 말해. 만들어줄 수 있어. 서라는 솔깃했는지 나를 한 번 쳐다본 후 다시 텔레비전 쪽으로 고개를 돌렸다. 대답은 없었다. 이 집에서 일한 지 3개월이 다 되어가고 있었으나 서라의 반응은 우리가 처음 만난 날과 별다른 차이가 없었다. 처음에는 낯을 가린다고 생각했다. 안쓰러운 마음에 시키지도 않은 것들을 하며 서라의 관심을 끌었다. 7세용 퍼즐을 사 오고 핫케이크를 만들었다. 유행한다는 아이돌 노래를 틀고 에어로빅도 했다. 팔다리를 어설프게 흔들면서 쉬우니 같이 추자고, 재밌어 죽겠다는 듯이 머리카락을 휘날리며 웃었지만 먹히지 않았다. 서라는 내가 춤추는 동안 같이 몸을 흔들지도 소파에 앉지도 않고 서 있었다. 생각해보면 뭘 같이 하자고 했을 때 싫다고 한 적은 없었다. 핫케이크를 그냥저냥 세 입 정도 먹고, 퍼즐을 하는 둥 마는 둥 몇 조각 맞추다가 그만두었을 뿐. 애는 대체 무슨 생각을 하고 있을까. 걱정이 안 되는 건 아니었다. 하지만 나는 새로운 일자리에 금방 적응했다. 내가 해야 하는 일과 굳이 하지 않아도 될 일을 구별하고, 서라의 침묵에 익숙해졌다. 서라는 많은 시간 텔레비전을 보았다. 행동이 차분하니 얌전한 고양이 같기도 하고, 어떨 때는 너무 안 움직이니까 봉제 인형 같고. 배가 고프거나 화장실에 가고 싶을 때는 낑낑거리듯 슬픈 얼굴을 하고 나를 부르니 강아지 같았다. 이 집에서는 귀찮은 일도, 신경에 거슬리는 일도 없었다. 나는 쉽게 돈을 벌고 그 사실에 아주 만족했다.

연기 학원 시간제 강사 일은 월급을 쥐똥만큼 주었다. 나는 돈을 더 벌기 위해 지역별 맘카페에 가입해 연기과 입시 과외 게시글을 올렸다. 지역이 달라도 카페의 맘들이 원하는 건 두 종류로 같았다. 영어 과외 선생님과 베이비시터. 입시든 취미든 성인이든 아동 대상이든 영어 과외는 인기가 좋았다. 정확히 '영어'만 붙으면 되는 것에 가까웠다. 영어 구연동화, 영어 체육, 영어 쿠킹. 영어로 대화하기만 하면 뭘 해도 괜찮은 걸까. 그래, 괜찮겠네. 내가 생각해도 나쁘지 않았다. 어차피 취미로 할 거 영어까지 배우면 일석이조니까. 나는 영어를 못했고 사실 취미도 없었다. 영어를 배우면서 취미도 가질 수 있는 아이들은 어떤 애들일까. 소비자에 대한 조사 없이 카페에 가입했구나. 나름 머리를 굴려 잘사는 지역 맘카페로만 골라 가입한 나 자신이 우스웠다. 그래도 수요가 있긴 했다. 과외는 아니고 놀이 시터 제안이었다. 닉네임 '로건맘'은 아이가 하도 소심해서 자신감이 붙으면 좋겠다고 했다. 나는 정성스럽게 답변했다. 그럼요 어머니, 아이의 자신감을 길러주는 1대1 발성 연습이 제 전문입니다^^. 그렇게 만난 로건이는 전혀 소심한 아이가 아니었고 50평이 넘는 집구석을 샅샅이 뛰어다녔으며 내게 악당 연기를 시켰다. 나는 2시간 동안 레고를 맞으면서 아이가 제 에너지를 소진할 때까지 놀아주었다. 그렇게 영혼을 다 털어서 2시간의 시급을 벌었다. 몇 번의 놀이 시터 경험이 쌓였을 때 시급이 아닌 월급으로 시터 문의

가 들어왔다. 놀이 시터가 아니라 베이비시터를 구하기에 거절 답장을 보냈다. 하지만 다음 날, 또다시 답장이 와 있었다. 맞춤법과 띄어쓰기가 많이 틀린 장문의 편지에는 나를 구하는 게 맞다는 내용을 포함하여 구구절절한 사연이 쓰여 있었다.

면접 겸 처음 방문한 서라네 집은 지저분하고 불쾌한 냄새가 났다. 서라는 내복 차림으로 아침 식사 대신 과자를 먹었다. 낯선 사람이 왔는데도 소파 구석 자리에 앉아 힐긋 쳐다보기만 했다. 할머니 뒤에 숨거나 방으로 들어가기는커녕 당황하는 기색조차 보이지 않았다. 서라의 할머니는 아침부터 불러서 미안하다며 내게 도움을 요청했다. 어서 와요. 지금 정신이 없어서, 아가씨가 애기 옷 입는 것만 도와줘요. 도와달라는 말만 붙었을 뿐 자연스레 잡일을 시키는 솜씨가 노련했다. 나는 침과 과자 부스러기로 범벅된 서라의 손을 닦아주고, 세수시키고, 옷 갈아입히고, 머리카락을 빗어주었다. 내가 등원 준비를 담당하는 동안 할머니는 엎드려서 물걸레로 바닥을 훔쳤다. 종종 나와 서라를 훔쳐보는 시선이 느껴졌다. 면접 겸 실습인가. 실전 면접인가. 얼떨결에 서라를 버스에 태워 보내고 다시 집으로 돌아오니 할머니는 얼음 띄운 보리차를 따라주며 자신은 거실 바닥에 앉고, 내게 소파 자리를 권했다. 합격이구나.

내게 주어진 일은 놀이 시터와 베이비시터 그 중간 즈음에 위치해 있었다. 일은 간단했다. 오후 5시에 아이를 데리고 집으로 온 후, 아이가 잠들 때까지 함께 있어주는 것. 오후 10시에 다시 집으로 돌아온 할머니와 바통 터치를 하면 퇴근이었다. 가사일 없이 오로지 아이와 함께 있는 것만으로 돈을 벌 수 있다니. 할머니는 처음 며칠은 나와 서라와 몇 시간 정도 집에 같이 있었다. 내가 아이와 놀아줄 동안 청소를 했다. 하지만 어느 날부터 내게 전화로 연락을 취하다가 이제는 연락도 잘 하지 않았다. 사람을 믿는 속도가 너무 빠른 거 아닌가. 혹은 아무나 쉽게 믿을 정도로 지쳐 있거

나. 시터 문의를 위해 보내온 편지에는 서라의 부모에 대한 이야기가 쓰여 있었다. 엄마는 없고 아빠는 외국에서 출장 중이라고 했다. 할머니는 집안일은 자기가 와서 할 수 있는데, 애가 도통 말이 없어서 뭘 원하는지 모르겠다고 육아와 관절염의 고달픔을 토로했다. 서라 엄마에 대해서는 한 달정도 일했을 때 조금 더 들을 수 있었다. 시집올 때부터 어쩌고저쩌고 길게 이어진 이야기는 바람나서 제 자식 버리고 집 나간 여자로 요약되었다. 나는 뻔하고 충격적이라고 생각하며 고개를 끄덕였지만, 한편으로는 사정이 있지 않았을까 모르는 여자의 삶에 대해 떠올리다가 말았다. 할머니는 좋은 고용주였다. 서라가 무얼 하며 시간을 보낼지 모두 내게 일임했다. 서라는 씻긴 후에 소파에 앉혀놓으면 몇 시간이고 텔레비전을 보다가 잠들었다. 매달 꼬박꼬박 들어오는 돈이 생기고 시간적 여유도 얻으니 숨통이 트였다. 집안은 조용하고 누구 하나 불만이 없고 오후의 햇살은 평화로웠다.

서라네 집 시터 일은 내가 원했던 아르바이트에 딱 맞았다. 많은 액수를 받는 건 아니지만 몸도 마음도 편했다. 힘들거나 어려운 일이 없었고 무엇보다 시간이 남아돌았다. 서라를 데리러 가기 전, 그리고 일을 하는 와중에도 나는 캐스팅 자리를 알아보고 구인구직 사이트를 상시 확인했다. 하릴없이 인터넷을 떠돌다가 한 배우의 인터뷰를 보기도 했다. 그 배우는 자신에게 배역이 주어지지 않자 직접 영화 시나리오를 쓰고 영화를 찍었다. 그리고 자신을 배우로 캐스팅해 연기했다. 일리 있는 방법이었다. 배역이 없으면 만들어서 나한테 주면 되지. 나는 그날부터 구인구직 사이트 뒤지던 걸 멈추고 아동극에 쓰일 이야기를 쥐어 짜내기 시작했다. 어쩌면 스토리 공모전에 떡하니 붙어서 상금을 받을 수도 있지 않을까. 그러면 배우고 뭐고 인생의 다른 길이 열릴 수도. 땅속에서 숟가락으로 흙을 파내 길을 만들어가다가 갑자기 눈앞에 스르륵 자동문처럼 통로가 뚫리며, 이 길이 네 길이로다. 그런 목소리가 들려오기를. 나는 잘 팔리는 아동극을 검색해 줄거리를 살펴보았다. 비슷한 느낌으로 이야기를 지어내 조금 끄적이다가 전부

삭제했다. 속이 허하면 달콤한 빵을 사 먹고 서라를 데리러 갔다.

알림장에는 내일 미술 활동에 쓸 준비물을 챙겨달라고 적혀 있었다. 나뭇가지, 낙엽, 돌멩이 등등. 이런 걸로 뭘 하려나. 나는 유튜브 방송에 정신이 팔려 있는 서라 옆에 앉았다. 거의 다 풀리다시피 한 머리카락을 정리해 다시 묶어주었다. 준비물을 주울 겸 놀이터에 다녀와야지. 요즘 들어 서라와 함께 외출하는 일이 적어졌다. 나가지 않아야겠다고 작정한 건 아니고 저절로 그렇게 되었다. 서라는 오자마자 텔레비전을 켜고 나는 부엌 식탁에 앉아 노트북을 했다. 오후 8시가 되면 잠들어버린 서라를 깨워 씻기고 잠옷으로 갈아입힌 뒤 침대에 눕혔다. 잠든 서라의 얼굴을 바라볼 때마다 내일은 잠깐이라도 데리고 나가야지, 놀아줘야지 생각했다. 생각만 하고 다음 날 비슷한 하루가 반복되었다. 서라는 내가 머리를 묶어줄 때부터 들떴는지 허리를 곧게 펴 자세를 고쳐 앉았다. 말로 한 적은 없지만 놀이터에 다녀올 때마다 몇 번이나 뒤를 돌아보며 아쉬워한다는 걸 알았다.

서라는 비닐봉지에 온갖 것들을 주워 담았다. 놀이터와 멀리 떨어진 나무까지 뛰어가고, 벤치 아래에 기어들어가면서. 나는 여기저기 바쁘게 쏘다니는 서라를 그네에 앉아 지켜보았다. 저녁 바람이 시원했고 아이스크림이 달았다. 이런 일상이라면 아이 엄마가 되는 것도 나쁘지 않을 것 같았다. 얼마 전 학원 강사 일을 그만두었다. 시터 일과 스케줄이 맞지 않았다. 무엇보다 부질없이 적은 돈을 벌며 언제 찾아올지 모르는 캐스팅 기회를 기다리는 일에서 벗어나고 싶었다. 같은 과 동기들은 대부분 전공과 무관한 일을 했다. 나는 그 애들의 SNS를 자주 훔쳐보았다. 스쿠버다이빙, 골프, 여행 등등. 내가 한 번도 해보지 못한 것들도 많았다. 나는 왜 못 했을까. 저렇게 재밌어 보이는 걸 왜 안 해봤을까. 돈이 없어서? 아무래도 그렇지. 아쉬워라. 취미도 커리어도 아무것도 제대로 해내지 못하고 이 나이가 되어버렸다. 나도 진즉에 헛된 희망을 버리고 현실적인 감각을 가졌더라면 멋진 취미 한 개쯤은 가지고 있었을까. 가본 적 있는 나라의 수가 두어 개쯤 늘어났을까. 마음속으로 스스로에게 진지하게 물어보았다. 연기 왜 안 그만뒀니. 글쎄. 그렇게 물어보니 할 말이 없네. 느끼긴 뭔가 느꼈어. 재밌었어. 그런데 뭐라고 할 말이 없네. 사실은 내가 연기를 하면서 무언가를 느낀다고, 그렇게 믿어야 한다고, 그렇지 않으면 지금까지 살아온 시간이 헛것이 되어버린다고. 시간과 경험이 사람을 만든다고 하잖아. 그러면 나라는 사람도 내가 살아온 시간 마냥 나이만 든 헛것일까. 아마도. 발을 아무리 굴러도 그네는 일정한 높이 이상 올라가지 않았다. 아이스크림은 너무 달았고 금방 녹아 흘러내렸다. 나는 그네를 탄 채로 남은 아이스크림을 던져버리고 시럽이 묻은 손가락을 쪽쪽 빨았다.

비닐봉지에는 낙엽, 풀, 나뭇가지, 도토리, 죽은 매미 따위가 잔뜩 들어 있었다. 나는 봉지를 뒤적이던 손을 급히 빼내었다. 집으로 들어가는 길에는 새로 생긴 과일가게에 들렀다. 가게 사장님은 한 송이에 2만 원짜리 샤인머스캣을 권유했다. 애기 엄마, 2천 원 깎아줄게. 달어 아주. 내가 별 관심을 보이지 않자 사장님은 타깃을 바꾸었다. 아가야 맛있겠지? 서라는 고개를 끄덕였다. 먹어볼래? 서라는 고개를 저었다. 사장님이 싫다는 서라에게 시식용 샤인머스캣 한 알을 떼어주는 동안 핸드폰이 울렸다. 서라의 할머니였다.

아가씨, 내일 애기 아빠 올 거야.

네?

서라 아빠가 돌아온다고.

네?

할머니는 무어라 더 말했지만 갑자기 들려오는 서라의 울음소리 때문에 목소리가 잘 들리지 않았다. 고개를 돌리니 서라의 손에는 커다랗고 반짝이는 샤인머스캣 한 알이 거의 엎어진 모양새로 들려 있었다. 과일가게 사장님은 당황한 얼굴로 바닥에 떨어진 사과를 주웠다. 비닐봉지와 그 안에 있던 지저분한 것들이 뒤엎어진 사과 바구니 위에 쏟아져 있었다. 사장님이 미처 보지 못한 사과 한 알이 차도 쪽으로 천천히 굴러갔다.

다음 날, 나는 픽업 시간 20분 전 서라네 집 앞에 도착했다. 집 안에 들어가지 않고 하원 버스가 서는 도로까지 미리 나와 있었다. 시간이 생각보다 많이 남아 담배를 피우려다가 그만두었다. 어쩌면 서라 아빠가 집 안에서 나를 기다리고 있을지도 몰랐다. 평소 같으면 서라네 집에서 낮잠을 자다 깨어날 시간이었다. 나는 근무시간이 시작되는 5시보다 서너 시간 전에 미리 도착해 아무도 없는 서라네 집을 누렸다. 자취방과 달리 이 집에 있으면 안정적이고 편안한 마음이 들었다. 마치 내 집인 것처럼 커피를 내리고 파스타를 해 먹고, 어느 날에는 샤워 후 발가벗은 채 소파에 누워 텔레비전을 보았다. 속이 울렁거릴 정도로 낮설었던 서라네 집 특유의 아기 냄새는 이제 나를 나른하게 만들었다. 거실 소파, 작은방 바닥, 안방 침대 할 것 없이 아무 데나 누워 있으면 어린 시절로 돌아간 기분이 들었다. 이제 서라 아빠가 왔으니 이 집을 마음대로 쓰던 것도 끝이었다. 서라에게 한글도 가르치고 그림도 그리면서 재미있게 놀아주겠다고 할머니에게 약속했는데 지켜진 게 거의 없었다. 사실상 같은 공간에만 있었지 서라를 방치한 것과 다름없지 않나. 거기까지 생각이 미치자 심장이 빠르게 뛰었다. 서라 아빠는 한번에 눈치챌지도 몰랐다. 여태껏 말도 잘 안 하던 서라가 아빠를 보고 뛰어가 울기라도 한다면. 서라 아빠는 어떤 사람일까. 바람나서 제 자식 버리고 집 나간 여자의 남편은.

놀이터에 다녀오고, 사과와 미트볼을 먹을 동안에도 서라 아빠는 오지 않았다. 얼마나 뛰어놀았던지 서라는 씻자마자 텔레비전도 보지 않고 잠들어버렸다. 나는 서라를 침실에 눕힌 다음 방과 거실을 깨끗하게 정리했다. 원래는 하지 않았던 설거지마저 끝냈다. 서라 아빠는 밤 10시 반에 들어왔다. 멀끔한 정장 차림으로 죄송하다며 쇼핑백을 건넸다. 백화점에 입점해 있는 홍차 브랜드 로고가 박혀 있었다. 서라 아빠는 생각보다 나쁘지 않았다. 아니, 나쁘지 않은 정도가 아니라 꽤 괜찮았다. 나를 꼬박꼬박 선생님이라고 불러주었으며 결혼 유무 등 개인적인 질문은 일절 하지 않았다. 가사일보다는 아이와 잘 놀아줄 수 있는 분으로 찾았는데 잘 안 구해지더라고요. 한참 고민했는데 다행히 선생님이 오셔서 한시름 놓았어요. 정말 감사해요. 서라 아빠는 불편하거나 힘든 부분이 있으면 언제든지 말해달라고 했다. 그리고 스스럼없이 자신의 신용 카드를 건네주었다. 영수증 안 주셔도 돼요. 금액 신경 쓰지 마시고 서라 간식이나 준비물 등 필요한 거 있을 때 이걸로 결제하세요. 선생님 커피랑 간식도 사 드시고요. 나는 군말 없이 카드를 받았다. 안 그래도 어제 과일가게에서 엎어진 사과 한 바구니를 내 돈으로 산 뒤, 할머니께 어떻게 말해야 할지 몰라 그냥 입 다물고 있던 차였다. 서라 아빠는 앞으로도 지금까지 해주셨던 것과 똑같이 해주면 된다고 했다. 들어보니 할머니가 해왔던 걸 서라 아빠가 하게 된 것 외에 정말로 바뀐 게 없었다. 나는 내 고용주가 바뀐 것이 만족스러웠다. 옷차림과 말투만 보아도 알 수 있었다. 서라 아빠는 상식적이고 철저했다. 유치원 전달사항을 논의하고, 근무시간과 급여일을 정확하게 지킬 것 같았다. 서라 아빠는 퇴근 시간보다 늦게까지 붙잡고 있었다며 오만 원권을 꺼냈다. 나는 택시에 탄 후 시간을 확인했다. 겨우 1시간이 지나 있었다. 야간 근무, 추가 근무, 교통비를 다 따져보아도 훨씬 이득이었다.

*

가을이 되니 놀이터에 나오는 아이들이 많아졌다. 서라는 아빠가 온 후로 활기를 띠기 시작했다. 원체 말이 없던 애가 묻지도 않은 이야기를 줄줄이 늘어놓았다. 온통 아빠와 관련된 얘기였다. 시답지 않은 장난에 소리 내어 웃고 놀이터에서 돌아오는 길에는 내 손을 꼭 잡았다. 나는 색칠공부 책과 한글 공부 교재를 사 왔다. 되도록 텔레비전을 보지 않게 하려고 애썼다. 무얼 했느냐고 서라 아빠가 직접 물어오는 적은 없었지만, 내가 이렇게 일을 잘하고 있다는 걸 은근하게 티 내고 싶었다. 시큰둥할 거라는 예상과 달리 서라는 내가 하자는 대로 잘 따라주었다. 머리를 쓰다듬어주면 내 손을 가져다 자기 뺨 위에 올렸다. 볼이 너무 따뜻하고 부드러워서 서라가 고작 유치원생에 지나지 않는 아이라는 게 피부로 와닿았다. 이전과 크게 달라진 건 없었다. 서라는 아빠와 내게 어른의 도움을 받고, 나는 받는 돈에 걸맞은 일을 하고. 모든 게 좋은 쪽으로 흘러갔다. 가끔 서라의 아빠와 가볍게 맥주를 먹을 때도 있었다. 서라 아빠는 생각했던 것보다 유쾌하고 솔직한 사람이었다. 서라가 유치원에서 저녁도 먹고 오니까 할 게 별로 없을 것 같았는데 빨래를 널다가 소파에서 곯아떨어진 얘기, 아침에 등원시키고 출근하면 정신이 없어서 커피를 꼭 먹어야 한다는 얘기, 그래도 일상에 적응해가는 이야기.

등원할 때 보니까 애들이 머리를 다 예쁘게 묶고 있었어요. 그래서 저도 검색해서 어찌 따라 해봤는데 서라가 갑자기 우는 거예요. 제가 너무 세게 잡아서 아팠나 봐요. 다 묶고 앞모습을 보니까 눈매가 바짝 당겨 올라가 있더라고요. 쉬워 보였는데 직접 하니 영 어렵네요.

결국 머리끈 대신 머리띠를 잔뜩 샀다면서 서라 아빠는 머쓱하게 웃었다. 긴장이 풀리고 마음의 벽이 조금 허물어진 사람의 진짜 미소였다. 열심히 애를 쓰며 살고 있구나. 나는 서라의 변화된 모습, 유치원 선생님에게 들은 말 따위를 열심히 전했다. 육아에 진정으로 참여하는 기분이 들었다. 한 아이를 키우려면 온 마을이 필요하다던데, 게다가 나는 돈 받고 일하는 거니까 서라에게 더 신경을 써주어야지. 어쩌면 내 언행이 서라의 인생에 많은 부분 영향을 끼칠지도 몰랐다. 그런 생각을 하니까 취기와 함께 왠지 모를 책임감이 올라왔다. 서라의 아빠는 내 모든 말을 주의 깊게 들었다. 두 눈에 총기가 돌았고 적당한 타이밍에 고개를 끄덕이면서. 마지막 한 모금 남은 맥주를 마시기 위해 목을 뒤로 젖힐 때 냉장고에 붙어 있는 사진 속 여자와 눈이 마주쳤다. 그때마다 나도 모르게 여자에게 말을 걸었다. 서라 아버님도 나도 당신이 두고 간 서라를 열성적으로 돌보고 있답니다. 단단하고 다정한 가족이에요. 본인 인생이지만요, 아이도 있는데 외도는 좀 그렇죠. 내가 속으로 뭐라고 떠들든 여자는 은근한 미소뿐이었다.

어느 날에는 오랜만에 대학교 친구들을 만났다. 서라 아빠가 초저녁에 퇴근한 날이었다. 장을 보았는지 양손에 마트 종이봉투가 들려 있었다. 서라 아빠가 카레를 만들 동안 나는 서라를 씻겼다. 말하지 않아도 서로 해야 할 일을 알고 있었고 손발이 척척 맞았다. 집을 나서는 내게 서라 아빠는 별건 아니라며 작은 쇼핑백을 건넸다. 버스에 올라 뜯어본 쇼핑백 안에는 검은색 머리띠와 함께 작은 쪽지가 들어 있었다. 항상 감사합니다. 오래도록 함께 해주세요. 나는 기쁜 마음으로 그 자리에서 머리띠를 착용했다. 나의 노고를, 내가 이 집에 꼭 필요한 존재라는 걸 인정받은 것 같았다. 나 또한 쪽지의 내용과 같은 생각이었다. 오래도록 서라의 집에서 오후의 시간을 누리며 일하고 싶었다.

술집에 도착하니 이미 비워진 도쿠리가 테이블 위에 줄줄이 늘어져 있었다. 축제 때 즉흥 연기하다가 대사를 저는 바람에 개망신당했다는 이야기가 오가는 걸 보니 3번 트랙이 한창이었다. 누가 청첩장을 꺼내거나 뜻밖의 이슈를 내보이지 않는 이상 술자리 레퍼토리는 항상 똑같았다. 트랙 1. 연기과 내 군기 문화가 얼마나 역겨웠는지, 2. 연기과 내 연애사가 얼마나 복잡했는지, 3. 축제와 비리, 4. 직업 한탄과 자산 비교를 통한 현실 자각 타임.

친구들은 서로를 보며 자기 자신을 위로했다. 이렇게 엉망으로 사는 애도 있으니까 나는 그래도 괜찮은 편이야. 그런 눈빛으로 서로의 지치고 서글픈 얼굴을 지그시 바라보았고, 술의 힘을 빌려 장난처럼 그 말을 내뱉기도 했다. 누가 누가 더 못났는지 겨루다가 그래도 쟤보다는 내가 낫다는 식이었다. 얘들은 나이를 먹어도 왜 이렇게 재밌고 못났고 웃기고 징그러운데 사랑스러울까. 술자리가 끝나면 다음번엔 나오지 말아야겠다고 다짐하면서도 나는 매번 이 술자리에 끼었다. 내가 얼마나 어처구니없이 사는지 자랑할 수 있는 자리는 여기밖에 없었다. 다들 말은 이렇게 하지만 열심히 살고 있구나. 걱정도 많고 불만족스러운 채로. 다들 그런 거구나.

친구들의 속도를 따라잡기 위해 많은 양의 술을 급하게 집어넣으니 몸에 힘이 풀리고 주변 소리가 흐리멍덩하게 들려왔다. 대학생 때 얘기에서 양동이를 빼면 안 되지. 맞지. 양동이는 별 같잖은 선배들이 기강을 잡겠다며 1학년들에게 강제로 씌웠던 거였다. 친구들은 양동이 얘기를 하며 각종 욕설을 남발했다. 나도 그 양동이를 기억했다. 나는 누가 시키지도 않았는데 내 손으로 직접 양동이를 가져와 머리에 썼다. 발음 연습을 위해서였다. 양동이를 뒤집어쓴 채로 말하면 자기 목소리가 잘 들려서 발음을 고칠 수 있어. 하지만 선배들의 말과 달리 양동이 안은 목소리가 울려서 발음이 잘 들리지 않았다. 게다가 양동이 안에 고인 목소리가 그대로 귓속에 들어와 머리가 어지러웠다. 그래도 나는 양동이를 벗지 않았다. 선배들한테 잘 보여서 좋은 배역을 따내고 싶었다. 이것도 노력에 포함되는 시간이라고 생각하니 마음이 착 가라앉으며 오히려 조금 편해진 기분도 들었다. 그래서 나는 양동이를 벗지 않을 수 있었다. 아주 긴 시간 동안 열심히 양동이를 뒤집어쓴 채 발음 연습을 하고, 대사도 치고, 땀을 삐질삐질 흘렸다. 그렇게 오래도록 쓰고 있던 양동이를 벗었을 때, 일어나는 일은 없었다. 나는 여전히 나였다.

야 야, 얘 요새 돈 좀 버네. 페레가모 머리띠 뭐야.

4번 트랙이 무르익어갈 시점이었다. 순식간에 내 머리띠로 이목이 집중되었다. 내가 입을 열기도 전에 친구들 사이에 설전이 벌어졌다. 그렇게 비싼 것도 아닌데 왜 오바야. 아니 원래 이런 거 안 하던 애가 하니까 요새 팔자가 좀 나아졌나 싶은 거지. 너 사귀는 사람 생겼어? 드디어 다른 데 취직한 거야? 너 뭐 어디 캐스팅됐구나? 나는 쏟아지는 질문 속에서 머리띠를 슬쩍 만져보았다. 왜일까. 시터 일을 한다고 솔직하게 말하지 못했다. 이제 연기 쪽은 쳐다보지 않기로 마음먹었고, 강사 일은 그만두고 새로운 적성을 찾으며 아르바이트를 한다고만 했다. 친구들은 내가 연기를 그만둔 것에 대해 아쉬워했다. 우리는 몰라도 너는 계속할 줄 알았어. 네가 우리 학번에서 제일 연기를 좋아했으니까. 좋아해. 좋아해서 빛이 바랜 걸 버리지도 못하고 이렇게 살고 있다는 말은 차마 할 수 없었다. 내가 무슨 역할들을 지나왔는지, 얼마나 지쳤는지 알지도 못하면서. 친구들이 연기과를 졸업한 후 각자의 업을 찾을 때까지 어떻게 살아왔는지 내가 모르는 것처럼. 술자리는 언제나와 같이 돈벌이를 한탄하는 것으로 마무리되었다. 다들 나같이 사는 애도 있다는 사실에 안심하는 것 같았다.

나는 내 몫으로 주어진 흙덩어리를 의미 없이 주무르며 옆자리 가족을 몰래 쳐다보았다. 엄마로 보이는 여자는 샐러드 그릇을 만들기 위해 밑판을 큼직하게 깔고 찰흙 테두리를 깔끔하게 오려냈다. 그러면서도 아이를 살뜰히 챙겼다. 하트 모양으로 만들겠다는 아이의 말에 웃음을 지어 보이고, 직접 밑판을 하트 모양으로 만들어주었다. 아이를 향한 레이더가 따로 달린 것처럼 작은 요소조차 놓치지 않았다. 저렇게 하는 거구나. 나는 서라의 옷소매를 걷어주고 흙덩이를 밀대로 슥슥 밀어 그릇 밑판을 만들어주었다. 교육을 위해 서라에게 직접 밀어보라는 권유도 잊지 않았다. 서라는 즐거워 보였다. 가래떡처럼 길게 흙가래를 만들어 밑판 둘레에 쌓아 올렸다. 나는 내 그릇을 만들면서 서라에게 주의를 기울였다. 서라가 올린 흙가래가 무너지지 않도록 중간중간 매만져주었다. 흙가래를 보고 지렁이 같다니, 똥 같다니 할 때마다 서라가 자지러지듯 웃으며 내게 몸을 기댔다. 제법 모녀 같았다. 엄마가 너무 잘하셔서 제가 할 게 없네요. 도예 선생님이 지나갈 때마다 서라 아빠는 인자하게 웃어 보였다. 이 정도면 밉보였던 게 어느 정도 회복되었으리라는 생각이 들었다.

서울에서 멀리 떨어진 옹기마을에 굳이 함께 온 건 몇 가지 이유가 있었다. 먼저, 원래 약속한 것과 다른 근무이니 오늘 일한 급여를 톡톡히 쳐주겠다는 조건이 나쁘지 않았다. 게다가 내 행동에 대한 만회가 필요했다. 나는 어느 순간부터 다시 오후 시간대 서라의 집을 누렸다. 점심을 먹고 일찍 가서 마치 내 집인 듯 쉬었다. 커피를 내려 먹고 누워 있으면 잠에 들 듯 말 듯 노곤한 기분이 몰려왔다. 친구들과 만난 이후 괜히 사람들의 시선이 의식되고 머리가 복잡해져 어딜 가도 마음이 불편했다. 직장이 없어 보이려나 싶어 오피스룩을 여러 벌 사 입었다. 직장을 일찍 마치고 아이를 데리러 오는 젊은 엄마 같아 보이지 않을까. 안방 침대에 널브러져 있을 때 도어록 비밀번호 누르는 소리가 들렸다. 나는 급히 일어났지만 안방 문턱에서 서라 아빠와 눈이 마주쳤다. 다른 일 하시다가 픽업 시간에 딱 맞춰서 오시는 줄 알았어요. 선생님, 미리 들어와 있는 건 괜찮은데 거실에 계셔주세요. 서라 아빠는 놀라지 않은 척 담담하게 말했다. 얼굴에는 이게 무슨 황당한 일인가 싶은 냉소가 서려 있었다.

마지막 이유는 서라 아빠의 눈물 때문이었다. 며칠 전, 이미 술에 취한 상태로 들어온 서라 아빠는 내가 보여준 유치원 가정통신문을 보고 눈물을 보였다. 가정의 체험학습 기회 제공을 위하여 가을방학을 운영한다는 내용이었다. '자녀를 돌봐줄 사람이 없는 원아 등 가정 사정으로 유치원에 등원을 희망하는 분은 아래 희망서를 작성하시어 유치원으로 보내주시기 바랍니다.' 위탁 희망서를 펼칠 때는 이미 눈물을 두 방울 떨어뜨린 뒤였다. 나는 얼른 휴지를 가져다 서라 아빠에게 건넸다. 죄송해요. 제가 서라한테 미안해서 그래요. 잘해보려고 하는데 힘드네요. 나는 대답 없이 고개를 끄덕였다. 그저 술 처먹고 감정이 차올랐다고 여기기에는 몇 가지 이슈가 있긴 했다. 서라 아빠는 서라의 긴 머리카락이 감당할 수 없이 엉키자, 서라의 머리를 단발로 잘랐다. 서라는 이틀 동안 울었다. 치과에서 서라의 유치가 온통 썩었다고 검진을 받은 바로 다음 날이었다. 집 또한 하루가 다르게 지저분해졌다. 서라 아빠는 소리 내지 않고 많은 눈물을 흘렸다. 제때 다듬지 못한 머리카락이 안쓰럽게 뻗쳐 있었다.

애기 엄마가 죽은 게 아직도 실감 안 날 때가 있어요.

네?

서라 아빠의 말에 따르면 서라 엄마는 바람나서 집을 나간 게 아니라 안방에서 잠을 자다가 죽었다. 서라네 집 곳곳에 남아 있는 몇 벌의 여성복과 여성용 스킨케어가 떠올랐다. 세수를 한 뒤 몇 번 몰래 사용한 적도 있다. 나는 서라 아빠의 말과 할머니 말 중에 무얼 믿어야 할지 모르겠고, 사실 진실이 무엇이든 상관없었다. 눈가를 매만지며 육아와 살림에 대해 더듬더듬 말하는 서라 아빠는 굉장히 지쳐 보였다. 잠을 자다가 하룻밤 만에 갑자기 죽어버린 여자의 딱한 남편이 내 앞에서 울고 있었다.

다 만들어진 작품은 굽고 말리는 과정을 지나 한 달 후에 배송받을 수 있었다. 나는 밥그릇을 만들었다. 내 밥그릇은 내가 잘 챙기고 살자, 굶고 다니지 말자는 다짐과 포부였다. 서라 아빠는 작은 접시를 만들었다. 높이가 낮고 묵직한 것이 재떨이 외에는 쓸모가 없어 보였다. 서라는 몇 번이나 뭉개고 다시 만들기를 반복하더니 작고 오목한 간장 종지 같은 걸 만들었다. 뭐냐는 물음에 서라는 마을이라고 답했다. 안을 들여다보니 뭐가 있긴 했다. 인간인지 동물인지 알아볼 수는 없었다. 새끼손톱만 한 찰흙 덩어리 몇 개가 서라의 마을에 애매하게 놓여 있었다. 도예 선생님은 이런 장식 같은 건 굽고 배송되는 과정에서 떨어질 수 있다고 경고했다. 떼는 게 좋을 것 같다고 몇 번이나 말했으나, 나는 그냥 이대로 해달라고 했다. 마을이라는데 누가 살긴 살아야죠.

옹기 마을에서 나는 어딜 가도 애기 엄마였다. 서라 아빠는 내가 잘못된 호칭으로 불려도 정정하지 않고 그저 웃어 보일 뿐이었다. 오늘따라 서라는 내게 어리광을 부리며 몸을 밀착했다. 옹기 체험을 할 때도, 간식을 먹을 때도 옆에 딱 붙어 허리를 껴안거나 허벅지 위에 손을 올렸다. 오랜만에 놀러 나와 즐거운 것 같았다. 나는 어딘가 찝찝한 기분이 들었다. 평소 같으면 서라가 내게 마음의 문을 더 열었나 보다 하고 들뜨거나 두근거렸을 텐데. 이 상황이 작위적으로 느껴지는 건 우리가 가짜 가족이기 때문일 것이다. 나는 꿔다놓은 보릿자루였다. 돈을 받고 가짜 엄마 역할을 수행하러 왔다는 걸 잊지 않아야 했다. 나는 지금 놀면서 돈을 벌고 있다. 단막극에 서조차 주연을 맡아본 적 없는데, 여기서는 누구보다 중요한 역할을 맡아서 돈을 개꿀로 벌고 있다. 다짐을 몇 번 되새기니 기분이 좀 나아졌다.

항아리에 재워 숙성시켰다는 양념 갈비 맛이 좋았다. 서라 아빠는 양념이 타지 않도록 고기를 잘 구웠다. 서라는 작은 손으로 쌈을 싸서 아빠 입에 한 번, 내 입에 한 번씩 번갈아 가며 넣어주었다. 진짜 엄마가 살아 있을 때도 서라는 쌈을 싸서 엄마의 입안에 넣어준 적이 있을까. 서라는 왜 엄마 이야기를 내게 단 한 번도 먼저 꺼내지 않는 걸까. 나한테 몸을 기대고 부비는 서라는 그제야 제 나이에 맞는 아이 같았다. 주변에 관심이 하나도 없어 보였는데 오늘은 날아가는 새, 굴러가는 쓰레기마저 골똘히 바라보고 손가락으로 가리켰다. 어쩌면 서라는 그동안 자신이 만든 쌈을 먹어줄 사람이 필요했을지도 몰랐다. 이제 내가 겨우 그러한 사람에 가까워졌고, 정말 서라에게 필요한 사람이 되었다는 것이 느껴질 때마다 나는 거북했다.

마을을 돌며 평생 볼 항아리는 다 본 것 같았다. 서라 아빠는 항아리를 위로 높이 쌓아 만든 조형물 앞에 서라를 세우고 사진을 찍었다. 나는 그동안 항아리에 대한 설명이 적힌 안내문을 읽었다. '전통 항아리는 도자기와 달리 아름다움으로 인한 소장 가치가 없습니다. 음식 보존 및 발효가 목적이기 때문이죠. 숨구멍을 만들어야 하기 때문에 도자기처럼 높은 온도에서 굽지 않아요. 그래서 쉽게 부서지고 낡아 균열이 생기며, 다시 흙으로 돌아갑니다. 옛날에 만들어진 항아리가 좋은 것이라고 생각하여 수명이 다 된 낡은 항아리를 구입하는 건 어리석은 생각입니다.' 항아리는 사람이랑 비슷한 것 같았다. 흙으로 돌아간다는 점도 그렇고 사용기한이 있다는 점도 그랬다. 효력이 끝나버린지도 모르고 옥이야 금이야 아끼면 쓸모없는 게 되어버리는구나. 주위를 둘러보았다. 사방에는 효력이 끝나고 장식으로 쓰이는 항아리가 여기저기 깔려있었다. 서라 아빠는 신기하게 생긴 항아리마다 서라한테 옆에 서보라고 했다. 왜인지 이 시간이 영원히 끝나지 않을 것처럼 느껴졌고, 나는 여기저기 구멍이 숭숭 뚫린 거대한 항아리 앞에서 서라와 함께 사진을 찍혔다.

　밤 11시가 넘어서야 서울에 도착했다. 서라는 칭얼거리다가 내 품 안에서 잠들었다. 나는 무거운 쌀 포대를 몇 시간 내내 안고 있는 것 같았다. 팔다리가 저릴 때마다 조금씩 몸을 뒤틀어 자세를 바꿨다. 어린아이는 잠들면 몸이 더 뜨거워지는 걸까. 서라와 밀착하고 있던 부위에 열과 땀이 올랐다. 창밖으로 익숙한 동네가 보였다. 소변을 누고 싶었고 미지근한 물로 샤워한 뒤 팔다리를 주무르고 싶었다. 벨소리가 울리자 서라 아빠는 서라가 깨지 않도록 빠르게 전화를 받았다. 반말을 하는 걸 보아 친구인 듯했다. 룸미러를 통해 몇 번이나 서라 아빠와 눈이 마주쳤다.
　서라 아빠는 잠든 서라를 안고, 나는 가방과 서라의 겉옷을 들었다. 계단을 올라가면서 어떻게 거절의 말을 꺼내야 할지 고민했다. 적당한 핑계가 떠오르지 않았다. 예전에 맥주 먹으며 대화하던 중 내가 혼자 자취를 한다는 것을 밝힌 적이 있었다. 그러니 외박을 금지하는 부모도, 집에서 나를 기다리는 사람도 없다는 걸 서라 아빠는 이미 알고 있었다. 전화를 끊은 서라 아빠는 급한 일이 생겼는데 혹시 오늘 집에서 자고 가줄 수 없겠냐고 물었다. 나는 네? 하고 되물었을 뿐 의사를 밝히지 못했다. 서라 아빠가 서라를 침대에 눕히고 집을 나서기 전까지 자고 갈 수는 없다고 확실히 말해야 했다. 하지만 나는 왜 이 제안을 꺼리는 걸까. 위험해서? 상식적이지 않아서? 아무것도 하지 않고 잠만 자는 걸로 돈을 벌 수 있는데. 그렇게 생각하니 하룻밤 정도야 서라네 집에서 자는 게 별일 아닌 것처럼 느껴졌다. 나는 이미 오랜 시간 아무도 없는 서라네를 마치 내 집처럼 누려왔지 않나. 이것도 일에 포함되는 시간이라고 생각하니 마음이 착 가라앉으며 오히려 조금 편해진 기분도 들었다.

선생님, 아무거나 다 마음대로 쓰셔도 돼요. 댁이라고 생각하시고 편하게 쉬세요. 아무리 잠들었다고 해도 애를 혼자 두고 나갈 수는 없었는데 정말 감사해요. 하지만 서라 아빠의 말과 달리 나는 이 집을 정말 내 집인 것처럼 생각할 수도, 편히 쉴 수도 없었다. 도저히 잠이 오지 않았다. 씻지 않고 옷도 갈아입지 않은 상태로 서라 옆에 누웠다. 고소하고 포근한 아기의 땀 냄새. 그리고 이불 침구에 배어 있는 서라네 집 특유의 냄새가 났다. 상황이 달라져서일까, 어정쩡한 차림으로 누웠기 때문일까. 불편하고 낯설었다. 침실이 아니라 부엌, 작은방 등 어디에 가도 그랬다. 나는 뜨거운 커피를 내린 뒤 조명등을 전부 끄고 소파에 앉았다. 집 안은 어둠에 잠겼지만 창으로 들어오는 가로등의 불빛 때문에 앞이 안 보일 정도로 새까맣지는 않았다. 나는 커피를 한 모금씩 입에 머금고 있다가 천천히 삼켰다. 내 안에서 무언가 새어 나오고 있고, 나는 그 사실을 바꾸거나 돌이킬 수도 없이 가만히 앉아 있는 것만 같았다. 뭘까. 불쾌함? 슬픔? 잘못되어가는 조짐? 정확하게 짚이는 것이 없었다. 비슷한 기분을 느껴본 적이 있긴 했다.

아동극을 하던 시절 나는 두꺼비였다. 콩쥐가 팥쥐 엄마에게 구박받는 동안 나는 밑 빠진 독을 등으로 막았다. 펠트지로 만든 항아리 아래쪽에 웅크린 채 온몸에 힘을 주었다. 그런 채로 기다리다 보면, 눈에 띄지 않아도 혼자 열심히 기다림을 실천하다 보면, 나는 내 인생에 뚫린 구멍을 막고 두꺼비가 아니라 다른 배역도 맡을 수 있겠지. 밑 빠진 독에서 물이 새어 나가지 않도록 막는 일은 어깨와 등이 뻐근했지만 할 만했다. 애써서 무언가를 해내고 있는 내 모습이 기특하기까지 했다. 그렇게 오래도록 막고 있던 항아리에서 엉덩이를 떼었을 때, 무언가 쏟아지는 일은 없었다. 두꺼비 역할을 후회하지는 않았지만 살다가 갑자기 그 시절의 내가 떠올랐다. 좋다고, 나중에 도움이 될 거라고 노력하는 스스로의 모습에 취해 나는 내가 어떤 자리에서 무엇을 막고 있었는지도 몰랐다.

그날 이후 나는 서라네서 살다시피 했다. 아침 일찍 출근해 등원 준비를 해주는 경우가 허다해졌다. 그런 날에는 서라를 버스에 태워 보낸 후 빵집에 들러서 갓 나온 식빵을 사 왔다. 소파에 누워 빵을 찢어 먹으며 텔레비전을 보고, 낮잠에 들었다가 픽업 시간에 맞추어 서라를 데리러 나갔다. 설거지, 정리 정돈, 청소기 돌리기 정도의 간단한 가사일도 도맡았다. 돈을 더 준다면야 나는 좋았다. 서라 아빠는 점점 더 자주 늦게 들어왔다. 퇴근 시간인 밤 10시를 넘기는 건 십상이었다. 자정을 한참 지나 새벽 2, 3시에 들어올 때도 있었다. 야간 수당에 택시비를 받으니 나로서는 나쁘지 않았다. 늦은 시간까지 있으면서 새로 발견한 것은 서라의 수면 습관이었다. 서라는 깊은 잠에 들었다가도 불시에 울면서 깨어났다. 얼마나 처절하게 우는지 가쁜 호흡이 좀처럼 가라앉지 않았다. 괜찮아 언니 여기 있어. 그럴 때마다 침실의 어둠 속에서 서라를 안아 들고 거실로 나왔다. 서라는 부신 눈을 애써 뜨고 내 얼굴을 확인했다. 잠을 자다 일어난 몸은 뜨거웠고 머리카락이 온통 땀에 젖어 있었다. 서라네서 밤을 보냈던 날이 최고 기록이었다. 서라는 그날 총 4번 잠에서 깨어나 울었다. 울면서 내 목을 껴안은 채 가지 말라고 했다. 엄마나 아빠 등 부르는 대상은 없었다. 몇 번이고 가지 말라고만 했다.

옹기 체험 때 만들었던 그릇은 겨울이 시작될 무렵에 도착했다. 도예 선생님의 말처럼 구울 때 다 떨어진 모양인지 서라의 마을에는 아무도 남아 있지 않았다. 나는 아무도 없는 서라의 마을에 홍시, 떡, 초코파이 같은 간식을 담아주었다. 서라는 한시도 내 곁을 떠나려 하지 않았다. 놀이터에 가자거나 같이 그림을 그리자는 등 요구사항이 늘었다. 설거지를 하고 있으면 오른쪽 허벅지를 껴안고 가만히 서 있었다. 다른 일을 할 때도 졸졸 따라다니다가 결국 청소기에 부딪혀 넘어졌다. 서라는 아프지 않다며 웃었지만 무릎에는 멍이 들었다. 이제 정말 내게 마음의 문을 활짝 열었구나. 기쁘기보다는 안쓰러웠고 동시에 찜찜했다. 나는 언제까지고 시터로 살 수는 없었다. 며칠 전 친구에게 일자리 제안을 받았다. 공연 기획 보조 및 마케팅 업무였다. 저번 술자리에서 너도 딱하고 나도 딱하고 우리 모두 딱한 것으로 마무리된 줄 알았는데, 내가 제일 딱하긴 했던 모양이었다. 보조라는 걸 보니 유망한 직종은 아니었다. 그래도 이 일은 경력이 쌓이고 커리어를 만들어갈 수 있을 것이다. 친구가 말한 회사에 대해 제대로 알아보아야 했다. 나는 하루에 한 시간 정도 텔레비전 보는 시간을 다시 만들었다. 유튜브를 틀어주었을 때서야 서라는 소파에 혼자 가만히 앉아 있었다.

냉장고에는 이전에 있던 사진이 사라지고 새로운 사진이 붙었다. 옹기 마을에서 서라와 내가 함께 찍힌 사진이었다. 핸드폰으로 찍은 사진을 굳이 인화해서 냉장고에 붙여놓은 이유는 뭘까. 별 상관은 없었지만 냉장고 문을 열고 닫을 때마다 사진 속 내 표정이 너무나 부자연스러워 헛웃음이 나왔다. 그전에 붙어 있던 사진 속 여자는 서라의 엄마가 아니었다. 아닐 것이 분명했다. 나는 그 사실을 내 사진이 붙기 전 이미 알고 있었다. 서라를 재우고 새벽까지 서라 아빠를 기다리던 어느 날에 갑자기 냉장고 쪽으로 고개가 돌아갔다. 목이 마르거나 배가 고프지 않는데도. 그리고 사진 속 여자와 눈이 마주쳤다. 그 여자가 눈으로 말했다. 자기는 서라의 엄마가 아니라고. 아마도 내가 오기 전의 시터겠지. 그래요. 당신은 서라의 엄마가 아니네요. 그런데 왜 웃고 있어요. 당신 왜 웃어요. 어설프고 앳된 여자는 아무런 대답 없이 웃어 보이기만 했다.

겨울이 깊어질수록 해가 빠르게 저물었다. 바람이 너무 차서 놀이터에 가는 것도 그만두었다. 서라는 텔레비전을 보는 시간이 조금 더 늘었고 사위가 금방 캄캄해지니 잠드는 시간이 더 앞당겨졌다. 서라가 잠들면 나와 서라 아빠는 늦은 저녁 겸 반주를 했다. 내가 담배 피우는 걸 어떻게 알았는지 괜찮다며 함께 피우자고 담배를 권하기도 했다. 나는 웬만하면 거절했지만 술을 많이 먹은 날에는 서라 아빠와 비좁은 베란다에 나란히 서서 담배를 피웠다. 옹기 체험 때 만든 서라 아빠의 그릇이 정말 재떨이로 사용되고 있었다. 서라도, 서라 아빠도 참 잘 쓰네. 나는 내가 만든 밥그릇을 단 한 번도 사용한 적이 없었다. 겨울 음식과 술 담배는 친밀한 관계를 형성하는 데 큰 도움이 되었다. 서라 아빠는 종종 어쩌면 꽤 자주 내 앞에서 눈물을 보였다. 서라 엄마에 관련한 이야기를 할 때, 나의 꿈과 미래에 대해 이야기가 나올 때, 서라의 성격 변화와 수면 습관. 정확히는 이 세 개의 포인트가 연결되는 지점에서 마른세수를 하며 괴로워하다가 눈물을 보였다. 내가 이 집을 떠날 거라고 은근한 의사를 비치면 자연스럽게 서라 엄마의 죽음과 그로 인해 서라에게 나타난 부정적인 흔적들로 이야기가 흘러갔다. 결말은 매번 같았다. 그래도 선생님 덕분에 밝은 모습을 되찾아가고 있어서 정말 다행이에요. 서라 아빠는 자신을 잘 챙기지 못하는 티가 났다. 셔츠는 항상 구겨져 있었고, 처음 보았을 때보다 살이 많이 빠진 듯 눈가가 어두웠다. 안방에서 서라가 깨어나 우는 소리가 들리면 서라 아빠는 허겁지겁 달려가 서라를 안아서 달랬다. 나는 침실에서 들려오는 서라 아빠의 자장가를 들으며 맥주를 몇 모금 홀짝였다. 냉장고에 붙어 있는 사진 속 나와 눈이 마주쳤다. 검은색 머리띠를 한 채로 웃고 있는 젊은 여자는 팔자 눈썹에 동그란 눈이 서라와 꼭 닮아 보였다.

자고 가달라는 부탁은 빠르다면 빠르게, 생각보다 늦다면 늦은 시점에 또다시 찾아왔다. 이럴 경우를 대비하여 미리 단호한 거절 대사를 준비해 놓았으나 소용없었다. 새벽 3시가 다 되어갈 무렵 전화로 한 부탁이기 때문이었다. 어떻게든 가려고 했는데 시간이 너무 지체되었고 어쩌고 핑계를 늘어놓는 서라 아빠의 목소리에서 술기운이 전해졌다. 어차피 3시간 뒤면 해가 뜰 터였다. 하지만 밤새 집에 있어달라는 건 이제 시간이나 돈과는 다른 문제였다. 고용할 때의 약속과 달리 나는 시터 일 외에 다양한 방식으로 소모되었다. 함께 옹기 마을에 가고, 예고 없이 방문한 서라 아빠의 친구들에게 인사를 했다. 애기 엄마로 불리거나 한 식구처럼 보이는 건 시터 조건에 없었다. 선을 그어야 할 때를 한참 지나버렸다. 이 집에서 자고 가지 않는 건 내가 정한 마지노선이었다.

서라 아버님 이건 정말 아닌 것 같아요. 저한테도 서라한테도 너무하신다는 생각이 듭니다. 저는 서라 엄마도 아니고, 서라는 아직도 새벽에 깨서 아빠를 찾아요.

오늘도 서라가 깼나요?

아니요. 오늘은 아직 깨지 않았어요.

한동안 말이 없던 서라 아빠는 내게 정 어려우면 그냥 가시라고 했다. 자기가 1시간 이내로 들어갈 테니. 작은 일에도 감사하다며 몇 번이고 고개를 숙여 보이던 평소와 너무 달랐다. 빈정이 상한 건지 말투에서 짜증이 느껴졌다. 그래도 애를 혼자 집 안에 두고 갈 수는 없으니 오시면 가겠다는 내 대답이 끝나기도 전에 서라 아빠는 전화를 끊었다. 곧 메시지 하나가 도착했다. 서라 요즘에 자다가 깨는 일 없어요. 그러니까 걱정 마시고 들어가세요. 선생님 신경 써주셔서 감사한데요, 제 딸인 거 아시죠?

서라 아빠는 1시간 뒤에도 도착하지 않았고 나는 잠든 서라를 내버려두고 그 집을 나오지 못했다. 서라가 혼자이게 할 수는 없었다. 울면서 방문을 열었을 때 아무도 없는 집안을 보여줘서는 안 되었다. 나는 거절할 수 없는 입장이었다. 사실은 아주 예전부터 그랬다. 안쓰러워, 이건 내가 할 수 있으니 해주자. 그렇게 생각해왔으나 나는 해주어야만 하는 입장에 지나지 않았다.

작은방에 들어가 컴퓨터 전원을 켰다. 오래된 컴퓨터 본체가 요란하게 돌아갔다. 어차피 조금 있으면 해가 뜰 거고, 이번 달에는 꽤 많았던 야간 근무 수당을 더해 많은 급여를 받을 거야. 자기 최면을 걸어 마음을 다독이려 했지만 잘 되지 않았다. 서라 아빠는 내가 서라를 두고 가지 못하리라는 걸 알았다. 그동안 숱하게 해왔던 거절 연습은 자신이 점하고 있는 위치를 정확하게 아는 이에게 씨알도 먹히지 않았다. 속 얘기를 꺼내고 눈물을 보이는 등 친구처럼 가까워지는 건 이 세계에서 아무것도 아니었다. 그걸 또 잊어버리다니.

기업 정보 플랫폼에 들어가 친구가 제안한 회사를 검색했다. 급여, 복지, 회사의 비전 등 모든 점수가 골고루 낮았다. 가장 눈에 띄는 것은 회사에 다녀보았던 사람들이 적은 리뷰였다. 하나씩 꼼꼼하게 살펴보았다. 다양한 리뷰들은 한 방향을 가리켰다. 사람을 부품처럼 쓰고 닳으면 갈아치우는 회사. 나는 그 구조를 잘 알았다. 단순 업무가 폭포처럼 쏟아지고, 업무량과 불만에 못 이긴 사원은 일 못하는 사람이 되어버렸다. 그렇게 하나둘 그만두어도 회사는 건재했다. 또 다른 부품으로 빈자리를 빠르게 채워나갔다. 들어올 사람은 많아. 그러니 회사는 바뀌지 않아. 누구는 잘 버티고 승진도 해. 10명 중에 한 명 즈음. 나는 버티고 버티다가 내 발로 그런 회사를 떠난 적이 있었다. 할 수 있을 때까지 버틴 이유는 하나였다. 나 자신이 누구나 다 하는 일조차 해내지 못하는 사람으로 느껴져서.

하지만 나는 쉽사리 리뷰 창을 끄지 못했다. 회사의 장점을 찾아내면서 출퇴근하는 나를 상상했다. 회사에 다닌다는 건 정규적인 일자리가 보장되는 것. 커리어가 쌓이고 가족한테 자랑할 수 있는 일이었다. 예전보다 나이도 들고 경험도 쌓았으니 이제는 잘 다닐 수 있지 않을까. 어쩌면 생각과 달리 적성에 딱 맞을 수도. 그렇게 관련 회사를 파도처럼 타고 또 타고 가는 도중에 모든 창이 꺼져버렸다. 마우스 움직임이 버벅거렸다. 작동을 확인하기 위해 허공에 대고 클릭한 마우스 커서는 바탕화면의 폴더를 마구 열어댔다. 폴더 속의 폴더, 바탕화면에서 보이지 않던 폴더까지. 몇 초의 긴 시간 동안 야동 파일이 두어 개 열렸다. 길게 늘어진 파일 목록은 하나같이 제목에 가정부, 하녀 같은 단어가 들어가 있었다. 마우스는 말을 듣지 않았고 나는 몇 분 동안 재생되는 동영상을 바라보다가 꽉 닫혀 있는 방문으로 고개를 돌렸다. 영상 속 신음소리에 섞여 서라의 울음소리가 들려왔다. 작은방의 방문 너머 거실을 지나 침실에서부터. 아득한 암흑 속 서라가 깨어나 나를 찾고 있었다. 자신을 꺼내줄 사람을 부르고 있었다. 곧 침실 방문을 여는 소리가 들렸다. 서라는 아무도 없는 거실을 마주했을 것이다. 엄마를 찾고 아빠를 찾고 나를 찾다가 환한 거실의 조명에 눈이 익을 것이고, 혼자서 울음을 그쳐야 할 것이다. 나는 작은방에서 나가지 않고 마우스를 좌우로 흔들었다. 예상과 달리 서라는 내가 나갈 때까지 울음을 그치지 못했다.

봄이 온다고 했다. 사람들은 아직 패딩 점퍼를 벗지 못했으면서 일찍부터 봄을 기다렸다. 봄은 희망찬 앞날이나 행운을 비유적으로 이르는 말이야. 그러니까 봄이 오면 같이 거하게 환영해주자. 언젠가 친구에게 들었던 말이 떠올랐다. 첫 직장에서 첫 월급을 받아 기분 좋게 술과 음식을 샀던 날이었다. 유례없는 폭우가 쏟아져 벚꽃이 일주일 만에 져버린 해였다. 그 친구와는 자연스럽게 멀어졌고 봄을 환영해주는 일은 생기지 않았다. 나는 서라의 한글 실력 향상을 위해 인터넷으로 한글 공부 교재를 새로 주문했다. 유치원 선생님에게 서라의 문장 구사력이 다른 아이들보다 뒤처진다는 말을 들었다. 예전에 조금 하다가 어느 순간 거들떠보지 않게 된 한글 공부가 떠올랐다. 그걸 계속했어야 했는데. 왜 그만두었지. 왜 나는 뭘 하든 쉽게 그만두는 걸까.

서라 아빠의 컴퓨터에서 야동을 본 날, 나는 컴퓨터를 끄고 거실로 나와 서라를 안았다. 서라의 등을 토닥이면서 베이비시터, 가사도우미, 가정부 따위의 단어에 대해 생각했다. 서라의 등을 두드리는 현재의 나, 40대의 나, 60대의 나. 나는 서라를 안은 채 급속도로 늙어갔다. 그런 생각을 할수록 내 안에서 무언가 새어 나왔다. 이런 건 뭐라고 불러야 되는 걸까. 불쾌함? 슬픔? 잘못 되어가는 조짐? 아 이거 그거네. 비참함. 그냥 슬픈 게 아니라 슬프고 또 참혹해. 나는 참혹해. 비참함이 꾸역꾸역 항아리를 터뜨릴 듯이 비어져 나오고 있어. 나는 밑 빠진 독을 등으로 막고 있는 두꺼비인 줄 알았는데, 여기저기 금이 간 사람에 불과했구나. 어디서부터 무엇을 주워담아야 할까. 괜찮을 거라고 믿어왔던 것들이 하나둘 내게 등을 돌리는 기분이 들었다. 진정이 되었는지 숨소리가 옅어진 서라가 말했다. 언니, 엄마라고 불러도 돼?

서라 아빠는 며칠 동안 나를 멋쩍게 대하다가 장문의 사과 문자를 보내왔다. 내용으로 파악해볼 때 내가 야동을 발견한 건 모르는 듯했다. 나는 평상시와 같이 서라네 집에 출퇴근했다. 픽업 시간보다 몇 시간 일찍 도착해서 안방 침실에 누웠다. 누운 채로 서라 아빠가 보낸 사과 문자를 읽었다. 소리 내어 읽다가 웃음이 터졌다. 수백 번 읽으니 보이는 게 있었다. 문자 내용은 사과라기보다 그만두지 말아달라는 의사전달에 가까웠다. 올해 봄부터는 시급을 더 올려 책정하고, 더 많은 일을 맡아달라고 했다. 일은 가사 노동을 말하는 걸까. 서라의 엄마, 이모, 언니 이상의 더 많은 역할을 해달라는 걸까. 시급을 월급으로 계산해보았다. 이 정도면 생활비는 물론 저축도 가능했다. 누군가 뒤에서 등을 밀어대듯이 근육이 뻐근해지면 478 호흡법으로 마음을 다스렸다. 4초간 입을 다문 채 코로 숨을 천천히 깊게 마시고, 7초간 숨을 참았다가 8초간 다시 코로 숨을 천천히 내쉬었다. 478

호흡법은 마음의 안정을 찾는 데 큰 도움이 되었다. 픽업 시간까지 20분이 남아 있었다. 나는 거실로 나왔다. 아름답게 늘어지는 저녁 햇살이 온 집안을 나른하게 뒤덮었다. 내가 만든 밥그릇을 찬장에서 꺼내 물로 한 번 헹군 후 밥을 덜었다. 다른 반찬 없이 김치를 얹어 크게 한 입 집어넣었다.

엄마라는 배역과 아빠의 욕망

강도희 문학평론가

최미래의 「항아리를 머리에 쓴 여인」을 돌봄에 관한 소설로 볼 수 있을까? 소설은 대학 졸업 후 여러 아르바이트를 전전하던 청년 '나'가 일곱 살 여아의 베이비시터를 맡으면서 일어나는 일들을 담고 있다. 2010년대 후반 페미니즘 리부트 이후 사회적 성차별 구조에 대한 공감대가 형성되고, 코로나 사태를 거치며 신체의 취약성과 건강한 일상이 마냥 개인적인 문제가 아니게 되면서 '돌봄'은 한국문학에서 주요 개념으로 자리 잡았다. 특히 가족 안팎의 돌봄이 저소득 청년이나 노년, 이주민 여성들에게 전가돼 계층과 성별 분업 구조를 강화하는 양상을 비판적으로 그린 소설들, 혹은 그렇게 저평가되고 여성화된 돌봄을 비틀어 공동체적 가치를 창출하는 돌봄을 상상하는 소설들이 여럿 주목받았다.

그러나 이 소설은 순진무구한 사회초년생 여성이 각박한 사회에 뛰어들어 돌봄의 어려움을 깨달으며 성장하는 이야기가 아니다. 우선 화자 '나'는 아이 돌봄에 희생당하는 여성과는 거리가 있어 보인다. "서라는 많은 시간 텔레비전을 보았다. 행동이 차분하니 얌전한 고양이 같기도 하고, 어떨 때는 너무 안 움직이니까 봉제 인형 같고. 배가 고프거나 화장실에 가고 싶을 때는 낑낑거리듯 슬픈 얼굴을 하고 나를 부르니 강아지 같았다. 이 집에서는 귀찮은 일도, 신경에 거슬리는 일도 없었다." 시종일관 냉담함을 유지하는 '나'에게 "월급을 쥐똥만큼" 주는 시간제 강사나, 활력 넘치는 아이에게 영혼이 탈탈 털리는 시급 놀이 시터에 비하면 이 집의 시터 일은 훨씬 수월하다. 오후 5시부터 밤 10시까지 '나'가 돌보는 대상은 얌전한 여자아이이고, 근무지인 서라네 집은 너무 넓거나 좁지 않고 적당한 크기다. 근무 시간대에 집은 대체로 비어 있어 불편한 감시나 요구를 받지 않아도 된다. 처음 며칠간 함께 있던 서라의 할머니는 어느 순간 육아를 일임하고 찾아오지 않는다. 엄마가 부재한 서라의 가족 구성이나 어른들의 무관심은 서라에 대한 연민을 일으키기보다 돈을 "개꿀"로 벌 수 있는 조건이다. 또래에 비해 말이 없는 서라의 선택적 함구증 역시 '나'에게는 필요한 말만 하는, "모시기 좋은 고객"의 특질에 가깝다.

'나'가 시터 일을 즐기는 과정에는 비단 경제적 가치만이 작용하는 것은 아니다. '나'의 직무 만족도는 서라의 아빠가 등장하면서 한층 높아진다. 서라를 방치하고 집주인처럼 군 것이 들킬까 봐 불안해하던 '나'를 출장에서 돌아온 서라 아빠는 후한 감사 표시로 안심시킨다. 합리적이고 계산이 빠른 노동자 '나'에게 그는 공과 사를 구분하고 추가 수당과 교통비를 챙겨줄 줄 아는 상식적인 고용주로 보인다. 한편, 그가 '나'에게 거는 믿음은 단순히 신용카드를 건네주는 것 이상이기도 하다. 아버지의 귀환은 가족이 규범적인 정상 가족에 가까워질 가능성을 부여하고, 그 안에서 "단단하고 다정한 가족" 만들기를 돕는 '나'의 역할은 더 중요해진다. 노동시간을 판매하는 노동자에서 자식에 대한 부모의 투자를 돕는 매니저로의 격상은 얼마간의 능동성과 자율성을 보장한다. 책임과 자부심이 안 따르기 어렵다. '나'는 서라가 쓸 색칠공부 책과 한글 공부 교재를 사고, 서라 아빠가 선물한 명품 머리띠를 미래의 보장으로 받아들인다.

　지위가 격상된 만큼 '나'와 서라 아빠의 관계는 동등해 보인다. 서비스 노동 특유의 자유로운 의사소통 체계에 기대 그는 '나'를 여러 가지 육아의 고충과 정념을 공유하는 내부인으로 대한다. "열심히 애를 쓰며 살고 있는" 서라 아빠에게 어느덧 '나'가 피고용인이 아닌 공동 육아 참여자로서 감정을 이입하게 되는 것은 사실 훈련의 결과다. 연기과를 졸업한 '나'에게 시터 일은 여러모로 연기와 유사하다. 대학 시절, 선배들의 인정을 받고 좋은 배역을 따내기 위해 양동이를 뒤집어쓰고 발음 연습을 하던 '나'는 비로소 서라 엄마라는 배역을 따낸다. 연기는 관객과 각본이 있어야 성립한다. 옹기마을에서 서라, 서라 아빠와 함께 옹기를 빚는 '나'를 사람들은 '애기 엄마'라 부르고, 그들의 기대를 저버리지 않기 위해 '나'는 다른 다정한 엄마들을 모방한다. 식구(食口)를 완성·유지하기 위해 열심히 그릇을 빚는 어머니의 역할을 착실히 수행한다.

　서라 엄마라는 이 배역은 결국 누구에 의해 주어진 것일까? 서라일까? 처음에 그것은 냉장고에 붙어 있는 다른 여자의 사진으로 '나'에게 전달된다. '나'는 사진을 보자마자 아이와 얼굴을 맞댄 선한 눈매의 여자를 서라의 엄마로, 스스로를 '당신의 아이'를 돌보는 사람으로 정체화한다. 이후 서라 할머니에 의해 "바람나서 제 자식 버리고 집 나간 여자"임이 알려지면서, 여자는 어머니로서 자격을 박탈당한, 대체해 마땅한 대상이 된다. 자동적으로 '나'는 여자의 역할을 대신하는, 어쩌면 더 능숙하게 할 수 있는 이가 되어 서라 엄마의 비(非)모성적 자질을 비난할 수 있는 자격을 얻는다. "아이도 있는데 외도는 좀 그렇죠."

　그러나 '나'의 권능이 극대화된 순간에 소설은 서라의 아빠가 서라의 엄마와 사별했다는 사실을 밝히면서 다시 한번, 그의 캐스팅을 불확실하게 한다. 아내 얘기를 꺼내며 우는 남자는 일순간 애처로운 남자에서 애처가로, 집 안에서 자다가 조용히 죽은 어머니는 성녀(性女, sexualized woman)에서 성녀(聖女)로 되돌아온다. '보모'는 본부인의 물건을 몰래 사용하며 그의 자리를 넘본 어설프고 앳된 여자의 지위로 전락한다. 엄마 배역을 따내는 것, 소설에서 '나'의 어머니 되기는 서라를 잘 돌보는 일에 달려 있지 않다. 여성학자 정희진의 말을 빌리면 모성은 어머니와 자녀의 본능적인 관계가 아니라 남성과 여성의 정치적인 관계에서 발생한다.*

'나'는 서라의 집도, 옹기 마을도 현실이 아닌 무대에 불과하다는 것, 자신이 연기하고 있는 "가짜 가족"의 작위성을 인지한다. 단단하다 믿었던 가족은 수명이 다된 항아리처럼 깨지기 쉽고, 언제든 새 항아리의 도착을 기다릴 뿐이다. 어느새 냉장고에 붙어 있던 여자의 사진은 옹기 마을에서 '나'와 서라가 찍은 사진으로 바뀐다. 대체 가능한 여자들의 형상은 부재하는 단 하나의 '진짜' 서라 엄마를 영원히 가리지 못한다. '나'는 가짜 엄마 연기에 노동력 외의 정념을 더 바치지 않겠다고 다짐하지만, 무대와 현실의 낙차가 생성하는 욕망에 이미 취약하다. 이제 서라 아빠는 자기가 없는 하룻밤 동안 서라를 재우고 집에서 자고 가달라고 부탁한다. 부탁과 유혹 사이에 있는, 연장 근무를 시키면서 내 집처럼 편하게 쉬라는 그의 말이 감정 착취이자 계약 위반이라는 것을 알지만, 양동이를 뒤집어쓰라는 선배의 말처럼 '나'는 그것을 쉽게 거부할 수 없다. 자신이 어떤 중요한 역할을 수행하고 있다는 느낌, 어떤 공동체 안에 들어있다는 기분은 한편으로 나의 삶/생존에서 중요하기 때문이다. 처음에는 냄새나고 불편하지만, 곧 그것은 원래 내가 있었던 공간인 것마냥 편해질 것이다. 조금만 더 버티면 경계를 넘을 수도 있다는 믿음. 아동극을 하던 시절 맡았던, 물이 새어 나가지 않도록 밑 빠진 독 밑에 웅크리고 앉아있던 두꺼비의 믿음.

* 정희진, 『페미니즘의 도전』, 교양인, 2005, 55쪽.

그러나 경계 너머엔 다른 경계가, 공간 안에는 내가 들어가 보지 못한 다른 공간이 있을 뿐이다. 새벽 3시가 되어도 서라 아빠가 집에 들어오지 않자 '나'는 작은방에 들어가 컴퓨터를 켠다. 낮에는 금지되던 그 공간에서 다른 일자리를 검색하다 발견한 것은 야동 파일이다. 파일명에서 '가정부', '하녀'와 같은 단어를 본 순간 '나'의 배역은 이상의 재현이 아닌 판타지의 수준으로 끌어내려진다. 자신이 연기하던 무대가 화목한 아동극이 아니라 야동이었다는 것, 주인 남자가 투자한 선물과 돈은 딸이 아니라 자기 욕망을 충족하기 위해서였다는 것, 그 욕망을 위해 결국 규범적 가족과 이상적 아버지는 목표가 아닌 수단이었다는 것을 알게 된 '나'는 무언가 새어 나가는 기분을 느낀다. 승격을 위해 최선을 다해도 어떤 존재 이상으로는 보이지 않는다는 깨달음은 비참함을 남긴다.

소설은 여자들에게 투사되었던 섹슈얼리티를 남자의 것으로 돌려주면서 아빠의 욕망이라는 판도라의 상자를 우리 앞에 펼쳐 보인다. 잘 얘기되지 않던 그 욕망이 들춰질 때 문득 우리의 관심을 끄는 것은 딸의 존재다. '나'가 서라 아빠의 야동 파일을 발견한 것과 같이 잠에서 깬 서라는 아무도 없는 낯선 집을 발견한다. 두 인물의 동일시는 예고된 것이기도 하다. 서라와 함께 찍은 사진 속에서 '나'는 서라 아빠가 선물한 머리띠를 쓰고 웃고 있는 두 사람의 눈이 꼭 닮았다고 생각하지 않았던가. 안전하다고 생각했던 공간이 낯설고 외로운 것이 될 때, 보호하고 금지하는 법을 더 이상 믿지 못할 때, 고립된 두 사람이 어둠 속에서 할 수 있는 것은 서로를 일단 방에서 꺼내주는 일이다. 그제야 우리는 서라의 목소리를 들을 수 있다. "언니, 엄마라고 불러도 돼?" 이에 대한 '나'의 대답은 소설 안에서 들을 수 없다. 꿈에서 깬 네가 마주할 현실을 조금 덜 지독하게 만드는 일, 같이 탈출은 못 해도 숨은 쉴 만한 곳으로 만드는 일에는 어떤 배역이 필요할까? 남성의 존재와 인정으로 성립되는 '모녀'가 아닌, 다른 돌봄의 관계를 우리는 만들 수 있을까?

올해의 문제소설

2024
올해의 문제소설